WITH

D1334747

COLLECTION FOLIO

34665

Sophie Chauveau

Le rêve Botticelli

Gallimard

**CUMBRIA
LIBRARY SERVICE**

38003038673802	BFBA034665
BOOKS ASIA	05/09/2013
CHA FREN	£18.50
WHL	www.booksasia.co.uk

© *Éditions SW - Télémaque, 2005.*

Sophie Chauveau est écrivain, auteur de romans (*Les belles menteuses*, *Mémoires d'Hélène*...), d'essais (*Débandade, Sourire aux éclats*...), de pièces de théâtre et d'une monographie sur l'art comme langage de l'amour. Elle s'est documentée durant quatre ans pour écrire *La passion Lippi*. *Le rêve Botticelli* est le deuxième volet du « siècle de Florence ».

à Thalie,
à Ciao,
anges gardiens immémoriaux

LE SAINT

CHAPITRE 1

Florence, 1473
Les arabesques du sang

— Quelle incroyable chose qu'une épaule ! C'est fou ! Regarde, il y a une telle différence de texture entre le dessus et le dessous… Tu sens ? Et sur les côtés, à l'intérieur, ce satin ! Et dessus, cette rudesse, cette promesse de force. Et l'humide, le velu, par-dessous. Derrière, vers l'omoplate, le sec et le ferme, le musclé, le sûr de soi. Et devant, le mou, tout doux, tout prêt à envelopper dans le prolongement du bras. Et je ne t'ai rien dit des attaches, de ce roulement de muscles, de nerfs et de cartilages… Comment reproduire pareille perfection ? Sitôt qu'on la détaille, on n'y comprend plus rien. Comment deviner le mécanisme rien qu'en le caressant ?

— Embrasse-moi, plutôt que de disséquer mon épaule. Ou alors embrasse-la. Oui, et caresse-moi jusqu'à me faire sentir toutes les nuances que tu dis.

Le temps s'écoule, le soleil décroît. Les bruits de la ville s'éloignent.

— Embrasse-moi encore. J'aime tes baisers. J'aime tes lèvres.

De son corps immense, il l'enlace, il l'enfouit sous lui. À nouveau, ils sombrent dans le plaisir. Un plaisir plus opaque que le sommeil. Sous l'émoi de leur étreinte, ils se taisent. Ils s'aiment. Ils s'aiment fort. Très lentement cette fois, l'urgence rassasiée. L'acte d'amour entre eux est comme une prière accomplie sous le coup d'une ferveur subite. La peur, la foudre ou la grâce ?

— « Que tu es beau, mon bien-aimé, que tu es aimable, qu'il est donc facile de t'aimer… Notre lit, c'est la verdure, les solives de nos maisons sont des cèdres, et nos lambris sont des cyprès… »

— Ah ! Oui. Toujours, ton fameux *Cantique des Cantiques*… Décidément. Caresse-moi plutôt. Des baisers, encore. Donne-moi ta bouche, ta langue… Pourquoi rougis-tu ? Et ne me dis pas que c'est la lueur du flambeau. Non, ne te détourne pas. Explique-toi. Explique-moi.

— Je ne peux pas. Mes sentiments pour toi sont très forts mais… je ne sais pas… Mon éducation, ma pudeur m'empêchent de les exprimer comme toi tu l'oses. Je n'ai pas accès à ces mots-là, ce ne sont ni le vocabulaire ni l'audace qui me manquent, c'est comme si je n'y avais pas droit, interdit de parole.

— Alors au moins, souris. Souris-moi. Dis-moi avec tes yeux que tu es heureux, que je t'ai fait heureux, que ce qui nous arrive est le plus beau cadeau du monde. Cet amour-là, ce plaisir qu'on vient d'échanger. Montre-moi ta joie.

— Tu es si jeune ! Comment connais-tu tous ces mots, toi ? Où les as-tu appris ? La peur me prend quand je me pose ces questions. Je te connais de tout mon cœur… Pourtant, je ne sais plus rien de toi quand tu me parles ainsi. Je me sens rougir, je suis mal à l'aise, pas quand je t'embrasse ni parce que je t'embrasse, mais quand tu parles de nos baisers. J'ai... Oui, je crois bien que j'ai un peu honte.

— Tes mains sont douces. Au moins ne cesse pas de les promener sur mon corps. Si tu ne peux pas parler, caresse. Tes doigts sont si agiles que je vais essayer de lire ce qu'ils tracent sur moi. Ils me parlent de ce que tu n'oses pas dire. Je te déchiffre, je frémis de te comprendre.

Et le doux animal au sang chaud se love contre son amant, ronronnant de bonheur, se déplie pour mieux jouir de ses caresses, et se love à nouveau pour lui chuchoter ces mots d'amour et de désir qui le gênent tant. Ses boucles brunes si longues masquent son front. De temps à autre, il s'ébroue pour dégager encore plus de peau à caresser. Il s'offre avec la somptueuse impudeur de ceux qui n'ont jamais connu la honte. Il a l'œil perçant, sans arrêt à l'affût de son plaisir. Il est long comme s'il cherchait à s'extirper de l'enfance en s'étirant le plus possible, d'une longueur que rien n'arrête, ses jambes infinies s'enroulent aussi souplement qu'une fille, ses bras enlacent avec la force des athlètes grecs. Une voix enfin posée, légèrement cassée, dans la même teinte que ses yeux, un marron noisette. Toujours prêt au rire, au plaisir, à la joie, et même pire. Aussi amoureux de l'homme qu'il serre dans ses bras que de la vie sous tous ses aspects. Filippino. Son prénom est le diminutif de celui de son père. Personne n'en a jamais fait usage. Pour tout le monde, il est Pipo, et Pipo aime tout le monde et joue sur tous les tableaux.

Encore enfant, il a repris les pinceaux et, espère-t-il, le flambeau de son père, le grand Filippo Lippi. À qui il évite de penser pendant l'étreinte. Difficile de le tenir longtemps à distance cependant. Pipo est fils d'un père inoubliable ; d'autant que son grand amour, son premier amant, celui qui a beau être son aîné et qui se tapit dans ses bras frémissant de gêne, n'est autre que l'ultime élève de Lippi, le meilleur d'entre eux et, croit le jeune garçon, le plus grand peintre de Florence. Et demain, de toute l'Italie...

Filippo Lippi est mort il y a cinq ans, Filippino n'est pas encore né comme peintre, mais déjà le jeune Alessandro Botticelli fait les délices des amateurs de vraie peinture.

Après un long temps délicieux de tendresse, l'enfant précoce attrape la main qui le fait frissonner, la retourne et s'exclame :

— Ah c'est donc ça ton secret : tu n'as pas du tout d'ongles ! C'est pour ça que tu es si doux. Mais comment fais-tu pour les avoir si courts ? Tu te les arraches à la racine ?

Gêné soudain, mal à l'aise dans un lit d'amour comme dans une assemblée mondaine, le timoré Botticelli se redresse, observe le bout de ses doigts comme s'il les découvrait et finit par sourire. Bravache, presque arrogant.

— Non. Je les ronge. Depuis toujours. Je me ronge les ongles jusqu'au sang.

— Mais c'est affreux. Rien qu'à les regarder, on a mal pour toi. Et tu n'as pas le droit. C'est ton outil de travail ! C'est toi qui m'as appris qu'il fallait toujours

16

respecter son outil de travail. Tu dois arrêter immédiatement, ordonne le cadet.

— Pourquoi veux-tu que je renonce à me ronger les ongles ? Je leur dois tout. C'est grâce à eux que je suis peintre. À force de me faire saigner, en les arrachant avec mes dents, encore et encore, j'ai commencé à jouer avec le sang, et ça a fait des traînées de couleur aux formes émouvantes. C'est beau, le rouge du sang. Même mêlé de salive. Enfant, je passais des heures à tracer des lignes pour me désennuyer. Et tu me crois ? C'est la seule chose qui m'ait jamais désennuyé. Toute l'enfance. C'était tellement triste. Je n'ai rien aimé d'autre que de tracer des lignes et de les colorier avec le sang de mes ongles arrachés. Sans eux, je serais au mieux orfèvre, au pis tanneur chez mon père. En traçant ces arabesques de mon sang, j'ai appris à sertir l'espace de la couleur. Mes ongles, mes doigts furent mes premiers pinceaux.

Sandro s'est bizarrement dressé sur ses ergots quand Pipo l'a attaqué sur ses ongles. Ce qui touche à son art est si fragile, si risqué aussi, qu'il prend vite une attitude défensive. Mais l'adolescent sensuel est attendrissant, du moins sait-il toujours désarmer son amant.

— Mais enfin, pourquoi était-ce si triste, ton enfance ?

— On était huit enfants. Les quatre derniers sont morts. Quatre filles. Après elles, c'était moi le petit dernier, donc j'étais en sursis. Tous les hivers, ma mère croyait que j'allais mourir. Peut-être même l'espérait-elle. Pour ne pas l'entendre se plaindre, je dormais le plus possible. Ça ne plaisait pas aux aînés, exultant de santé. Imagine, j'étais jeune et j'avais sommeil. Tout le temps sommeil, une vraie maladie. En plus, j'étais vraiment fragile, j'attrapais tous les miasmes qui traînaient, et dans la maison d'un tanneur, il y en a pas mal. Ma mère me soignait alors avec une sorte de frénésie que je prenais pour de l'amour. Je n'ai de souvenirs d'elle qu'à mon chevet de malade. Aussi je retombais malade sitôt que j'étais guéri. Pour avoir enfin une mère. Ou, faute de sa présence, pour rester couché, au chaud, seul, loin du bruit de la maison et de la puanteur de la tannerie. Rien au monde ne m'attirait au-dehors. Ma vieille mère se souciait de ma santé, comme mon père de mon avenir. J'étais en sursis. L'an prochain, peut-être, je n'y serais plus. Te rends-tu compte que je n'ai même pas appris à lire. Et nous n'étions pas pauvres. J'ai appris à treize ans chez l'orfèvre pour illustrer le Dante ! Avant ce livre, rien. Après non plus. À part Dante, lire m'embête. Chez l'orfèvre, j'ai compris ce que je faisais avec mes ongles : c'étaient mes premiers cartons, sans le savoir ! Ce qui m'a tout de suite plu, c'était les dessins préparatoires, les épures, les esquisses. Ça prolongeait les arabesques de mon sang. Et même, ça les justifiait. À partir de là, je n'ai plus jamais été malade. Et j'ai cessé de dormir. La suite, tu connais : je suis entré dans l'atelier de ton père, je vous ai connus, aimés, j'ai découvert qu'on pouvait être heureux.

À nouveau, le plaisir l'assaille. Son sexe englouti dans la bouche de l'amour. Il défaille. Il s'en veut déjà d'avoir cédé au plaisir tout seul, sans attendre l'animal fureteur, si doux et si précis qu'il lui arrache du plaisir sans prévenir, comme un jaillissement subit. Le cri de son explosion rend soudain compact le silence de l'île alentour.

La nuit est tombée sans doute depuis un moment. La rumeur s'est tue. Ce n'est pas l'heure des rondes de la brigade. Les « officiers de la nuit » n'osent s'aventurer à Sardigna que lorsque l'aube point. La nuit noire les effraie. L'endroit a si mauvaise réputation. Entre l'Arno et les bas quartiers, jouxtant les fossés, cette presqu'île, on ne sait pourquoi nommée Sardigna, est très mal famée. De jour, sur la rive, on voit pourrir en plein air des animaux morts, jetés là comme pour décourager toute visite. L'odeur de charogne est toujours plus forte la nuit, repoussante, d'ailleurs c'est son but. Tout ce qui mène une activité interlope, tout ce qui pratique l'interdit vient ici chercher refuge. Des cahutes de bois tournent le dos à la ville, d'anciens abris de pêcheurs le long de l'Arno ont été reconvertis pour d'autres pécheurs. D'autres péchés nocturnes et clandestins. Malandrins et sans-logis s'y partagent le territoire, y font régner leur ordre, prélèvent leur dîme, sous-louent leur protection. Ils n'oublient jamais de prévenir de l'arrivée de la brigade. Normalement, c'est tranquille, sauf au début du printemps, quand il devient si vital que les corps exultent qu'on prend moins de précautions.

Sardigna est le repaire des amours illicites. Les princes et les bergères, les bergers et les princes, les petites fripouilles ou les grands criminels. On la surnomme l'île aux voyous ! Le pire assassin y côtoie le plus humble maraudeur fraîchement débarqué de la campagne.

Botticelli est-il un voyou ? Non, mais il est follement amoureux, et il vit là son premier amour. Depuis bientôt trois ans, une folle passion le lie à Filippino Lippi. Le fils de son maître qui est aussi son disciple, son apprenti, son meilleur élève, son ami… Puis récemment, il est devenu son amant. Un gigantesque amour qui a tout envahi dans sa vie. Pipo est un enfant d'une précocité digne de son voyou de père.

À sa mort, Botticelli avait repris son atelier qu'il a fait tourner deux ans, afin d'assurer la subsistance de la famille Lippi. Il se sent davantage chez lui dans cette famille-là, d'autant qu'avec le temps, il est devenu plus étranger à la sienne. Auprès de tous les Lippi, père, mère, fils, fille, pour la première fois de sa vie, il a trouvé la paix. Entouré de plus d'amour qu'il n'en a reçu chez lui de toute sa vie.

Quand il s'est mis à son compte, il y a trois ans, en ouvrant son atelier, il a évidemment pris Pipo pour assistant. Il y a quelques mois, ils ont osé s'avouer que leur amour devenait plus exigeant, qu'ils rêvaient d'y mettre plus d'eux-mêmes. C'est Pipo, bien sûr, qui l'a entraîné ; lui n'aurait jamais osé. Et c'est encore Pipo qui lui a appris à faire l'amour. Jusque-là, ça non plus n'intéressait pas Botticelli. Depuis, il nourrit une passion fébrile pour cet angelot. Beau comme un ange, c'est vrai, mais espiègle, insolent et curieux comme un diable.

L'amour entre eux ne fait que croître. Il monte toujours plus haut chaque fois. C'est inespéré pour Sandro jusque-là voué aux larmes. Depuis qu'ils sont amants, ils se cachent du regard de Lucrezia, la veuve de Lippi, et de la médisante Florence qui a récemment voté des lois plus répressives. L'homosexualité est d'autant plus pourchassée à Florence qu'elle s'y épanouit à l'égal de sa monnaie, le florin. Le cadet, beaucoup plus dégourdi que l'aîné, s'est arrangé avec les voyous de Sardigna pour y sous-louer un cabanon isolé où ils se rejoignent amants et égaux.

— Que dirais-tu…, hésite Sandro, si je te prenais, toi, ta bouche, tes jambes, tes yeux, tout de toi, pour modèle de mon *Saint Sébastien* ? J'ose à peine te le demander mais là, quand je vois ton corps comme ça, abandonné, je sais que c'est celui-là que je veux peindre. Pour le visage, si tu crains d'être reconnu, on trichera. Mais je t'en supplie, prête-moi ton corps. Tu es si beau, si lisse, tellement intact…

Le maître implore l'élève ! Comment refuser ?

— Ton saint Sébastien, tu comptes le percer de beaucoup de flèches ?

— Oh ! Je ne te ferai pas de mal, tu verras, ce sera comme des caresses.

— Et où les mettras-tu, tes flèches ? Ce n'est jamais innocent, les endroits du corps qu'on choisit de percer.

Sandra cherche du bout des doigts quelques emplacements sur le corps de son amant, dénudé et terriblement indécent, exhibé comme s'il posait déjà. À tâtons, il y sème des flèches.

— Là. Là. Là et là. Peut-être aussi là.

Il s'est arrêté à l'aine. Osera-t-il le peindre tel qu'il le voit là ? Absolument nu. La mode des statues antiques dénudées n'a pas encore permis cette audace. On triche, on montre sans montrer. La nudité intégrale ? On ne l'a pas encore osée en peinture. Ni homme, ni femme, jamais encore le nu n'a osé être total.

— Tu as raison, il ne faut pas les mettre n'importe où, tout prend un sens si aigu dès qu'on entre sous la peau.

— Comme tu t'y prends là, ça risque de ressembler davantage aux flèches de Cupidon qu'à la douleur du supplicié.

Ils rient beaucoup ensemble. Toujours l'un d'eux plaisante comme pour alléger le climat dès qu'il risque de s'alourdir. Aussi rivalisent-ils de plaisanteries ; c'est à qui fera davantage rire l'autre.

— Mais l'amour ne fait-il pas atrocement souffrir ?, hasarde en riant un Botticelli soudain très joyeux.

— Il paraît. Mais pas quand on s'aime comme nous. Mais me peindre en Sébastien, tu n'as pas l'impression d'exagérer ? Mon père était moine, ma mère nonne, je sais ce que c'est un blasphème. J'en suis un.

Il aime Pipo, il va peindre Pipo en Sébastien, et... oui, c'est décidé, il le fera tout nu. Il se recouche plus près encore de son amant.

— Si je ne profite pas de mon début de reconnaissance pour dire ce que je crois, pour essayer de traduire ce que je pense, à quoi bon ? Je ne peins pas pour ne rien troubler, ne toucher à rien. Je peins pour... oh non, pas maintenant, donne-moi plutôt une figue.

Il est vrai que le nom de Botticelli résonne de plus en plus souvent sous les voûtes des plus beaux monuments de Florence. Les commandes se succèdent à l'atelier, il a même fallu embaucher.

— Pour le moment, ton amour me donne du courage, et j'ai l'intention d'oser.

— C'est magnifique ! Je t'admire aussi pour ça. Et moi, tu crois que j'aurai peur, ou que je serai comme mon père et comme toi ? Dis, tu crois que je vais devenir célèbre, moi aussi, comme vous ? Tu crois que j'y arriverai ?

— C'est à toi de voir.

Sandro caresse la joue de l'enfant. Et précise, soudain sérieux :

— Ça ne dépend que de toi. Mon rôle de guide consiste à te conduire au maître qui est en toi, et que tu rencontreras bientôt, quand tu seras prêt.

Pipo a quinze ans. Sandro vingt-sept. Pourtant l'aîné n'est pas toujours celui qu'on croit. L'inadaptation sociale du maître, le contraste entre ses farces énormes et ses chagrins irrépressibles l'isolent du monde pour des temps indéterminés. Alors que le petit a tôt développé la débrouillardise des orphelins. Pipo est aujourd'hui un personnage sûr de lui et sur qui on peut compter. De nature courtoise, affable, à la semblance des tableaux de son père, beau et même joli comme sa Madone de mère, toutes les portes lui sont ouvertes. D'ailleurs, il les pousse à la sauvage, mais toujours avec l'air intimidé, ce qui a le don de désarçonner les plus puissants. Aussi on lui passe tout, et il le sait. Grâce à quoi un équilibre s'est installé entre le maître et l'élève, entre l'amant et l'aimé, l'aîné et le cadet. Pour le culot et l'érotisme, le petit témoigne d'une précocité qui eût comblé son père. Certes elle s'exerce exclusivement du côté des garçons. Mais peut-on avoir une autre aspiration, voire une autre curiosité sexuelle aujourd'hui, quand on est Florentin et qu'on rêve de peindre ?

Il n'y a qu'entre hommes que les rapports sont à ce point tendus de désirs. Tous leurs confrères, surtout les peintres et les sculpteurs, davantage encore que les artisans, tous ceux qu'ils admirent, sont sodomites. Avérés, pratiquants, ou juste complaisants. Mais au fond, pourquoi ? Pipo en est encore à se le demander.

Pour lui, la sexualité est une occupation à plein temps. Il a eu quelques difficultés à admettre que la sienne n'était pas tournée comme son père. Aucune femme, aucune fille n'a su lui plaire. En revanche, il a toujours ressenti un trouble à l'endroit d'un certain type de garçons, depuis tout petit. Et son cœur tout de suite s'est mis à battre pour Botticelli. Il y a été un peu conduit par les siens. Tout le monde avait les yeux tournés vers ce jeune homme immensément doué.

— Mais pourquoi est-ce tellement mieux entre hommes ?

— Parce qu'il n'y a qu'entre nous que se passe l'essentiel. Cet essentiel qui alimente la création. Il n'y a qu'entre nous que la richesse de la vie s'épanouit. Tout ce qui compte pour un homme, surtout pour un artiste, n'éclôt qu'entre nous. L'amour et le plaisir, la peinture et ses difficultés, les plus belles heures de nos vies, c'est ensemble qu'on les partage ! Pas une femme ne saurait partager ce monde, ni ne comprendrait ce qui s'y joue.

À demi affalé, le buste appuyé contre le mur, ses longues jambes maigres croisées sur la paillasse, la tête penchée, trop lourde, Botticelli a un art certain pour faire de sa paume un lit pour sa joue, son autre main immobile sur le crâne de Pipo. Lui, il est toujours aussi indécent. Il pratique la nudité avec un art consommé de l'exhibitionnisme : étendu à plat ventre, en travers de leur couche, les yeux tournés vers son amant, sans oser lever la tête, de peur de déplacer la main de celui qu'il aime.

— Mon père adorait les femmes, il a essayé de m'y convertir. Quand j'avais onze ans, il a embauché toutes les prostituées de Spolète pour tenter de m'en donner le goût.

— Et alors ?

— Alors, c'est toi que j'aime. Et c'était déjà toi que j'aimais à cette époque-là. J'étais si malheureux que le chantier de Spolète m'ait éloigné de toi, même si j'étais aussi très fier que mon père m'ait pris avec lui comme apprenti. La seule personne qui me manquait, ça n'était pas ma mère mais toi.

Pipo se redresse sur les coudes, en finissant sa phrase, et s'affale de tout son poids sur son grand amour.

— Que dirait-elle, justement, ta mère, si elle savait ?

— Mais elle sait. Je suis persuadé qu'elle sait. Elle n'en dira rien, mais elle sait tout. C'est bizarre mais j'en suis sûr. Elle nous aime trop tous les deux pour ne pas déjà savoir. Et tes parents à toi ?

— Oh, ils sont bien trop vieux pour comprendre quoi que ce soit à leur fils. Déjà, je ne suis pas tanneur. Tu imagines ! C'est la première trahison. Après celle-là, toutes les autres doivent leur sembler de moindre importance. Enfin, j'espère. Et ta petite sœur, que pense-t-elle, à ton avis ?

À nouveau l'adolescent s'est enfoncé entre les reins de son amant, à nouveau il s'est élancé vers un de ces sommets d'où il retombe en éclats de joie. Il entraîne Sandro dans un galop irrépressible et jaillit dans un spasme qui ressemble à un soupir. Presque aussitôt, sans le moindre essoufflement, il répond à la question posée avant, il y a trois minutes, il y a un siècle…

— Sandra a une passion pour toi qui doit ressembler à l'amour divin. Pour le reste, elle te prend comme tu es.

— J'adore ta sœur. Elle seule parvient à me faire croire à l'avenir. C'est fou ce que cette enfant me touche. Sa joie m'enchante, sa peine me bouleverse. Je ne voudrais surtout ni la peiner ni la choquer.

En parlant d'enchantement, Botticelli retrouve immédiatement sa moue de tristesse irrémédiable. Des chagrins d'enfant jamais consolés.

— Moi, c'est toi que j'adore ! Quelle chance on a de se connaître, de s'aimer, et en plus, de partager tant de merveilles !

— Oui, mais souvent ça me fait peur, reprend Botticelli qui s'est renfrogné.

Son visage s'est embrumé d'un coup comme un nuage pressé passe en courant devant le soleil d'avril.

Un cri de putois déchire la nuit. Aussitôt, des remuements dans les buissons. Le cri se répète… C'est le signal ! Les voyous ont inventé ce « hurlement de bête qui pue » pour prévenir de l'arrivée des officiers de la nuit.

Sandro se rhabille à toute vitesse, effrayé à l'idée de côtoyer l'illégalité. Pipo ramasse ses frusques et, tout nu, s'élance sur le sentier. Il est très nu et très amusé. La situation le fait rire. Comme un enfant de son âge.

— Viens, viens vite, suis-moi, on va les semer. Nous, on connaît les sentiers, toutes les pistes, pas eux. Suis-moi.

La nuit est très noire, mais à force de venir ici toujours dans la pénombre, le sentier n'a plus de secret pour eux, leurs pieds anticipent la moindre aspérité. De partout, on entend des petits cris, des rires étouffés, des essoufflements… Cette fois encore, la milice rentrera bredouille. Aux lueurs de l'aube, sur les bords de l'Arno, à quelques kilomètres de Sardigna, plusieurs ombres se partagent de l'alcool et des morceaux de pains avec du fromage. En riant. En chuchotant mais en riant. L'ambiance est fraternelle, potache et joyeuse. Artistes et mauvais garçons, surineurs et détrousseurs de bourses, amoureux éplorés et gibiers de potence, tous communient dans la peur du gendarme et la joie de l'avoir berné. Ils trinquent avec Pipo et Sandro sans savoir que ce sont des artistes. Dans la grande égalité des voyous pourchassés.

Qu'est-ce qu'ils risquent ? Les vrais criminels le savent. Généralement ils sont condamnés à mort et c'est pourquoi ils vivent cachés. Et les autres ? Les voleurs ? La prison. Quelques-uns la torture. Mais les amants, les adultères ? car il y en a aussi, tous les sexes se côtoient ici. Selon les termes de la loi, amendes et réprimandes. La mort en cas de récidive. Pour l'heure, Florence jouit d'une embellie. Les artistes ne risquent rien. En échange de leur talent,

Laurent de Médicis leur passe ce penchant-là. La recrudescence de l'inversion chez les artistes est telle que c'est presque devenu une mode. Jusqu'en Allemagne, pour désigner un homme qui aime ses pairs, on dit de lui que c'est un « Florenzer ». Ce « vice » se répand si bien et si vite que l'Église et toutes les institutions ont sommé Laurent de prendre des mesures. Alors, pour sauvegarder la fleur de la jeunesse, il a décidé de déménager l'université de Florence à Pise. La rumeur colporte que c'est surtout pour épargner aux riches Florentins ces curieuses et saisonnières explosions de colère, ces rébellions printanières des jeunes gens enragés, que le Magnifique a escamoté les plus dangereux et les plus intelligents d'entre eux si loin. À Pise. Au diable.

La nuit s'achève. Le ciel est d'un bleu très pâle que Botticelli n'oubliera jamais. Les joues roses et les yeux brillants, les deux peintres s'éloignent, enlacés. Pipo fait un signe de connivence aux vauriens qui les ont sauvés. Dans les bras de Sandro, ce géant aux rêves démesurés, Pipo aussi se prend à rêver d'un monde neuf, taillé à ses mesures, où la gloire lui sera donnée, aux dimensions de leur amour.

CHAPITRE 2

L'obsession de la ligne

La maison Botticelli est immense. Le rez-de-chaussée se partage en trois parties : la *bottega** à proprement parler. Par là entre et sort le public. Là est exposé tout ce qui est à vendre. Dans son prolongement vers l'est — parce qu'il n'a pas besoin de la meilleure lumière — l'antre du batteur d'or. Antonio, le frère orfèvre de Sandro, vend de la feuille d'or, battue par ses soins, et toutes sortes de pièces d'orfèvrerie, travaillées par ses aides et ceux de son frère, dans une réelle communauté de labeur. Puis, à la lumière du nord, et après avoir dépassé les commodités collectives, l'atelier du maître.

Attirée par la nouveauté et la diversité, la foule se presse dans la *bottega*. On y vend de la peinture bien sûr, mais aussi de l'orfèvrerie inspirée des dessins du maître et de la ciselure. Botticelli compose aussi des cartons pour les brodeurs, les costumiers, les marqueteurs… Il est consulté également comme décorateur. Il en vient à vendre ses idées sans les exécuter. Ses aides sont si talentueux ! D'une épure, il esquisse des

---

* Boutique, en italien, *botteghe* au pluriel.

cartons. Libre à ses assistants de broder autour, de les colorier à leur guise, le public est ravi. Tant de diversité issue d'un même atelier !

Ses premiers clients lui ont été amenés par son voisin et ami d'enfance, Giorgio Vespucci, le diplomate que Botticelli est en passe de distancer en notoriété. Le succès de son ami peintre le flatte. Il atteste de la qualité de son regard.

En ces années fastes, depuis 1460 jusqu'à aujourd'hui en 1473, la clientèle des peintres ne cesse de se diversifier. Les institutions municipales et religieuses font place aux commandes privées, pour décorer des intérieurs, des chambres à coucher, des salons de réception, jusqu'aux tableaux de petites tailles qu'on exige de garder sur soi. Dans des étuis fabriqués précisément par l'orfèvre ou le cellier.

Tant de travaux nouveaux, différents et inégalement rémunérés, modestes ou flatteurs, font de plus en plus intervenir tous les métiers, d'où la nouvelle polyvalence des *botteghe*. Le métier de peintre est intimement lié à celui des artisans. L'entente entre eux est obligée, leurs rapports constants, ils entretiennent une nécessaire imagination commune et parfois un vrai travail de création. Botticelli n'y renoncerait pour rien au monde. Ce sont les commandes de cartons pour orfèvres ou costumiers qui le font progresser en lui offrant la plus grande marge d'imagination. C'est pour ces cartons-là qu'il invente les mouvements les plus extravagants. Il peut tout oser. Ensuite seulement, il se lance sur ses panneaux. Menuisiers, doreurs, souffleurs, tailleurs de moulures et de cadres... sont de formidables tremplins d'entraînement, il aime l'artisanat. Contrairement au classement administratif des confréries, ce n'est pas pour lui un art mineur. Il puise la grâce et parfois l'affolement dans ce mélange des genres que, par chance, sa clientèle a adopté. Qu'on ne se méprenne pas : chez Botticelli, on travaille toujours selon les règles de l'ancien artisanat. Quand les grandes *botteghe* de Florence se transforment en entreprises, et même en petites usines, avec directeur, délégation et séparation des pouvoirs et des créations, Botticelli résiste, et confirme chaque corps de métier dans ses prérogatives et son indépendance artistique. Alors que dans les usines à la mode, chaque assistant occupe une seule fonction, chez Sandro, on fabrique d'heureux touche-à-tout, sinon tous doués, du moins tous capables d'épauler le maître, quelle que soit l'étape où il en est. Pourtant, paresse, ou à certaines heures, extrême difficulté à s'y mettre, il ne produit pas beaucoup.

Dans sa peinture, se retrouve la trace du ciseleur et de l'orfèvre. Ne serait-ce qu'à sa façon de considérer la ligne. De la traiter comme l'essence de l'œuvre. La ligne est tout pour lui. La ligne de son dessin, de ses contours, une ligne appuyée, aux formes strictement découpées, avec un goût pour l'ornement graphique, précis comme l'exige l'orfèvrerie. La ligne est la charpente même de son écriture. Il s'applique davantage aux plis et aux incises, aux formes arabesques, aux inflexions souples et mobiles qu'à leur emplissage. Ses silhouettes aux contours ciselés et vigoureux... La ligne, toujours, la ligne, la ligne encore, c'est sa constante préoccupation. Parfois son obsession. Sans la couleur, jusqu'à l'abstraction.

Souvent le bruit l'interrompt. Brise sa ligne. Il est contraint de se boucher les oreilles, non pas à cause du bruit du dehors, la rue est paisible, mais du tohu-bohu de sa propre maison. Sa famille, comme une meute hurlante, l'oblige à tracer ses lignes, de la gomme arabique ou de l'émeri dans les oreilles.

Au pied du grand escalier qui grimpe vers les chambres, les cuisines et les salons privés, se tient la table à tout faire qui rassemble régulièrement assistants, aides, amis, clients, et l'impitoyable famille Botticelli ! Plus de trente commensaux s'y tiennent sans gêne à presque tous les repas. Le vacarme qu'ils font alors sous l'effet du chianti local nécessite le double de gomme arabique. Durant ces agapes, le plus souvent, Sandro demeure reclus dans son atelier.

Entre les étages, cette gigantesque table, l'antre de l'orfèvre et la *bottega*, le grouillement est constant. Et pas seulement aux heures de labeur. On vit terriblement ici, et tous les jours. Pas de dimanche pour les familles, au contraire ! C'est pire les jours fériés, on y festoie avec une bruyante exigence de joie. Sandro vit ces journées les oreilles constamment bouchées, ne serait-ce que pour peindre au calme. Mais il est fataliste, ça ne peut pas être différent. Et puis, il y est habitué. Il a toujours vécu au milieu d'eux. La famille Filipepi — c'est son vrai nom — se comporte comme une vraie tribu méridionale. La mère y est omniprésente, et d'une nature impitoyable. Elle a de grands talents pour le bruit, la pasta, la polenta aussi, et un don pour se trouver mal en cas de nécessité, comme peu de Florentines, dont c'est pourtant une spécialité… D'ailleurs, elle n'est pas florentine, Esméralda, et elle déteste qu'on la croie telle : elle hait ces gens qu'elle juge prétentieux comme son dernier fils, pur produit de la cité toscane ! Esméralda est restée campagnarde et s'en vante bruyamment. Ça gêne un peu ce fils-là, justement, mais tous les autres s'en trouvent plutôt bien… L'effort qu'il devrait faire pour s'évader de pareille tribu, s'extirper de ce système si bien installé, lui semble impossible.

— Tu ne comprends donc pas, ici, je n'ai à m'occuper de rien, que de peindre. Pourquoi veux-tu absolument que je m'en aille, répond régulièrement Sandro aux injonctions furibondes de Pipo qui ne supporte pas l'irrespect où on le tient chez lui.

— Tout seul, tu souffrirais moins, je t'assure.

— Mais je ne souffre pas, enfin pas à cause d'eux. Je les connais depuis que je suis né, ils sont ainsi. Ça n'est pas méchanceté de leur part. Et là, je suis logé, nourri, chauffé, blanchi, sans rien faire.

— Mais c'est avec ton argent qu'ils te nourrissent et qu'ils s'engraissent au passage.

— Tant mieux, ça les dédommage de toute l'organisation qui fait tourner l'atelier. Tout seul, je n'y arriverais pas.

Botticelli garde sa famille, sa gêne et son chagrin.

Long, incroyablement long, maigre, filiforme, hâve et dégingandé, toujours d'une pâleur inquiétante, le « petit » Sandro a l'air d'un géant à côté des autres, surtout de son frère, Antonio, le plus petit et le plus gros. C'est lui qui fut surnommé *Botticello* (« petit tonneau »), alors que Sandro n'était pas né. Il avait dix ans, il était en apprentissage chez un orfèvre, et mangeait déjà comme un ogre. Il avait cessé de grandir. Ce surnom lui allait si bien qu'il a contaminé le reste de sa famille, laquelle est devenue, Filipepi di Botticello. Quand Sandro est né, près de deux ans plus tard, le pli était pris, et toute la famille était surnommée « petit tonneau ». Aussi ce grand échalas blême et d'une effarante maigreur se trouva-t-il affublé d'un surnom qui est un démenti de tout son être. Il l'accepta. Il a toujours tout accepté de sa famille. Sans l'approuver mais sans s'en plaindre. Après tout, il n'a qu'à s'éloigner s'il n'est pas content. Ou se dédire de pareil pseudonyme. Botticello ? Qu'à cela ne tienne, à Carnaval, il se déguise en tonneau de plus de deux mètres de haut et d'autant de large, qui, sur son passage, éclabousse tout le monde de liquides colorés et tachants, jaillissant de plus de cent petits trous, bizarrement situés afin qu'on ne puisse s'y attendre !

Si cette tribu d'obèses vraiment très petits s'apparente à un régime de tonnelets, et y ressemble effectivement, pour Sandro, le glissement de Filipepi à Botticelli fut instantané. Il est né avec, comme d'autres naissent coiffés. De même, enfant, il était déjà grand. Très jeune, il a dépassé sa mère, ses frères et son père. Ça n'a fait plaisir à aucun d'eux. Comme il ne peut sans haut-le-cœur approcher de la table où ils banquettent, il n'a jamais rivalisé avec leur embonpoint. Manger lui fait horreur, à peu près autant que sa maigreur terrorise sa mère. Ce sont des « bons vivants » pour qui faire ripaille ensemble représente la plus grande preuve d'amour, voire l'unique. À ce compte, Botticelli les aime peu. Tous se moquent de lui, ce vilain petit canard, maigre, efflanqué au milieu de cette famille de petits gros. Il est certain qu'un enfant a toujours plus de chance de survie avec quelques livres de plus. Une fois passés les âges fatidiques, on aurait pu l'accepter tel quel chez lui. Eh non, le pli était pris d'en faire le souffre-douleur et la risée de tous. D'autant que tout dans son comportement fournit matière à quolibet. Heureusement la gloire est arrivée et l'a sauvé. Sans rien changer du mépris profond où sa famille tient cet hurluberlu qu'elle ne reconnaît pour sien qu'en fonction des avantages qu'il lui rapporte.

Déjà lorsqu'ils faisaient front pour s'en moquer, Sandro n'exprimait rien. Depuis qu'ils tentent de l'amadouer en prenant l'air gentil, ils ne savent pas davantage ce qu'il ressent ni surtout ce qu'il pense d'eux.

Aujourd'hui, Sandro se sent protégé. Contre l'intrusion de cette horde, il a trouvé l'arme absolue : une autre famille encore plus nombreuse et qu'il nourrit dans son atelier, sa famille de chats. Noirs, gris ou bleus. Une flopée de félins à l'état quasi sauvage, sauf avec lui. On croirait qu'ils le protègent. Le reste de la famille adorerait leur tordre le cou, mais si quelqu'un y touche, il est capable du pire. Peut-être même de partir ! Maintenant que son succès assure la survie de tous, pas question…

Les chats demeurent donc les hôtes majoritaires et les plus vigilants des lieux. Botticelli est leur roi. Il a une manière de les caresser qui hypnotise tout le monde. Et terrorise sa mère.

Il éprouve une vraie passion pour ces animaux. Et c'est visiblement réciproque. Passion développée tôt dans l'enfance, mais, comme beaucoup d'enfants des villes, il n'a pu les aimer que de loin, dans les terrains vagues où il parvenait à fuguer. Sa famille récemment enrichie souhaitait que ses rejetons ne traînent pas dehors et lui fassent honneur. Mais Sandro tissait ses liens avec eux. Il leur donnait rendez-vous. Encore aujourd'hui, il demeure persuadé qu'ils s'y rendaient en toute conscience. Affirmation qui fait rire chacun alentour.

Désormais ses chats vivent à demeure à l'atelier et dans le patio derrière. Sans doute se savent-ils interdits de séjour dans le reste de la maison. Ou alors clandestins. Ils n'y pénètrent que de nuit. Inversement, ils interdisent l'accès de l'atelier à qui leur déplaît et là de jour comme de nuit. Et leur déplaît tout ce qui risque de peiner leur maître. Ils ne s'y trompent jamais. C'est étrange, et parfois même incroyable, mais ça se manifeste si fréquemment qu'on est bien obligé d'y croire. Ses chats aux griffes de tigres acérées, agissent comme de vrais anges gardiens, ou se changent en affreux cerbères envers Madame Mère.

Pour amadouer la compagnie, il y a toujours un ou deux chatons nouveau-nés, si petits, si jolis que chacun se pâme en les voyant. Ils émeuvent un temps pour mieux donner le change : ce sont les plus vigilants autour de Sandro. Comme sa famille de là-haut, ils évoluent en bande. Si un intrus passe la tête dans l'atelier, une vingtaine de paires d'yeux brillants s'insinue aussitôt ; d'une démarche chaloupée pour faire reluire leur belle fourrure, ils lui emboîtent le pas jusqu'à l'acculer dans un coin, sous la menace de leur nombre, qui, en même temps, s'immobilise en grappe, face à l'ennemi. Et gronde en chœur.

La mère de Sandro n'est pas prête de redescendre dans l'atelier de son fils en son absence.

36

« On ne peut pourtant pas les tuer… il en ferait une maladie. Et maintenant que sa peinture rapporte… »

Ça n'est pas formulé ainsi, quoique… c'est pourtant ainsi qu'on les considère, ses félins aux lignes si pures.

Ils ne s'immiscent pas dans l'antre du frère batteur d'or — trop de bruits —, mais surveillent d'un pas élastique les entrées de la *bottega*. Ils ne s'y montrent qu'en cas d'intrusion manifeste, diagnostiquée par le chef de meute : un certain Romulus, noir des griffes aux yeux, qui fait régner un climat de jeu défendu partout alentour.

Le public peut circuler sans rien savoir de leur existence, sauf si Romulus décrète qu'un bipède veut du mal à Sandro. Ou alors — pis encore — la vieille Lupa donne l'ordre d'attaque. Elle, c'est l'ancêtre, celle qui ne l'a jamais quitté, celle qui anticipe toutes ses réactions depuis… ? bientôt quinze ans. Elle l'a connu avant l'atelier, quand Botticelli nourrissait des chats en cachette. Lupa vivait dehors dans une friche à un coude de l'Arno. Sandro lui portait ses repas d'enfant qui refusait toute nourriture. Et elle le protégeait, comme si c'était elle l'aînée. Lupa a été la première à le suivre quand il s'est installé. Et elle le protège toujours. C'est une très ancienne affection, peut-être la plus profonde de l'artiste.

Quand le succès est venu et, avec lui, la reconnaissance des siens, il l'a tout de suite installée au centre de son atelier avec interdiction formelle de l'approcher. De toute façon, elle mordrait. Comme la mère de Romulus et de Remus, elle ne reconnaît que son petit. Tous les autres bipèdes sont à ses yeux de chatte sauvage de dangereux ennemis. Son unique petit, c'est Botticelli. Pour lui, elle a abandonné à la meute le soin d'élever ses authentiques enfants, tous bleu acier comme elle. Aucun ne sait qui est son père : ils sont toujours présentés en premier à Sandro comme si c'était lui !

Botticelli a peu de goût pour la mondanité, il la craint, il s'y sait par trop gourde ! Il ne fait donc aucun effort pour séduire. Son atelier est toujours cette vaste pièce crépie à la chaux, où sur quelques murs rivalisent cartons, dessins, croquis et épures. Dans un coin, quelques antiques torses, bustes et même un sarcophage, le tout terriblement poussiéreux. Visiblement tenus en mépris. On n'a pas ici ce culte des antiques tellement à la mode en centre-ville. Sandro n'a aucun intérêt pour le passé. Même s'il doit contraindre ses élèves à en copier quelques-uns, pour se faire l'œil et la main. La modernité ne réside jamais pour lui dans la copie du passé. Même si le connaître ne peut nuire... Les jeunes apprentis sont si allègres, si heureux d'être ici à broyer des pigments dans des mortiers de pierre — de marbre pour les plus précieuses couleurs — dont le pilon bat la chamade pour encourager l'équipe ou scander les battements du cœur des compagnons auprès du maître. Tel le tempo d'un chœur, ils font cercle autour de ce beau jeune homme au regard désespéré mais au rire si puissant. Botticelli est un jeune maître, très aimé, très triste, si peu directif et si encourageant pour ses élèves. Si tolérant et parfois si farceur. Tous l'adorent, ils sont prêts à monter sur leurs ergots pour prendre sa défense si, d'aventure, quelqu'un l'attaquait. Hélas, c'est le plus souvent quelqu'un des siens, sa mère, l'un de ses frères, une de ses épouvantables belles-sœurs. Là les assistants sont bien embêtés : comment le défendre contre sa famille ? Ils font alors corps autour du maître, une couverture de protection, comme les chats. Une nichée d'élèves et d'assistants menaçant et feulant.

Sans doute ont-ils conscience de la qualité de ce qu'il leur transmet. Apprécient-ils autant son indifférence totale à tout autre chose que la peinture ? Car il ne leur enseigne que son art, ses lubies pour un certain vert, celui des oliviers en hiver, ou cet incroyable rouge d'une espèce rare de cerise et bien sûr, les lignes, les lignes, son tracé sûr, exigeant. Pour le reste, il semble toujours chagriné par des choses mystérieuses. Incompréhensibles.

Lové entre ses chats et sa peine, il sculpte ses lignes, à quoi il semble s'accrocher pour survivre. Ses lignes comme un garde-fou.

CHAPITRE 3

Le fumet du bonheur

Chez Lucrezia Lippi, la vie semble se dérouler au contraire de chez les Filipepi. Les repas y sont frugaux et de bon goût. Seule la conversation y est relevée, les mets sont simples, et il n'y en a jamais trop. Rien de trop, jamais, ni trop de bruit, ni trop de mots ! Aussi quand ça lui chante, Botticelli s'y rend à l'improviste. Et ça lui chante souvent. Presque chaque jour. Son couvert est toujours mis. Pourtant il prend soin d'arriver après le début du repas. Même chez Lippi, il a du mal à « manger avec ». À partager ça.

Il n'a généralement pas le temps d'arriver qu'un diablotin haut comme trois pommes, mais qui pousse un peu plus tous les jours, lui bondit dessus et l'étouffe de baisers, de cris, de chatouillis et de descriptions compliquées de la vie des animaux de toutes sortes qu'il adopte pour les élever.

— Dis, ça mange quoi une musaraigne ?

— L'air du temps, la liberté, répond l'amoureux des chats et de tout ce qui leur ressemble.

Ce terrible diablotin n'est autre que la petite Sandra Lippi, sœur cadette de Pipo et filleule de

Sandro. Une douzaine d'années d'espièglerie en 1473, la blondeur de son père, les pommettes de sa mère, l'air d'une Madone voyou, un curieux mélange de ses parents. Dans l'esprit surtout.

Quand la petite effrontée le lâche enfin, Botticelli parvient jusqu'à Lucrezia. Elle trône en bout de table, et l'accueille d'un geste tendre en lui désignant sa place, entre elle et la petite. À sa droite, son fils, Pipo. Elle fait face à Diamante et au grand vide laissé par son mari adoré.

Diamante était déjà l'assistant de Lippi avant leur naissance à tous ici. Il n'est pas vieux, il est hors d'âge. Blanc comme le moine pénitent qu'il n'a jamais cessé d'être, pour des raisons d'indigence. Blanc, souriant et immémorialement bienveillant, il accueille Botticelli comme un fils prodige, mais aussi comme un maître en qui, lui, le vieux peintre, comme elle, la jeune veuve, croient fermement. Avec une fougue persuasive dont Sandro, qui doute tant de lui, a terriblement besoin. Ce sont les encouragements de ces deux-là qu'il vient glaner ici, outre le fumet du bonheur.

Pour peu que Lucrezia se doute de quelque chose quant aux relations entre son fils et Botticelli, elle cache bien son jeu. Elle ne montre que sa joie à ses enfants réunis près d'elle. Tous. Sandro inclus.

Il règne ici un climat de lumineuse sérénité. Rien à voir avec la cohue de chez lui. Certes on n'y travaille plus, mais même avant, Lucrezia a toujours généré cet air de paix. La blancheur écrue des murs, les rideaux de lin clair ouvrant sur un ciel atténué, les bancs des élèves contre les murs, les chevalets et les sellettes groupés dans un seul angle…, oui, il a toujours régné ici un ordre heureux. La grande table de travail et de partage du pain, drapée de toile métis, simple et garnie… Il flotte des anges, un air doux et céleste sur cette longue salle basse qui fut hier une ruche.

C'était l'atelier de Filippo Lippi, le plus grand peintre et, sans doute, le plus novateur d'une époque où l'audace n'était pourtant pas rare. Autour de la table, on se plaît souvent à évoquer celui qui en a sculpté l'âme.

— Il y a de quoi être fier, et même, de plus en plus fier, d'avoir été son élève, conclut vivement Botticelli.

— Son meilleur élève, renchérit Lucrezia.

— Mais non, vous savez bien que celui qui prétend à ce titre, c'est le riche et célèbre Ghirlandaio. Il va partout dans Florence le proclamant. Et chacun de s'esclaffer. Ils sont les mieux placés pour savoir qu'il n'est jamais venu travailler à l'atelier Lippi ! N'empêche, la gloire posthume de Lippi est telle que le vantard Ghirlandaio a besoin de s'en draper.

— Et, ajoute la péronnelle de Sandra, à la mort de papa, lui, il n'est pas venu nous faire vivre en faisant marcher l'atelier.

— À ce moment-là, ta présence a été pour nous un cadeau du ciel. Grâce à toi, la maison a continué à tourner et nous à vivre, insiste Lucrezia.

— C'était normal que ce soit moi, conclut Botticelli, braque et timide à la fois. C'était vous ma vraie famille, et c'est toujours vous que je chéris plus que l'autre.

42

Avec toute la nostalgie dont cette pièce est imprégnée, Sandro ne peut s'empêcher de se remémorer la période où, jeune, débutant, lamentable, solitaire, agressif à force de timidité, et plaisantant sans trêve pour camoufler sa tristesse, il a débarqué.

Lucrezia, la première, l'a mis à l'aise. Elle l'a traité comme un fils. Ça ne lui était jamais arrivé. Il a beaucoup aimé. Ensuite, elle l'a considéré comme un maître doué. Ça aussi, c'était la première fois. Chez lui, encore aujourd'hui, il n'est qu'un bon à rien. Aussi, il adore venir chez Lucrezia. Il peut y être à la fois un môme à l'esprit rieur, voire franchement imbécile — l'art de la farce est aussi développé chez lui que celui de la perspective — et un artiste considéré. Pour des raisons différentes, les trois Lippi lui offrent chacun une manière d'amour. Pour Lucrezia, un regard incrédule et émerveillé comme celui que Lippi, l'artiste, lui inspira. En peinture, elle le considère à l'égal de l'homme qui l'a pour toujours subjuguée.

Sandra ajoute à son attachement au parrain, un parfum d'absolu. Cette petite effrontée nourrit une passion adulte pour ce beau jeune homme (ce que chacun feint d'ignorer, c'est plus commode) mais aussi une confiance éperdue. Quant à Pipo, il est envoûté. Son émerveillement ne s'estompe pas. Le talent de son maître, la beauté de l'homme, la tendresse de son amant… Il lui est reconnaissant de la place privilégiée qu'il occupe près de lui. En un mot, il est amoureux.

— Pendant trois ans, tu t'es mis sans réserve au service de l'art de papa, avec une incroyable humilité, sans rien ajouter de ton style, se sent obligé de préciser Pipo. En t'oubliant toi-même.

— Est-ce que j'avais seulement un style, à cette époque ? Et en plus, un style à moi ? Je ne pense pas.

— Rassure-toi, lance Diamante en riant dans sa barbe blanche, tu n'as toujours ni talent ni style !

Diamante aussi l'aime. Il apprécie le bon peintre et la belle âme. Mais, comme avec ses parents il n'a jamais été à l'aise, Sandro, avec les gens âgés, ne sait pas être naturel. Diamante est peintre, il a passé toute sa vie dans l'ombre de Lippi. Diamante est moine, carme comme Lippi. À sa mort, il n'a même pas eu besoin de défroquer. À force de n'y plus paraître, son couvent l'a oublié. Ou rangé parmi les morts. Il s'est installé avec Lucrezia, Sandra et Pipo, le plus simplement du monde, comme chez lui. Cette présence à l'atelier qui n'a jamais rien exigé en échange — il n'a jamais eu droit à rien, alors au nom de quoi réclamerait-il quoi que ce soit ? —, cette évidente présence a terriblement réconforté Lucrezia. Par lui, elle s'est sentie protégée dans son nouveau statut de jeune veuve. Au moins, comme ça, sa famille ne lui prendrait pas ses enfants et ne tenterait pas de la renvoyer au couvent. Peu à peu, elle s'est enhardie à demander du secours pour subsister, sans dépendre de Botticelli, auprès de celle qui, même après la mort de Lippi, est restée son amie, Lucrezia de Médicis, veuve aussi mais régnant par ses fils, Laurent et Julien. Cette amitié lui est un rempart contre les angoisses d'avenir. Elle ne l'abandonnera pas.

Lucrezia a aimé Filippo Lippi, il est parti. Ça ne fait rien, elle continue de l'aimer et de vivre comme avant.

Un ange passe, très Lippi, l'ange. Et même un peu voyou. Botticelli pose timidement sa main sur celle de Lucrezia.

— C'est toujours vous ma seule vraie famille, que j'ai choisie.

Parmi eux, il se sait à l'abri, au calme, compris presque. Aujourd'hui encore, Lucrezia est la seule à connaître ses blessures intimes. Elle l'a consolé. Elle l'a même laissé lui baiser le bout des doigts, se doutant qu'il n'irait pas plus loin. Elle avait beau être la première jeune femme qu'il approchait, elle le sentait dépourvu d'appétits charnels. Elle avait Lippi pour comparer. À l'époque, la mère de Botticelli avait déjà passé cinquante-cinq ans, et paraissait vraiment vieille, tellement revêche. Il n'avait jamais connu la proximité d'une femme ni même d'une fille. Ses quatre petites sœurs étaient mortes en bas âge, les unes après les autres, tous les ans, comme pour lui interdire de s'attacher à une femme. Les filles, c'est trop fragile, ça meurt sans prévenir. Il s'est peu confié. Le reste, Lucrezia l'a deviné. Elle a reconnu en lui sa propre nature mélancolique, qui l'avait fait entrer au couvent à quinze ans pour se sauver du monde réel et continuer de rêvasser sans s'engager dans la vraie vie. C'est la passion, une passion totale, sauvage, charnelle, sexuelle, puis maternelle qui l'a guérie. Mais Sandro ? La peinture, son immense talent, un début de reconnaissance…, rien de tout cela ne semble agir sur son irrépressible tristesse. Alors elle a gardé ce beau jeune homme triste, posé près d'elle, silencieux, le temps qu'il reprenne haleine et force.

Des forces pour faire face au réel. Force ! C'est drôle. La Force est le nom de l'allégorie pour laquelle

elle a posé. Elle n'a accepté de poser à nouveau que pour Botticelli, parce que c'était lui, parce que c'était sa première commande importante, parce que ça faisait la nique à Ghirlandaio et aux frères Pollaiolo qui rêvaient tous d'elle comme modèle. Lucrezia Buti, la célèbre petite Madone au nez retroussé de Fra Filippo Lippi, celle par qui le scandale a défrayé la chronique de Florence à Rome, la mère de l'enfant Jésus de l'atelier Lippi. Elle a posé pour incarner la Force de Botticelli ! Et lui porter chance. « Juste une fois. » Elle a accepté mais seulement pour l'ultime fois de sa vie. Poser a trop engagé son existence. Aujourd'hui, c'est une épreuve.

Aussi Botticelli en a-t-il profité pour faire de très nombreux croquis. À cette occasion, il a pris l'habitude de multiplier les cartons de ses modèles, sous tous les angles. Pour s'en resservir plus tard. Il a fait provisions de sa muse, de la seule femme qui l'ait jamais rassuré.

Dessins préparatoires, repérages, poses fugaces, il a tout conservé, il les a fait doubler par l'atelier. Lucrezia trône désormais aussi sur les murs de l'atelier de Botticelli.

Pipo et Sandra ont-ils seulement conscience de l'ambivalence des sentiments qui lient leur ami chéri à leur mère ? Quant à Lucrezia, que sait-elle de la nature des liens qui unissent les deux garçons ? En tout cas, la passion enfantine de Sandra, personne ne peut l'ignorer. Elle adore son beau parrain. C'est par cette enfant que Botticelli a appris qu'il n'était pas aussi laid que ses frères ! Il démentait toujours les compliments quand un jour, Lucrezia et Diamante lui ont expliqué scientifiquement qu'il était vraiment bel homme !

Quant au fils de la Sainte Vierge, ce Pipo qui a cessé depuis quelques années de poser au petit Jésus, et même à l'ange, il soupçonne ouvertement son amant d'être épris de sa mère, mais selon lui, comme tout le monde ! Il lui a lancé récemment : « Alors, toi aussi, tu bandes pour la Vierge Marie !!! » Non. Ce qu'il éprouve pour elle n'est pas de cet ordre. N'empêche que les sentiments qui le traversent, en présence de cette famille, ne sont pas des plus clairs, ni des plus simples à vivre. Il n'arrive pas à oublier, en serrant Pipo dans ses bras, qu'il est le fils de son maître, le frère de sa filleule, que son père fut un passeur de couleurs infinies, que sa mère représente toujours pour lui la seule image de femme digne et belle, que... Cet imbroglio lui donne la migraine.

Sandra est à un âge où on ne se lasse pas du ressassement. Chaque fois qu'on parle devant elle de poser pour un peintre — et dans une maison d'artistes, c'est assez fréquent — elle exige qu'on lui re-raconte la rencontre de ses parents, et les scandaleuses conséquences qui s'ensuivirent.

L'histoire a été mille fois évoquée. Tous ceux qui sont autour de la table en connaissent chacun plusieurs versions. C'est une légende désormais, on s'y réfère, on s'y adosse. Comment le moine engrossa la religieuse, avec la bénédiction de sa famille, l'assentiment de l'Église, Diamante pour témoin et les Médicis pour complices.

Pose ou pudeur, Lucrezia élude.

— Il m'a vue, il a su, c'était moi. Ça ne pouvait être que moi. Lui, il allait mal. Je lui ai parlé, il a guéri. J'ai continué de parler, il m'a peinte, il m'a aimée. Moi aussi.

L'enfant écoute sagement et conclut triomphalement par un fatidique :

— C'est normal. Quand on pose, forcément on tombe amoureux. C'est obligé. C'est quand mon tour ? Parrain, je n'arrête pas de grandir, regarde-moi. Si tu voulais, je pourrais faire la Sainte Vierge pour toi. Dis oui, s'il te plaît…

— Je suis très fier de toi, Sandra, très fier d'être ton parrain et que tu t'appelles comme moi. Que tu sois si jolie et si vive, si maligne et si drôle, mais ma Sandra non, pas la Madone. La Madone enfant est très peu réclamée. Patiente encore un peu.

— Mais quand, quand est-ce que tu vas m'aimer ? Tu sais bien : quand on pose, après, on s'aime. Moi je n'ai pas besoin de poser. Je t'aime déjà. Mais toi, je veux que tu m'aimes. Exactement comme papa est tombé fou d'amour pour maman. Pareil, en pire.

Pourtant elle jure ses grands dieux que, pour rien au monde, elle ne se fera nonne, que pour rien au monde, elle n'aura d'enfants, n'empêche elle veut « pareil que maman ! La même chose mais avec Sandro ».

— Tu ne veux pas parce que je ne suis pas nonne, et que tu n'es pas mon confesseur. Pourtant tu dois m'aimer aussi fort que je t'aime déjà. Et j'ai pas mal d'avance.

Diamante est parti d'un grand bon rire de vieillard. Il menace Botticelli d'un index crochu de rhumatismes.

— Tu ne t'en débarrasseras pas de celle-là, elle a quelque chose de plus déterminé encore que son père. Souviens-toi de ce que je te dis là, tu ne t'en tireras pas comme ça. Méfie-toi, petit.

Sandro a bien trois têtes de plus que Diamante ; « petit » dans sa bouche est exclusivement un mot d'amour.

— Tiens-la à distance, petit, sinon c'est ta vie entière qu'elle va agripper.

De séance de pose, justement il faut reparler. De même que la mère supérieure du couvent où dormait Lucrezia s'était sentie obligée de demander aux parents de la jeune fille leur autorisation, afin qu'elle figurât la Sainte Vierge pour « ce grand peintre, si célèbre »… Botticelli se sent soudain très gêné et très bête de demander à Lucrezia — à Lucrezia surtout — si elle ne s'oppose pas à ce que Pipo pose pour son Sébastien !

Il n'est pas dans la nature de Botticelli de rougir. Personne ne perçoit son trouble. Juste tout son sang a reflué de son corps, il a blêmi, il a froid et il se sent mal. Cette demande officielle lui paraît la métaphore d'une autre, bien pire.

— Quel inconvénient y aurait-il à ce que Pipo pose pour toi ? C'est ton élève, ton assistant et je me flatte que mon fils soit un très beau garçon. Ne vous prenez-vous pas souvent les uns les autres pour modèles ? Où est le mal ?

— Non, s'emberlificote Sandro, mais Sébastien est un saint antipesteux. Quand on est superstitieux…, s'excuse piteusement le peintre.

— Toi Sandro, tu serais superstitieux ? Tu m'étonnes. Non, n'est-ce pas, tu es un bon chrétien. Alors où est le mal ? Que mon fils conjure les pires maux, mais c'est bien. C'est très bien. Vous avez plus que mon assentiment, mon approbation.

Lucrezia regarde longuement Sandro. Elle le scrute comme si elle cherchait à lire la suite de l'histoire dans ses prunelles. Elle lui accorde une confiance totale, mais, de temps en temps, elle a besoin de vérifier.

Elle doit se douter de quelque chose ! Pipo a raison, se convainc Botticelli sous le scalpel de ses yeux trop pâles.

Pourtant, non, il ne se sent pas « gêné » ! Son amour pour Pipo ne peut être immoral, ça ne peut pas être mal. C'est trop beau, trop grand, trop intense. Comment Jésus aimait-il l'apôtre Jean ? Ne dormait-il pas enlacé contre lui ? C'est l'Évangile qui le dit.

Dans le regard de Lucrezia, paradoxalement, il reprend confiance. Comme s'il avait son assentiment. Après tout, Botticelli a beau ne pas y connaître grand-chose en amour maternel, il serait logique qu'une mère se réjouisse qu'on adore son enfant à ce point !

Pipo remercie sa mère, embrasse tout le monde, et entraîne son maître à l'atelier. Ils ont besoin de lui, là-bas, ne serait-ce que pour distribuer le travail.

Si Botticelli ne le réprimait d'une poigne de fer en serrant son poignet, Pipo l'enlacerait en pleine rue à peine sorti de chez sa mère.

— Allez, dépêche-toi. Je t'aime. Et je meurs d'envie que tu me perces de tes flèches...

CHAPITRE 4

Léonard !

L'atelier n'a jamais été si propre qu'aujourd'hui. À croire qu'une armée de magiciens s'est employée à supprimer jusqu'à l'idée de poussière. Au milieu de l'atelier, sous un linge gris, tout en hauteur, une œuvre attend, masquée comme dame à Carnaval, l'heure d'être dévoilée.

C'est aujourd'hui que le déjà fameux *Saint Sébastien* — la rumeur a fait sa besogne — est présenté à un public choisi d'amis de Botticelli et de Vespucci, avant d'être installé le 20 janvier prochain sur le premier pilier de Santa Maria Maggiore.

Antonio, le frère orfèvre de Sandro, joue le rôle d'aîné, en l'absence de Simone, retenu à Naples pour affaire. Giovanni, le troisième dans la fratrie Filipepi est rarement à Florence. S'il arrive, c'est en dernier, histoire de tirer les marrons du feu et la couverture à lui. Il est riche. Il est courtier. Il a si bien réussi qu'il traite de haut le reste de sa famille. Prendre de haut quelqu'un qui fait le double de sa taille ! Sandro les dépasse tous de plusieurs têtes... Le plus souvent, Giovanni s'abstient de paraître. C'est Antonio, le magicien nettoyeur, l'ange gardien, pas toujours bienveillant, qui a instauré cet ordre magnifique, en faisant travailler aides, élèves et assistants une bonne moitié de la nuit !

— Mais où sont mes chats ?

— Cachés ! Faut croire qu'ils n'aiment pas l'ordre ni la propreté.

Son frère qui a cessé de les craindre depuis le temps ne connaît toujours rien aux chats.

— Ils doivent se méfier du peuple qui va débarquer dans peu de temps. Ils se doutent de ce qui va se passer.

— Et toi, tu fais mine de l'ignorer ?

— Non, pourquoi ?

— Alors va te changer, on dirait que tu as passé la semaine à Sardigna. Tu as l'air d'un clochard.

Du haut de son mètre cinquante, le frère de Sandro le terrorise toujours. Douze ans d'écart ! Antonio, comme le reste de la famille, juge Sandro corrompu et dévoyé, et ne rate pas une occasion de le lui dire. Mais il lui reconnaît un talent qu'il n'aura jamais, et sa réussite force peu à peu son respect. Finalement, c'est le seul Filipepi à le protéger contre les autres, le seul qui, sans le comprendre, l'accepte tel qu'il est.

Pipo arrive le premier, habillé comme un joli page, ses cheveux bouclés en fouillis autour de son visage d'ange déchu. Il s'est fait aussi beau que son portrait. Il est là au titre d'aide, d'assistant et de modèle de l'œuvre du jour dont tout Florence a déjà entendu vanter la grâce. Comme Antonio, Pipo conseille à Sandro de se changer : « Ils vont bientôt arriver. »

C'est un grand jour. Vespucci, le prestigieux voisin, a convié tous ses amis riches et célèbres au

dévoilement du *Sébastien*. Que vont-ils en penser ?
On attend même la famille Médicis. Mais il n'en est
qu'un dont le jugement importe à Botticelli. À personne il n'a osé l'avouer. En secret, il espère qu'il
viendra. Plutôt mourir que de l'aller lui-même solliciter. D'ailleurs il ne le connaît pas.

En attendant, Botticelli se morfond. Il a l'air ailleurs, ce qui ne surprend personne, l'ailleurs est sa
nature. À le voir immobile au milieu des siens si re-
muants, on jurerait un cygne égaré dans une couvée
de canards.

Lucrezia et Sandra sont parmi les premières in-
vitées. Avides de voir leur Pipo portraituré par leur
Sandro. Elles sont les seules à savoir qui est le
Sébastien.

— Doit-on attendre Vespucci et ses invités pour
dévoiler ?, demandent les femmes Lippi.

— Non, tranche Madame Mère. Je suis là, moi ! Et
j'ai le droit de voir les travaux de mon petit dernier.

Pendant que belles-sœurs et neveux s'agitent pour
offrir à boire un vin blanc légèrement pétillant et frais
comme cette belle journée de novembre, Esméralda
devance le geste qui aurait dû revenir à son fils, et
théâtralement, dévoile le panneau deux fois plus haut
qu'elle. Près de deux mètres, sur soixante-quinze cen-
timètres de large. Cette étroitesse le fait paraître encore plus haut, et Madame Mère encore plus trapue.
Apparaît alors un personnage légèrement plus grand
que nature. Un seul personnage, suspendu en l'air ;
ses pieds ne reposent pas sur terre. Nu et très blanc
de peau !

— Dieu qu'il est nu !, s'exclame Madame Mère
qui, dans le doute, choisit de prendre l'air offensé. Ou

l'est-elle sincèrement ? Car elle n'est pas la seule à être soudain frappée par tant de nudité. Pourtant… Qu'auraient-ils dit s'ils l'avaient vu la veille ? Les deux amants se regardent à la dérobée, gênés et étonnés à la fois. Nu ? Sans doute a-t-il été absolument nu. Jusqu'à hier. Si Botticelli l'avait laissé tel qu'il l'a peint, il eut été le premier nu de la peinture florentine !

Mais depuis quelques heures, il est chastement drapé. Un rajout de dernier instant, sous la supplique de Pipo, qui redoutait le scandale pour sa famille, et a mis son honneur dans la balance. Non pas qu'on risquât de le reconnaître « davantage » en voyant son sexe, mais son maître adoré risquait, lui, de subir l'ostracisme des bien-pensants. La preuve : la réaction immédiate de sa propre mère. Incroyable, il a eu beau dissimuler la nudité, draper le sexe de Sébastien-Pipo sous un linge savamment noué, on ne perçoit que sa nudité. Qu'est-ce que ça aurait été, si… ? Que peut-il bien rester de si nu dans ce corps au sexe voilé ?

L'expression de son visage est proche de celle de Pipo, mais Botticelli y a mêlé d'autres traits. Il l'a affublé de son propre regard plein d'ennui et d'effarement. Quant au corps… Esméralda a raison, il donne une incroyable impression de nudité, on le croirait sculpté dans du lait solide par la main d'un dieu. Et cet air de détachement du saint pendant le supplice ! Alors que des flèches lui percent le corps… L'ensemble crée un contraste saisissant.

— C'est bien lui, souffle Sandra à sa mère.

Ces deux-là n'en peuvent douter. Tout en espérant que personne d'autre ne s'en avise, en même temps elles rêvent que chacun devine à qui appartient tant de beauté ! Aussi fières de Pipo que de Sandro.

L'emplacement des flèches fait jaser les invités qui entre-temps sont arrivés. Pourquoi ici plutôt que là, et pourquoi à l'aine ? Quel sens, quelle signification ? Et l'apparente insensibilité à la douleur du saint ? Son indifférence, semble-t-il, au supplice qu'il subit ?

— Mais c'est parce qu'il est déjà exaucé, on sent que l'extase l'a emporté loin de ces flèches. Très au-delà, profère sur un ton ne souffrant aucune discussion, sûr d'avoir raison de toute éternité, le grand, le glorieux, le célébrissime Laurent de Médicis.

Laurent ne saurait paraître sans faire une entrée remarquée. Elle l'est. Ce qu'il dit est évidemment ce qu'il y avait à dire de plus subtil sur ce supplicié. Mais Laurent manque de cette élémentaire courtoisie, qui fut jusqu'à lui la griffe Médicis. Il ne salue qu'en passant l'auteur de cette œuvre qu'il commente pourtant avec tant de justesse. Sa mère, Lucrezia de Médicis, est allée droit à son amie Lucrezia Lippi. Rien que par sa présence, cette Médicis-là impose le silence. L'air d'une reine et plus que la prestance, la distance qui force le respect. Elle regarde à peine le *Sébastien* qui trône au centre. Elle s'intéresse davantage aux visages des gens présents. C'est une vraie Florentine, le pire comme le meilleur s'y côtoient, et la médisance coule dans ses veines.

Dans la traîne de Laurent, le monde est arrivé et chacun son tour de commenter, comme on roucoule, pour se faire mousser. Botticelli ne se soucie jamais des *Grandi*, mais Pipo veille au grain. La personnalité devant qui chacun fait la roue, c'est Laurent de

Médicis. Sincèrement Botticelli n'a cure ni des inconnus ni des gens connus. Trop timide pour aller vers quiconque, il attend qu'on vienne à lui. Si l'on ne vient pas, tant pis ! Vu sa haute stature, il suffit de lever la tête pour le repérer !

Laurent se défie de Botticelli, mais il ne peut comme ses père et mère que rendre un hommage appuyé à son talent. Ça lui permet de placer le sien. Il est assez fin pour exprimer le meilleur jugement à chaud sur toute réalisation artistique. Avec intelligence. Rien à dire à cela. Sauf que Botticelli s'en méfie et le craint.

Des *Grandi*, d'habitude on espère des commandes ; de celui-là, il souhaite seulement qu'il ne nuise pas. Son maître Lippi l'avait mis en garde contre Laurent : « C'est une âme basse, il n'a aucun goût pour la beauté, tu n'as rien à en attendre. Juste à éviter les coups, et comme c'est un pervers, il peut, sans raison connue de toi, chercher à t'en donner. Il ne s'intéresse qu'à ce qui brille. Évite-le toujours et dans tous les cas. Pipo est souvent avec lui, ils ont grandi ensemble. J'essaie de l'en éloigner autant que je peux, mais les deux Lucrezia sont très amies, et ça m'est difficile. Si un jour tu détournes mon fils de cette ordure, tu auras alors rendu à ton maître tout ce qu'il a pu te donner. »

Lippi avait prononcé cette dernière phrase sur un ton qu'il voulait anodin, mais Botticelli ne s'était pas mépris ; il avait les larmes aux yeux. La capacité de nuisance de Laurent lui était connue, il n'avait pas les moyens de s'y opposer et surtout d'en protéger les siens.

Par chance, leurs goûts amoureux ont éloigné Pipo

de Laurent. Depuis que le petit a ouvert les yeux sur le monde, la sexualité débridée et prédatrice de ce Médicis l'a horrifié. Leurs goûts diffèrent en tout. Surtout en art. L'amour mutuel des deux peintres a donc accompli la promesse faite à Lippi. La laideur grandissante du Magnifique a achevé d'en éloigner Pipo. Son sens de l'esthétique en souffre trop. Pas tant de sa laideur d'ailleurs, que de son épouvantable asymétrie. Deux profils si opposés forment une face hautement déséquilibrée. Le prognathisme atavique des Médicis atteint son apogée chez Laurent. Et puis, oui, pis que tous les *condottieri* d'Italie, il a l'air cruel. Il aime le sang, il aime le faire couler. Alors que les deux amants ne l'aiment qu'en peinture. Quand il fait un beau rouge. En réalité, sa laideur met mal à l'aise longtemps après qu'on ne le regarde plus. Il laisse une impression de danger indéfinissable. La méchanceté, disait Fra Filippo Lippi.

Botticelli le fuirait bien s'il osait. Mais il ne peut pas. Déplaire aux Médicis ? Botticelli assez sottement en serait capable, mais pas à Lucrezia. Les Médicis l'ont prise sous leur aile et l'aident à vivre confortablement.

Julien de Médicis vient à Botticelli. Humblement, comme s'il n'était personne ! Le petit frère du Magnifique est un ami d'enfance de Pipo. C'est Vespucci qui l'a convié à cette présentation, persuadé qu'il y aura là de quoi le séduire. Très jeune, Julien sait le peu de pouvoir que lui laisse son frère, mais celui de commander aux artistes, il veut l'occuper en grand. Il a effectivement senti résonner le travail de Botticelli avec sa propre sensibilité.

— Et même, assure-t-il à Sandro, je voudrais revenir, si tu me le permets, un jour plus calme. J'aimerais que tu exauces un de mes rêves. Ce que tu fais me touche tant... Je voudrais te passer une vraie commande pour moi seul. C'est si proche de mes rêves, ta façon de faire le ciel, les arbres, les feuilles des arbres même... c'est beau et mystérieux, comme si un paysage pouvait refléter un état d'âme.

Sitôt qu'un compliment semble disproportionné aux oreilles de la mère de Sandro, (et là, c'est le cas,) elle se met à rugir.

— Arrêtez de lui faire des compliments ! Vous allez me le gâcher. C'est un paresseux terrible. Si vous le flattez, il ne fera plus rien.

Botticelli n'entend pas. N'entend plus. Celui qu'en secret il espérait sans jamais l'avoir vu vient d'entrer. D'instinct, Botticelli le reconnaît. Il ne peut se tromper. C'est lui. D'évidence. Ça ne peut être que lui.

Très beau. Vraiment très beau. Exceptionnel de prestance pour un si jeune homme. Une distinction naturelle, une aisance innée, et aussi une manière de se tenir, de se vêtir, de porter ses cheveux longs, alors que la mode Médicis est ultracourte. Droit comme un cyprès qui n'a jamais fléchi sous le vent, l'air frondeur et princier. Un prince d'ironie. L'œil qui frise, sous de si belles manières qu'on croit avoir rêvé cette lueur amusée. On sent chez lui un enthousiasme généreux, un amour immodeste pour la vie en général, et le fait d'y respirer cette seconde-ci en particulier. Il respire le bonheur et l'intelligence. Intensément. Un air de génie au-dessus de la mêlée. Peut-être une noblesse native et secrète... qui sait ? Il a surgi un beau jour à Florence et la ville l'a reconnu. Pourtant fils adultérin d'un notaire. Il s'est contenté de paraître et chacun s'est senti parcouru d'un délicieux frisson d'admiration.

C'est le libraire voisin qui l'a convié à ce vernissage. En moins de trente ans, les libraires sont devenus des personnages considérables grâce à la diffusion de l'imprimerie. Leurs boutiques constituent des centres nerveux au cœur des cités et alimentent toutes les fièvres de l'esprit. Lieux de réunions des lettrés et de ralliement des étrangers de passage.

Bizarrement les libraires appartiennent à la même confrérie que les peintres. Botticelli, plus peut-être que tous les autres artistes de Florence, entretient des rapports frileux avec eux. Il s'est mis à lire si tard qu'il est sûr que ça se voit. Qu'ils ont, eux, percé à jour son inculture ! D'autant que non content de s'y être mis tard, il s'est aussitôt arrêté à trois auteurs : Boccace, Pétrarque et surtout Dante. L'*Enfer* : le livre de sa vie, son livre pour la vie. Alors les autres livres à l'étal des libraires, il n'y jette pas un regard. Mais il s'intéresse aux propos qui se tiennent dans leurs boutiques. C'est là qu'il a entendu parler pour la première fois de cette apparition somptueuse.

L'inconnu a-t-il de lui-même compris la nature essentiellement inhibée de son hôte ? Le bel étranger, après avoir longuement admiré le *Saint Sébastien*, l'avoir admiré en connaisseur, identifie des yeux l'artiste, et se dirige vers lui avec un aplomb et un naturel stupéfiants.

— Maître ! Merci. C'est magnifique. Audacieux… classique… et somptueux ! Merci vraiment. Grâce à toi, nous oserons désormais nous risquer, un jour peut-être, jusque-là, et je te promets que nous n'oublierons pas à qui nous devons ce courage.

Pipo est plus qu'intrigué, séduit. Qui donc est ce beau jeune homme — plus vieux que lui, certes, il doit bien avoir une vingtaine d'années — pour complimenter son maître en se mettant lui-même tellement en valeur ?

— Je m'appelle Léonard. Je viens de Vinci. Je suis à Florence depuis quelque temps. À l'atelier de Verrocchio. Jusqu'ici, j'ai entendu parler de toi, bien sûr, mais je n'osais pas m'approcher. Mon désir d'admirer ton *Sébastien*, quand le libraire m'en a parlé, a été plus fort que tout.

Même la tapageuse famille de Botticelli s'est tue. Abasourdie par tant de grâce. Et de sincérité. Car ce beau prince d'on ne sait où, est réellement sous le charme. Bouleversé par le panneau. Nul n'en peut douter.

C'est cette visite qu'en son for intérieur Botticelli espérait depuis le jour où on lui a montré des dessins de ce garçon. Et voilà, c'est aussi simple que ça, il est là. Botticelli a envie de crier de joie. Il se contente de s'étirer comme un long félin.

Très vite les Médicis prennent congé. Laurent n'éprouve qu'une nécessité en société : être le héros. Là, entre Sandro, la beauté du *Sébastien* et l'entrée triomphale de Vinci... c'est manqué. Mieux vaut qu'il se retire avant de faire un esclandre. Non sans avoir auparavant convié la compagnie à paraître — et les artistes à donner le meilleur d'eux-mêmes — au bal d'Éléonore à la naissance du premier bourgeon. Bannières, fanions, étendards..., tout ce qui fait couleur de fête et pavoise la cité de joie, se doit d'accueillir ce mariage princier. Éléonore d'Aragon, fille du roi de Naples, se fiance au duc d'Este et de Milan. Deux alliances d'un coup, et d'une rare importance. Elle choisit Florence pour célébrer son union. La cité est priée de l'honorer. Au nom de la paix, on va inventer la plus riche fête de Toscane, qui s'enorgueillit de ne pas laisser passer pareille chance !

Sandro doit les raccompagner. Recevoir quelques éloges flatteurs et même une commande pour ce futur bal. Promesse pour dans quelques mois.

Aussitôt Pipo en profite pour se présenter au nouveau venu. Son charme est universel. Personne n'y résiste. Alors Pipo, cet animal sensuel que la beauté partout aimante...

Les mères aussi se retirent. Sandra est obligée de suivre en trépignant. Elle ne rêve que d'être grande pour remplacer son frère, sur les tableaux et dans la vie de Sandro.

Pipo peut enfin se laisser aller. Face à Léonard qui se réjouit à haute voix d'avoir enfin rencontré un maître avec qui jouer à rivaliser. Il a huit ans de moins et il parle déjà d'égaler Botticelli !

Il est beau, certes, mais il ne doute vraiment de rien ! En tout cas, pas de son talent. Pipo le lui fait remarquer.

— Tout de même, la cité regorge de maîtres plus époustouflants les uns que les autres, alors pour tenter de s'y aligner, les jeunes comme nous ont du pain sur la planche...

— Ah oui ! Tu crois ça ? À part mon maître Verrocchio, Giotto, Masaccio et l'Angelico hier, il n'y a que Sandro Botticelli pour atteindre ce niveau d'invention et de renouveau.

— Si tu parles des morts, n'oublie quand même pas mon père, Filippo Lippi, répond l'enfant dépité.

— Non, réplique tranquillement le léonin personnage. Pas Lippi. Lippi est un grand peintre, mais il n'a pas innové. Il a fait du beau, du sensuel, de l'aérien, du voluptueux même, mais il n'a rien apporté de neuf.

— Si tu n'as pas aimé le père, méfie-toi quand même du fils, tente hardiment le jeune orphelin.

— Ah, parce que tu es des nôtres ? Dis-le. Prouve-le. Et que vive la vie et les vivants ! Tu me montreras ce que tu fais.

Comment rien refuser à un être aussi gentil que beau. On croirait un cousin du bon Dieu, se dit en le toisant le fils de la Sainte Vierge.

Le temps passe, on n'est bientôt plus qu'entre artistes. Même la tumultueuse famille Botticelli cède le terrain ; ne reste qu'Antonio — il en a le droit, c'est un artisan. La chaleur de l'admiration est communicative. Il n'échappe pas à Léonard qu'un lien, excédant celui de maître à élève, unit Sandro à Pipo. Et pis, que ce dernier est spontanément porté vers les hommes, et là, précisément, ce soir, très attiré par lui, Léonard. Ce qui ne lui déplaît pas. L'enfant est joli et assez ambitieux pour vouloir plaire à tout prix ou presque. Botticelli aussi a conscience des avances que son amant fait ostensiblement à l'inconnu. Comment lui en vouloir ? Léonard est universellement séduisant. Mais, tout de même, un pacte charnel les unit ! Pipo ne peut le rompre de la sorte, sous ses yeux.

Le climat s'alourdit, les échanges de regards se sensualisent. On ressert du chianti.

— Non merci. Je ne bois jamais, répond Botticelli.

— C'est drôle, moi non plus, repartit aussitôt Léonard, ravi de ces liens parallèles. Dites-moi, c'est un mélange de vous deux, ce *Sébastien* ? Toi, pour le regard, dit Léonard à Botticelli, et toi, Pipo, pour le reste. Le corps entier.

— Comment peux-tu le savoir ?

— Ça se voit. C'est évident même. Comme vous ne l'ignorez pas, cet anti-pesteux est aussi réputé pour soigner d'autres pestes...

L'Église n'a de cesse alors de traiter les homosexuels de pestiférés. Ils partent dans un rire qui soude là entre eux une profonde connivence.

Depuis le départ du gros des troupes et de la famille de Botticelli, quelques chats ont réinvesti l'espace. Les uns après les autres.

— Pourquoi tant de chats ?, demande Léonard.

— Pour tuer le plus d'oiseaux possible, répond, cruel et mauvais, le petit qui se sent délaissé sitôt qu'on ne s'adresse plus à lui.

Il est si entiché de Léonard que même les chats lui volent la vedette. Ni lui ni Sandra ne savent encore que Léonard a littéralement une passion pour les oiseaux. Il dépense tout son argent à racheter les bêtes en cages du Pont-aux-Oiseleurs, uniquement pour ouvrir la cage et les relâcher dans un geste que chacun craint sur le pont. Ensuite il incite l'oiseau à la liberté, à l'aide de mots qui donneraient des ailes aux hommes, s'ils osaient voler.

— Attention, j'adore les oiseaux, mais j'aime aussi

toutes les autres bêtes. C'est pourquoi je suis végétarien.

— Tiens ! Botticelli aussi est végétarien mais lui, c'est parce qu'il déteste se nourrir. Alors, de cadavres…, précise son frère.

— Autre chose encore vous rassemble, ajoute le libraire ravi d'être l'auteur d'une si fructueuse rencontre, aucun de vous deux ne lit le latin. Ce qui n'est pas fréquent, même si ça n'est plus honteux.

Les deux artistes se toisent : végétariens, ignorants, puisque ignorant le latin, ne buvant pas d'alcool, amoureux des animaux, de haute taille et très chevelus l'un comme l'autre !

— Et surtout de si grands peintres, ajoute flagorneur l'enfant Pipo qui commence à se sentir de trop.

Ils éclatent de rire. Un rire qui les unit, les réunit tous deux, sans Pipo. Oui, ça peut s'apparenter à un pacte d'amitié, nonobstant cette pointe de douleur qu'éprouve Botticelli, en voyant comment Pipo dévisage son nouvel ami.

Car, oui ! Ils ont aussi ça en commun. Même s'il est dangereux de le dire, ils aiment les garçons, le corps des garçons, les caresses des garçons et la compagnie des hommes.

L'amour de la peinture est un lien aussi fort et plus aisé à expliciter. Mais ce qui se noue là, aujourd'hui, autour du *Sébastien*, est plus difficile à nommer. La conscience d'entrer dans une histoire d'amour, d'amitié ou de travail ? Le temps se chargera de répondre. Mais le sentiment est sûr, et c'est pour longtemps.

CHAPITRE 5

*Le temps revient…**

Telle est la devise que Laurent de Médicis veut imprimer à son règne.

Comme elle est belle, la jeunesse !
Mais qu'éphémère est son destin !
Jouissez de la vie : le temps presse.
Les lendemains sont incertains.

C'est à une immense farandole que Laurent de Médicis convie la jeunesse de la cité depuis la mort de son père. Un tourbillon à couper le souffle. Un carnaval permanent. Les fêtes païennes succèdent aux Fêtes-Dieu à un rythme vertigineux. Comme si le prince masqué qui dans l'ombre dirige Florence, avait décidé de l'endormir en la tenant éveillée toutes les nuits. Les fêtes ne cessent pas. Un jour, Florence va s'effondrer de fatigue d'avoir trop dansé. Tel doit être le vœu secret des banquiers et des marchands qui voient leurs caisses se vider sans y pouvoir rien… Autant danser !

---

* Tous les textes et poèmes en italique sont extraits des œuvres de Laurent, Politien, Julien.

En se drapant de paillettes pour séduire les filles de la ville, Laurent rêve qu'il protège mieux l'ombre d'où il exerce un pouvoir de plus en plus despotique.

L'artiste le plus proche de lui, son « meilleur ami », son « poète de cour », son employé « à la vie — à la mort », est le poète Politien, Ange de son petit nom et, précise-t-il d'un œil égrillard, « comme eux, d'un sexe incertain ». On peut le qualifier de Fou du Roi Laurent, mais Laurent n'est pas roi, et Politien n'est pas fou. Il a d'autres talents. Il rime dans une nouvelle langue poétique : le toscan. Il pratique son art avec une violence impitoyable. Sans doute est-ce pourquoi on préfère le dire Fou.

D'autant plus qu'il excelle dans l'exercice de la médisance.

— La fameuse épithète de Laurent, l'appellation de Magnifique accolée à son nom, n'est pas ce que vous croyez. Il s'agit d'un résidu de vieux latin. Ce n'est pas un titre de gloire ou de noblesse, ni même un éloge, mais une traduction ratée de munificent. Ça signifie juste qu'il est riche et qu'il paie bien ceux qui le nomment Magnifique ! Un dépensier, quoi ! Son frère porterait mieux ce surnom. Lui au moins il est joli !

Pipo éclate de rire, Léonard de Vinci sourit, toujours énigmatique. Politien est d'autant plus brillant ce soir dans les jardins de Vespucci apprêtés pour la fête, que Botticelli vient de lui présenter Léonard. Il a rougi comme une jeune fille à la vue de la beauté toujours sidérante du jeune peintre. Puis il a entrepris de le séduire à grand renfort de causticité.

— Faire oublier aux pauvres leur misère, cacher sous l'apparat la dureté des temps et la cherté de la vie, en les abreuvant de vins. Ça coule à flots aux coins des rues où passe la parade, dès la tombée du jour. Des fêtes, des joutes, des défilés... on assomme le peuple d'ivresse et d'insomnie. Comme dit Laurent, « un peuple qui a faim n'est pas contrôlable, trop dangereux. Je préfère vider les caisses de la famille pour payer des barriques au *popolo minuto* », rapporte Politien.

— Pour l'instant, ça tient, Laurent en profite, c'est humain. Même si c'est dangereux, conclut Léonard qui se détourne du poète pour honorer sa promesse de diriger le chœur des belles qui chanteront tout à l'heure devant les invités.

Ce que Politien n'ose dire, c'est que ça tient surtout du miracle. Il préfère lancer une de ces vacheries dont il a le secret, dépité de voir le beau Léonard s'éloigner pour des filles !

— Manifestement, il ne peut s'agir d'un chœur de vierges, tant la beauté de certaines semble n'avoir résisté à aucune tentation.

S'il n'était si fastueusement entretenu, Politien, l'ancien pauvre, tiré de l'ornière par Laurent et la grâce de ses propres vers, serait tenté de se rebeller.

Il échange un regard malicieux et complice avec Botticelli. Ces deux-là s'entendent depuis le premier jour d'un seul coup d'œil, inutile d'en rajouter, ils se comprennent. Mettons qu'ils partagent les mêmes maux, qu'ils le savent, mais préfèrent ne jamais les évoquer. Le silence est l'ingrédient de leur amitié. « À demi-maux », dit l'Ange poète que la tristesse de Botticelli laisse souvent coi.

Giorgio Vespucci les rejoint pour attendre avec eux l'arrivée des notables. C'est le meilleur ami de

Botticelli depuis l'enfance. Ils sont d'accord sur l'essentiel. Le célibat, la primauté des amitiés sur la vie familiale, faire passer l'œuvre, l'ouvrage et même le devoir, le service des puissants avant tout, c'est-à-dire avant soi. Giorgio est un homme de grand savoir et d'un goût très sûr. D'ailleurs il est très épris du travail de Botticelli !

Ce soir, il offre à ses commensaux une grande fête en l'honneur de son retour d'ambassade, accomplie près le roi de France, et de l'arrivée dans la cité de son neveu avec sa jeune épouse. C'est pour elle que se presse ce qu'il y a de plus chic à Florence et dans les environs. Tout Careggi est descendu de sa colline ! Chacun l'attend, tout le monde en rêve. La cité bruit déjà de son nom. Il y a trois ans, lors des fêtes du mariage de Laurent, elle était venue à peine quelques jours. Sitôt qu'elle avait paru à la loggia Vespucci, la ville s'était pâmée. Elle a laissé un souvenir impérissable.

Et la voilà de retour. L'on chuchote que cette fois, c'est pour toujours. Avec le gentil Mario Vespucci, son timide époux, à mille lieues de se douter de la nature de l'arme qu'il tient à son bras. La belle Simonetta ! « Sitôt qu'on la voit, on est en proie au plus curieux des émois… », avait dit Laurent le jour de son mariage. La légende de cette journée veut que le peuple en déambulant par les rues de Florence ait élu les trois plus belles femmes de la cité en passant sous leurs fenêtres. Éléonore, Alberia et Simonetta. Et ce soir justement, voilà les trois Grâces à nouveau rassemblées. Elles seront le clou de la fête.

Alberia est la seule Florentine, la seule débutante. Quinze ans, sage sous sa longue natte brune, elle fait tourner les têtes et basculer les cœurs depuis qu'elle déambule en ville avec son noir chaperon. Tout Florence rêve de la marier et spécule avec qui. Elle est si bien née, c'est une Albizzi, que c'est un jeu de société difficile et amusant. Elle appartient aux Florentins qui scrutent ses moindres faits et gestes, c'est leur étoile. En concurrence, la fille du roi de Naples, cette Éléonore d'Aragon promise au duc d'Este, a envie de vivre joyeusement les derniers mois de sa jeunesse avant d'aller s'enfermer dans l'île. Elle a tant envie de rire. Son éducation lui a donné un sincère penchant pour la poésie. Elle y a initié ses amies, les deux autres Grâces, Alberia dite la Divine et Simonetta dite la Belle. Ensemble elles ont cultivé le poème comme exercice d'enchantement. Sincèrement curieuses des arts, elles les ajoutent comme plumes à leur chapeau. Elles y tiennent autant qu'à leurs beaux vêtements. Elles sont coquettes de leur culture. Seule Simonetta est déjà mariée.

Vespucci célèbre son retour à Florence en offrant cette fête à la jeunesse. Il va avoir trente ans, mais il a décidé de ne pas se marier, et surtout de ne pas se reproduire. Pas d'enfant. Neveux et nièces suffiront au devoir de transmission du nom, des armes et des biens. Il léguera tout à ses neveux, Mario, le mari de Simonetta et Amerigo, le cartographe, plus cher à son cœur, car comme lui épris d'aventures lointaines.

Pour l'heure, il accueille Laurent, Julien, Ficin, la bande de Careggi. Le faste princier a revêtu ses habits rustiques. L'élite se camoufle sous l'apparence de la simplicité. Coûteux de faire simple pour une fin d'après-midi sur l'herbe. Tous se pressent et se mêlent sous une tente de lin blanc qui accueille les invités là où le jardin longe l'Arno. Les deux rives sont pavoisées de lampions multicolores qui promettent de s'illuminer à la tombée du jour, quand la joute poétique enflammera les cœurs. Un orchestre composé d'instruments étranges attend les plus belles femmes de Florence, dont les trois plus célébrées. Elles ont, paraît-il, travaillé et répété pour jouer le rôle du chœur. Le chef de cet orchestre improvisé n'est autre que le surprenant Léonard de Vinci. On chuchote qu'il en a éliminé deux ! Trop fausses, sans oreille et surtout, sans la moindre capacité d'écoute. Manque d'attention aux autres ! Crime capital pour Léonard, qu'il revête la tenue de chef d'orchestre, de peintre, d'ingénieur ou de simple citoyen. Il dirige quelques-uns de ses amis sur des partitions de sa composition, à jouer sur ces bizarres instruments inventés et fabriqués par ses soins. L'ensemble est hétéroclite, surprenant, excessivement musical et joyeux.

Mais chut ! C'est l'heure. Vespucci tient à faire des présentations officielles. Il obtient le silence sans peine et soudain… Elle descend les trois marches du perron. Le silence se transforme en sifflement d'admiration ! L'apparition de Simonetta déclenche une sorte de soupir ininterrompu. Comme un souffle retenu si longtemps qu'il s'échappe en sifflant. C'est exactement ça : une beauté à vous couper le souffle. Personne n'aurait pu tirer un son des convives quand la belle passe à leur portée. Proprement sidérés. Bouche bée. Médusés.

L'adoration qu'elle déclenche ne peut s'exprimer qu'à l'aide de transpositions : comme tous ne peuvent l'aimer ni se l'approprier, il va leur falloir la chanter, la peindre, la sculpter, la célébrer de toutes les manières possibles, et même inventer des manières inédites, à la démesure de sa beauté.

Ce soir, on inaugure la saison des fêtes par une joute poétique, décrétée par Laurent que la vue de la Belle a aussitôt affolé. Bien qu'il soit venu avec sa femme Clarisse, enceinte pour la seconde fois de ses œuvres, et sa maîtresse qui ne sort jamais sans son mari.

Mais cette apparition !

On ne sait personne dans les annales de Florence qui y ait résisté. Même le timide et si peu porté sur les femmes Ange Politien a soudain un coup de sang. Son visage est devenu cramoisi et ne dérougit pas ! En regard, Botticelli est tout blanc. À se demander où est passé le sang qui l'irrigue d'ordinaire. Son front est d'une pâleur impressionnante.

Voilà enfin l'heure de l'élection de la plus belle des Grâces. Alberia, Éléonore et Simonetta sont hissées sur la haute estrade du chef. Les trois Grâces ! Éléonore de Naples, dix-sept ans, Alberia de Florence, seize et Simonetta de Gênes, dix-huit ! L'unité de l'Italie symbolisée par une envolée de femmes dans la fleur de la jeunesse. Pour la *canzonetta* — une danse à la mode cette saison —, elles se sont déchaussées. Et virevoltent à trois en se tendant dans l'envol de la danse, les unes vers les autres. Botticelli voit alors s'animer les vases grecs. S'envoler littéralement ces fameux personnages nus ou drapés, devant qui chacun s'extasie quand on les exhume, et qui l'ont toujours ennuyé. Là, elles exécutent ce qui est gravé sur les poteries antiques. Les vases grecs n'ont jamais représenté autre chose qu'une danse de printemps.

Enlacées, elles dansent. Elles glissent. Elles ondulent, ondoient comme la brise sur les airs mystérieux de Léonard. Le regard de Simonetta se perd vers les collines comme si elle cherchait à imiter les flexions souples des oliviers, la fragilité des fleurs de cosmos, que la brise caresse, l'élégance des cyprès qui ont l'air de s'incliner eux aussi devant tant de beauté. Ensemble elles vibrent de plaisir dans la lumière arasée du jour qui tombe. L'air est chargé de parfums lourds. Le printemps comme Simonetta prend son élan dans ce jardin afin de tout dévaster demain dans une explosion tapageuse. Comme sur les vases grecs, la musique sculpte les corps de ces jeunes femmes drapées de plissés mouillés.

Les poètes affûtent leur plume. Léonard fait gronder ses instruments, comme un roulement de tambour. La nuit est tombée, la fête explose en un feu d'artifice inventé par Léonard, et tiré depuis un radeau sur le fleuve. L'illumination soudaine de toute la berge coupe le souffle, à la semblance de l'apparition de Simonetta.

À tout seigneur, tout honneur, il revient à Laurent d'inaugurer la joute. Il déclame son poème préparé pour la circonstance. Il savait se rendre chez Vespucci, son ambassadeur, pour honorer son retour et l'installation de sa nièce.

À Clarisse Orsini pour la forme,
À Lucrezia Donati pour le plaisir,
Mais à la Belle Simonetta pour la poésie,

Et à toutes pour l'amour.
Puisque Vespucci le veut ainsi.

Clarisse Orsini, c'est l'épouse enceinte aux formes épanouies. Lucrezia Donati, la maîtresse en titre, et Simonetta… C'est Simonetta.

Un vent d'admiration devant tant d'audace parcourt l'assemblée. Laurent est puissant, il peut tout se permettre, même de se conduire en goujat. Politien attend que le silence revienne pour y aller de son couplet, improvisé sur-le-champ. Il y met un point d'honneur. Une joute n'est pas un examen.

Quand la rose dans tous ses atours fait l'offrande,
Quand en grâce et en beauté elle atteint au sommet,
Le temps est venu de la mettre en guirlande ;
Avant que sa splendeur ne s'efface à jamais !
Aussi bien jeune fille lorsqu'elle est éclose,
Cueillez donc au jardin, la si belle Rose.

Que dire ? Applaudir ? Chanter, musiquer ? Léonard joue du luth à merveille et à tout rompre.

Laurent sent bien que son poète, son ami, l'Ange qui pourtant n'aime personne et surtout pas les femmes, l'a publiquement surpassé. Il a osé ! Il s'est laissé aller à faire mieux que son maître, ce qui en société n'a pas lieu d'être. On ne l'entretient pas pour ça. Ce doit être l'effet Simonetta. Julien est tout à son extase. Magnifique rêveur, il ne peut quitter la belle des yeux, il plane en la regardant. Il ne veut pas redescendre. Il ne voit rien de ce qui se passe alentour ni le climat s'épaissir. Il ne voit pas la colère envahir son frère. Or si quelqu'un connaît le pouvoir de nuisance de ce dernier, c'est lui, la victime préférée de ses représailles enfantines. La joute continue. C'est au tour de Julien d'y aller de son refrain, tout simple, tout humble, tout amoureux.

— C'est Cupidon qui parle, précise-t-il en rougissant.

> *Du trait destiné à son cœur, je fus l'archer.*
> *Des yeux de Simonetta, je l'ai décochée...*

Et... ? Plus rien ?

Le silence s'éternise. Julien ne parvient pas à achever son couplet. Tout en lui rougit. Il baisse les yeux, met un genou à terre devant la belle, lui baise la main sans pouvoir parler ni cesser d'embrasser cette main inerte. Rendu littéralement muet d'admiration.

Alors Pipo donne le signal.

— Bravo ! Bravo !

Et chacun d'applaudir sans plus d'arrière-pensée. L'unanimité de sa beauté chantée avec une telle simplicité par le plus beau et le plus tendre des Médicis met la société en joie. Au point que chaque membre de l'assemblée veut se joindre aux jouteurs pour mêler ses éloges aux leurs. Les plus belles femmes de Florence chantent et célèbrent la plus magnifique d'entre elles. Incroyable. Même les femmes l'aiment ! Elle fait l'unanimité. Comme Léonard.

Alors Politien reprend de plus belle :

> *Elle est blanche et sa robe est blanche aussi,*
> *Peinte pourtant de fleurs, d'herbes et de roses ;*
> *De sa tête d'or, ses cheveux bouclés*
> *Descendent sur son front humble et altier.*
> *Alentour rit la forêt tout entière,*

En s'efforçant de modérer sa peine,
Royale et bienveillante en son maintien
Du seul regard, elle calme l'orage.

La colère et l'humiliation de Laurent explosent d'un coup. Contre Politien et pour punir l'assemblée. Il hurle le plus fort qu'il peut :

Nous avons de gros concombres,
D'aspects bizarres et boutonneux,
Ils ont l'air plein de verrues,
Mais ils sont appétissants.
On les prend dans les deux mains
On soulève un peu d'écorce.
On ouvre la bouche et on suce.
Habitude à prendre, ils ne font pas mal…

L'air aussi fanfaron que furibond, exhibant sa laideur avec hargne, Laurent les toise tous, l'air de dire : « Hein ? Qu'avez-vous à répondre à cela ? C'est obscène, c'est énorme, ça vous en bouche un coin ! Et pourtant, c'est bien ce que tout le monde pense ici, n'est-ce pas ? »

Les femmes se retirent sous la tente des musiciens, moitié pouffant moitié rougissant, gênées, comme l'ensemble de l'assemblée.

Laurent se dresse devant Simonetta l'empêchant de fuir comme les autres. Unanimement élue, elle reste là, seule au milieu du cercle des jouteurs, toute droite, toute roide, pétrifiée. Elle ne peut bouger. Elle ne peut parler, elle se tait, elle baisse les yeux, elle attend un sauveur, quelqu'un qui mette un terme à son supplice.

Personne ne bouge. Laurent est l'homme le plus puissant de Florence, peut-être d'Italie. Là, dans l'herbe, éclairé par des lampions de toutes les couleurs, il a l'air d'un homme ivre, méchant, capricieux ! Un tueur. On ne peut ni ne veut croire qu'il n'est pas ivre. Sinon...

Au faîte de sa fureur, ni Julien, ni Ficin, ni surtout Politien ne peuvent l'atteindre, il enchaîne ses refrains obscènes qui remontent du fond de sa tapageuse jeunesse. Le plus terrible, c'est que ces « textes » — personne n'ose appeler ça des poèmes — sont de son cru. Il passe en revue les métiers des rues avec leurs argots pour désigner le corps féminin, le masculin, et les moyens qu'ils ont de se compénétrer.

— *Il s'agit de la civette mais vous l'auriez deviné !*, hurle Laurent.

> *Introduisez-la, qu'elle s'y enduise,*
> *Mesdames, cela sera un doux plaisir.*
> *C'est ainsi qu'on extrait le doux liquide,*
> *certaines n'aiment pas son odeur,*
> *elle est bonne mais excessive :*
> *elle émet un mauvais relent de moisi*
> *Quand on la tient malpropre...*

Politien est trop fin et trop bien dressé pour ignorer que c'est lui, par l'exhibition de son talent, qui a déclenché pareille haine. Il rejoint Léonard sous la tente, où déjà Botticelli et Pipo se sont spontanément regroupés. « À la niche, les artistes », semble aussi cracher Laurent. Vieil instinct grégaire de qui n'a pas toujours été admis, loin s'en faut, dans la cité. Hier encore, enterré hors les murs de la ville comme un chien ! L'artisan non intégré à une confrérie est toujours un paria. Les trois peintres qui viennent d'accéder à la confrérie de San Luca le savent mieux que personne.

Et Simonetta, la malheureuse élue, qu'y peut-elle ? Toujours au centre d'un groupe disloqué. Regardant la pointe de ses sandales dorées dans l'espérance d'un miracle. Ses larmes coulent toutes seules, elles aussi. Ses propres mains n'osent les essuyer. Paralysée, assommée, elle n'est plus en elle. Elle n'a soudain plus que son âge, dix-huit ans à peine. Là, tout de suite, elle rêve de voir sa mère, la triomphale Violante. Nonobstant ses négligences maternelles, là elle lui manque cruellement. Même son mari pourrait la consoler, son tout petit mari, à cause de qui elle se trouve au centre de ce supplice. Peut-être a-t-elle été élue reine mais alors, une reine offensée et très humiliée.

Laurent ne décolère pas. Il est déchaîné. Plus il parle, plus il hurle, plus les gens s'éloignent. Il se retrouve seul face à la malheureuse créature qui n'en peut mais. La beauté de Simonetta n'est pas loin d'éclipser ses obscénités. Ça lui est insupportable. Hors toutes limites, en dépit des appels au calme, des abjurations de Vespucci, son hôte, et de Ficin, son mentor, il lance tonitruant :

— Introduisez-la avec le gros concombre… Introduisez-la tous, et dites m'en des nouvelles ! Et n'oublie pas, petit frère, de me dire comment elle jouit.

C'en est trop. Julien décide d'intervenir. Il sait quels risques il prend. Il connaît Laurent par cœur.

Lui seul sait jusqu'où ses colères, enfant, ont failli le mener. Il s'interpose violemment, se jette sur son frère au moment où, qui sait ? il aurait peut-être été capable d'effleurer sa princesse. Il empoigne son grand frère d'un mouvement royal, et lui dit, les dents serrées :

— Cesse immédiatement. Cesse tout de suite, tais-toi. Je t'en supplie. Arrête.

Laurent, interloqué par l'audace de son frère lui jette :

— Eh bien ? Mais qu'attends-tu ? Saute-la. Saute-la donc, là, tout de suite sur le talus. Devant tout le monde… Enfonce-lui fort le gros dard des Médicis…

Puis Laurent, grandiose et grotesque, tourne les talons et disparaît dans l'obscurité de la nuit. Vespucci profite de l'interruption pour libérer la petite princesse bafouée.

Abasourdie mais soulagée, la foule n'en revient pas. Mondanité oblige, faire bonne figure avant tout. Oublions, oublions. Quoique le silence qui suit pareille honte soit aussi obscène que les mots proférés.

— Alors *Maestro* ? Musique !

Mario, le jeune mari, prend Simonetta dans ses bras et l'emporte comme il aurait dû le faire depuis le début. Il la dépose sous la tente parmi les femmes et les peintres réfugiés. Ensemble les fragiles et les trop sensibles. Là, Julien s'excuse auprès du couple de l'indigne conduite de son frère. Puis, prend Botticelli à part et insiste pour qu'il fasse le portrait de son amour, de cette femme dont il vient de s'éprendre. Pour toute sa vie…

Botticelli relève de force Julien en pleurs, genou à terre.

— Peins-la-moi. Peins-la pour moi ! Donne-la moi, je la veux, il me la faut, s'il te plaît, je t'en supplie.

Comme toute la société, Botticelli est troublé par la scène qui vient de se dérouler, mais aussi par sa cause : l'immensité de la beauté de Simonetta. Il en oublie de surveiller le galant badinage de Pipo. Depuis leur arrivée, son amant envoie des œillades d'une audace inouïe en direction de Léonard. Il est le seul à ne pas succomber à la magie de Simonetta. D'abord ces trop visibles avances ont pincé le cœur de Sandro, mais la beauté de Simonetta paraît avoir anesthésié toute idée de peine alentour. Léonard prévient Botticelli.

— La peindre ne sera pas facile. Regarde son sourire. Tu en as pour des heures et des heures à le capturer. Je n'aimerais pas être à ta place, regarde-la bien : elle varie sans cesse ! Pas si simple que ça en a l'air. Cette femme couve un drame ; observe-la sous cet angle, aux flambeaux : là, tu perçois le tragique de ses pommettes ? Fais attention. Si tu la peins telle qu'elle est, véritablement dramatique, ils ne voudront pas de ton portrait, ils refuseront de la reconnaître sous son allure angoissante d'étrangeté. Peut-être ne te pardonneront-ils pas d'oser dire la vérité de ses traits.

Tout est en désordre, et tout n'est que beauté. Étrange fête qu'éclairent de merveilleux lampions multicolores qui se reflètent à l'infini des lointains sur l'Arno ! L'hypersensible Sandro songe qu'on dirait la scène inaugurale d'une crise à venir. Drame intime ou révolution de palais ? Il l'ignore, mais sûrement va-t-il se passer quelque chose, l'heure est trop poignante.

Mais même cette crainte-là est noyée par le trouble qui l'a saisi. Ce qu'il ressent devant Simonetta ne lui est pas naturel.

Sur un mouvement de Vespucci, Léonard donne le signal d'un départ collectif, en cessant doucement de faire jouer son orchestre. Seul un luth dans le lointain accompagne les invités qui s'éloignent dans la nuit. Tous bouleversés, stupéfaits et inquiets pour demain.

Le refrain de Laurent est dans tous les cœurs, sinon sur toutes les lèvres.

> *Comme elle est belle, la jeunesse !*
> *Mais qu'éphémère est son destin !*
> *Jouissez de la vie : le temps presse.*
> *Les lendemains sont incertains.*

CHAPITRE 6

La légende de saint Tropez

— Ma mère s'appelle Violante. Violante Spinola, c'est un nom très fort, tu ne trouves pas ?

Sandro ne répond rien. En temps normal, Sandro est incapable de parler pendant qu'il peint, mais là, le temps n'est pas normal. La présence de Simonetta transforme son pouls en mécanique inconnue. Muet, il se tait avec obstination ! Ça ne dérange pas la jeune femme. Elle en profite pour babiller tout son saoul. Pour se mettre à l'aise, elle lui raconte sa vie, son enfance surtout. Pour elle aussi, ce doit être intimidant de se trouver sous le scalpel de cet artiste aux lignes si incisives, si saisissantes parfois.

Alors elle continue.

— Quand mon père épouse Violante, c'est la plus belle femme de Gênes. Lui s'appelle Cattaneo. Quand je suis née, j'avais déjà plein de frères et sœurs. Je suis le seul enfant de ces deux amants-là. Si tu savais comme ils s'aimaient, c'était beau à voir, exactement comme Julien m'aime.

« Mon père a amené Violante dans le très beau palais de sa famille. Près du port. J'aime la mer, les bateaux... Pour y arriver, un vrai labyrinthe. Il faut

81

prendre par la rue des Vertus, assez étroite, mais ça passe. Au contraire de la rue de l'Amour-Parfait, minuscule, on est obligé de se serrer les uns contre les autres, fût-ce pour s'y croiser. Au fond, par la rue des Grâces, on arrive à notre palais, blotti au milieu d'un faubourg populaire. Tu y serais heureux, là aussi il y a plein de chats, qui courent ou qui dorment à même les pavés obscurs, si humides après les orages qu'ils deviennent blancs de sel... Des maisons des pauvres aux palais des puissants, seuls les chats circulent incognito, sans traces. J'aime tes chats, Sandro. Quand je viens chez toi, j'ai l'impression de revenir dans mon enfance d'avant l'exil. Il n'y avait que des chats, la mer et des cabanes avec plein d'enfants qui riaient. La mer me manque. J'ai besoin qu'elle m'enveloppe de toute son écume douce ou fâchée. Tous les matins, avec ma mère on allait nager, presque toute l'année, chaque aurore. Le jeu avec l'hiver consistait à résister au froid le plus tard possible, parfois jusqu'à la Noël !

« ... J'aimais ma mère, mais elle était tellement occupée par des choses sérieuses, interdites aux enfants. Ses maris, les affaires politiques qui tournaient mal. C'est pour ça que j'ai très peur des hommes politiques. Je n'aime pas Laurent, il est trop dur. Alors que Julien est si tendre.

Botticelli ne répond jamais. De temps en temps, il donne une indication afin qu'elle retrouve la pose, il lui suggère un geste, et c'est tout. Simonetta s'en fiche. Elle a besoin d'un confident. Et elle aime poser. Le premier jour où elle est venue, Botticelli a fait déguerpir de l'atelier apprentis, aides, clients, Pipo, et même son frère. Il tremble tellement à l'idée de la recevoir qu'il ne peut souffrir le moindre témoin. Il a fait aménager un espace privé très fermé ! Il a partagé son atelier en deux. S'est claque-muré avec Simonetta dans l'aire des chats, précisément. Puisqu'elle les adore, et que c'est réciproque. Romulus se met sur ses genoux et, pour la première fois de sa vie, il ronronne ! C'est un mâle dominant, Romulus, le chef de meute et le maître de toutes les femelles ! Sauf Lupa. Jusque-là, il ne s'était autorisé aucun abandon, mais Simonetta… ça n'est pas pareil.

Après un an de ce manège où Simonetta vient chaque jour poser, le climat s'est un peu amélioré.

Et ? Oui ! Elle a accepté de poser nue. Oh ! Pas les premières fois, mais après quelques mois de cette familiarité inouïe qui s'installe toujours entre un peintre et son modèle. Cette sorte d'intimité étrange, où rien n'est dit, mais où tout a déjà eu lieu. Être regardée de la sorte par un œil scrutateur, cruel et neutre à la fois, dans le calcul du pinceau, est une aventure qu'il faut avoir traversée, dans l'immobilité forcée de la pose, pour en sentir tout l'effroi et parfois les frissons. Trop d'attention peut être douloureux. Cependant, Simonetta a accepté de poser nue. Il ne faut pas que ça s'ébruite. Botticelli fait calfeutrer l'atelier contre le froid et les intrus, installe des obturations partout où un œil pourrait s'immiscer. Au début, alors qu'elle posait encore habillée, la petite Sandra a forcé sa porte. Ne doutant de rien, n'est-elle pas la sœur de l'assistant, de l'élève, de l'ami du Maître, elle a évincé tous les barrages érigés par les aides afin d'interdire l'accès à la déesse. De toute la force de son adolescence, elle a bousculé la porte et les rideaux qui la couvrent, regardé le modèle sous toutes les coutures, et jeté, avant que Botticelli ne la chasse, un « Moi aussi, je peux le faire » impétueux. Puis elle a détalé, laissant Simonetta ravie. L'enfant est jolie, espiègle, spécialement délurée, drôle, et d'une si évidente jalousie qu'elle ne peut être dangereuse.

— Elle veut ma place.

— Mais elle n'a que quatorze ans !

— Elle veut ma place et elle l'aura, tu verras…

Simonetta continue de poser, Sandro d'être tétanisé. Encore plus muet, ce qui ne l'empêche pas d'accumuler un nombre gigantesque de cartons. Bien davantage que lors de l'unique séance de pose de Lucrezia. Là, il est techniquement subjugué, déconcerté aussi : il y a en elle comme un infracassable noyau de nuit, qu'il n'arrive pas à saisir, une résistance intérieure, une crypte privée, infranchissable. Pourtant elle est docile. Incroyable. À croire qu'elle n'attendait que ça, une voix qui lui dise où poser sa main, ses yeux, comment croiser plus haut ses jambes, comment tenir ses épaules, décaler sa main ou déplacer très légèrement le bout de sa natte pour cacher son pubis. En réalité, elle ne comprend pas de quoi il s'agit : que peut bien lui vouloir cet homme à l'air désemparé, qui la scrute sans trêve mais sans rien lui demander en échange, même quand elle est nue, alors qu'en permanence, une nuée de papillons virevolte autour d'elle sans désemparer ? Que veut-il au fond ? Qu'attend-il d'elle ? Rien que la contempler, la reproduire, l'imiter, la magnifier, sur carton ou sur bois ? Elle n'y croit pas. Elle ne peut le croire, et d'ailleurs, à elle, ça ne suffit plus. Elle veut autre chose. Quoi ? La danse du baiser ne l'intéresse pas.

Pour ça, désormais, elle a Julien et son mari, quoiqu'il n'aime pas vraiment ça. C'est sans doute pourquoi elle a cédé à la passion de Julien, et a pris goût à sa délicatesse. Heureusement, elle voit Botticelli chaque jour ou presque, pour lui confier ses émois. À son mari elle n'ose pas dire ce qu'elle ressent pour Julien.

— Oh ! Mario est adorable, mais des sentiments aussi violents, il ne peut les comprendre. Même pas les imaginer.

Aussi tient-elle cachées les folles étreintes de Julien, et ses tirades incroyables qui font se dresser le duvet de ses reins.

— … Et puis ça ne lui ferait peut-être pas plaisir de savoir que je cède toujours à Julien. Au fond, tant que je reste sa chère petite Simonetta, il est content. Alors ! Et puis, Julien, si tu savais, il est fou. Complètement fou. Il veut tout le temps… tout ! Même des choses qui n'existent pas, enfin, je crois, et qu'il invente pour moi.

Sandro enregistre en couleur les progrès de la conscience qui naît avec la confiance en soi. Simonetta la timide — pas autant que le peintre mais au moins autant que la pudeur de son sexe l'y contraint —, Simonetta s'enhardit de sa jeune gloire, faite d'un orgueil neuf de femme fêtée, la reine de beauté florentine : la jalousie des autres est un bon aiguillon à l'affirmation de soi. Chaque jour, elle devient davantage l'héroïne de Florence. La notoriété de ses amours médicéennes n'y est pas étrangère. Elle s'épanouit sous l'arc de triomphe que la cité édifie pour elle.

Qui pourrait résister à tant de succès ? Où qu'elle

aille, elle semble espérée. On la chante, on la loue, on la célèbre.

Sandro accomplit sur ses tableaux les mêmes progrès qu'elle en ville. Son pinceau prend une assurance formidable. Il craint de tout perdre le jour fatal où Simonetta ne viendra plus poser. Elle lui confie en vrac ses amours avec Julien et ses souvenirs d'enfance, avec une nette prédilection pour les lieux de l'enfance. Les aventures de ses ancêtres l'ont semble-t-il davantage marquée que ses chagrins de jeune fille ou ses amours du jour. Le tout se confond un peu dans sa narration.

Sa famille fut condamnée à l'exil, d'après ce que comprend Botticelli, réclusion dorée sur un rocher. L'enfant qu'elle est encore prend tout pour un jeu. Simonetta a donc aimé l'exil. Elle y a gagné un légendaire inconnu de Gênes, de Florence et sans doute de toute l'Italie. Du moins en juge-t-il ainsi à la manière dont elle le lui raconte.

— Au moment de ma naissance, ma famille était celle des vainqueurs, je ne sais plus de quoi. Quelques années plus tard, elle bascula dans le clan des bannis. Moi avec. Très vite. Du jour au lendemain, j'avais six ou sept ans, ma mère m'a fait choisir une poupée. Une seule. « Vite, prends celle que tu préfères pour l'emporter. — Mais les autres ? — Les autres vont peut-être mourir. » Et voilà, on était installées sur le rocher de Piombino. Tu connais ?

— Je n'ai même jamais entendu ce nom.

— Eh bien c'est un morceau de presqu'île face à Elbe, sous la protection d'un saint extravagant, dont je parie que tu n'as jamais entendu parler non plus.

Personne ne le connaît. Je parie avec tout le monde et je gagne toujours.

— Et comment s'appelle-t-il, ton extravagant ?

— Saint Tropez, c'est un nom étrange. En fait c'est la déformation de Torpe, paraît-il. J'ai appris à prier sous son effigie dans la chapelle de ma famille. Il y est représenté avec un lion endormi à ses pieds, peut-être qu'il est mort, me disais-je alors, et un léopard géant qui lui retire un couteau de la tête, que les méchants qui tuent les poupées viennent de lui planter… Peux-tu croire, toi, que pour moi, c'était encore une histoire vraie, il y a peu ? Imagine-toi que tous les 9 juin, des pêcheurs d'un lointain village de France portant le nom de notre saint, viennent en pèlerinage depuis des siècles célébrer sa fête chez nous. Ils parlent en latin avec ma famille. Ils demeurent chez nous une semaine, le temps de se remettre de leur voyage et de prendre des forces pour rentrer chez eux loin d'ici. C'est d'eux que je tiens l'histoire de mon saint.

Botticelli écoute-t-il encore ? Peu importe. Trop heureuse d'avoir quelqu'un à qui raconter les enchantements simples de son enfance, Simonetta s'empourpre et s'exalte. Elle est ravissante ainsi. Et Botticelli la peint à la vitesse où elle raconte. Plus elle s'emballe, plus elle embellit.

— … En 68 après Jésus-Christ, Néron est venu à Pise. Il y avait fait construire un temple dédié à Diane, plein de féeries et de magies pour esbaudir le peuple. Néron avait décidé d'y offrir une représentation éclatante de son pouvoir. Quand j'étais petite, je prenais Néron pour un comédien, un magicien, un bateleur. Pas du tout pour l'empereur pyromane que tout le monde connaît. C'est pendant cette somptueuse fête que jaillit Torpe. Alors, il s'appelle Cius Silvus Torpe, son nom n'a pas encore été déformé. C'est un capitaine de la garde de Néron, une sorte de saint Sébastien romain, tu vas voir. Récemment converti au christianisme. Aussi à propos des mystifications magiques, surgies de fumées odoriférantes qu'offre l'empereur pour endormir l'esprit du peuple, il apostrophe Néron : « Attention ! Néron. Tu braves Dieu ! Or il n'y a qu'un seul Dieu, c'est celui qui a fait le ciel et la terre. — Qui es-tu, toi, pour oser offenser Néron ? — Je m'honore d'être un proche parent de Processus que tu as fait sacrifier pour avoir mis sa foi en Jésus-Christ. — Et toi aussi, comme lui, tu renies nos dieux ? De qui tiens-tu tant d'audace pour t'exprimer ainsi ? »

« Torpe persista à dénoncer les simulacres des faux dieux à la foule, qui après avoir démasqué les machineries effectivement mises en place pour la tromper, fut convaincue que le spectacle était monté de toutes pièces, et que Diane ne faisait pas de miracles. Torpe a dit vrai. L'émeute menace. Néron ne se fâche pas. Il ne se presse pas non plus de punir. Il accorde même au croyant quelques jours de réflexion, pour rétracter sa foi. On l'y encourage par la torture. Il n'abjure pas. Alors Néron fait affamer des fauves pendant trois jours. Eux au moins sauront expliquer à l'obstiné le sens de sa destinée. « Dis donc maintenant à ton Dieu de te sauver ! » lui crie Néron, ordonnant d'un geste qu'on le propulse où l'attendent les fauves.

« Torpe entre dans l'arène. Là, une magie encore plus incroyable : les fauves ne le touchent pas. Ils sont pourtant affamés. On le vérifie avec un malheureux chien déchiqueté dans la seconde. Mais Torpe ? Rien à faire. Ils n'en veulent pas.

« Tollé général. Un immense effroi se lève comme un espoir. Le miracle produit souvent ce genre de compulsion collective, paraît-il. On l'amène alors au centre de Pise où il y avait une colonne, on l'y attache solidement tout nu, pour mieux le lacérer de coups de fouet. Il récite ses prières pendant que son sang ruisselle. Ses yeux brillent…

Ceux de Simonetta aussi en racontant cette histoire à laquelle, bizarrement, Botticelli s'est laissé prendre.

— … Sa prière achevée, ses liens se défont tout seuls, la colonne s'effondre en tuant au passage quelques amis de Néron, venus assister à la mise à mort ! Second miracle.

« On le ramène dans l'arène une deuxième fois. Et une deuxième fois, le prodige se répète ! Le lion se couche à ses pieds, et le léopard nettoie ses plaies ! On l'amène ensuite faire allégeance aux dieux de Néron. Là encore juste avant qu'il n'y pénètre, le temple s'écroule. Ce Torpe commence à faire vraiment peur. Depuis sa prison, il suscite des conversions spectaculaires. Il faut en finir et le décapiter sur-le-champ. Mais pas à Pise, ça porterait malheur à la ville. Alors on le met sur un bateau, seul avec le bourreau, un chien et un coq, comme pour les parricides ! Ils accostent sur la plage de Grado près de Piombino, où comme un seul homme, tout le village s'est rassemblé pour voir trancher sa tête. Dans un silence de mort, la hache du bourreau accomplit sa besogne. La tête de Torpe roule sur la grève. Les corbeaux s'en emparent. Normalement, pour lui, c'est fini. Mais, sur ordre de Néron, son corps sans tête est déposé sur le bateau, seul, abandonné au vent de la mer. Guidée par la main de Dieu, la barque longe la côte de Ligure, double Gênes et accoste dans l'anse de ce village de France qui, depuis, porte son nom. Alerté dit-on, par des signes célestes, le peuple attend en prière pour l'enterrer le plus chrétiennement du monde ! Tu me crois ? Attends, ça n'est pas tout. On raconte que plus de soixante familles génoises sont depuis allées s'installer là-bas... Je ne t'ennuie pas avec mon histoire sainte, toi que tout ennuie ? Petite fille, j'avais une passion pour cette histoire, et je voyais dans tous les chats, les descendants des fauves de mon saint Tropez ! Ce village lointain qui héritait d'un corps sans tête, par enchantement, me faisait rêver des journées entières.

— Moi, c'est le chien et le coq embarqués avec lui qui m'intriguent.

— Oui, c'est vrai, c'est amusant. Qu'ont-ils pu devenir ?

Simonetta est vraiment une fille du présent. Elle s'emballe dans la minute et juste pour une seconde. C'est pourquoi elle pose si bien. Elle est toute dans l'instant. Entièrement abandonnée dans la pose, livrée au peintre. Botticelli en use et en abuse. Il la fait se découvrir, s'étendre, poser, se reposer, recommencer...

— ... Au rocher, ébloui par cette lumière dure du midi, je voyais la vie sombre et crue, du noir et du blanc. Le noir venait du chagrin de ma mère, de l'humeur noire où l'exil jetait son mari. Pas de place pour les nuances, les subtiles couleurs que tu sais faire. Alors qu'à Gênes, la vie grouillait de couleurs. Tu aurais adoré. Les maisons y font un concours de beauté permanent et rivalisent de cris colorés. Des roses fuchsia attaquent leurs voisines bleu ciel ou bleu nuit, des jaunes couleur de blé mûr s'en prennent aux rouges des évêques, les bleus d'outremer sur les ors et les pourpres de Byzance, des verts de mer et des marron comme les yeux de Pipo. Imagine. D'énormes blocs de marbre de Carrare se disputent avec les verts cyprès. Des loggias comme des jardins suspendus, aux encorbellements dressés de verdure. Beaucoup de fleurs, les Génois aiment pavoiser les rues de fleurs en toute occasion. Les gens aussi sont colorés, si tu savais ! Enfant, j'étais émerveillée, les pages avaient des chausses de deux couleurs, une jambe vert émeraude, l'autre cannelle, ou jaune vif apposé à rouge sang. Et puis les colliers d'or et de pierreries des ecclésiastiques, les notaires pompeusement parés de velours doux, les marins couverts d'écume de pompons et d'écussons... À propos, viendras-tu ce soir à la fête au palais Médicis ?

— Non. Je ne bois pas, je ne mange pas, l'incitation à ne faire que ça m'exaspère, et pour entendre, ivre mort, les obscénités de Laurent succéder aux joyaux poétiques de Politien. Politien, je préfère le rencontrer ici, sans Médicis et sans alcool.

— Là-bas, au rocher, on disait qu'assister à une réunion où Politien déclamait ses poèmes était une aventure inespérée. À peine arrivée, c'est à moi qu'il les dédie, c'est moi qui l'inspire, et je deviens sa muse. Comment pourrais-je ne pas m'y rendre ? Partout où il est, crépite l'intelligence. Et au lieu de me laisser le temps de m'émerveiller, il se couche à mes pieds. Dis-moi, toi qui es son ami, que faut-il que je fasse pour le voir dans toute sa gloire, dans tout son éclat de poète et pas en amoureux transi ? J'ai fini de grandir dans la tour du rocher, enfermée, j'ai eu tout le temps de rêver ma vie. Maintenant c'est la réalité. Et je veux la vivre toute, tout de suite et très fort. Embrasse-moi…

Ça y est ! Elle a osé. Elle ferme les yeux, elle meurt de peur, elle attend le baiser.

Et… rien. Des mots, chuchotés. Autant dire rien. Qu'elle écoute avidement.

— Je ne peux pas. Je ne suis pas dans la réalité, moi. Je ne franchis jamais la ligne qui m'en isole. Et je ne trace toutes ces lignes que pour mieux la ligoter, interdire à ma rêverie l'accès à ce lieu où s'échangent les vrais baisers.

Simonetta scrute attentivement celui qui n'a jamais cessé de la regarder, mais… Comment dire ? Comme si elle n'y était pas. Comme si elle n'avait pas d'existence, autre que celle, physique, tangible de son corps. Comme si elle n'était exagérément qu'un corps, une chose inerte qu'on peut bouger à volonté, déplacer, plier, ranger, un corps maniable. Simonetta trouve Botticelli triste comme l'herbe mince et longue qui naît du sable des canaux. Et joyeux, fou ou diable, la seconde suivante, farceur, espiègle, languissant et fantasque. Blond au teint blafard, ses yeux couleurs de l'Arno par grande crue, quand la Sardigna livre ses détritus, morceaux de terre immonde où s'accumulent les déchets les plus improbables. Quelques pépites aussi d'un vert d'huître délavé, miroirs des eaux stagnantes. L'intensité, la fixité avec laquelle Botticelli la tient sous ses prunelles… Oui. On peut tout imaginer.

Elle songe que si c'est pour l'aimer, d'avance elle y

consent. Il est si beau, si grave, si doux. Mais non. Il ne fait pas un geste, ne demande rien que des heures de pose, toujours plus d'heures à poser, ensemble mais si loin. Sandro est bien sûr excessivement troublé par elle. Évidemment il sent son attente monter vers lui mais elle érige un tel mur entre eux qu'il ne saurait y répondre. Ce qu'il ressent pour elle n'a cessé de croître en intensité. On devrait pouvoir appeler ça de l'amour. Mais on ne peut pas. Quelque chose manque. S'il veut sans cesse la voir, il n'a jamais désiré la toucher, la posséder, s'enfoncer en elle pour toujours. Il sait ce qu'il faudrait ressentir pour appeler ça amour... Il le ressent pour Pipo. Jamais pour une femme. Simonetta est celle qui s'en rapproche le plus, mais, à quoi bon mentir ? Pas assez. Alors, elle pose, il peint.

Entre eux, des échanges de regards fous. Tout passe dans ces éclairs-là, d'incroyables promesses, tout l'amour du monde... Simonetta raconte. Son enfance enfermée, les rues chaudes du port, sa vie, ses amoureux, nombreux, de plus en plus nombreux, son exil sur le rocher de Piombino, une seule issue, un bon mariage, et pendant qu'elle raconte, de tous ses yeux, elle hurle : « Je t'aime, prends-moi... » Les yeux de Sandro disent « moi aussi, je t'aime, mais je ne sais pas prendre. Je ne puis t'aimer autrement qu'en te dessinant. Je t'aime mais je resterai toujours dehors, je ne peux pas m'approcher plus près »...

Elle l'implore. Il répond oui des yeux, jamais du geste. Il lui faudrait brusquer quelque chose. Les yeux ne suffisent plus. La voix ? Elle n'ose pas. Il faudrait un geste tendre et ambigu, un bras posé sur une partie de lui qui le gêne... Non. Elle n'ose pas. S'il la repoussait ? Elle en mourrait de honte. Ils passeraient le reste de leur vie à oublier cette tentative, s'ils l'avaient faite…

Alors elle le régale de tout le répertoire des grandes coquettes, et même des allumeuses. Il s'en réjouit, il s'en repaît, il croque toutes les femmes qu'elle lui présente. Et elle est multiple, follement légère et belle. Sandro les croque toutes, ça lui servira toujours, plus tard.

Dans le grand silence de l'atelier, Simonetta n'en peut plus. Elle a épuisé ses réserves de bavardage pour faire écran à son trouble. Cette fois elle est nue, tout à fait nue, jusqu'à l'âme. Alors elle se met à pleurer. Et soudain se rhabille en tempêtant. Elle s'enfuit en pleurant. Il n'y comprend rien mais il sait qu'il n'y peut rien.

Depuis un an que se reproduit le même scénario, Botticelli ne parvient pas à s'y habituer. Chaque fois, c'est l'alarme. Il est sans voix devant les larmes. Chaque fois qu'elle part de la sorte avec ses gros sanglots, il a peur. Elle revient toujours. Et si elle ne revenait pas ? Il en mourrait peut-être. En tout cas jusqu'à ce qu'elle revienne, il se roule en boule au milieu de ses chats dans ce coin d'atelier à elle consacré. Il l'attend prostré, muet, en état de chagrin sans larme. Chaque fois il dit à Lupa : « Crois-tu qu'elle reviendra ? Lupa ronronne pour le rassurer. Mais d'où viennent ses larmes ? C'est trop violent de pleurer devant moi, donc à cause de moi. »

Pipo trouve son amant terriblement changé. Il ne lui fait plus l'amour que distraitement et encore, juste parce qu'ils se sont rejoints à Sardigna, et qu'une fois là, nus l'un contre l'autre, l'avidité sensuelle du petit se fait agile et inventive. Alors Sandro se laisse aller au plaisir, un plaisir arraché. Après quoi il pleure.

Mélancolique, entre deux séances de pose avec la belle, Botticelli caresse ses chats, laisse Pipo jouir de lui, mais c'est tout. Il n'est plus là pour rien ni personne. Absent à tout.

Il y a en Simonetta quelque chose d'infiniment rare et précieux qu'il ne peut laisser perdre. C'est tout de suite qu'il doit s'en saisir. Une grande fragilité l'habite, une faiblesse native… Le Malin cherche-t-il à la leur ravir ? Depuis qu'elle a commencé de poser, et surtout de poser nue, et ça il ne peut le dire à personne, elle a maigri. Un peu, mais chez elle, si frêle, ça fait beaucoup.

— Tu ne le sens pas, demande-t-il un soir à Politien ? Une fragilité comme quelqu'un qui marche au bord d'un abîme, la cheville foulée. Pipo, Léonard, Giorgio Vespucci sont réunis à l'atelier. La tombée du jour était si nostalgique qu'ils ont eu besoin de s'y retrouver. Et bien sûr, immanquablement, leur conversation, d'habitude si savante, a dévié sur Simonetta. Elle a ensorcelé la cité entière. Sauf Pipo. Qui a tout de même secrètement alerté leurs amis que Botticelli risque de replonger dans sa mélancolie prostrée, puisqu'une fois encore Simonetta est partie tout ébouriffée, pleurante, de l'atelier. Cette fois, il se méfie, ils ont plusieurs commandes à livrer, il ne faut pas laisser Botticelli retomber dans cet état d'aboulie où il ne fait plus rien. L'atelier a besoin de lui. Les amis ont répondu présent. Politien a apporté du vin, décidé à faire boire Sandro. C'est son remède à lui contre le chagrin, qu'au moins Sandro essaie.

Botticelli hait le vin, et les buveurs. Exceptionnellement il lève son verre, mû ce soir par une étrange exaltation, qu'il cherche à amplifier ou à prolonger ainsi.

— Je bois à la santé de Simonetta ! Entre toutes choses, sa santé m'est précieuse. Je chéris sa santé. Sa beauté, et son sourire.

Ils sont étonnés. Il est de plus en plus bizarre, changeant comme un ciel d'avril, l'ami Sandro.

— Allons, soyons gais, ça au moins c'est toujours en notre pouvoir !

Ils trinquent donc et Botticelli enchaîne sur un ton incroyablement primesautier comme soudain libéré d'un grand poids.

— Et soyons fous, c'est toujours urgent !

Et le voilà soudain parti à organiser un immense chahut. Ils filent en fin de nuit, conspirateurs pour la joie, savonner les réservoirs de toutes les fontaines de Florence, et elles sont nombreuses.

À l'aurore, elles se mettent toutes à mousser. Florence déborde de mousse blanche. À midi, ça s'est répandu partout et les rues sont devenues dangereusement glissantes.

Voilà les plus grands peintres de la ville, peut-être de l'Italie, transformés en garnements rieurs et stupides. Tels sont aussi les jeux impromptus de Sandro Botticelli. Au moins cette fois ne sombre-t-il pas dans son chagrin en reclus !

Fasse que demain Florence s'envole dans une bulle de savon.

CHAPITRE 7

Mort de la Grâce

Le glas sonne à faire pleurer les pierres. Le glas ne cesse de sonner.

La procession qui s'est ébranlée tôt ce matin n'est pas encore arrivée à l'église où une foule compacte la guette. Elle doit parcourir tout Florence avant de revenir à deux pas d'où elle est partie. La foule s'impatiente, c'est trop long, et surtout, on ne sait rien. On n'y comprend rien. De quoi est morte la belle Simonetta qu'on enterre là en grande pompe ? La reine de beauté au cœur de tous les Florentins est morte si brutalement.

La missive de Mario, adressée à Laurent, dit juste :

« L'âme bienheureuse de Simonetta s'en est allée au paradis ainsi que vous l'avez sans doute appris. Si vous aviez pu la voir après sa mort, elle ne vous eût pas semblée moins belle ni moins charmante, qu'au temps de sa vie… »

Laurent est à Pise pour affaires sensibles. Il n'a pas manqué à son devoir de protecteur de la Beauté, il a mandé son médecin privé, *ser* Stefano au chevet de Simonetta sitôt alitée. Elle ne devait pas mourir. Il prend cette erreur pour un échec personnel.

— Fièvres, étouffements, anorexie, insomnies, aboulie… On a tout énuméré. Tout fut vrai un instant. Elle a traversé tous ces états jusqu'au plus funeste avec le sourire. Son fameux, son célèbre sourire. Mais qu' a-t-elle eu ?

— Ni consomption, ni phtisie, ni épilepsie, ni éclampsie, la jeune femme n'attendait point d'enfant. Alors ?

Alors… Les artistes affirment, Botticelli en tête, qu'elle s'est évanouie de chagrin. Dissoute, évaporée, désagrégée par la tristesse, trop lourde à porter ; elle s'est effondrée.

— Comme moi, elle a toujours eu des crises de larmes sans raison. Comme c'est une femme, elle n'a pas résisté. Ravinée de chagrin. La tristesse lui a par trop serré le cœur. Il n'a pas tenu. Il s'est arrêté de battre.

Les artistes attendent le convoi, mine de plomb à la main. Léonard se tient avec Politien et Botticelli sur le parvis de l'église d'Ognissanti, où la grand-messe de son enterrement doit se dérouler quand le cercueil aura fini son tour de ville. Léonard s'insurge contre cette théorie du chagrin tueur, qu'il juge « fumeuse ». Ce sont ses mots. Pas assez scientifique pour lui. Ce garçon doit trouver une explication technique à tout. Pendant que Botticelli regarde ses larmes couler.

Politien a du mal à cacher sa peine. En moins de trois ans à Florence, Simonetta est devenue la muse et l'inspiratrice de tous les artistes, mais de ce poète-là, elle fut l'unique. Une muse pour la vie.

— Ma muse est morte, ma plume n'a plus qu'à en faire autant…

Politien est au bord des larmes.

Comment se consoleraient-ils ? Ils sont plus désemparés les uns que les autres. Elle a été emportée par un mal étrange qu'on appelle le mal subtil.

Personne n'a réussi à en savoir davantage sur ce miasme bizarre qui l'a dévastée en moins d'une semaine. « Tombée dans l'éther », a dit son mari, les yeux humides. Le pauvre, il n'a rien compris.

Ce 26 avril est glacé. Ils battent le pavé devant l'église, en attendant l'arrivée de la jeune morte. Quand elle arrive enfin, ils sont deux fois pétrifiés. Transis de froid et de chagrin. Dans l'église, une forêt de cierges se dandinent fébrilement.

Politien, Léonard, Ghirlandaio, Pollaiolo et Botticelli ont résisté au froid. Mais ça valait le coup. Le cercueil est demeuré grand ouvert. On n'ose le fermer. Elle est trop somptueuse. Personne ne se résout à clouer le couvercle sur ce visage fabuleux. Elle a fait son dernier voyage à travers la cité à visage découvert. En robe de mariée, parsemée de lys, tête nue, les cheveux à peine tressés autour de son visage, comme un sertissage, et ce visage, ce sourire… !

Les porteurs sont contents de poser un moment leur précieux fardeau devant l'église. Les artistes ont brandi leurs instruments de travail, plume, encre, mine de plomb, pierre noire ou blanche… Ils titubent d'émoi. Les larmes des adorateurs de pareille beauté coulent seules à la vue de cette morte. Trop injuste, la faucheuse !

Ils se pressent d'attraper au vol sa dernière expression, si tendre et si énigmatique. Si reposée. Comme si la tristesse envolée, restait la jeune fille de quinze ans sur la plage. Pour lui rendre un peu de vie, Léonard invente aujourd'hui le dessin à la pierre rouge qu'il appelle « sanguine » en hommage à la jeune morte.

Tout Florence assiste aux funérailles. Laurent n'a pu faire le voyage. La République est représentée par Lucrezia de Médicis et bien sûr l'éploré Julien. Il vient de perdre ce qu'il a de plus cher au monde avec un immense sentiment d'injustice et d'incompréhension. Aussi quitte-t-il sa rangée, son clan, pour se réfugier dans les bras du petit Mario, le veuf, aussi affecté que lui. Ils ne peuvent s'empêcher de sangloter enlacés tous deux, au point d'en couvrir la lecture de l'épître de Luc. On dirait deux frères de part et d'autre du cercueil.

Simonetta disparue ! Personne n'est indemne. Amerigo, son beau-frère, ses demi-frères, sa mère, la triomphale Violante que rien ne semblait troubler, tous sont pétris dans la même douleur. Giorgio Vespucci est l'ordonnateur de la cérémonie. Tous les Vespucci sont rangés par ordre de situation. Le notaire après le jurisconsulte, l'humaniste devant l'aventurier. Derrière, le peuple, où se mêlent artistes, artisans, moines et simples citoyens. L'église est pleine, les cierges l'illuminent. Personne ne parvient à quitter Simonetta des yeux, la messe se déroule à cercueil ouvert !

Elle semble à peine endormie, la tête délicatement posée sur un coussin d'or. Ses boucles jouent toujours sur son front, cet arc de triomphe où défilent les rêves de la Toscane.

Tête sans énigme sinon celle de sa mort. Beauté tranquille et pourtant inquiète.

Elle fut l'exception des siens. De nature délicate et éphémère dans un monde où pour vivre il fallait plus de force d'âme, elle ne put faire d'enfant, donc se survivre. Quant aux inconnus qui la voient pour la première et la dernière fois, leurs joues sont trempées. Ceux qui la connaissent sont saisis d'admiration. Sa beauté qui, de son vivant, semblait insurpassable, est encore sublimée par la mort. Le remords de laisser la mort leur voler pareille somptuosité en étreint certains jusqu'au spasme. Rarement messe fut autant scandée de larmes et rythmée de sanglots.

Un même vœu est formulé par les siens, par la République et par tous les artistes : que ne périsse jamais son souvenir.

Pour freiner ses ardeurs, Politien ne dira plus à Julien : « Attention, c'est une femme mariée ! » Au Paradis, la belle devient accessible à la vénération de tous. Source d'inspiration générale, un culte à Simonetta prend sa source pendant cette cérémonie.

Maîtrise l'intense fureur qui t'anime.
Que tes plaintes ne viennent jusqu'au ciel troubler,
Celle qui fut de ton amour l'objet sublime.
Celle que tu pleures n'est pas morte pourtant.
Elle est vivante, libre d'attaches terrestres…
Pense à toi et sache qu'au ciel elle t'attend.

Botticelli appliquera désormais de l'or pur sur la chevelure de Simonetta. Léonard dessine immédiatement la très belle morte en rouge sang. Alors que le jeune Piero di Cosimo ne parvient pas à la reproduire. Farouche, distant et lugubre, il passe pour fou. Sauf pour Botticelli qui connaît sa folie et ses causes. Sa maladie, c'est la sienne, cette humeur noire dont, tant qu'elle dure, il est impossible de s'extirper. *Melancholia*, mélancolie. Léonard prend cette affection pour de la tristesse, ou pis, la confond avec les crises de chagrin qui l'ébranlent quand il a le sentiment de ne pas être à la hauteur de son propre jugement. Alors il se hait. Botticelli ne se hait jamais. Pour ça, il faut déjà s'aimer un peu, et il ne tient pas beaucoup à lui-même. Ni à la vie. Pendant ses crises, il ne peut plus la voir en peinture. Il ferme les yeux, se coupe du monde et ne peint plus. Sa mélancolie est davantage une peine abstraite, une peine de vivre. Non tant de ne pas y arriver que de ne plus vouloir. Une délectation à demeurer dans l'ennui.

Un autre jeune homme succombe aux charmes délétères de Simonetta, c'est le petit cousin Médicis, celui que Politien a mission d'instruire. Orphelin de père, Lucrezia de Médicis a convaincu Laurent de le mettre dans son camp, en lui offrant la meilleure éducation possible, en le rétablissant dans ses propriétés, ruinées par son père. Ce petit Lorenzo de Médicis assiste à l'entrée de la belle morte, et en fait son idéal féminin. Maintenant qu'elle est officiellement au paradis, tous sont libres de lui déclarer leur amour. Laurent sera plus ostentatoire que Julien. La nuit de sa mort, il écrit son fameux sonnet.

> *Le souvenir de Simonetta ne concerne pas*
> *qu'une limpide nuit de printemps,*
> *le jour gagne en clarté*
> *le soleil brille plus éclatant,*
> *en fait un tournesol,*
> *jaune de la passion*
> *et blanc de la tristesse.*

Tous les poètes composent des élégies en son honneur. Certains ont la délicatesse d'y associer Julien. Ainsi Politien :

> *Si Julien a dédié à Simonetta*
> *le laurier de sa victoire,*
> *qu'en chevalier il a remporté,*
> *c'est vers lui désormais*
> *que les yeux doivent se tourner.*
> *Et si la Belle ne donne pas*
> *l'impression d'être morte,*
> *elle peut continuer à lancer*
> *ses traits, depuis l'autre vie.*

Le mythe étend son empire. Politien ne lui consacre pas moins de cent vingt strophes la semaine de son enterrement. Julien dans ses poèmes l'implore encore.

Tous ont le sentiment de lui devoir qui un poème, qui une fresque, qui des dédicaces de toutes sortes.

Dès la sortie de l'église, le mythe est en marche. Tous les artistes présents, bouleversés par le visage de Simonetta, emplissent leur carnet de commandes.

En dépit de sa volonté d'observation strictement scientifique, Léonard est affecté. Sa bonté naturelle et son sens aigu de la justesse sont atteints, outre celui de l'esthétique dont on n'ose trop tôt faire état. Aussi déclare-t-il à la cantonade : « Au travail. Il n'y a pas trente-six manières de chasser la peine, il n'y en a qu'une : le travail, le travail, le travail… »

Les commandes affluent. Les Vespucci bien sûr, mais chaque Médicis veut sa Simonetta, Julien en larmes s'approche de Botticelli qui aussitôt éclate en sanglots bruyants. Léonard et Pipo l'attrapent chacun d'un côté pour le ramener chez lui. Ce grand échalas en crise de larmes, c'est assez d'émotion pour aujourd'hui.

L'atelier est à deux pas. Politien les rejoint avec du vin.

— Il faut boire pour oublier.

— Non, il ne faut surtout pas oublier mais se rappeler, se rappeler pareille beauté pour l'éternité. Fixer sur le papier, vite, tout ce dont on se souvient, ne rien oublier…

Léonard s'insurge contre toute idée d'oubli, de soi, des autres, et plus généralement d'égarement, avec ou sans boissons.

Alors pour se consoler et apaiser ses amis — la peine est grande pour tous, même pour ceux qui n'ont pas eu la chance d'avoir pour eux seuls Simonetta deux années entières comme modèle —, Botticelli extirpe de sa cachette quelques cartons qu'il fait circuler comme une œuvre pie.

Il a des siècles d'avance sur ses contemporains, il est à la tête de plus d'une centaine de Simonetta, d'attitudes et de tournures différentes. Il conserve au secret ses nus, où elle s'est offerte dans cette humeur amoureuse, presque d'amante. Aujourd'hui, il peut l'avouer, c'était d'offrande qu'il s'agissait quand toute tendue vers lui, elle se soumettait à son désir de peintre. Faute d'autre désir !

Tard dans la nuit, ils se repassent de main en main le visage de la belle aux yeux clos. Et se remémorent les images d'elle que chacun offre aux autres.

Tous les artistes de Florence sollicités, elle devient l'enjeu d'une concurrence acharnée.

— Tu as de l'avance, Sandro. Profites-en.

C'est sur ces mots tendres et très encourageants — Sandro est sans doute à cette heure le meilleur peintre de la cité — que Léonard prend congé. Puis mû d'une subite inspiration, il revient sur ses pas et lui attrape le bras.

— Tu te sens capable de rester seul ?

— Oui. Pourquoi ?

— Parce que je ne comprends rien à tes sautes d'humeur, et parfois j'en ai peur. C'est comme si on ne voyait pas la même chose. Ni de la même manière, ni à l'aide du même organe.

Botticelli est interloqué par ces mots, Politien et Pipo qui eux aussi étaient prêts à partir, sont revenus, surpris par la ferveur avec laquelle les deux hommes se parlent soudain. Très véhément, Léonard lui tient le bras pour l'obliger à entendre.

— Prends l'œil humain. C'est l'organe de la vision. Tu es d'accord. Sans lui on ne verrait pas. Pourtant c'est le principal obstacle de la vision.

— Qu'est-ce que tu racontes ? Es-tu sûr que ce soit le moment ?

— Je ne dis pas que sans yeux nous verrions mieux, comprends-moi, je dis que l'œil est une limite à la vision.

Il semble vital pour le beau Léonard — huit ans plus jeune que Botticelli — d'imposer maintenant sa vision et sa pensée, presque de force. Botticelli ne sait pas débattre.

— Avoir des yeux, reprend-il imperturbable, c'est voir, d'accord, mais c'est *seulement* voir. Toute vision a une portée, un champ limité. Il y a des choses invisibles au loin et qui pourtant existent.

— Où veux-tu en venir, je t'en prie ?

La fatigue, la peine... Botticelli souhaite rester seul avec ses intimes sensations, et ses chats. Léonard ne l'entend pas de cette manière.

— Je dis juste que l'œil est aussi un empêchement à voir.

Botticelli se refuse à raisonner de la sorte. D'ailleurs, il n'est pas en état. Trop fatigué, trop affaibli, trop triste.

— Tu dis n'importe quoi. Je te le pardonne parce que c'est toi, et qu'à toi, on pardonne tout, mais je ne trouve vraiment pas ça drôle. Surtout aujourd'hui.

Léonard est d'une patience infinie quand il cherche à expliquer ses idées à un proche. Il est persuadé que ce dernier ne les a pas encore comprises, que lui-même n'en a eu conscience que quelques minutes auparavant, et qu'il est donc de toute première urgence de les partager. Avec Sandro, à ce jour son meilleur ami, il exige de poursuivre...

— Et le langage ? Celui à l'aide duquel je m'exprime là est en même temps celui à cause duquel tu ne me comprends pas. La pensée est toujours en deçà, au-delà, en retrait, autre en tout cas, que les mots dont on use pour la traduire. En ce sens, le langage est un empêchement de s'exprimer. Pourtant, on ne peut s'exprimer, la plupart du temps, et la plupart d'entre nous, que par ce truchement. Est-ce que tu comprends mieux ? C'est l'empêchement de s'exprimer qui est le moyen même de l'expression.

— Arrête, ça va. Je devine où tu veux en venir. D'après toi, la mort, non seulement nous empêcherait de vivre, limiterait nos existences jusqu'à les écourter parfois dramatiquement, alors qu'en même temps, sans elle, l'homme ne serait ni homme, ni bête, ni rien de vivant, c'est ça ? C'est ta démonstration ? Elle ne me console pas. Parce que la mort, c'est l'absence, la fin de l'amitié et même de l'amour, et moi, je suis là, tout seul, avec mon amour, mon chagrin et j'en fais quoi ? Hein ?

— C'est ça que je voulais te dire. Cette présence latente de la mort dans la vie fait les grandes vies, leur confère ardeur et ferveur.

— Ce qui ne meurt pas, ne vit pas ? C'est ce que tu veux dire à propos de cette ignoble injustice ?

— Oui, répond, piteux, le beau Léonard.

— Et comme Simonetta ne nous reviendra jamais…

— Donc, tu ne crois pas à la vie éternelle ?, reprend-il soudain, à nouveau passionné.

— Et toi ?

Alors Politien intervient.

— Malheureux ! Malheureux ! Taisez-vous immédiatement. Si l'on vous entendait ! Poser la question, c'est déjà y répondre. Méfiez-vous. Les murs de Florence ont les oreilles décollées de mon maître…

« Et des portraits des trois Grâces, ensemble, dansant à la fête de leur élection, tu n'en as pas, reprend timidement Politien, après cette minute de tension où chacun est retombé en soi et dans sa peine.

— Si. Plein. J'en ai un carton plein, j'avais oublié. Je ne pense qu'à Simonetta seule. Alors on la connaissait à peine, pensez qu'il y eut une époque où je ne la connaissais pas !, s'exclame l'artiste naïf.

Ce qui a le don d'irriter Pipo.

— Moi aussi, il y a une époque où tu ne me connaissais pas. Et alors ?

— Alors. Par bonheur, tu es vivant.

Botticelli cherche à calmer la hargne montante de Pipo. Léonard est plongé dans les nouveaux dessins qui circulent. En amoureux de la beauté, de la peinture et de ses amis.

Politien se ressert du vin et Botticelli refuse de voir à nouveau ces vieux dessins de groupes. On y voit un Léonard encore plus beau, encore plus jeune, un Pipo très effronté, un Politien plus timide et plus arrogant qu'aujourd'hui, une assemblée médicéenne en grand tralala, et légèrement ridicule, peut-être déjà démodée, un Vespucci beau et tendre comme dans la vie.

— Mais le décor, les fonds, les paysages, tu n'as pas l'intention de finir ces merveilles ?

— Oh ! Le fond ne m'intéresse pas…

— Mais tu n'as pas le droit ! C'est aussi important que le premier plan. C'est ce qui met en valeur ton premier plan, le relief d'où tout est rendu visible.

— Il a mille fois raison, se permet Pipo, arrogant comme un jeune coq et ravi de prendre ostensiblement le parti de Léonard contre son amant et son maître.

— Non, lâche ivre de rage leur hôte, moi, le fond, je m'en fiche.

Léonard est soudain pris de colère. Accusant Botticelli de mépriser leur art, de se négliger comme créateur, de ne pas tenir compte des règles d'or de leur métier, de…

— Le fond est la forme. La forme est le fond. Tout est lié. Tu ne peux pas dire le contraire… Tu n'as pas le droit.

— Et toi, tu n'as absolument pas à me dire ce que j'ai le droit de faire ou pas.

Excédé, épuisé et surtout très énervé, Botticelli retourne à grandes enjambées au fond de son atelier, déplace quelques panneaux déjà enduits, les place au centre de la pièce, imbibe un chiffon de peinture rouge, et sans ménagement, en éclaboussant au passage le bas du manteau de Pipo, balance de toutes ses forces, son chiffon dégoulinant sur un panneau. Puis avec la même frénésie, ou plus encore, il trempe un autre chiffon dans du bleu et le jette encore plus violemment contre un autre panneau, en hurlant.

— Des fonds, je t'en foutrais des fonds ! En voilà, des fonds, puis, en voilà encore, et je peux t'en faire comme ça, à volonté, jusqu'à ce que tu demandes grâce, jusqu'à ce que tu haïsses les fonds. Ah ! Monsieur veut des fonds. Monsieur me reproche mes fonds ! Mais les voilà, tes fonds !

Et de ses doigts aux ongles rongés jusqu'au sang, il trace des arabesques dans les tâches qu'il vient de jeter sur ses panneaux.

— Tu veux du paysage, eh bien, en voilà. Allez giclez, mes bons amis, suivez mes chiffons ou ils vont vous poursuivre jusqu'en enfer. Et je n'hésiterai pas à aller vous les balancer jusque-là. Allez ! Dehors ! Ouste, je n'en peux plus de tes réflexions oiseuses. Laissez-moi tous, crie-t-il à l'adresse de Pipo qui tente maladroitement de le prendre dans ses bras pour l'apaiser.

Il est littéralement hors de lui, porte grande ouverte sur la rue. Il les chasse en ameutant chacun à la ronde. Il fait nuit, tout dort dans Florence. C'est le jour le plus triste de sa vie. Simonetta est morte, elle n'est plus à lui mais à tout le monde, et son meilleur ami a critiqué son travail.

Les trois amis ainsi chassés s'évaporent dans la nuit noire, Botticelli rentre dans son atelier où ses chiffons imbibés de peintures sont éparpillés, où ses panneaux, tout gâchés, des heures de travail à les polir, les enduire, sont à recommencer.

Revenu sur la pointe des pieds, Léonard passe une tête goguenarde dans l'entrebâillement de la porte.

— Tu sais, Sandro, au *fond*…

Botticelli ramasse un chiffon et le lui jette de toutes ses forces.

— Manqué !

Il se détend brusquement et éclate de rire. Alors Léonard, très « prince » sans rire :

— Tu as encore raté le fond !

CHAPITRE 8

Ruptures

Botticelli est affalé dans son coin d'atelier avec ses chats, l'œil étonné. Pipo, droit et figé dans une dignité d'emprunt, a un air à la fois guindé et furieux.

— Je te quitte. C'est fini. Je ne t'aime plus. Je ne veux plus de toi comme maître, encore moins comme amant. Je quitte la maison de ma mère. Je m'installe à mon compte. Je vais aimer d'autres gens.

— Qui ?

— Lui.

Bien sûr. D'ailleurs, comment résister ? Tout le monde s'en doutait, mais personne n'aurait cru Pipo capable de le faire. Abandonner Botticelli le lendemain de l'enterrement de Simonetta ! Mais y a-t-il un bon jour, une bonne heure pour piétiner qui vous aime ? Le quitter pour Léonard ! Quelle violence ! Quel cynisme surtout !

Ramassé dans cet angle de l'atelier où posait Simonetta, Botticelli a l'allure d'un arbre mort, ses membres ne semblent plus lui appartenir. C'est pour que Pipo soit son Sébastien qu'il a en premier aménagé ce lieu, avant de le calfeutrer pour la morte.

Pipo prend soin de ne pas regarder Sandro. Il a trop à dire. Il ne doit pas être interrompu par des images pieuses ou, pis, par ses sentiments. Il ne doit penser qu'à lui et se justifier comme il croit devoir le faire afin que son amant ne cherche pas à le retenir.

Il regarde droit devant, au-delà du mur de l'atelier, où coule l'Arno. Il annonce à Sandro sa fin, sans le regarder. Il ne voit pas les larmes silencieuses qui roulent sur les joues du plus âgé. Lequel ne prend pas la peine de les écraser ou de les sécher. Elles finiront bien par tarir toutes seules…

Le désarroi s'abat sur Sandro au fur et à mesure qu'il entend la litanie des griefs que Pipo égrène, en petit monstre froid qui a décidé de ne plus se soucier que de lui-même.

— Ma peau, ma peau ! Je sauve ma peau. On verra après pour les dégâts, s'est-il dit avant de commencer, se répète-t-il à chaque fois qu'une oblique de sa vue survole le corps recroquevillé de Botticelli.

— … Un amant si peu sensuel ! Qui aime si peu faire l'amour qu'il faut l'en prier pour qu'il se rappelle que ça existe ! Un ami qui n'aime ni boire ni manger, ni rien partager de ce qui fait la vie simple et joyeuse, surtout quand on a la chance de s'aimer ! Un frère qui gâche tout, qui plombe les heures les plus tranquilles par le ressassement de ses chagrins perpétuels… Mais ça se quitte. Ça se quitte !

Botticelli est d'accord avec tout ce que dénonce Pipo. Il est le premier à se faire ces reproches. C'est terrible d'être à ce point d'accord avec qui vous tue. Lui-même ne voudrait pour rien au monde d'un amant si navrant.

Et soudain au milieu de la nuit et du chaos de sa vie, tout de suite, là, cette idée le fait rire ! Au cœur de sa plus profonde peine, le rire le prend, fou, délirant. Les chats sont interloqués. Seul reste Romulus, le plus courageux, les autres filent pour ne plus entendre ce rire sinistre. Ils ont peur. Pas Pipo, que l'incongruité de ce rire déchaîne. Il lâche tout. Comme un crachat.

— Tant mieux si ça te fait rire, d'apprendre de ma bouche que ton manque d'ambition est une catastrophe. Quand on a ton talent, on le montre. Que dis-je, on le montre ? D'abord on ne le cache pas comme tu fais. Mais surtout, on l'impose au monde entier. Et le monde entier, ici à Florence, ça commence par les *Grandi*. Donc les Médicis. Oui, parfaitement. Laurent soi-même, et sa mère, que tu fuis comme si elle allait personnellement te transmettre le mal de Naples ! Ou tu fais la gueule, ou tu ne sais quelle farce stupide inventer pour te moquer du monde. Tu ne m'apportes que des désagréments. Je ne veux plus travailler avec toi, ni pour toi. Je ne progresse plus. Je ne veux plus te servir d'assistant. Je ne suis plus d'accord avec toi sur ton travail. Tes engouements comme tes dégoûts ne sont plus les miens. Alors, ton amant ! Mais, si tu y réfléchis, c'est toi qui as cessé d'avoir envie de moi. Je devrais même en être vexé. Tu as oublié que j'avais un corps, des désirs de caresses, des envies de jouissance, des besoins d'abandon. Tu m'as cruellement négligé pour la morte ou pour personne. Si vraiment tu m'aimais, depuis tout ce temps, tu aurais déménagé. Et non, Monsieur est mieux chez sa mère, là au moins, il est sûr de ne pas pouvoir s'endormir dans mes bras !

Rien n'est plus chaleureux que ta famille, tu as raison de rester bien au chaud au milieu d'eux. Ils prisent tellement ton travail !

« Je m'en vais, je ne veux plus les voir, ni les entendre, et tes larmes non plus, ces crises insensées, qui te claquemurent des jours, des nuits et encore des jours, dans un silence opaque, dans une paresse inflexible, immobile sans dormir à regarder le vide... Je n'en peux plus des inconsolables ! Je veux consoler, et qu'on me console. Et qu'après la vie soit belle. En plus, tu es si malheureux que tu obliges les gens à tout faire à ta place ! C'est dégoûtant de forcer les autres à te remplacer quand tu n'as pas envie d'honorer ta parole. Tu es comme ça, tu ne peux pas le nier.

À aucun moment Botticelli ne cherche à nier, au contraire. Il a commencé d'acquiescer de tout son rire, il continue de tout son chagrin. Pipo n'en a cure, il enchaîne comme s'il s'adressait à sa perruche.

— Tu es toujours comme ça, là, assis dans ce coin d'atelier, où ta mère n'ose pas aller ; à caresser tes sales bêtes qui puent, les yeux dans le vide, sans rien exprimer. C'est horrible pour quelqu'un qui t'aime ! Je n'en peux plus de tes crises de désespoir aussi injustifiées que tes folies et tes espiègleries à la barbe de tout Florence. Tes humeurs noires et soudain tes accès de joie, tes crises d'angoisse puis d'euphorie sans raison. Ça ne m'amuse plus. Je te hais quand tu te transformes en galopin qui fait choir tous les passants en hurlant de rire. Je n'appelle pas ça aimer la vie, ce grand éloignement où tu es du monde et des gens qui t'aiment. Je ne veux plus subir ça. Ton enthousiasme magnifique, qui nous met tous au travail et s'interrompt aussi précipitamment qu'il est né, non, non et non… Tu ne sais pas vivre, tu ne sais pas jouir, et pis, tu n'en as même pas besoin ! C'est horriblement frustrant de faire l'amour avec toi. Tu fais ça comme tu te nourris, en chipotant, du bout des lèvres. Tu n'es jamais complètement présent. On a l'impression d'être exigeant, gourmand et mal élevé à côté de toi, qui ne prends jamais le risque du moindre débordement, de la moindre perdition, d'un début d'extase. Au lit, tu me fais penser à un minéral. J'aurais préféré un animal, même une plante… Toi, c'est au caillou posé là pour l'éternité que tu me fais penser. Tu parviens à ne pas exister au faîte du plaisir, tu as le plaisir minuscule, tu es tout petit quand tu jouis. C'est odieux d'aimer quelqu'un qui se transforme en pierre sous vos caresses, et surtout sans qu'on comprenne pourquoi. Dès fois qu'on ait fait un geste de travers… Moi, j'ai besoin qu'on m'aime, qu'on me le dise, qu'on me le prouve, qu'on ait envie de moi et de recommencer. Même quand on est épuisé. J'ai envie qu'on s'épuise pour moi… Qu'on me donne du vin, et qu'on trinque avec moi à la joie, au plaisir, à la vie partagée. Qu'on m'apprête des mets délicats et qu'on les apprécie autant que moi. Je rêve, j'ai rêvé, si tu savais, d'heures de caresses partagées, de plaisirs échangés, repris, et échangés encore… Moi je peux. Tu peux aussi. Nous sommes en excellente santé. Te rends-tu compte de notre chance ? J'ai envie de ton plaisir et qu'il soit tonitruant, je ne dis pas bruyant, non, tonitruant. Un plaisir comme un pic de majesté, tu m'entends. Et pas le petit spasme comme un soupir que je parviens à t'arracher après des heures d'acharnement. Et je veux qu'on me trouve beau, et doué, et tendre, et fougueux, car je le suis, et qu'on soit content et même flatté de m'avoir pour amant. Et oui, je veux aussi réussir, être célèbre, célébré et fêté, et riche et encensé comme toi, et adulé, et honoré et reconnu. Je ne veux plus de maître, plus de tutelle, d'obéissance, de soumission. Je pars aussi de chez ma mère. Désormais je veux dormir avec qui ça me chante, quand ça me chante, et ne plus me cacher sans trêve. Je veux la liberté. Et la solitude peut-être, mais à mon compte. Oui, je vais le rejoindre. Bien sûr que je vais le rejoindre ! Comment peux-tu lui résister, moi je ne peux pas. Il est irrésistible. Le monde entier se pâme devant lui, et alors qu'il veut bien de moi, je n'irais pas ? Pourquoi résisterais-je au désir qu'il m'inspire, dès lors qu'il m'accepte ? Crois-moi, ça n'a pas été facile de me faire accepter de lui. Il a beaucoup d'amitié pour toi et te tient en haute estime. Si tu veux le savoir, il m'a longtemps repoussé parce qu'il ne voulait pas te faire souffrir.

— Et là, maintenant que Simonetta est morte, il veut bien.

— C'est moi qui n'en peux plus, tu comprends ? De toi, je ne peux plus ! Alors je lui ai expliqué qu'avec moi dans tes bras, désirant et épris comme je sais l'être, tu souffrais de toute façon. Sans moi, ça ne changera donc rien pour toi. Mais moi, moi, moi, tu n'imagines pas moi ? Mais je vais être très heureux. Pour moi, ça change tout.

— Je souffrirai plus encore sans toi.

— Pas plus. Tu le sais bien. N'essaie pas de me rendre coupable. De toute façon, un homme comme lui, ça ne se laisse pas passer. Il me plaît. Je ne sais pas si je l'aime. Mais il me plaît énormément. Je veux

116

l'aimer, je veux qu'il m'aime, je veux jouir de lui, avec lui, après je saurai. Et comme il ne voulait pas me prendre à toi, pour le rejoindre, je devais te prévenir que nous deux, c'était terminé. Tu as quelque chose à dire ?

Le fou rire de tout à l'heure a fait long feu. Il a laissé Sandro épuisé. Effondré. Tous ses chats sont revenus faire rempart de leur fourrure agglutinée, le soutenir dans cette épreuve. Il avait raison ; les larmes ont cessé de couler, il n'y en a plus. Il est tombé dans une prostration sœur de celles que précisément Pipo fuit.

— Et tu vas vivre de quoi ?

— Léonard me trouvera des commandes, il n'y a pas de raison. Tu m'as bien formé, et je suis tout de même le fils de mon père. Les Médicis ne peuvent pas ne pas…

— Sors d'ici. Pas un mot de plus. Va. Je ferai porter tes affaires chez ta mère, mais plus un mot. Laisse-moi. Vite.

Botticelli va demeurer ainsi soixante-douze heures, enfermé. Assis. Affalé, mais éveillé.

À la fin, Politien force le barrage des frères et des chats. Lui-même est fort atteint par la mort de Simonetta. Aussi s'imagine-t-il que Botticelli ne souffre pas d'autre chose. Il ne sait rien pour Pipo. C'est vrai que cette femme les a salement abandonnés, et si, pour le poète, elle était une muse, pour Botticelli, elle était plus qu'une sœur. Mais la vérité des mots de Pipo s'est gravée dans le cœur du peintre, il n'arrive à songer à rien d'autre qu'à son impuissance totale sur tous les plans. Impuissance que Pipo lui a renvoyée. Sauf en peinture.

— Tu es comme moi. Tu n'as pas d'autre existence que l'art. Nous sommes condamnés à ne rien vivre d'autre. Le métier, toujours, l'ouvrage sans cesse à reprendre. Tu sais, parfois, je voudrais qu'on m'aime, juste pour me reposer de moi-même, avoue Politien, mais c'est impossible. Sais-tu que je n'ai jamais fait l'amour, ânonne encore plus piteusement le jeune Ange, de quoi ? vingt-cinq ans... Oui, vingt-cinq ans de nuits solitaires...

— Toi qui le chantes si bien !, que répondre d'autre se demande l'affligé.

— Je n'ai jamais osé approcher une femme, et la seule que j'aimais follement, au point, peut-être, d'oser un jour le lui dire, vient de nous lâcher. Et..., ne te fâche pas, mais les hommes ne m'attirent pas davantage. Et je me méfie de tes chats. Tu vois, je suis plutôt mal en point. Tu as quelque chose à boire ?

Et Botticelli, de sortir de son hébétude pour consoler cet ami qui lui tombe du ciel et du hasard, ce pur produit des Médicis, qu'il apprécie mais avec qui il n'avait pas envisagé d'aller plus loin en amitié. À ses yeux, Ange Politien est un homme captif. Il appartient à des maîtres ! En mal de confidences et acculé par le malheur, Politien lui avoue son profond désarroi.

— Mes ambitions gelèrent au vent de la misère...

Botticelli se promet de ne jamais oublier la manière dont il a prononcé cette phrase. Elle doit receler une transposition à son usage personnel. « Quel serait le nom de ma misère à moi », se demande Sandro, quand soudain Lupa, sa chatte préférée, se roidit. Elle émet un méchant petit râle bref et... plus rien. Sa tête retombe sur la cuisse de Botticelli qui la tenait machinalement dans son bras. Politien qui déteste toutes ces bestioles et ne comprend même pas qu'on partage le même espace, en profite pour prendre ses jambes à son cou. Toute l'attention de l'artiste est mobilisée par ce tas de poils bleu nuit.

Alarmé et sans imagination, Botticelli appelle Vespucci au secours. Giorgio, toujours calme et réconfortant, diagnostique une mort instantanée.

— Elle est morte de vieillesse. Mais quelle belle vie, ajoute-t-il à l'attention de Botticelli.

Lui, il sait ce qu'aimer une bête veut dire. Il comprend. La belle chatte sauvage a fini ses jours dans les bras de qui lui a offert une si longue vie, au moment où, pour consoler un ami, Botticelli s'extirpait de sa torpeur.

— Il faut attendre le jour pour l'enterrer au bas du jardin. Tu veux que je reste avec toi ? Ou tu préfères essayer de dormir ?

— Merci. Je vais rester avec elle jusqu'au lever du soleil. Mais je peux rester seul. Merci beaucoup. Tu sais, je la connaissais depuis... ? mes quinze ans. Et j'en ai trente-deux ! Elle était déjà adulte quand je l'ai vue la première fois. Je l'ai nourrie en cachette sur le terrain où l'on a construit depuis la lutherie. Dès que j'ai ouvert l'atelier, je l'ai installée à la place d'honneur. C'est mon premier chat. Je l'aime immensément, mais je suis calme, tu peux aller te coucher.

— Mais alors, elle était incroyablement vieille ! Tu as eu... Vous avez eu de la chance tous les deux, si longtemps !

— Elle m'a assisté jusqu'au bout. À la fin, elle n'en pouvait plus. Elle ne m'a jamais abandonné. Je me sens orphelin. Ça va passer. Ou pas. Mais je m'y ferai.

L'unique personne auprès de qui Botticelli ne se sentirait pas ridicule de pleurer Lupa, est aussi la seule qui lui est formellement interdite. Plus amoureux des animaux que lui, Botticelli ne connaît que Léonard. Il peut tout comprendre des nuances de la peine et du deuil d'un chat. Oui, mais Pipo... Il doit être tout à son nouvel amour.

Simonetta aussi l'aurait consolé. D'ailleurs Lupa l'avait adoubée. Ah Simonetta ! Après elle, toute mort paraît redondante. Elle a accaparé toute la mort. Seule Lupa peut rivaliser en dignité, en élégance. La mort de Lupa est la seule à pouvoir exister à côté de celle de Simonetta.

Ce matin, le soleil est fort, beaucoup moins timide qu'il n'eût dû un début mai. Botticelli a trop chaud. Il a enveloppé dans la toile à peindre, où elle aimait tant dormir, la jolie chatte, toute longue, toute bleue, toute raide et glacée, sous l'œil calme de tous les membres de sa famille de félins. Puis il l'a tendrement déposée dans le trou enfin creusé. Il finit de reboucher la tombe. Romulus ne le quitte pas des yeux. Botticelli est en nage, il n'en peut plus de chaleur. La tête lui tourne. Il s'adosse au grand cyprès qui fera de l'ombre à Lupa toute sa mort, il titube. Depuis combien de jours n'a-t-il rien avalé ? Il change de chemise et s'en va comme s'il ne pouvait demeurer une seconde de plus ici. Il marche la tête rentrée dans les épaules, les mains enfoncées dans ses poches, défroissant son grand corps, à chaque pas. De ce pas déterminé, il se rend chez la seule femme qui sache consoler. Il a tellement besoin de consolation. Tant pis pour Pipo. Tant mieux même.

Chez Lucrezia, seul Diamante est fidèle auprès de la maîtresse des lieux. Toujours un ouvrage à la main, toujours douce et comme baignée de lumière tendre.

— Sandra n'est pas là ?

— Elle est allée aider son frère à s'installer, elle lui coud des rideaux. Bien sûr, toi, tu savais qu'il me quittait ? demande la mère à l'amant éploré.

Botticelli ne sait pas mentir, ni répondre. Un soupir lui soulève la poitrine.

— Ah ! Toi aussi. Je comprends, reprend-elle. Viens là, près de moi. Nous allons prier un peu ensemble. Après on causera.

Et l'artiste docilement se met à genoux, et répète après Lucrezia « je vous salue Marie, pleine de grâce, le Seigneur soit avec vous… »

— Lucrezia, je l'aime toujours. J'aime toujours Pipo, Lucrezia ! Et pourtant il a eu raison de me fuir et… Lupa est morte…

Et Sandro laisse tomber sa tête lourde de tant de peines sur les genoux de Lucrezia, sitôt qu'elle s'est rassise après avoir fait son signe de croix et embrassé tendrement la Madone.

— Tu es au fond d'un puits sans lumière, mais c'est juste parce qu'il fait encore nuit. Tu vas voir demain, au grand soleil, ce sera moins sombre. Tu auras moins mal. Pleure si tu veux, va, laisse couler tes larmes, mais n'oublie jamais la Madone.

Quand Lucrezia invoque la Madone, Botticelli traduit « ne t'inquiète pas, je suis là ». Il entend juste. Il a l'oreille musicale. Il ne peut douter d'elle. Elle sera toujours là pour lui, elle ne lui manquera pas. Même si c'est son fils qui lui fait mal. Elle est là, elle ne dit rien de plus. Elle a tout compris. Elle le console de la mort de Lupa, elle parle du terrible vide que laisse une si vieille chatte tellement chérie, à l'atelier, dans le cœur du peintre. Même s'il y a plein d'autres chats, c'est Lupa qui manque, pas un anonyme…

Bien sûr que Lupa, c'est aussi Pipo, mais elle ne le dit pas, ça n'est pas utile. Elle sait. Il sent qu'elle comprend. À mots couverts, à propos de Simonetta, cette fois, elle explique à Sandro pourquoi leur amour était voué à l'échec.

— Cette étrange amitié qui fit tant jaser Florence, interrompue par cette terrible injustice, était d'avance condamnée. Un jour ou l'autre, tu sais bien, Simonetta aurait eu des enfants. Naturellement, elle les aurait fait passer avant toi, et tu en aurais été encore plus meurtri. Simonetta devait s'éloigner pour accomplir son œuvre, Dieu ne l'a pas voulu ainsi. Il t'a évité un autre chagrin, celui de l'abandon. C'est parfois pire, tu sais, ajoute-t-elle à voix très basse.

Botticelli sait qu'elle parle du départ de son fils, et qu'elle aussi doit se sentir délaissée. Elle enchaîne pourtant :

— Sa nature était trop superficielle pour toi. Elle préférait le clinquant, mais elle était si jeune, elle aurait peut-être appris…

Sandra est entrée, sur quelle phrase ? Lucrezia lui fait signe. Et la jeune fille comprend.

— Il est très malheureux.

— À cause de Simonetta ?

— Pas seulement. Lupa aussi est morte.

— Et Pipo qui n'est pas là…

122

Botticelli sourit. La cruelle petite péronnelle ne le laissera pas en repos. Elle invente aussitôt qu'il a perdu un pari la dernière fois et que donc, aujourd'hui, il lui doit une discrétion. Sandro est presque sûr de n'avoir ni joué ni perdu la dernière fois mais l'enfant est impétueuse, c'est presque une femme maintenant ! À quoi bon résister.

— Tu me la dois, tu me la dois…

Lucrezia embrasse Botticelli sur les deux paupières et lui recommande de tenir tous ses engagements, surtout les plus futiles, à titre d'entraînement pour les plus pénibles, un jour.

— Une discrétion, une discrétion !

— D'accord. D'accord. Que veux-tu donc si avidement ?

— Poser pour toi, que tu me peignes et que tu m'aimes. Cette fois, c'est mon tour.

LES PENDUS

CHAPITRE 9

26 avril 1478
La conjuration des Pazzi

Personne ne manque à la messe de Pâques. Même les moins dévots. Seul l'audacieux Léonard n'y paraît pas, sans doute prétextera-t-il l'avoir fêtée à Vinci dans sa campagne natale. Pipo est à Pérouse pour une commande. Deux ans après leur rupture, Botticelli redoute encore de le croiser. En Florentin pur jus, sans repli ni résidence secondaire, Botticelli doit y aller. Il se sent toujours aussi gauche quand il lui faut paraître. Politien passe le chercher. En homme de cour, lui est à l'aise. Il l'entraîne dans les travées, côté Médicis. Au premier rang, au beau milieu de la rangée, trône Laurent tel un prince, un garde du corps à sa gauche, un oncle à droite, de jeunes neveux autour, derrière les plus jeunes avec leurs précepteurs et leurs gardes. Arrivés en retard, donc au troisième rang, Julien et son serviteur. C'est la dernière rangée Médicis. Avec les enfants du beau sexe, les femmes occupent tout l'espace de droite. Elles n'en finissent pas de s'installer en faisant étalage de leurs encombrantes toilettes qui ressemblent beaucoup aux costumes qu'invente Botticelli. Leurs coiffures compliquées sont peu apparentes, c'est Pâques.

Elles sont encore voilées de gaze moussant autour d'elles. À peine si l'on distingue Lucrezia de Médicis de ses filles. Sandra et sa mère n'y sont pas, sans doute ont-elles rejoint leur propre paroisse.

À Pâques, la messe ressemble plus que d'ordinaire à une représentation théâtrale. L'autel est surpeuplé. Des fleurs blanches se balancent dans de grands vases, les statues sont toutes voilées de blanc, l'air est saturé d'odeur de lys, c'est d'une suavité à défaillir. Une armée de robes d'apparat, blanc et or, s'agite en tous sens à côté d'une volée de soutanes énervées et noires. De son œil de peintre, Botticelli regarde l'ensemble, tout en sachant qu'il n'en tirera rien sauf des mouvements, un ballet de mouvements.

Enfin un grand silence recueilli s'installe dans la cathédrale des Fleurs, jusqu'au premier coup de cloche de l'élévation. Ce coup de cloche retentit aux oreilles des conjurés comme un cri de guerre. C'est le signal de l'attaque. Aussitôt c'est la ruée. Jacopo Pazzi suivi de Bernardo Bandini, premiers à entrer en lice, dégainent leur poignard et se jettent sur Julien de Médicis, agenouillé sur son prie-Dieu. Pazzi frappe avec tant de force que sa lame glisse le long de l'omoplate. Julien pousse un terrible hurlement, se relève d'un bond douloureux, hurle à nouveau pour appeler au secours, se retourne, comprend et essaie de fuir par la travée. Résister... Inutile ! Tout va si vite.

Bandini le frappe à son tour, par-devant cette fois, et lui transperce la poitrine, Pazzi frappe à nouveau dans le dos, de toute sa force. D'autres conjurés remontent l'allée centrale vers Julien. Chacun arrivant à sa hauteur se flatte de participer à sa mort. Enfin Baroncelli l'embroche si violemment que Julien, qui, tel un chat élastique, tentait encore de se redresser, recule de quelques pas avant de s'écrouler. Mortellement atteint. Alors tous se ruent. C'est la curée. Julien ne crie plus, il reste à terre, ses yeux n'expriment plus rien.

Si Laurent n'est pas déjà mort, c'est que l'un des conjurés a hésité au dernier moment. Pris de remords. Ce temps de retard dans le crime est la chance de Laurent. Au premier coup de cloche de l'élévation, au premier cri de Julien, Laurent se retourne, embrasse tout d'un coup d'œil, comprend dans l'instant. Et sort aussitôt le poignard d'apparat qui ne le quitte jamais.

De sous les vêtements sacerdotaux, tant d'armes ont surgi… Les conjurés s'élancent, aussi nombreux qu'il y a de soutanes. Mais le serviteur de Laurent a dégainé à temps pour en expédier un *ad patres*, pendant que Laurent se charge d'un second. Il le regarde au fond des yeux et frappe à coup sûr.

Le carnage remplace la messe.

Un mouvement de panique s'empare de toute la cathédrale. Les femmes et les enfants se mettent à hurler, à gesticuler en tout sens, à mourir de peur. Ceux qui ont compris s'enfuient à toutes jambes vers la sortie. Entraînant à leur suite une foule paniquée. Ce grand mouvement est arrêté net par les lances des conjurés brandies pour ne laisser sortir personne.

La pagaille est à son comble. Qui bénit ? Qui tue ? Ordre a été donné aux clercs de ne rien voir. Ne rien savoir, ne pas réagir. Ce qu'ils s'appliquent à faire à la lettre, en continuant de célébrer la messe.

Laurent escalade son prie-Dieu à quelques mètres de l'archevêque qui, en pleine élévation se tient dos à la foule, hostie brandie au-dessus de sa tête. Avec une fougue de bon chrétien, Laurent poignarde à tout va. À chaque coup, il sauve sa vie.

D'autres Médicis viennent enfin à sa rescousse, mais on est rarement bien armé à la messe. C'est donc à main nue que certains tiennent tête aux conjurés et tentent de protéger Laurent en le couvrant de leur corps. Néanmoins un coup de poignard l'atteint au cou. Il est blessé. Il saigne. Avec hargne et courage, il rabat brutalement sa cape sur sa main, s'en fait un manchon capitonné pour mieux se protéger, et brandit son poignard. Sa blessure ne l'empêche pas de frapper comme un diable. Et lui, contrairement à ses agresseurs, il est très bien entraîné.

D'où il est, compte tenu des mouvements désordonnés qui partent dans tous les sens, Botticelli n'arrive à rien voir. Il comprend simplement qu'une tragédie a lieu sous ses yeux. Du coup il est tétanisé, incapable de bouger pour fuir, il ne parvient qu'à serrer de toutes ses forces l'avant-bras de Politien, qui n'en mène pas large non plus. La travée des femmes remonte jusqu'à eux, elles fuient toutes en désordre, en poussant des cris, portant plusieurs enfants dans leurs bras... À la porte que défendent les conjurés, la cohue est indescriptible.

Panique dans les rangs. La confusion est effroyable, des hurlements jaillissent à la vue des rigoles de sang, les gens se figent d'effroi sur place, alors que d'autres courent en tout sens. Le mouvement de panique est arrêté par des lances tournées vers les fuyards. Les morts et les blessés se mêlent, s'emmêlent. On ne sait plus si l'autre est ami ou ennemi. Chacun cherche à fuir n'importe où. Même dans le confessionnal, avec le fol espoir de sortir par là ! Fuir, fuir, mais comment ? La porte va finalement céder sous les hurlements des femmes. Là où les coups d'épaules des fidèles n'y sont pas arrivés, la stridence des voix affolées des mères les a libérés. Un grand fracas, un grand jet de lumière monte du fond de la cathédrale.

Botticelli rêve de suivre les femmes, mais ses pieds ne le suivent pas.

Devant l'autel, la bataille continue de faire rage. Dans l'allée centrale, Lucrezia de Médicis est agenouillée près de son fils mort. Elle lui ferme les yeux. Et sans plus un regard pour lui, sans un mot, sans un cri, sans une larme, elle remonte vers la sortie. Si. Elle se retourne une dernière fois, et c'est le regard de Laurent, fou de colère et de haine qu'elle aperçoit. « Il tiendra », se dit-elle, follement.

Le petit Lorenzo, douze ans, petit cousin de Laurent s'extirpe d'une travée où il se cachait et s'approche à son tour du cadavre de Julien. Il le contemple longuement, il semble compter les coups de couteau. Venant du fond, les hurlements des femmes et des fidèles qui se battent pour sortir sont tels qu'au lieu de les suivre, Politien attrape la manche de Botticelli et l'entraîne en direction du petit Lorenzo tombé en sidération. Il prend l'enfant dans ses bras pour l'arracher à ce spectacle. Puis se dirige fermement vers le cœur des combats, où devant l'autel Laurent continue de batailler contre ces soutanes empoisonnées.

Pour atteindre la sacristie, il faut passer entre Laurent qui frappe dans toutes les directions à la fois et un conjuré menaçant l'évêque de sa dague. Lorenzo dans les bras, Botticelli accroché à sa manche, Politien fonce dans la mêlée. À la manière d'un bélier.

Emportés par leur élan, le peintre et le poète entraînent Laurent dans leur fuite, lui faisant même barrage de leurs corps. Par hasard et malgré eux, ils assurent à Laurent une protection inespérée dans un moment désespéré.

Botticelli n'est plus qu'une longue éponge ramollie.

Comme un somnambule, sans le vouloir, sans le savoir, Botticelli referme la porte de la sacristie de toutes ses forces, au nez des conjurés. Une lourde porte de bronze. Qui ferme très bien. Et dont le panneau intérieur porte sur toute la surface, un extraordinaire Christ sculpté par Luca Della Robbia. Sauvés ! Ils sont sauvés ! Sitôt à l'abri, Botticelli s'évanouit.

Un quart d'heure, ils restent avec Laurent confinés dans la sacristie, attendant un miracle. Soudain du plafond de la sacristie, un cri : « Sortez, sortez. Amis, amis… » Un très jeune homme qui a grimpé sur la haute échelle des tuyaux d'orgue leur apprend qu'effectivement des amis tiennent désormais la place. Les conjurés sont partis, Laurent est en sécurité.

— Et on est le 26 avril, ajoute Botticelli en revenant à lui. Le 26 avril, de sinistre mémoire ! Jour pour jour, deux ans plus tôt, on enterrait Simonetta. Quelle prédestination des dates.

Botticelli titube, il a retrouvé ses sens, mais pas ses esprits, il ne parvient absolument pas à penser. Il suit le mouvement. Comme un aveugle. À peine délivré, Laurent exprime sa reconnaissance.

— Mes amis, je vous dois la vie. Nous vous devons la vie, le jeune Lorenzo et moi.

Pâle comme un mort, tout le côté gauche ensanglanté, Laurent étreint Botticelli qui se penche pour recevoir un baiser du maître de la cité alors que Politien qui est de la même taille que Laurent se retrouve avec toute la joue ensanglantée à son tour. Ce qui les fait tous éclater de ce rire nerveux qui sourd des tragédies.

Ça ne suffit pas à apaiser l'immense colère de Laurent. Une écharpe rouge pour pansement, comme un drapeau de ralliement, Laurent marche en tête des Florentins qui le raccompagnent à son palais.

Là, Botticelli cesse de les suivre comme un automate. Il doit s'éloigner de ces gens qui hurlent vengeance et pour qui la vie, la mort, c'est si peu différent. Vite, à l'atelier, vite auprès de ses chats.

Chez lui, il vomit toute sa trouille, il vomit d'épouvante, il est dans un état atroce, il a vu la mort la plus laide du monde. Il prend des panneaux de bois enduits et se met à gâcher de la couleur, pour oublier, comme d'autres boivent. Les chats l'entourent et le veillent tendrement.

La nouvelle se répand vite. Julien est mort ! Julien a été poignardé. Dix-neuf coups de poignards ! Dix-neuf ! La foule roule, hurlante, échevelée, avide de vengeance. Julien faisait ses délices, par ses fêtes, son élégance, ses amours endeuillées même, il avait touché le cœur du Florentin, pourtant cynique. Julien avait tant de grâce, tant de charme. Il était si délicat…

Dix-neuf coups de poignards pour le tuer dix-neuf fois.

Une frénésie de vengeance s'empare de Florence. Sitôt qu'elle sait Laurent à l'abri, la populace réclame du sang. Encore du sang. Toujours davantage de sang.

Le carnage est terrible. Égal à l'attentat ? Qui peut le dire ? Qui va oser se livrer à ces macabres décomptes ? Léonard, qu'aucune activité humaine ne rebute.

L'archevêque Salviati est pendu séance tenante à la plus grande fenêtre du Pallazo Vecchio. Ses jambes aux bas violets pendouillent sous sa soutane remontée bien trop haut. D'en bas, il fait penser aux deux battants d'une cloche. La foule se tient les côtes de joie mauvaise. Deux autres conjurés sont immédiatement poussés derrière lui. À la même fenêtre, pendus ! Pendus ! Mais la foule en veut plus, encore plus de pendus. Et comme les conjurés sont nombreux...

Bracciolini est traité de la même façon, mais à force de se dandiner au bout de sa corde, elle cède, et il se retrouve tout disloqué sur le pavé.

C'est lui qui s'est tellement acharné sur le cadavre de Julien, crie quelqu'un. Aussitôt la ruée des gueux sur son cadavre le transforme en petites pièces de boucherie, débitées par centaines de morceaux. Mutilés, exhibés, torturés, les corps des morts sont transformés en objets de jeu. Outragés, les cadavres le sont de toutes les manières possibles.

D'autres sont égorgés, puis culbutés par les fenêtres dominant la place de vingt mètres. Le peuple en fait son miel et les déchiquette en morceaux de choix. Chacun veut son trophée à exhiber en haut d'une pique. Pour les porter en triomphe lors de macabres processions improvisées à travers la cité, hissant haut leur débris au bout de bâtons sanguinolents.

Un prêtre a la tête et les jambes tranchées. Chacun a droit à son petit bout. C'est un titre de gloire pour le *popolo minuto* que de hurler en tenant sa pique droite : « Mort au traître. Mort au salaud ! »

Vingt-six conjurés sont débités dans l'heure, comme pièces de boucherie. Sitôt qu'un pendu tombe, les soldats se disputent ses chausses et ses vêtements. Tant et si bien que les suivants, quand on mettra la main dessus, ce qui ne saurait tarder — toute la ville s'y est mise —, on les pendra tout nus.

Désormais, seuls les vrais prélats auront le privilège d'être pendus en habits sacerdotaux. Impossible de contenir la colère du peuple qui s'arrache leurs vêtements, pour se payer à tout prix sur la bête.

Un qui en réchappe reste blotti sous un tas de fagots plus de cinq jours. On le retrouve quasi mort de faim, les cheveux blanchis de terreur. Pour la peine, on l'épargne.

Après qu'il n'y eut plus de victimes à sacrifier sur-le-champ, tout Florence se précipite via Larga voir Laurent, le cou soigneusement bandé, haranguer son peuple, et lui jurer qu'il fera toute la justice, mais qu'il faut laisser ce travail aux gens d'armes. Le peuple l'applaudit et, sitôt après, retourne au saccage. Aujourd'hui, Laurent est très aimé. On le plaint, on l'admire, on l'acclame. On le garde. Échapper à la mort vaut une réélection. On se donne l'illusion de la

République. On va pourtant faire justice soi-même au nom du peuple. À mort qui a levé la main sur le tyran ! L'amour du sang permet au petit peuple de venger Laurent sans y songer, croyant s'amuser et surtout régner. Au soir de ce dimanche pascal, on est loin d'avoir assouvi toute la volonté de vengeance de la cité. Il manque tant de conjurés chez le diable.

La foule se rue chez les Pazzi. Elle y découvre Francesco, blessé, en chemise, étendu sur son lit. Courageux, sans une plainte, il se redresse pour défier ses bourreaux. On l'insulte, on lui crache dessus, on le traîne au palais, on l'attache à la corde, et tel un nouveau trophée, on le pend au barreau d'une fenêtre, où se dandine encore le cadavre de Salviati, soutane relevée plus haut que les cuisses. C'est dans un immense haut-le-cœur qu'expire Francesco Pazzi. En heurtant l'archevêque à qui il fait à nouveau remuer les jambes. En un ultime sursaut de courage, il se force à ouvrir les yeux, une dernière fois, sur pareille horreur. De là, lui parvient la scansion obscène de la foule qui hurle, chante et danse de joie, tout en bas.

Les fugitifs qu'on rattrape ensuite sont pendus par les pieds, tête en bas. Puisqu'ils ont vu leur punition différée le temps de la fuite, leur mort le sera d'autant… Pendus par les pieds, la mort vient plus lentement. Plus douloureusement.

Pour les autres, on passe des cordes autour de leur cou, et on les pousse, on les balance ainsi les uns derrière les autres. On tasse les conjurés à la suite des précédents pendus. Tout autour du bâtiment, des pendus se balancent au vent. Et il fait grand vent. Et la foule de rire à n'en plus pouvoir.

On suspend les coupables aux crochets qui servent d'ordinaire à pavoiser d'étendards la place en liesse. Les corps des pendus s'entrelacent dans des postures parfois grotesques. Des témoins ont même vu un pendu de quelques heures, mordu par un pendu plus frais, pas encore mort, et qui, paraît-il, en mourut plus rapidement : la corde le serrait davantage au fur et à mesure qu'il ouvrait grand sa bouche pour attraper le plus de chair possible. La foule dit avoir vu ses yeux se gonfler d'épouvante… Mais pas d'atermoiements. Au suivant. Au suivant… La cruauté de la foule semble insatiable. La férocité inventive du peuple est contagieuse. L'horreur donne de l'imagination. Avide désir de sang, de mort, de carnage. La traque des Pazzi continue. « Jusqu'au dernier des assassins de mon frère », a dit Laurent. On en débusque un, déguisé en femme, caché dans un confessionnal, à Santa Croce. C'est un Pazzi. On l'arrête. On le mène au palais. Le voilà aussitôt pendu par les pieds. Répugnants, ridicules, à faire rire les enfants qui les imitent en se trémoussant dessous. La foule se trémousse de plaisir en les regardant mourir. La populace ne se lasse pas d'éviscérer les cadavres qui tombent au sol. Elle est impatiente de déchiqueter, mais elle n'est pas pressée, elle savoure sa vengeance.

Un autre Pazzi encore est surpris à une porte de Florence, déguisé en paysan. Celui-là, on le pend tel quel. Tant pis pour lui. Indigne jusque dans la mort. Il n'a pourtant pas pris part à la conjuration. Mais il s'appelle Pazzi. Il est coupable.

Reste le vieux Jacopo, le chef de la tribu. Le meneur. La veille de l'attentat, au cas où, et pour ne léser personne, il a réglé toutes ses dettes, rendu tout ce qui ne lui appartenait pas ; il s'est mis en règle avec sa conscience afin de tuer l'esprit libre ! Depuis l'échec du complot, il galope à travers les collines de Toscane, du Chianti, d'Ombrie… À ses trousses, tous les cavaliers de la Seigneurie. On le rattrape, on le ramène en litière, comme le prince qu'il est jusque dans le crime. À Florence, il finit comme tous les siens, bien qu'en chemin, il ait tenté de soudoyer les paysans pour qu'ils l'achèvent avant d'arriver.

Après sa pendaison, on l'enterre chez lui, dans son caveau familial de Santa Croce. Aussitôt, un bruit se met à courir, une rumeur qui enfle comme un noyé. Juste avant d'expirer, il aurait blasphémé et même, explicitement livré son âme à Satan. La preuve ? Depuis sa mort, une pluie diluvienne s'est abattue sur la Toscane, menaçant la récolte de l'année. Mais pourquoi avoir enseveli ce blasphémateur en terre sacrée ? Une bande de paysans, désœuvrés à cause de ce climat détestable, le déterre et arrache son cadavre de l'église. Aussitôt, les nuages se dissipent. La pluie cesse. Le soleil brille et la saison se remet au printemps. Le ciel vient de donner raison au peuple superstitieux.

Enfoui en terre non bénite, à l'extérieur des remparts de la cité, une de ces bandes d'enfants cruels et sauvages, qui régulièrement terrorisent Florence, l'exhume à nouveau. L'odeur est pestilentielle. L'état du cadavre, terrifiant. N'empêche ! Ils le traînent à travers les rues par la corde qu'il a toujours aux pieds. Les gamins n'hésitent pas à le pendre aux sonnettes des patriciens, à sonner et à hurler : « Ouvrez, ouvrez à Messer Jacopo de Pazzi… » À la stupéfaction de tous. En règle générale, les gosses, même très méchants, ont une peur viscérale des cadavres. Or celui-là est en état de décomposition très avancée. Mis en terre le 29 avril, il y est demeuré jusqu'au 17 mai. Imaginer l'odeur suffit à se trouver mal.

Cette horreur de cadavre profané dure jusqu'au moment où la Seigneurie se fâche et ordonne qu'on le jette dans l'Arno. À l'heure où le fleuve fait sa crue de printemps, il bouillonne. Les enfants en bande excitée courent d'un pont à l'autre pour l'y voir passer en hurlant : « Messer Jacopo, par l'Arno s'en va… »

En aval du fleuve, d'autres enfants l'en retirent et le pendent à un saule pour mieux le bastonner à tour de bras, et jouer avec ce cadavre d'atroces manières, quitte à en inventer de plus ignobles encore. Ayant épuisé leurs jeux, ils le rejettent au fleuve. Ce qui donne lieu à d'énormes bousculades de la populace, toujours pas lassée de l'atroce spectacle, et qui le regarde passer au fil de l'eau ; spectacle à transformations multiples !

Deux des agresseurs de Laurent, Antonio et Stefano, ont les oreilles et le nez coupés avant d'être pendus. Le dimanche suivant l'attentat, soixante-dix cadavres déchiquetés gisent sur la place.

Un des hommes de main des conjurés s'est récusé au tout dernier moment, le matin de l'attaque. Laurent l'avait reçu la veille du crime, luxueusement, à la Médicis, aussi a-t-il eu honte de porter le fer dans une église. Tuer des Médicis passe, mais pas après avoir été reçu par eux. Et le jour, pas plus que l'heure, ne lui convenaient. Il a été remplacé par deux maladroits qui n'ont jamais pu occire Laurent, empêtrés qu'ils étaient dans leurs soutanes, sans la moindre liberté de mouvement pour se battre et surtout attaquer.

On l'a tout de même incarcéré. Après un pénible interrogatoire, il accepte d'écrire ses aveux, dans lesquels il dénonce tous les complices de la conjuration. Jusqu'à son instigateur ? L'homme en blanc qui règne à Rome. La Seigneurie s'empresse aussitôt de publier ces aveux. Que personne n'ignore la mauvaiseté du pape. Tout le mal lui revient, les Pazzi sont transformés en exécutants maladroits. Auteurs et motifs pieusement consignés, on coupe la tête du renégat. Puisque c'est le pape qui l'a envoyé ici, qu'il l'absolve, s'il peut !

Une semaine sanglante dont bizarrement Florence s'enorgueillit. Laurent comprend vite le parti qu'il peut en tirer. Comme personne n'échappe au délire collectif, autant l'organiser, le régenter à son profit. De Politien, dès le lundi de Pâques, il exige la chronique en vers des événements dans ses détails les plus minutieux. « Finis avec tes poèmes à l'eau de rose, désormais trempe ta plume dans le sang. Et vengemoi. Venge-nous. Venge mon frère. » À Botticelli, contre 40 florins — une somme énorme en 1478 —, il commande l'ensemble du drame, à traiter pièce par pièce, c'est-à-dire pendu par pendu !

Chaque conjuré pendu à la façade du Pallazo Vecchio devra y demeurer à vie, sur des panneaux de bois peints. Sur le vif si l'on ose dire.

Encore tout vacillant de ce qu'il vient de voir, Botticelli ne peut refuser pareille commande, c'est un grand honneur. Il ignore dans quel état il va y parvenir. L'artiste a la nausée. Il s'interrompt de copier ses modèles pour vomir. Il supporte aussi mal la vue que l'odeur. Il est au supplice. En revanche, ce spectacle réjouit immensément Laurent qui vient tous les jours surveiller l'avancée du travail. Il appelle cette œuvre : « ma vitrine d'infamie ». C'est pour servir d'exemple. Bien sûr ! Qui en doute ? Que chacun, à Florence et ailleurs, sache qu'on n'attente pas impunément à la République, c'est-à-dire aux Médicis. Sous chaque conjuré, Laurent exige que Botticelli inscrive son nom et la nature de son crime. Ainsi sous l'effigie de Bandini, « je suis Bernardo Bandini, le nouveau Judas ». Celui-là, Botticelli l'a peint avant sa capture. Laurent le hait tellement — c'est lui qui a tué Julien — qu'il a obligé Botticelli à le peindre avant sa mort, puis, quand on l'a enfin attrapé, à assister à sa pendaison qui, comble d'honneur pour l'artiste, a lieu face à son effigie. Botticelli travaille place de la Seigneurie. À contrecœur. Il s'est monté un petit atelier de campagne sous la loggia Lanzi où jadis délibéraient les puissants.

Et c'est là qu'un beau matin du mois de mai, Botticelli revoit Léonard pour la première fois depuis... Depuis que Pipo a abandonné l'un pour l'autre. Léonard s'approche, ne dit rien, observe. Se tait. Leurs retrouvailles sont glaciales. Peur, inquiétude d'être mal reçu chez Léonard, défiance chagrine, côté Botticelli. Et surtout, mais comment pourrait-il le deviner, lui qui rechigne tant à cette besogne, Léonard est mort de jalousie à son endroit. Jaloux et honteux de l'être. Chacun son tour ! Alors Léonard sort son carnet à dessin et reproduit le double pendu, le vrai et le panneau de Botticelli. Puis le lui montre sans un mot. Botticelli découvre un dessin à la plume saisissant avec pour seule légende « pendu par les pieds, avec son manteau bleu doublé de peau de renard »...

Il pose ses pinceaux et s'approche de Léonard.

— Décidément, il n'y a que la couleur, la distorsion qui t'intéressent. Tu ne frémis donc pas devant l'ignominie de la besogne ?

— Cette infâme besogne, comme tu dis, me revenait de droit. C'est tout ce qui m'excite au monde, de peindre ça !

— C'est trop féroce, trop sanguinaire et tellement inutile, sursaute Botticelli. Tant de barbarie a précipité la cité dans une épidémie de sauvagerie... As-tu vu comment les gamins se conduisent avec les morts ? C'est absolument atroce.

— Dis-moi, l'ami. On te paie combien pour portraiturer ces suppliciés ? Bien, murmure la cité, toujours informée la première, très bien même. On te paie pour les peindre, pas pour les plaindre. Ni faire la morale. Et tu les croques en râlant ; et, en plus, devant moi qui aurais rêvé qu'on me commande ces suppliciés, moi qui les dessine sous toutes leurs formes, gratuitement encore, pour la beauté de ces couleurs, pour l'audace indécente de leurs métamorphoses, quand la mort s'empare de leurs corps. Tu te plains, je me passionne, et c'est toi qu'on paie ! Si tu étais honnête, tu devrais partager l'argent avec moi, pour les judicieux conseils que je vais te donner, parce que, moi je ne fais pas ma mijaurée, je ne suis pas dégoûté, je les étudie vraiment, avec toute la passion que j'ai pour notre art.

— Mais je veux bien partager l'argent avec toi, c'est l'écœurement que malheureusement je ne puis partager avec personne. Devant ces scènes effroyables de saccages, le cœur me lève. Quand je vois dans quel état les mômes laissent les cadavres, c'est bien simple, j'ai le plus grand mal à rester sur le motif. Je peins entre deux vomissements.

Devant la réticence de Botticelli à traiter cette commande, Léonard comprend que l'énergie qu'il jette sur ses panneaux est celle de son effroi. Effaré par la cruauté humaine, c'est malgré lui qu'il peint. Les visages sont certes étonnamment ressemblants, la mort n'en paraît que plus injuste. Mais les couleurs et les traits sont aussi bouleversés que leur auteur. C'est la première fois qu'il a osé, malgré lui, laisser parler ses émotions sur le tableau. Ça l'a débordé. Mais le résultat est si nouveau, si inattendu, si efficace également, que Vinci, comme tous ceux qui vont admirer son travail, retiendront la leçon. Désormais, la peinture peut exprimer les plus infimes sensations, les plus intenses bouleversements. Manière de faire passionnante, qui donne un nouvel éclairage à l'art de représenter. Plus seulement le bon, le beau, le bien et le pédagogique, mais l'effroi, l'horreur, le pire, le plus grouillant des tréfonds de l'âme humaine... Exaltant.

Léonard doit en convenir, Botticelli est le premier à tout ressentir si violemment en peinture. Là, en plus, il a dû se raccrocher à toute sa science, à toutes les techniques acquises pour supporter son sujet et copier le réel. Du coup, le traiter magistralement. Léonard, soufflé d'admiration, se sent obligé de lui redire qu'il est le plus grand peintre de Florence, et que, même si Laurent le lui avait proposé, il n'aurait jamais osé accrocher ses suppliciés à côté des siens tant il lui trouve plus de talent qu'à aucun autre. Il aurait tout de même adoré qu'on les lui commandât. Il en aurait tiré des fresques joyeuses, lui.

Botticelli regarde Léonard au fond des yeux, les yeux du cœur. Tout se détend en lui, enfin, et il pose sa main sur son épaule.

— Pour l'argent, si tu en as besoin, prends ma bourse, ami. Mais dis-moi juste si Pipo est heureux ? Dis-le-moi, s'il te plaît.

Botticelli a osé. Léonard a baissé la tête. Il ne voit plus Pipo depuis pas mal de temps déjà, mais il n'ose l'avouer à cet ange de Sandro, qui est réellement prêt à lui donner sa bourse, alors qu'il lui a pris son amant ! Mais non, il ne le lui a pas pris. Léonard ne prend jamais rien à personne. On lui offre, il se sert, mais ne conserve jamais rien, donc pas plus Pipo qu'autre chose. Pipo n'est pas resté longtemps son amant. Trop fou, trop volage, trop épagneul sauvage, courant sans cesse après un oiseau, le quittant pour en suivre un autre qu'il vient d'apercevoir…

— Tu ne m'en veux pas, alors ?

— Crois-tu qu'on puisse t'en vouloir ? N'es-tu pas le plus irrésistible homme qu'on ait jamais croisé ici ? Il est fatal qu'un jeune chien fou en te voyant, te suive comme ton ombre. Tu es trop séduisant pour que je t'en aie jamais voulu. Si j'ai pu en vouloir à quelqu'un, c'est à Pipo. Toi, très vite, tu m'as manqué. L'artiste, l'ami, celui avec qui échanger, confronter. Mais… Mais aujourd'hui que je te retrouve, je suis en total désaccord avec toi quant à ces suppliciés. Définitivement, je les trouve atroces, ils empuantissent la ville.

— Un conseil. Peins-les vite avant qu'ils ne changent de couleur, dépêche-toi. Les pendus commencent à verdir. Ils se décomposent plus vite chaque jour qui nous rapproche de l'été. Vite, peins-les. Les violets sont déjà en train de virer au jaunasse.

Un hoquet est la seule réponse de Botticelli.

— Tout le monde peut crever, à condition de mourir en couleur et avec style ! C'est ça ? Décidément tu n'aimes que tes oiseaux.

— Peut-être…, jette Léonard en sifflotant. Surtout ceux qui viennent becqueter tes si beaux pendus.

Deux semaines plus tard, on cesse de pendre. Plus de modèles. Botticelli achève les derniers avec la mémoire de son dégoût. Précis et insinuant souvenir, qui le poursuit jusque dans son sommeil. La présentation à Laurent et aux autres *Grandi* a lieu une fin d'après-midi, au Pallazo Vecchio, où les panneaux sont dévoilés au public.

Les panneaux sont magnifiques sur la grand-place à l'heure où le soleil rougeoie comme pour enterrer dans la beauté ces terribles semaines sanglantes.

L'honneur de Florence est vengé, la République renforcée.

Botticelli, lui, est furieux. Pas du tout content de lui. Oh ! il l'est rarement. Mais là, il est carrément fou de honte. Et c'est irrémédiable. Non seulement, il a manqué de temps pour fignoler, peaufiner ses panneaux, mais surtout, surtout de désir. Il faut impérativement qu'il se rappelle de ne jamais peindre sans désir. Plus jamais. Le résultat est trop loin du but recherché. Léonard a raison : c'était à lui qu'il fallait les commander. Sans désir, Botticelli n'y a pas trouvé de plaisir, et il déteste ce qu'il a fait. Il n'a pas envie qu'on l'en loue.

Mais aujourd'hui, à Florence, c'est sa peinture qui triomphe. C'est précisément sa ligne à lui, épurée, fluide, de plus en plus ondoyante, et musicale, que le monde commence à s'arracher.

CHAPITRE 10

Débauche et délicatesse

La crise est profonde. En bon sismographe, Botticelli l'a ressentie avant tout le monde, mais là il n'est plus seul atteint. La cité entière est touchée. Le pape ne s'est pas contenté d'excommunier Laurent, toute la Toscane vit sous la menace d'une guerre. Plus d'argent dans les caisses, plus la moindre énergie pour la bataille. Finies les riches heures où l'idée même du combat galvanisait l'âme de chaque Florentin. Aujourd'hui, ils ne rêvent que de se faire porter pâles. On redoute la guerre mais on ne fait rien pour la préparer. On s'habitue à vivre dans l'alarme. Cette anxiété générale devient un fonds de commerce fructueux. Les charlatans en tout genre affluent dans la cité. La Toscane bascule corps et biens dans l'irrationnel.

L'occultisme savant comme celui du bazar byzantin a tout envahi. Même les *Grandi* ont leur propagandiste sous la forme austère de Marsile Ficin. Introducteur coupable mais talentueux de l'Hermès Trismégiste, il se transforme en promoteur de la bonne magie. Et voue aux gémonies ceux qui s'adonnent à la mauvaise. C'est la guerre des prophètes. Les

astrologues rivalisent de fantasmagories. L'envoûte-
ment prend le pas sur les enchantements simples.
Beaucoup d'artistes succombent : il est si aisé de
croire en sa bonne étoile ou sa mauvaise fortune,
quand on dépend du jugement et surtout des commandes des autres. Pas Botticelli. Sa mélancolie le
protège de cette furie à la mode.

Chez Lucrezia, on ne nomme jamais Pipo devant
Botticelli en dépit de ses récents succès publics, car la
douleur est toujours vive et la cicatrice ne se referme
pas. Lucrezia, elle, tolère ces inepties ésotériques
puisque Sandra s'y adonne. Moitié sorcière moitié
magicienne, désormais elle prêche la mort et le pire
à chacun, l'amour et la gloire au seul Botticelli. Il
sourit. C'est un sceptique. Un spécialiste en doute. Il
résiste à la vague alchimique. Mollement et pourtant
de tout son être. Il ne tient pas tête à sa petite sorcière frontalement. Il ne veut ni faire de peine ni se
bagarrer. Mais sur lui, cette mode ne prend pas.

Sandra est devenue bizarrement belle. Elle ne ressemble à rien ni à personne. C'est une jeune fille
étrange, libre, sans manières comme en ont les filles
de son âge, insolente et même impudente. Elle lit la
bonne aventure aux *Grandi* si crédules, en échange
de beaucoup d'argent, mais se laisse berner par les
plus pouilleuses sorcières !

À Botticelli, elle continue de prédire qu'elle va
poser pour lui. Les astres ont décrété qu'il devait
l'aimer. Ça fait sourire Lucrezia et ça met Diamante
en joie. Sans le savoir, le vieux Diamante est devenu
une sorte d'icône. Un survivant de la grande époque
qui a inventé la peinture, la sculpture, l'art, la modernité et même Florence. Une époque à laquelle ceux

d'aujourd'hui doivent tout. Alors ce vieux Diamante, qui a connu l'Angelico, qui l'a admiré avec la sincérité des enfants, qui a approché Donatello, et côtoyé chaque jour de sa jeunesse le grand Masaccio jusqu'à s'offrir le luxe de le détester, est devenu une œuvre d'art en soi, avec sa façon bienveillante de regarder le monde d'un sourire détaché. Il regarde Sandra jouer à la grande prêtresse, et se souvient de Flaminia, l'amie de Filippo, une manière de marraine pour la famille Lippi, passée du bordel à la boule de cristal. La petite a de qui tenir. Botticelli aussi laisse faire, amusé. Ça le distrait de son éternelle peine. Ça lui donne même des idées de farces, il concocte avec une bande d'artistes aussi mécréants que lui, un magnifique faux horoscope de Florence, où la destinée des *Grandi* est écrite en lettres rouge sang et caractères sataniques. Il le fait déposer à la Seigneurie : « De la part du diable ! »

Depuis les pendus, sa gloire augmente chaque jour. Il refuse des commandes. Par manque de temps ou de désir.

Mais il ne peut rien refuser à Vespucci, qui lui a commandé un *Saint Augustin* pour l'église Ognissanti. Leur paroisse à tous deux.

Il veut pour son saint un décor où se retrouve la panoplie des colifichets utilisés dans les cultes démoniaques, si en vogue à Florence. Au fond, ça pourra se lire comme une critique en règle de Ficin et des autres charlatans.

Il s'attelle à la tâche, couvé d'un œil protecteur par Sandra qui se sent des droits puisqu'elle fournit les accessoires. Elle se décrète son initiatrice pour « leur hymen commun avec la déesse de la beauté. Les astres l'ont prédit... » Sandra est un drôle de mélange d'innocence et de paganisme, inspiré de néoplatonisme dévoyé et d'amour adolescent qui ne sait à quel saint se vouer ni sur qui se poser. Une fille comme elle à Florence est une rareté et une exception. On lui pardonne sa liberté parce qu'elle est la fille du moine et de la nonne, un scandale en soi. Pauvre enfant, elle n'est pour rien dans sa singularité. Et sa beauté n'est donc due qu'à l'audace de ses encombrants ancêtres ! Émancipée, sans mari ni fortune, très intelligente et d'une fantaisie absolue, pourtant... Elle passerait aisément pour une sorcière du diable. Les Florentins sont des gens mesurés, ils n'ont pas laissé l'Inquisition pénétrer leur ville. Mesurée, Sandra ne l'est pas, et on aurait pu allumer pour elle le seul bûcher de la cité ! Heureusement, par Lucrezia de Médicis, la meilleure amie de sa mère, elle jouit d'une protection invisible mais sûre.

C'est dans cette période, tout ensorcelée par de grotesques divinations, que Cristoforo Landino, un érudit protégé des Médicis, achève sa propre adaptation du Dante. Et en livre la première grande édition commentée. Pour l'illustrer de gravures sur bois, il s'adresse à Botticelli. Il ne pouvait lui faire plus plaisir, c'est toujours l'unique livre qu'il lise et relise. Il répond à tous ses états d'âme. Surtout l'*Enfer* qu'il sait par cœur. L'*Enfer* lui parle, personnellement, l'*Enfer* parle de lui, lui explique en partie sa mélancolie, son peu de goût pour la vie. Il y puise une fabrique d'images, d'amour, de poésie et de beauté infinies. Pendant ce temps, Sandra rêve d'amours plus terrestres, plus voluptueuses.

La crise de mélancolie du peintre s'estompe un peu sous l'afflux du travail. Dans sa quête de vérité encouragée par Sandra qui espère toujours l'enjôler, Dante ouvre à Botticelli un nouvel accès à la beauté, à une ligne encore plus épurée. Sandra s'énerve : consentira-t-il un jour à s'inscrire dans son époque ? Les mêmes reproches que Pipo. Déjà, ça l'avait ébranlé chez le frère. Alors, venant de la petite sœur… Décidément, non, le réel n'est pas pour lui, pas plus que l'irrationnel qui fait la loi aujourd'hui.

Sandra amène un jour à l'atelier une sorte de monstre. Une vraie sorcière, prétend-elle avec une fierté vertigineuse. Ce qu'il y a de plus authentique en elle, c'est sa puanteur, sa crasse, des saloperies sur la peau du visage : on dirait des bestioles étranges. Ça remue comme des petits animaux indépendants de la face de la monstresse.

— Elle vient pour te prédire…

— Rien du tout. Dehors ! Elle effraie les chats et va me donner des cauchemars.

La sorcière interrompt cette querelle enfantine et éructe d'une voix d'outre-tombe. Tétanisé, Botticelli l'écoute malgré toute sa défiance.

— Tu es le plus grand. Tu es le plus seul, le plus haï, le plus jalousé… Tu vas inventer le printemps… Le monde, après toi, ne sera plus comme avant. Une seconde naissance par toi lui est offerte. Mais… Honte à toi, malheur, malheur ! Tu ne sauras jamais reconnaître le bonheur qui te poursuit. Ah ! si, mais seulement quand tu seras sur trois pattes…

Plus que jamais, Botticelli est armé contre cette rage. Alchimistes, occultistes, prophètes, astrologues se disputent l'esprit de Florence, dans une surenchère apocalyptique. Ils sont désormais tous liés à l'odeur de pourriture de la vieille édentée.

— Ça pue !, conclut-il définitif.

— … Et la fin du siècle sera terrible !

Facile à dire ! Surtout d'une voix grave et monocorde ! Ça ne veut pas dire grand-chose, mais ça fait son petit effet. Entre sidération et haut-le-cœur, Botticelli a le courage d'attraper la folle, pour la jeter hors de l'atelier.

Sandra, les yeux embués de larmes, repart avec sa chose puante et précieuse. Aussitôt, les chats soulagés reprennent leurs aises, avec méfiance et non sans inspecter longuement les traces de bave de la sorcière.

Signe avant-coureur d'une fin de règne qui ne dit pas son nom, les artistes commencent à quitter le navire. Acceptent des commandes qui les envoient loin de Florence, histoire de changer d'air. La cité aux lions sent le renfermé. Botticelli ne quitte rien. N'a personne à quitter. Ni à retrouver. Ici sa gloire a enflé comme un soufflet. Il s'en fiche. Rien ne trouve grâce à ses yeux, rien n'a vraiment d'intérêt.

Toujours sur sa rétine, des pendus se balancent. Il n'a plus d'amis, plus d'amour, son humeur est presque toujours noire. Le carnage le hante. Les crachats de la sorcière que la plus gracile jeune fille a introduite en contrebande jusqu'au lieu où il piste la beauté… Sa solitude chagrine… C'en est trop, de l'air, dehors. De l'amusement, de la dissipation. Du vin, des filles. Non, plutôt des garçons, de beaux garçons, comme ceux dont s'entoure Léonard. Ah ! Léonard. Il eut été un ami selon son cœur, mais outre la séduction de Pipo, leur point de vue sur le monde les sépare.

Botticelli décide de tout envoyer promener, de ne plus vivre que dans la minute présente, le plaisir de l'instant. Mais qu'est-ce qui lui serait plaisir ? Le débordement, le trop de quelque chose. De quoi ? Le mot débauche pourrait s'en approcher. Va pour la débauche. Avec mollesse et désinvolture, Botticelli passe de sa vie ascétique à un régime dissolu. Le jour, il travaille autant qu'avant dans un certain état de transe, jusqu'à la fin de la journée où c'est la course dans les bouges, la nuit brûlée, la mort, chaque aube. Depuis l'époque de Sardigna, la vie interlope a gagné sinon ses galons au moins du terrain. Il n'y a plus de quartier réservé, les bordels ont poussé partout. Florence ne serait pas cette ville sulfureuse à revendiquer le titre de capitale de l'inversion si elle n'y avait aussi inauguré des bordels pour *garzoni*. Des bouges où s'organisent les orgies chaque nuit. On y va le cœur battant, chaque rencontre ne court-elle pas le risque de l'amour ? C'est ainsi, en tout cas au début, que s'y rend Botticelli. La déception seule est au rendez-vous. Mais comme rien ne peut-être plus triste que sa tristesse, autant se perdre au milieu d'autres âmes damnées. Aussi récidive-t-il un temps. C'est donc ça la débauche ! Ça l'épuise tellement que son chagrin n'est plus que l'ombre de sa fatigue. Des garçons dont il a du mal à distinguer les traits lui arrachent des spasmes qu'il aurait finalement préféré garder pour lui. Ensuite, tout aussi légèrement, ils passent à quelqu'un d'autre, avec la même agilité, pour en tirer le même spasme. Botticelli se laissant lui-même prendre aussitôt par l'inconnu suivant, tout aussi flou, tout aussi peu différencié que le précédent.

Ça dure le temps que l'image des pendus s'estompe. Longtemps. Un matin, c'est l'automne. L'aube est plus fraîche. Après la moiteur étouffante de ce trop long été 1478. Enfin, par un matin de vigueur, au sortir du bordel, il se cogne à Léonard. Lui aussi a donc besoin de s'étourdir. D'oublier, peut-être ? Pourtant il vit ses amours au grand jour. Il se pavane avec de magnifiques jeunes gens qu'il prend à peine soin de baptiser assistants ou élèves. Il peint peu, il étudie beaucoup, il rêve à voix haute, et toute la cité l'écoute rêver. Il espère des commandes qui ne viennent pas, il dédaigne celles qui viennent. Il en attend qui soient dignes de lui, elles vont toutes aux artistes qu'il méprise le plus, Pollaiolo, Ghirlandaio, et même à Pipo dont il n'estime pas le travail. Il n'y a que Botticelli pour qui il conserve intacts admiration, respect et parfois même émerveillement. Celui-ci continue de le surprendre. Les autres…

— À propos de Pipo, comment va-t-il ?

— S'il y a un lieu où tu risques de le croiser, c'est ici. Il y vient plus souvent que toi et moi réunis. C'est un familier de la débauche. Pas un occasionnel comme toi. Lui, il s'y épanouit. Alors que moi, après, je m'en veux toujours, je ne travaille pas bien. Même quand j'ai pris beaucoup de plaisir, je me déplais. Et toi ? Pareil, j'imagine, à voir ton visage au matin. Pas satisfait, hein ?

— Ai-je besoin de te répondre ? Nous sommes pareils, au moins à cet endroit-là, tu l'as bien senti. Comment vas-tu ?

— Je ne croule pas sous les commandes comme toi, mais je ne vis pas non plus au milieu d'une famille nombreuse !

En présence de Léonard, Botticelli est toujours malgré lui d'une sincérité totale. Ce jeune homme continue de lui inspirer confiance. Même si Pipo hier et trop de commandes aujourd'hui ont dressé trop d'ombres, sinon d'obstacles, entre eux.

— Tu ne crois pas si bien dire ! Deux vieilles tantes nous ont rejoints. Il a fallu louer la maison d'à côté. Sans compter mes belles-sœurs qui pondent des enfants chaque année. Plus des assistants à demeure. C'est infernal. Et quand le grouillement cesse, alors que je pourrais enfin être seul dans le silence de la nuit, je traîne en ces lieux si bondés qu'on se croirait chez moi. Je suis fou. Et assez perdu.

— On fait quelques pas ?

Mieux vaut s'éloigner de cet endroit maudit. La joie secrète qu'éprouve chacun en présence de l'autre a besoin d'espace.

Le soleil s'est levé pendant qu'ils marchaient ; ils longent l'Arno comme si Léonard était déterminé à raccompagner Botticelli jusque chez lui.

— À cette heure la *bottega* est déserte. Viens, on va s'y rafraîchir.

— Et tu me montreras ?

— Quoi ?

— Oh ! Tu sais bien, tout le monde parle de ton *Saint Augustin* révolutionnaire…

— Ça ne va pas te plaire. Je n'ai même pas fait de taches au fond. Pas le moindre paysage.

— Tu sais, j'ai réfléchi depuis notre dispute. Tu avais raison. Figure-toi que j'ai essayé ta façon cavalière du jet d'éponge imbibée. Ça marche. En retouchant très peu, on peut y voir toutes sortes de choses. Tout ce qu'on y met, tout ce qu'on y cherche s'y trouve tapi. Des têtes humaines, des batailles, des écueils, des mers, des nuages… Tes taches font le même effet que les cloches auxquelles on fait dire tout ce qui nous plaît. Elles sollicitent étonnamment l'imagination. En revanche elles n'apprennent pas à soigner les détails. Or je suis sûr que pour être universel, il faut aimer tous les détails de son art.

— Dans ce cas-là, je te montre mon *Augustin*. Tu es prêt ?

Botticelli, dans un geste théâtral arrache la grande bâche de lin blanc qui couvre son panneau. Il en obtient l'effet espéré : un saisissement de Léonard.

— Oh, ses mains, ses mains, mais ce sont les tiennes, plus tard ! Et le regard aigu de ton saint, son bras trépidant… Tu as surpassé tous les Ghirlandaio du monde !

— J'ai cherché à correspondre avec saint Jérôme qui meurt au moment précis où Augustin en a la vision, d'où son attitude extatique, ses yeux tournés vers le ciel et sa main portée à son cœur. Les rayons de lumière viennent de sa gauche, côté grâce et éblouissement. Comme Florence croit à tous les miracles, ces temps-ci, j'en ai joué.

— Là, tu as recopié Pythagore, mais là tu ne vas pas laisser l'autre page du livre en blanc ?

— Non, mais je ne sais pas quoi mettre.

— N'importe quoi, mais soyons drôles.

Et le plus naturellement du monde, Léonard trempe une plume dans du noir et de sa belle écriture trace sur la page encore blanche du livre d'Augustin une question : « Où est frère Martin ? »

Frère Martin est le diminutif local de tous les invertis, sorte de mot de passe entre soi. Alors Botticelli amusé par ce jeu écrit à son tour en dessous.

— Il s'est échappé.

À quoi Léonard répond.

— Mais où est-il allé ?

De nouveau Botticelli.

— Il est dehors, à la porte de Prato… toujours le quartier des bordels.

Les deux compères éclatent de rire en essuyant leurs plumes. Bien sûr, seuls leurs frères de débauche et de misère comprendront, mais ça ne fait rien, ça soude entre eux une entente incomparable. Ils sont ensemble sur le même panneau.

— D'autant que, reprend Botticelli toujours riant, maintenant que je nous vois tous les deux, côte à côte, je trouve qu'il nous ressemble. Augustin est un mélange de toi et de moi.

— Oui, aussi pathétique que toi, aussi grandiose que moi. Tu as raison. Il faut donc qu'on le signe ensemble, frère Martin !

Botticelli rit pour cacher son émotion. Oui, il y a du Léonard dans son Augustin. De lui, toujours, il ne sait pas faire autrement, mais du Léonard, alors qu'ils ne se sont pas vus, pas parlé depuis… Mais aussi, comment ne pas avoir collé sur sa rétine l'image de cet homme-là, c'est une image universelle de la beauté. Au fond c'est naturel. Il y pense si souvent. Il a beau ne jamais le voir, il y pense quotidiennement. Depuis qu'il le connaît, son jugement sur lui n'a fait qu'embellir.

L'homme, l'artiste, le chercheur, tout le subjugue chez son cadet. Pourtant l'amitié entre eux semble interdite. Étrange.

— Et tu relis le Dante ?, relance Léonard.

— Tu sais bien que je n'ai jamais rien lu d'autre ; si tu savais la peine que j'ai eue pour recopier le théorème de Pythagore sur mon *Augustin* tu ne sourirais pas comme ça ! Je ne comprends rien à ces choses, toi si, je sais, et l'Augustin était savant comme toi. Aussi je devais te rendre justice en lui donnant quelques traits t'appartenant.

Ce fut lâché en un souffle comme des mots avalés. Léonard entend mieux les sous-entendus que les aveux proclamés et reprend sur Dante, « le plus grand livre du monde ». Et comme il se sait en confiance, il n'est pas obligé d'ajouter « avec la Bible ».

— Et par chance, précise Botticelli, on vient juste de m'en commander quelques illustrations.

En disant cela sans la moindre vantardise, Botticelli vient encore une fois de blesser son ami. À lui, on ne commande rien qui l'exalte, ni Dante, ni Boccace, ni Pétrarque. Il en souffre et il a raison, c'est terriblement injuste. Botticelli ne l'a pas fait exprès.

— Si on allait ensemble à la fête des moissons chez les Médicis, on pourrait peut-être y glaner quelques commandes intéressantes ?, se force-t-il à dire, maladroit et furieux de l'être tant pour rattraper sa précédente bourde.

L'aîné qui n'arrive plus à honorer son carnet de commandes, propose au cadet de… Il se juge grossier. La délicatesse de Léonard comprend tout et s'émeut de ces piètres efforts. Lui aussi, pour alléger, passe vite à autre chose. À croire qu'ils font un concours de pudeur et d'amitié. Ils ont si peu de temps pour y parvenir. Toujours le destin les sépare.

— Tu y as quand même mis pas mal du fatras de l'époque.

Botticelli sait ce que Léonard veut dire. C'est un blâme et ça n'en est pas un. Le fatras en question, c'est cette mode alchimique et ses mystérieux instruments. Soulagé, Sandro aussi rejette cette vanité. Peu de sujets les séparent. Et s'ils faisaient l'inventaire de leur proximité ? À ce jeu, les deux amis rivalisent d'enthousiasme et de gaîté.

D'abord, ils ne cherchent ni honneur ni fortune. Ne s'intéressent qu'aux considérations théoriques qu'inspire leur art, à la gloire légitime qui en découle.

D'ailleurs, Léonard affirme soudain :

— Ton Augustin est tout frémissant du dedans, on sent les affres de ses doutes et des tiens. Le peintre qui ne doute pas ne fait pas de progrès.

— Je suis perclus de doutes. Assailli de questions sitôt que je prends un pinceau. Ai-je tord ou raison, dois-je ou ne dois-je pas ? Pour la ligne, pour le trait, pour le modelé, pour le relief, pour les couleurs, oui, même les couleurs, je me retrouve sans cesse sur le motif tout nu sans plus rien savoir.

— La ressemblance ?

— On s'en contrefiche.

— On sait faire, mais ce n'est pas ça qui compte.

— On la laisse aux petits décorateurs comme Pollaiolo et Ghirlandaio. Le caractère est toujours plus fort que la ressemblance. L'âme du sujet, quand il en a encore une, vaut mieux que ses rictus.

— Et le mouvement ?

159

— Si on arrive à attraper la vivacité du sujet, il peut mourir tranquille. Il sera éternel sur le panneau.

Ça les réjouit follement d'être à ce point d'accord sur l'essentiel. Au feu, les dieux du panthéon antique et ses fables, comme le Dieu des chrétiens, tout cela n'a pas à encombrer leurs travaux.

— Et la perspective ? reprend Léonard.

— Un instrument dont on n'est pas systématiquement obligé de se servir.

— Et le motif, la vérité ?

— Fadaises ! On doit exiger de l'art qu'il exprime les sentiments, et génère de l'émotion.

— Sinon ?

— Sinon, ça n'est pas la peine.

— Et les femmes ? continue le cadet.

— Seulement en peinture, et encore pas toutes. On préfère la compagnie des garçons, surtout la nuit, mais aussi pour faire la vie.

— Et l'on se félicite chaque jour de n'être pas nés femme et de pouvoir refuser de se reproduire.

— Et Dieu ? reprend Botticelli.

— À ne prendre qu'avec des pincettes en faisant attention de ne pas mêler ses affaires aux nôtres.

— Et les *Grandi* ?

— On ne nourrit pas une grande estime pour eux.

— On a juste besoin d'eux pour ne pas mourir de faim.

— Ça ne rend pas reconnaissant, c'est même le contraire.

— Moi aussi, ça me rend plutôt ingrat. Être aussi riche, aussi puissant, c'est de l'abus de pouvoir.

Seule, leur approche de l'art de représenter diffère un peu. Léonard précise, Botticelli acquiesce.

160

— Tu as un sens inné de la ligne et de la couleur. Avec tes lignes, mieux que moi tu sculptes le modelé, le volume, le mouvement. Élégante et raffinée, tranchante ou énergique, tu règles tous les problèmes par ta ligne. Moi j'ai besoin de clair-obscur, de perspectives aériennes, d'à-plats infiniment répétés les uns sur les autres. Toi, tes lignes savent tout faire… s'extasie sincère et émerveillé Léonard.

Quant à leurs frères artistes, ils aiment et détestent les mêmes. Végétariens avec affectation, antichasse, anti-vin, ils partagent presque tout. Sauf la joie de vivre de Léonard qui laisse Botticelli au-dehors. Tandis que sa mélancolie demeure une énigme aux yeux du cadet.

Qu'ils sont proches de s'aimer ! Mais le chemin pour oser se rencontrer est des plus escarpés, plein d'embûches, la plus grande étant la jalousie du plus jeune envers l'aîné. Pourtant ils essaient chaque fois, mais chaque fois les événements les séparent…

La paix qu'impose Laurent au pape Sixte IV doit être célébrée de façon spectaculaire. Aussi propose-t-il pour la décoration des nouvelles salles du Vatican d'envoyer à Rome les plus grands artistes toscans. La *capella magna*, qu'on baptise très vite « Sixtine », est une longue bâtisse blanche qu'une fresque devra recouvrir entièrement. Des mois de travail, des lustres de prestige, une fortune à gagner. Sur les conseils de Vespucci, de sa mère et de son neveu le jeune Lorenzo, Laurent désigne Botticelli comme maître d'œuvre. Du coup il impose son choix pour les autres : Ghirlandaio, le Pérugin, un nouveau venu assez doué mais antipathique, et Luca

Signorelli. Pas Pipo, ni Léonard. Surtout pas Léonard. Le soir même, Léonard vient voir Botticelli, anticipant sa délicatesse et sa culpabilité.

— Ça n'est pas de ta faute, tu plais, je déplais. Je suis venu te dire adieu. Florence ne me mérite pas. J'ai trouvé…, enfin je crois cette fois avoir vraiment trouvé un maître à mes mesures. Je pars chez Ludovic le More, duc de Milan ! Pour la musique, pour les fêtes, mais surtout pour la guerre. Je veux être son ingénieur militaire. Je grouille d'inventions pour mettre fin aux combats. Tu connais mon horreur de la guerre…

Botticelli ne trouve rien à répondre. Il ne peut tout de même pas lui avouer qu'il déteste ce projet de voyage à Rome, qu'il meurt de peur à l'idée de quitter Florence, ses chats, son atelier, qu'il redoute par-dessus tout la vie collective avec ces artistes qu'il ne prise pas plus que Léonard.

— Quand rejoins-tu Milan ?, ose-t-il juste demander.

— Quand vous reviendrez de Rome, je ne serai plus là. Adieu donc.

En regard de la vexation, de la brûlure d'humiliation qui doit être celle de Léonard, Botticelli n'a aucun courage, pas même celui, élémentaire, de compatir, de lui dire son chagrin empathique et même son regret de ne pas découvrir Rome avec lui. Impossible. Il a trop peur de lui donner l'impression d'avoir pitié. Ou pis, d'être épris de lui. Ce que Botticelli ne s'avouerait jamais. Un excès de délicatesse. Qu'ils ont aussi en commun.

Il est si détaché de la vie, de tout dans la vie, qu'il n'est plus capable d'aimer. Ainsi en a-t-il décidé. Pas plus Léonard que Pipo. Fini. Adieu l'ami. Adieu l'amour.

CHAPITRE 11

Main basse sur Rome

Botticelli a mal aux dents. La route pour Rome est chaotique, l'attelage bute sans cesse sur les mauvais cailloux du chemin comme en résonnance avec ses mauvaises dents. Chaque cahot le relance. C'est une horreur. Et ses confrères refusent de l'assommer. Ah ! Faites qu'il se repose un peu… Il souffre le martyre. À prendre ses compagnons en grippe. Il ne parvient pas à s'exclamer comme eux sur la beauté des paysages traversés. Il ferait bien accélérer la marche pour arriver à Rome plus vite et se faire arracher ce qui le torture : toutes ses dents !

— Mais c'est utile, les dents, pour manger, rétorque Signorelli.

— Je n'aime pas manger. Je veux qu'on me les enlève toutes, mêmes celles qui ne me font pas encore mal.

Ses amis ? Pour l'heure, des rivaux. Quant à eux, ils ont peur de lui. Son esprit farceur a souvent sévi à leurs dépens. Sa mine hautaine ou son air sombre les ont souvent rebutés. Ils vont devoir faire contre mauvaise fortune bon cœur. Cohabiter une année sur un chantier, et harmoniser leur travail. Ils sont là pour la gloire, pour l'argent bien sûr, mais le nom et la réputation de Florence, via ses artistes, sont en jeu ainsi que les leurs à chacun. Aller à Rome dans les conditions qu'on leur fait, c'est un honneur et une aubaine.

Botticelli est fiévreux et tout boursouflé lors de sa première rencontre avec Sixte IV, ce pape qui rêve tout haut de la plus grande beauté au monde pour sa *capella magna*. Botticelli se tait obstinément en visitant les lieux. Il y a tout à faire. Et en premier à préparer et enduire les murs à peindre. Un mois de gros œuvre. Le pape semble croire que ce travail incombe aux artistes. N'est-ce pas leur main qu'il achète ! Botticelli n'a pas le courage — trop mal aux dents — d'expliquer à cet âne bâté la différence entre le travail de la truelle et celui du pinceau. Le statut de l'artiste, géniale invention de son maître Lippi, n'est visiblement pas arrivé jusqu'à ces rustres Romains.

Botticelli est venu sans aide parce qu'il prise toutes les étapes du travail à fresque. Il prétend qu'il faut avoir le support bien en main pour se lâcher en couleur, qu'il ne faut pas se priver des travaux préparatoires pour s'en tenir à la signature. Mais qu'on ne lui demande pas de faire la maçonnerie. Chaque étape le passionne, il délègue peu. Mais pas le gros œuvre. Pourquoi pas monter les murs, pendant qu'on y est ! Il leur faudra donc embaucher une armée d'aides, mais y en a-t-il de capables à Rome ?

Parmi ses compagnons, le Pérugin se montre tout de suite antipathique. Ce n'était donc pas à cause de ses douleurs qu'il l'a pris en grippe pendant le trajet. La souffrance passe, et ça se confirme. Jeune et fat à la fois. Prétentieux. Il est le seul à ne pas venir de Florence mais de Pérouse. D'où son nom. C'est à

Florence qu'il a tout appris, sauf à devenir plaisant. Il pourrait au moins en être reconnaissant. Au lieu de se pavaner comme un jeune coq.

Bizarre, Ghirlandaio. Beaucoup plus agréable que l'idée que Botticelli en avait. Il est venu seul. Peut-être pourraient-ils pactiser ? Depuis leurs débuts, ils sont rivaux mais pas ennemis. Devant l'énormité du chantier, celui-ci décide de faire venir immédiatement son frère. « Dommage », songe Sandro, qui n'a pas bonne opinion des fratries.

Lisse et sans mystère, Cosimo Rosselli. On jugera sur pièce.

En revanche, celui qui l'accompagne et qu'il appelle son « petit assistant » vaut mille fois mieux. Ce Piero di Cosimo (il tient son nom du prénom de son maître) a bizarrement plus de personnalité sinon de talent qu'eux tous ici. Botticelli le sent rien qu'à sa façon de parler métier. Il aime son art dans les mêmes termes que Léonard. Tel que Lippi le lui a transmis. Un presque frère, donc. Quant à Luca Signorelli, Botticelli ne lui a toujours pas pardonné de lui avoir sournoisement soufflé une commande deux ans plus tôt. Il est peut-être temps.

Après la visite des lieux, ils se concertent. Et tombent d'accord. Contre les Romains, et pour le travail, ils sont toujours du même avis. En premier lieu, le pape exige des portraits de ses prédécesseurs. Dont personne ne sait à quoi ils ressemblaient. Qu'à cela ne tienne, le Vatican est riche de trognes singulières. Botticelli a l'idée d'alterner ces portraits dans des cadres en trompe-l'œil, intercalés entre chaque fenêtre. À l'étage intermédiaire, des fresques aux sujets imposés par la papauté : un mélange d'Ancien et de

Nouveau Testaments, d'anecdotes à épisodes, à faire tenir dans des espaces, grands, certes, mais pas gigantesques. Aussi met-on en commun ses inspirations et ses connaissances, afin de les faire courir d'une fresque l'autre.

À Botticelli, échoient deux épisodes de la vie de Moïse. Et une tentation du Christ selon Matthieu. Tout de suite surgit une grosse difficulté. À aucun moment les Écritures ne proposent de description du Malin. Sous quelle forme le diable apparaît-il ? Certes l'imagier médiéval est riche de mille et une représentations, mais le fait d'être à Rome, au Saint-Siège, inspire à Sandro de le figurer en vieux moine aux pieds fourchus et avec des ailes de chauve-souris, sa plus grande phobie. Facile. Et drôle. En écoutant l'émissaire du pape énumérer les thèmes que ce dernier souhaite voir sur ses murs, Botticelli se prend de passion pour l'histoire de Moïse, exotique, égyptienne, incroyable. Pourquoi n'enseigne-t-on pas l'Ancien Testament ? Il lui faut rattraper le temps perdu. Il s'y plonge comme dans le Dante, avec la même frénésie. Il se met à potasser les livres des Juifs qui sont beaucoup moins bien traités ici qu'à Florence. Jusque-là, Botticelli ignorait qu'il existât un peuple nommé juif ou hébreu. Rien dans le traitement que la cité du lys leur réserve ne permet de les distinguer ; il y en a même qui président à la destinée de Florence à la Seigneurie. Alors qu'ici... ils s'entassent dans des lieux insalubres, réellement à l'écart, ils sont enfermés la nuit dans un endroit appelé ghetto. Le mot comme la chose viennent de Venise. C'est du rabbin de la grande synagogue que Botticelli l'apprend. Il est allé le consulter pour tenter de comprendre l'énigme de Moïse. Il garde vivace son appétit de savoir.

— Attention, circuler dans Rome de nuit est dangereux, faites-vous raccompagner par les Suisses si vous le devez !, prévient le rabbin.

Aussi deux gardes suisses escortent-ils Botticelli pendant quelques semaines du Vatican à la synagogue, chaque soir sauf à Shabbat.

Quelle impression lui fait Rome, à lui qui n'y est jamais allé ? Sous les gravats, pousse une cité en reconquête d'elle-même. Comme Florence a dû faire, il y a près d'un siècle. Pas l'ombre d'une émotion. La partie habitée est encore médiévale, elle ressemble à un village pouilleux et misérable. Le tout date d'avant Florence. Ça se voit. Et surtout, ça se sent. Les rues ne sont pas pavées, les évacuations mal conçues. Les gens, frustes sinon carrément grossiers. Tout respire un passé lointain aux yeux du Florentin qui débarque d'une cité qu'un siècle de raffinement a labourée en tous sens. À Florence, la refloraison de la pensée a déjà eu lieu. À Rome ?... On sent la brutalité à chaque coin de rue, jusqu'aux forteresses hérissées de tours, prêtes à l'offensive, au pillage des barons bien protégés, pendant que le peuple, encore plus misérable qu'ailleurs, entassé dans des ruelles étouffantes d'étroitesse, épie les grands pour parer les coups. Ou les gruger. La proche campagne est infestée de brigands. Les passants sont rançonnés et bien contents de l'avoir été : au moins ont-ils eu la vie sauve.

Mais ici se trouve une merveille inconnue à Florence : les ruines. Grande nouveauté pour ces artistes à qui l'on a tant vanté les beautés de la Rome antique. Récemment mises au jour ou en cours de déblaiement, elles se visitent et s'apprécient sur le motif. C'est beau. Tout le monde s'exclame, Botticelli se sent mauvais coucheur, il n'en raffole pas. Comme tout le monde, il recopie un arc de Constantin, un autre d'Hadrien, quelques colonnes, sur un fond hâtivement arboré, mais sans passion. Le mystère de ces ruines fait rêver des merveilles toujours enfouies dans le sol. Botticelli ne rêve qu'aérien.

Contrairement aux Florentins débarquant à Rome, qu'on se hâte d'étouffer sous les ruines, Botticelli ne succombe pas aux antiques. Si, l'ébauche d'un Praxitèle récemment mis au jour reste gravée sur ses tablettes.

Une fois les murs enduits, la répartition entre eux cinq se fait aisément. Botticelli déteste donner des ordres, mais il est accoutumé à diriger un peuple d'élèves et d'assistants, comment dire ?, du haut de son autorité naturelle, due pour l'essentiel à sa haute stature et à son front triste.

On commence par les portraits papaux. Chacun les siens, à raison de quatre ou cinq par tête, exécutés en priorité, pour ensuite descendre l'échafaudage à hauteur des fresques bibliques. Chacun deux, sauf Botticelli qui en a trois. C'est le chef. D'un côté, celles issues de l'Ancien Testament, et sur le mur d'en face, celles du Nouveau. Tout en dessous, à hauteur d'homme, des rideaux en trompe-l'œil. Le tout pour 750 ducats par personne. Royalement, non, papalement rétribué. En revanche, une amende est fixée en cas de dépassement des délais. Ils ont un peu plus d'une année, de juin 1481 à octobre 1482. Un délai impossible.

L'entente est immédiate entre l'homme du pape qui supervise le chantier et Botticelli représentant les peintres et Florence. Elle se scelle sur les premiers croquis. Fidèle à son maître Lippi, Botticelli jette au fusain la composition générale de toutes les fresques à venir. Y compris celles de ses pairs, à la manière de chacun qu'il attrape comme ça, de chic, en les regardant. En les copiant il se découvre un vrai don pour l'imitation : il peut quasiment tout refaire de mémoire. La cohabitation forcée avec ses pairs lui donne l'idée de les imiter, au propre cette fois, de copier leurs mimiques avec son corps. Et tous de se tordre de rire. Il est vraiment doué pour l'imitation. Il peut être une parfaite réplique de ses compagnons, jusque dans leur gestuelle la plus intime. Fin observateur et grand moqueur, il a tout attrapé.

Plus sérieusement, dans son esquisse, on retrouve le mouvement, le rythme, la ligne qui se poursuivent et se continuent d'une fresque l'autre, d'un peintre l'autre. De Moïse à Jésus, et à tous les sujets traités. Ce qui compte, c'est la manière, *maniera e ars*, l'art de faire. Tous d'accord pour user de la grande technique de Florence. L'impression d'ensemble donne une immédiate compréhension de l'Histoire et des histoires. Chacun se soumet à l'impératif botticellien par excellence : ne jamais perdre le pathétique dans l'expression des figures.

Difficile de représenter les anciens papes, il y a peu d'effigies. Quelques rares médailles au profil usé. Botticelli invente ses papes. Il ouvre pendant quelques mois une usine à papes ! Les artistes sont logés au Vatican. Aux murs de sa cellule, Botticelli expose des croquis de prélats en prière : un vrai carnaval ! Comme il a inventé son Augustin, à partir de rien, de lui, des gens qu'il aime ou qui l'ont marqué, il fait des papes. En y mêlant des caractères spirituels, de la concentration, de la bienveillance, et fatalement des ressemblances avec des êtres chers. Mais il aime si peu. Et comme il a du mal à ne pas instinctivement s'autoportraiturer, en plus de Pipo et de Léonard mêlés, ses papes vont tous avoir un petit air de famille. L'air de papauté !

Hélas, très vite l'urgence des délais hante le chantier. Le dédit fixé pour chaque jour de retard est de 50 ducats, une folie. Cette pression dégénère et empuantit l'atmosphère. Botticelli se met à travailler au rythme insensé qu'on lui connaît à Florence après une crise de mélancolie, pour rattraper. Ni jour ni nuit. Ni dimanche ni jour férié. Tant pis pour le bon Dieu. Après tout, c'est pour Lui qu'il manque la messe. Il comprendra. C'est Sa faute aussi. Pourquoi son plus éminent serviteur cherche-t-il à les étrangler ? Même Ghirlandaio, grand travailleur devant l'éternel, a du mal à suivre. Quant au Pérugin, il traîne la patte, lambine, se plaint sans cesse, et découragé, devient décourageant. Il se fait détester à force de râler. Quant à Signorelli, le moins doué d'entre eux, c'est aussi le plus gentil, le plus serviable.

Au bout d'une semaine d'échecs avec différents artisans romains, plus rustiques que le dernier des chaudronniers toscans, Botticelli a l'idée géniale de faire venir des aides de Florence. Un chacun. Le Pérugin en exige quatre. Ce qui l'autorise à leur laisser les bas morceaux. Pratique que Botticelli déteste. Le Pérugin prépare ses cartons et les distribue chaque jour, à l'un les paysages, à l'autre les drapés, etc.

L'aide de Rosselli, le petit Piero, dix-neuf ans, est impressionné par Botticelli, sinon sous le charme. Sur pareil chantier, on ne mélange pas le travail et les sentiments. Il a mémoire de l'enterrement de Simonetta. Puis des tableaux que Botticelli a faits d'elle pour Julien. Depuis il l'admire inconditionnellement. Et, ajoute-t-il ingénument, « tes pendus ont sonné le glas de mon enfance ».

Quant à Ghirlandaio, c'est son frère David qui arrive ventre à terre pour lui donner un coup de main. Eux seuls suivent le tempo excessif de Botticelli. Toujours en compétition, ils ne veulent se laisser distancer par personne. Surtout pas par celui qui, à Florence, a pris le pas sur eux. Botticelli les a réellement supplantés dans l'estime des *Grandi*. En réputation, donc en commandes. Depuis son *Sébastien*, Botticelli leur est passé devant. Et à la Sixtine, il est leur chef.

Une douzaine de *garzoni* travaille donc de l'aube au couchant dans une humeur exécrable, l'urgence, la concurrence, les jalousies. Les regards qu'ils jettent sur le travail des autres sont d'une cruauté à faire pâlir les assassins. Ces fameux assassins qui, dès la tombée de la nuit, prennent possession des ruelles romaines. Si dehors c'est un coupe-gorge, comment appeler le dedans ? La Sixtine, puisque par dérision, c'est ainsi qu'ils nomment tous le caprice de Sixte IV, cette foire d'empoigne où enfermés sans trêve, ils œuvrent pied à pied, a des allures de bagne. Des rapports inhumains où pourtant la confrontation est fructueuse.

Botticelli fait éclairer de torches le chantier afin de continuer à travailler à la tombée du jour. Il aimerait qu'on y reste même la nuit. Tout le temps. Les autres n'en peuvent mais. Ils se liguent contre lui pour alléger l'emploi du temps. Ils montent une de ces farces de potaches dont d'ordinaire Botticelli est l'ordonnateur. Un soir qu'il travaille seul, mal éclairé dans l'espace de l'œuvre, ils se dissimulent dans l'ombre opaque du reste de la chapelle. Quand Botticelli descend de l'échafaudage, titubant d'épuisement, ils se jettent sur lui, lui arrachent ses vêtements, lui attachent les mains dans le dos, les jambes entre elles, l'enduisent d'un médium gluant, gras et blanchâtre sur tout le corps, et le roulent dans un ballot de plumes planqué à dessein dans un coin d'atelier. C'est au-dehors qu'ils se mettent à rire le plus fort, quand ils arriment Botticelli à un char de carnaval, équipé de douze torchères, prêté par leurs confrères romains qui veulent eux aussi, c'est humain, prendre part à la farce. Ils l'installent en figure de proue, comme une vivante œuvre d'art et le font déambuler une partie de la nuit dans les rues de Rome, au bruit des crécelles de carnaval, hors de saison.

« Prosternez-vous bonnes gens, voilà le roi de la plume, il vient bénir le sommeil de chacun. » Ils sont accueillis par les tollés des Romains, qui leur jettent force quolibets et ordures.

Botticelli a renoncé à se débattre, il subit comme une indignité ce qui se veut plaisanterie. Il est vexé. Furieux et surtout terriblement ennuyé par tout cela. Et honteux de s'être fait piéger de la sorte.

N'empêche, cette mascarade sans conséquence — s'il l'a su, le pape n'en a rien dit — a au moins le mérite de dénouer la crise larvée, entre les artistes. À partir de ce faux bal masqué, Botticelli cesse de vouloir commander, et les autres de resquiller. Tous embarqués sur le même bateau, leur sort est scellé à celui des délais de la Sixtine. Ils devront se battre pour ne pas payer le dédit, puisque de toute évidence, ils ne livreront pas à l'heure. Dans six mois. Impossible.

Cette nuit où, paré de plumes, il plastronnait de force dans Rome, a rappelé à Botticelli ses heures les plus gaies, les plus bambochardes de l'atelier Lippi. Ça lui donne l'idée de faire venir le vieux Diamante. Sur-le-champ. Comme aide, soutien, protecteur, personne à aimer... Un manieur de pigments de ce tonneau-là et un pareil patachon... Que n'y a-t-il songé plus tôt ? Il aurait gagné du temps. Et vu comme se dessine l'ensemble, cette *capella magna* risque de faire du bruit au-delà de Rome. S'il n'y manquait Léonard, Botticelli croirait que les meilleurs artistes d'Italie y sont représentés au sommet de leur art. Pourquoi Diamante, dernier survivant de la génération des géants, n'y figurerait-il pas ? Au besoin, je le porterai, se jure Botticelli, afin qu'il puisse exécuter sa partie. Les autres tombent d'accord sur cette proposition, ils ont l'air ravi. Les noms de Lippi, de Masaccio, d'Angelico font l'unanimité. Diamante les a tous connus. Il les représentera ! Qu'il arrive ! Vite.

Depuis la nuit des plumes, le climat a beaucoup changé. S'il suffit de se balader tout nu et couvert d'enduits, ça n'est pas cher payé. Botticelli est prêt à recommencer, la camaraderie n'a pas de prix. Elle le récompense de tout, le console même de son chagrin de vivre. Une fraternité fondée sur un même amour de la beauté, qui place la beauté au-dessus de tout…

D'exécrable, le climat est devenu tendre, chaleureux. En tant qu'ancien chef, Botticelli fixe toujours le niveau d'exigence artistique. Il a imposé thèmes, rythmes et même son univers intérieur. Certes, il s'agit de sujets bibliques mais au travers du prisme de sa lecture de Dante : le désespoir n'est jamais loin de la surface, il affleure par endroits. Pourtant l'humeur reste à la joie.

Les jours rallongent, la sève monte en eux comme un vin de vigueur. Leur fougue a besoin d'exulter. Au coucher du soleil, ils se ruent dans les bouges romains. Longtemps après leur départ, les Florentins seront honnis à Rome. Le passage de cette bande de génies laisse toutes sortes de traces.

Pour commencer, ils s'entraînent sur place, leurs premières cibles sont vaticanes. Ils se rendent nuitamment où les chausses de tous les grands prélats du Vatican sont rassemblées, afin d'être entretenues en une vaste étuve. Ils les emplissent de merde.

Le scandale est grand. Qui a osé ?

Quelques statues de pierre claire sont passées au noir et rendues méconnaissables. Puis on se risque hors de l'enceinte du Saint-Siège, dans les ruines. On déménage les têtes des empereurs romains qui tiennent mal sur leurs bustes, César se retrouve à la place de Constantin, Caracalla prend la figure d'Hadrien. Ils trouvent ça follement farce.

En toute impunité. Qui pourrait soupçonner des artistes de ce talent ? Puis… quoi ? Un corps de déesse a été honteusement graffité de dessins qu'on n'ose décrire. Les Florentins ? Qui a volé la tête de

Néron ? Les Florentins. Où est passée la fameuse Louve que, justement, Sixte IV vient de faire installer dans le premier musée du monde avec quelques autres raretés intactes, repêchées des ruines ? La Louve, matrice de la naissance de Rome, a la place d'honneur. Avait, car elle a disparu. Rome s'émeut. C'est au cœur du Vatican qu'on la retrouve, et même, ose-t-on le dire ? dans les appartements du pape où il élève sa tapageuse progéniture. Voilà un crime imputé aux enfants du pape qui appartient aux facétieux Florentins. On ne prête qu'aux riches !

Bref ils s'amusent comme des fous. Plus un méfait n'est commis dans Rome qu'on ne leur attribue.

Diamante est arrivé. Tout de suite, il retrouve l'ambiance de ses vingt ans. On craint la surchauffe mais le chantier continue de gagner en beauté. Le vieux faune pile les pigments mieux que personne et comme tous le respectent, il se fait une joie de rendre service à chacun. Ce vieillard est un ange. À ses côtés, Botticelli retrouve ses audaces. Il tient tête au pape. Diamante lui donne de la force, sinon de la vertu. La vie à Rome n'est pas si libre ni si joyeuse qu'à Florence, mais une douzaine de Florentins suffit à l'égayer.

Pendant cette joyeuse bamboche, un messager apprend à Botticelli la mort de son père. Il était vieux. Mais c'était son père. Diamante insiste pour qu'il y aille. Florence n'est pas si loin. Il peut, à cheval, arriver pour l'enterrement. Il le regretterait s'il n'y allait pas. Diamante parle comme Botticelli aurait aimé que lui parle son père, justement. Il galope donc jusqu'à Florence. Là, au milieu de sa famille, sa vraie famille, ruisselante de larmes bruyantes, il se prend à regretter ceux qu'il a laissés à Rome. Stupéfait, il pensait qu'ils lui étaient au mieux indifférents.

En suivant le corbillard de son père, il ose s'interroger sur ses sentiments. Depuis sa rupture avec Pipo, il évite soigneusement ces questions. La mort de son père l'oblige soudain à faire une sorte de point d'équinoxe.

Force lui est d'admettre qu'il n'aimait pas son père. Qu'il n'a jamais aimé cet homme. Il en a eu peur souvent, il a souffert de ses moqueries beaucoup. Mais jamais il n'a éprouvé d'amour. Sans doute était-ce réciproque ? Aime-t-il ses frères davantage ? Oui, Antonio, l'orfèvre, parce qu'ils partagent le même atelier et l'amour du travail bien fait. Mais surtout, en suivant le cortège funéraire, juste derrière Esméralda, il découvre qu'il la hait. Le mot n'est pas trop fort. Il hait sa mère. Et pis, il apprécie le sentiment qu'il ressent envers elle. Pas une once de bienveillance. Pas l'ombre d'un apitoiement. De la haine à l'état pur. Aussi sûrement réciproque que son manque d'amour envers son père. Une haine sèche, blanche, sans bavure ni repentir. Il l'entend renifler bruyamment et se dit qu'il la hait de tout son cœur. De trouver là son cœur lui plaît. Ça sonne juste. Le fracas de son chagrin de veuve la lui rend encore plus antipathique que son père qui, lui au moins, ne nuira plus. Il rêve soudain de la voir couchée à ses côtés dans le même cercueil. Botticelli est surpris, il ignorait nourrir de si violents sentiments, ça l'étonne et ça l'intéresse. Aucun amour pour les siens ? Si, un brin de tendresse pour une petite-nièce moins grasse et plus timide que les autres. Un neveu plus déluré, plus curieux du monde trouve grâce à ses yeux quelques

176

secondes, mais au fond, non. Ça n'est pas de l'amour. Un peu d'affection, comme on dit, pour faire vite. Quand à l'église d'Ognissanti, il aperçoit Lucrezia et Sandra derrière sa trop nombreuse famille, il sait où sont ses amours. Il ne peut confondre. Elles lui font battre le cœur, lui donnent envie d'être bon, d'ouvrir grand son cœur pour qu'elles y puisent.

C'est d'ailleurs chez elles qu'il passe sa seule nuit à Florence, avant de repartir pour Rome. Les chats de l'atelier sont presque redevenus sauvages, ils ont raison. Il n'y a rien à attendre de sa famille. Ils reprendront la vie commune à son retour. En attendant, qu'ils se débrouillent sans lui. Ils font ça naturellement. Ils savent mieux que Botticelli, et depuis plus longtemps, à quoi s'en tenir quant à la famille Filipepi.

Chez Lucrezia, il se sent bien. Comme chez soi. Comme il n'est pas justement chez lui. En parlant avec elle, en lui racontant la folle vie romaine, il décide de faire à Diamante une place sur les murs de la Sixtine « officiellement ». Les autres ne s'y opposeront pas, et Diamante laissera là sa marque. Certes, on ne lui a rien commandé, on le paie au tarif des aides, même si Botticelli rajoute quelques florins de sa poche. Mais c'est décidé. Il va signer quelques arpents de Sixtine.

Ça vengera Pipo et Léonard, les grands évincés de Rome, au moins aussi bons peintres que Ghirlandaio, le Pérugin et les autres. Caprice du prince ? Alors caprice de Botticelli : Diamante les incarnera tous. Pour exaucer son maître Lippi, qui aurait adoré ce pied de nez du destin, Diamante sera consacré grand peintre à la Sixtine.

Quand Botticelli retrouve Rome, le chantier lui a préparé une fête, toute l'équipe a dû se persuader qu'il fallait le distraire de son chagrin ! Quel chagrin ? Ah oui, la mort de son père. Du coup, il en profite pour faire passer son idée de Diamante à l'égal des autres sur les murs. Il occupera un espace imparti à Botticelli qui avait droit à une fresque de plus. Il n'empiétera donc pas sur le territoire des autres. Comment pourraient-ils y voir le moindre inconvénient ? Ça passe comme une plume. Que peut-on refuser à un orphelin de si fraîche date ?

Le vieux moine jubile. À son âge, qu'on ne peut même plus compter, être enfin reconnu parmi ses pairs !

Mais comment, à cet âge, avec tous ses rhumatismes, montera-t-il à l'échafaudage ? Qu'à cela ne tienne, on l'y portera, on le soutiendra de toutes les manières. Pour chacun, Diamante devient soudain un enjeu vital. Il faut qu'il y soit, qu'il en soit, qu'il y figure. Étrange fraternité des artistes, par ailleurs si ombrageux, si méchants même parfois entre eux.

C'est l'œuvre de sa vie qu'il achève là, à bout de bras, à bout de forces. Et tous les grands artistes de la Sixtine, tous dans la force de l'âge, dans la maturité de leur art, de plaider auprès du pape la cause du grand Diamante, contemporain de l'Angelico. Le plus vieux d'entre eux, Cosimo avec ses quarante-deux ans, passe désormais pour un bébé. Tous se sont groupés autour de l'ancêtre, ravis d'avoir un aîné à admirer, à entourer, et qui les soude entre eux. Cette équipe de parfaits compagnons a soudain l'air de prendre de grandes vacances romaines. Botticelli ne sait plus qu'inventer pour mystifier les Romains, machiner des complots pour rire. Rome comme terrain de jeu ne leur suffit bientôt plus. Ils s'en prennent désormais à leurs propres œuvres. À qui mieux mieux, ils inventent d'y semer quelques détails secrets, scabreux ou simplement insolites : un petit chien fait son apparition et court d'une fresque l'autre. Il se dresse sur ses pattes arrière, au beau milieu de la *Cène* de Rosselli. Là, le voilà tout hérissé et sans doute aboyant au passage de la mer Rouge du Pérugin. Il a même l'air effaré comme conscient de l'incongruité de sa présence dans ces scènes bibliques. Un pot de couleur est sciemment abandonné, représenté comme une erreur, un oubli, une trace du travail dans l'*Adoration du Veau d'Or* de Signorelli. Même Ghirlandaio, que l'humour ne caractérise pas vraiment, s'y est mis, trop heureux de pactiser sur ce terrain avec le seul rival qu'il se reconnaisse. Son regard aigu lui permet de voir et d'isoler ce qui se prête le mieux à la caricature. Subtils et railleurs, habitués à vivre au milieu d'esprits fins et d'hommes de goût, ces Florentins surdoués se moquent ouvertement de la balourdise des Romains. La cour pontificale peuplée de Della Rovere et de Borgia terriblement espagnols, n'est pas étrangère à tant de trivialité. D'où leur irrépressible envie de s'en moquer. Des prélats vaniteux, ignorants et bouffis de suffisance étalent leur inculture à plaisir. Plus ils sont espagnols, plus ils ont de morgue. Une cible épatante. La besogne avance à vive allure, poussée par l'ardeur et la folle gaieté qui règnent depuis que Diamante trône, tel un roi sans autre couronne que sa tonsure blanche. Il faut avoir fini pour le mois d'octobre 1482. Rome n'est plus dans Rome, elle est tout enfermée à la Sixtine. Chacun veut voir le prodige que ces bougres de Florentins sont en train d'accomplir ! Pour un peu, on leur pardonnerait leurs mystifications. Les voilà affublés d'une réputation de demi-dieux, avec pour roi un faune déguisé en satyre édenté. C'est l'apothéose de Diamante. La vision globale rehausse les points de vue particuliers. Le succès des uns retombe sur tous les autres. Chacun s'honore d'être partie prenante de pareille aventure. Un jour, ils seront fiers d'en avoir été. Pour l'instant, ils en jouissent à plein. Et c'est l'été.

Botticelli a laissé à Rome toutes ses molaires. Il a les joues encore plus creusées, on dirait un vieillard au long visage osseux et maigre. À la semblance des hommes qu'il se met à figurer sur ses toiles. La jeunesse de son corps d'athlète dément ce visage aux yeux constamment cernés. Il a le plus étrange regard qu'ait jamais façonné la mélancolie. Un vieux jeune homme élégant, raffiné, distant, et par moments, terriblement rieur : voilà l'image qu'il laisse à Rome. Personne ne le crédite d'être l'initiateur de toutes ces blagues qui ont empoisonné la vie nocturne des Romains. Il laisse aussi l'image d'un maniaque de justice. Chacun ici a travaillé comme une armée d'anges. Tous, et Botticelli ne se sent pas en reste, ont donné le meilleur d'eux-mêmes. Aucun avant de venir à la Sixtine n'avait atteint pareil sommet. Tous sauf Rosselli. Une honte de médiocrité. À les faire pâlir de gêne. Figurer sur le même mur que lui les navre plus que Botticelli ne peut dire. Ce ne serait pas si grave, si ça pouvait se noyer dans la masse des merveilles alentour. Si on pouvait l'oublier. Mais, se rendant compte de sa nullité à côté de ses pairs, Rosselli s'est mis à surcharger d'or et d'outremer ses nombreuses faiblesses. Comble d'imposture, c'est lui que le pape a élu meilleur peintre de la Sixtine. Pour le féliciter de ses gros empâtements d'or ! La préférence papale est assortie d'une prime sonnante et trébuchante de lourds florins. Prime à la médiocrité, prime à la nullité en composition, nullité en dessin, prime au camouflage. Dissimuler ses insuffisances sous des amas de rutilance flatte le mauvais goût du pape, son amour immodeste pour le clinquant, les chasubles à sequins d'or, tout ce qui brille faussement. Gâchis d'outremer, enluminure de pâte surchargée, un vrai chagrin. Le pape en est tout ébloui. Botticelli et les autres, fous de rage. Récompenser ce camouflage honteux sous des tonnes d'or ! Comment le délester du sien ? Diamante a la solution. À la fin du chantier, et à l'arrivée rafraîchissante de l'automne, on traîne dans les rues de Rome. Diamante qui, toute sa vie a beaucoup péché, se rappelle ses folies, et propose de saouler Rosselli avant de l'entraîner dans les tripots. Rome en regorge. Là on l'aidera à claquer sa prime. Pour tout perdre, il faut quoi ? Deux, trois heures. Diamante est un professionnel de la perte. Chiche ? Les tripots de Rome n'ont pas de secrets pour lui. Le vieux voyou organise méticuleusement leur vengeance.

Davantage que sa prime, l'imposteur y contracte des dettes, des dettes, des dettes... Pour plusieurs années. Des tonneaux d'or, il lui faudra pour honorer ses débiteurs. Sans le savoir, Botticelli rejoue, avec Diamante dans le rôle de Lippi, la fin de la vie de son maître quand, loin de Florence, à Spolète, en 1469, les deux artistes s'encaillèrent en travaillant comme des dieux. Au grand dam de toute la cité, ébaubie de leurs folies. Ces facéties sont rejouées à Rome qui s'y prête davantage. Cette bande de peintres a conscience de ne pas laisser seulement une mauvaise réputation comme trace de leur passage dans la cité des papes, mais bien l'explosion d'une apothéose sur les murs. Par ce baptême du soufre, la Sixtine gagne ses blasons de noblesse.

Diamante vient de réaliser le rêve de sa vie, peindre avec les plus grands. S'il n'en est pas un, en revanche, il sait les reconnaître. Et là, pas de doute, les meilleurs de l'époque se sont adoubés les uns les autres pour faire un chef-d'œuvre.

CHAPITRE 12

Faire payer le pinceau

— Lippi avait saisi ce qui opposait Masaccio à l'Angelico : l'idéal de l'un était d'ordre moral, celui de l'autre exclusivement religieux. Mais ils avaient la nature pour terrain d'entente, une nature au service de la peinture. Elle devait refléter ce que l'âme a de plus spontané : ses mouvements affectifs. Soyez encore plus expressifs, mes petits. Dites, criez, crachez en couleurs les sentiments qui vous traversent. Allez-y. Osez. Et vous serez fidèles à Lippi.

Et Diamante s'est tu. Endormi, le vieux filou, au milieu de sa phrase, ou presque.

Le retour de Rome a été pénible. Ce n'étaient plus les dents de Botticelli que les cahots du chemin agaçaient, mais le peu d'énergie du vieux peintre s'écoulait comme le sable d'un sac percé.

Botticelli lui tenait la main, comme le tout petit enfant qu'il n'avait jamais été. Arrivés chez Lucrezia, il fallut le porter puis le coucher, il ne pouvait plus marcher. En chemin, il avait perdu l'usage de ses jambes. Il en fut le premier surpris : « Tiens, ça ne marche plus », dit-il en se laissant faire gentiment. Aussitôt Lucrezia et Sandra se transformèrent en magnifiques gardes-malade, nounous et infirmières de ce vieux grigou qui n'a jamais été autant aimé.

Infirme, on l'a installé en bas, dans l'atelier de Lippi, comme l'artiste malade que la Sixtine a fait de lui.

— Je ne suis pas malade, je suis mourant, plaisante-t-il avant de s'endormir à nouveau.

Depuis il alterne des périodes d'éveil où il semble déambuler dans les allées de sa jeunesse aux côtés d'un Lippi déchaîné, et de sommeil lourd, lourd, capable de durer deux jours. On s'alarme. On tient à lui. Depuis Rome, on y est encore plus attaché. Même Ghirlandaio vient aux nouvelles. Tout Florence à son chevet. Juste avant de mourir, il est devenu une gloire incontestable.

Botticelli a fini par rentrer chez lui. Plus de onze mois d'absence. Les chats lui font fête. Ils ont tout de suite senti son retour et réintégré leur coin d'atelier en même temps que lui. Antonio jure ses grands dieux ne jamais les avoirs chassés mais ne pas les avoir croisés non plus depuis, depuis ?…

— Oh ! bien une année. Même qu'au début, ça m'a manqué. Puis honnêtement, je les ai oubliés. Donc ils étaient dissimulés ailleurs ! Incroyable. Et ils t'ont vu arriver ! Ça n'est pas possible autrement. C'est fou, ces bêtes…

Botticelli embrasse son frère. Qui ne peut s'empêcher de lui conseiller de monter saluer leur mère. Bien obligé, il y va sans joie. Des neveux, des nièces en pagaille sont nés encore depuis son départ. D'autres ont grandi et beaucoup changé. L'un d'eux particulièrement s'est mis à lui ressembler ; Botticelli en est troublé. Il lui demande s'il voudrait bien poser pour lui. L'enfant ne semble pas comprendre. Botticelli répète doucement pour le jeune Luca, dix ans.

— Je suis ton oncle, celui qui fait de la peinture au fond de l'atelier. Je voudrais mettre ton visage dans ma peinture. Si tu veux bien me le prêter. Tu serais d'accord ?

— Oh oui, répond le petit Luca, à qui on ne s'est jamais adressé avec tant de respect.

— Tu seras mon modèle de petit ange, tu veux ?

— Je veux.

— Demain, première séance.

L'état de Diamante l'inquiète trop pour ne pas y passer chaque jour. Malgré les consolations de Lucrezia et surtout de Sandra, il se reproche vivement ce voyage.

— Est-ce que ça n'a pas précipité ce grand délabrement ? Si vous saviez la folle vie qu'il nous a fait mener à Rome…

Déjà Sandra est jalouse, possessive, propriétaire de son beau parrain. Elle ne le veut qu'à elle. Qu'il n'ait qu'elle dans la vie. Or il fait la vie. Et même une folle vie sans elle.

— Oui, Sandra, quelle sarabande il nous a menée. En vérité, c'est lui qui nous entraînait. Tous le suivaient, ravis de se faire déniaiser par lui qui connaissait les pires bouges, lesquels l'accueillaient en prince.

Un matin, le troisième jour après son retour — Botticelli ne peut oublier cette date — en allant visiter son malade, il se trouve nez à nez avec Pipo. Ça le laisse sans voix. L'enfant a beaucoup changé, il a

185

aujourd'hui vingt-cinq ans, c'est devenu un homme. Il est très beau. Encore plus. Il ressemble à son père. Et pas seulement. En lui, une manière noble, un peu précieuse, tranche radicalement avec son père, plus rustique, plus débraillé. Et toujours ces yeux rieurs et ce nez qui fronce quand il sourit, et cette bouche gourmande, et… L'enfant lui saute au cou. Avec un naturel d'enfant, précisément, qu'il n'est plus. Mais ce naturel effarant affole et soulage à la fois Sandro. Il ne savait que faire ni que dire ni comment cacher ce qu'il ressentait. Pipo met fin à son trouble en l'embrassant comme s'ils s'étaient quittés la veille, comme s'il était toujours son meilleur ami, son maître, son… Botticelli est ébranlé mais la chaleur de Pipo balaie sa gêne. Le sujet important, le sujet du jour, c'est Diamante. Si Pipo est là, n'est-ce pas que Sandra ou Lucrezia l'ont jugé plus mal ?

— Non, non, je suis venu parce que je l'aime. Et que la nuit quand il s'éveille et qu'il raconte sa jeunesse avec mon père, je ne veux pas en perdre une miette. Du coup, moi aussi j'ai dressé mon lit dans l'atelier. Ça soulage ma mère et ça réjouit Sandra. Et à moi, ça me donne enfin l'occasion de te revoir, ajoute-t-il en le serrant à nouveau dans ses bras. Botticelli se sent balourd. Il a honte de ressentir un si grand plaisir. Pendant l'agonie…

Depuis, les deux peintres recueillent précieusement des lèvres du mourant ses dernières visions. Oui, c'est un peintre qui meurt là. En couleur.

Il y met tant de jaillissements, tant de regrets aussi. Douleur de ne pas avoir compris plus tôt ce qu'il faisait exactement avec ses pinceaux. Parce que, tout de même, il a eu la chance de côtoyer les plus grands. Mais le jeu, la féroce passion du jeu…

Écouter ensemble, comme deux élèves, le même maître, rapproche encore Sandro de Pipo. S'il en était besoin. Ils communient dans sa perte annoncée.

Sandra est aux anges. Elle voit son parrain adoré tous les jours. C'est une passion que le temps ne dément pas. Elle a, elle-même, terriblement changé. Elle est devenue une créature digne des plus belles peintures de Cimabue. Elle resplendit et la présence de Botticelli la rend encore plus lumineuse. Ravie et comblée, pendant que meurt un vieil homme qui lui servit plus ou moins de père. Où donc s'origine la joie ?

Depuis Rome, Botticelli, accaparé par les mêmes contradictions, se laisse beaucoup, et beaucoup mieux gâter et cajoler par Lucrezia et Sandra. En réalité depuis la mort de son père, et la conscience qui lui est venue de n'avoir jamais été aimé. Celles-là l'aiment, il n'en peut douter. Peut-être se laisse-t-il faire sans rien voir, seulement concentré sur Diamante qui risque de les quitter à tout instant. Un tout petit filet de vie brûle encore à certaines heures.

Voilà dix jours que Botticelli est rentré et les commandes affluent. Il est le dernier à Florence à découvrir la gloire que la Sixtine lui a dessinée comme une auréole. Il passe toutes les heures solaires avec ses chats retrouvés et ses pinceaux. Son neveu, Luca, est un modèle exceptionnel. Il est l'ange qui vole de panneau en panneau à partir de maintenant. On dirait un Botticelli enfant. Il est doux, timide et rêveur. Botticelli se reconnaît en lui spirituellement, il le défend avec véhémence contre l'intrusive brutalité de ses mère et belles-sœurs. Celui-là, il ne va pas les laisser l'abîmer. Il va le sauver, comme lui-même considère qu'il ne l'a pas été. Sauf par Lippi.

Ghirlandaio le visite à l'atelier. Il hésite.

— Un énorme chantier… Grosse commande de la République de Florence. Pour ceux de la Sixtine, ajoute-t-il à mi-voix. Il s'agit de la salle des Lys du vieux Palais à recouvrir *a tempera*.

Encore des fresques ! La Sixtine leur a fait une réputation de fresquistes ! Comment refuser ? Botticelli préfère de loin les commandes privées, les tableaux réservés à l'espace intime, les petits formats. Les thèmes moins solennels, moins pompeux qui laissent plus de place à l'invention. À l'inverse de ses contemporains qui ont adopté ce nouveau matériau comme une révolution et n'ont plus envie de peindre autrement, Botticelli ne s'habitue pas à l'huile. Il s'obstine à penser que la peinture est avant tout *cosa mentale*, chose de l'intelligence. Aussi les moyens qu'on utilise ne comptent pas plus que les matériaux. Ne pas peindre à l'huile ne fait pas de lui le meilleur fresquiste d'Italie. N'empêche ! Une commande de l'État, ça ne se refuse pas. Pas encore, ronchonne Botticelli, en paresseux qui n'arrête pas d'expédier sa besogne, pour passer le plus de temps possible auprès de Diamante. Et de Pipo. D'ailleurs si, ça se refuse. Ou du moins, ça s'assortit de conditions.

— À la Sixtine, on n'était pas trop de cinq, n'est-ce pas ? La salle des Lys est au moins aussi grande. Tu es d'accord pour ne pas rembaucher Cosimo Rosselli…

Ghirlandaio ne sait jamais sur quel pied danser avec cet étrange personnage, tantôt tout miel, toute intelligence déployée, tantôt arrogant, ombrageux et rogue. Aussi ne le voit-il pas venir et lui répond-il en toute ingénuité.

— Non, pas Rosselli. Par chance, il est occupé ailleurs. Tu penses à quelqu'un d'autre ?

— Oui. Le fils Lippi. Diamante va mourir. Avec lui, il nous restera quelque chose de l'héritage de nos grands anciens.

— Oui ! Bien sûr ! Quelle bonne idée. Diamante était si…

— C'est bien payé ? Parce que ce qui serait encore plus formidable, c'est de donner enfin les moyens à Léonard de s'exprimer à Florence. Mais il a de gros besoins, il est très cher et il est à Milan. C'est payé combien ?

— C'est là que réside le problème. C'est plutôt mal payé.

— Adieu Léonard. Encore une fois. Mal comment ?

— Les conditions ne sont pas celles qu'on a connues à Rome, mais ici, comme on est chez nous… Pas d'hébergement à payer, on ne change pas d'habitudes. Tu vois… En plus, c'est pour la République…

— Mal. Combien ?

— À peine cent florins. Des délais intenables, les pigments au compte-gouttes…

Et une série de contraintes que Ghirlandaio n'ose même pas avouer. Cette fois, c'est lui qui négocie au nom de la confrérie et il espère bien faire évoluer la Seigneurie dans un sens plus généreux.

C'est son tour d'être chef, à Ghirlandaio, qui, tant en commandes qu'en réputation, n'a rien à envier à Sandro. Si pourtant, quelque chose qu'il ne saurait nommer. L'âme, le style de l'homme, ce genre artiste… Botticelli vit dans une inquiétude perpétuelle. Il passe sa vie à interroger chacun sur ses doutes, en peinture comme dans la vie. Il surnage dans une douloureuse incohérence : il hait l'idée de famille, mais n'a jamais quitté la sienne. Une agitation sensuelle, une âme éprise et compliquée, une peine inexplicable, un cerveau alambiqué, un désir éperdu sans cesse brisé, tout ce que chacun colporte plus ou moins gentiment sur son compte. Incompréhensible pour Ghirlandaio, âme simple et magnifique ouvrier. Il est le seul peintre du moment à éprouver une joie totalement pure, à peindre des choses pour plaire. Et son public l'adore. Certes quelque pesanteur de nouveau riche, une aisance un peu tapageuse, un léger manque de lyrisme, mais tant de force et de savoir au service de l'anecdote qui réjouit les cœurs simples. Grand travailleur comme Botticelli mais sans les sautes d'humeur.

Chez Sandro, la ligne trépidante héritée de Donatello et de Lippi obéit à la direction abstraite et au fond assez obscure d'une sensibilité nourrie d'aliments décomposés. Une ligne qui s'émancipe de toute règle, exagère les angles jusqu'à la courbe, force la torsion des membres et des têtes, cherche sur les corps nus de ses modèles, les traces de la dégénérescence qui a frappé la cité, et la sienne en premier. À quoi Ghirlandaio, qui fait la peinture la plus saine qui soit, se refuse. Non, le monde, et Florence en particulier, ne courent pas à leur perte. Il rend à merveille les paysages toscans, quand ils s'enfoncent entre les collines, il fait fuir mieux que personne les perspectives des grandes salles carrelées, à la vitesse de son pinceau expert.

Un rien d'ennui, à sa conversation comme à sa présence, fait abréger par Botticelli la discussion toujours pénible sur les tarifs. Brutalement il met fin à l'entretien puisqu'il a obtenu ce qu'il voulait. Pipo est engagé. Il faut qu'il coure le lui annoncer. Ils vont travailler ensemble, enfin, tous les deux, à égalité, sur un chantier prestigieux. Le plus heureux de ce nouveau contrat, c'est le mourant.

— Vous allez vous amuser comme des fous. Vos héros vous ressembleront à s'en tenir les côtes. Ne m'oubliez pas dans le rôle du bouffon ou du gourmand, ou du joueur. Si vous aviez pu voir à Rome, en quel pape Botticelli a transfiguré Lippi, vous adoreriez. Et il n'y a pas que Filippo. Il y a même sa femme, ne vous en déplaise, Lucrezia, et même toi, Pipo ! Il t'a fait au moins trois fois. En disciple de Jésus, tu figures le petit Jean. Tu fais partie de la bande de Moïse, et là tu es vraiment très joli. Et aussi sur les murs de la Six…

À nouveau Diamante s'est endormi. Au milieu d'une phrase et d'une joie comblée. Tous s'alarment. Mais chacun évite de le montrer aux autres. Pour faire diversion, Sandra se lance dans un numéro de jalousie universelle.

— Ainsi tout le monde entre et sort de tes œuvres comme dans un moulin, tu voles même l'image de ma mère, et moi ? Et moi ? Et moi ? C'est quand, moi ?

— Oh ! Eh bien, pas pour la salle des Lys. Désolé, ils ne veulent que des batailles, répond en riant le parrain tant aimé.

Et pour souscrire aux vœux du mourant, Pipo et Sandro se mettent à rêver du plan de travail. Surtout Pipo pour qui c'est la première reconnaissance officielle.

Sur le chantier, le Pérugin leur fait la tête. Il est furieux que Botticelli ait imposé Pipo, avec qui il se sent en concurrence. C'est un jaloux. Quant à Ghirlandaio, il s'emberlificote dans des explications incompréhensibles chaque fois que les artistes réclament une avance, leur dû, rien d'exorbitant.

— Pas encore, ça vient, ça vient.

Impossible de travailler faute de matériaux mais il faut quand même livrer à l'heure. C'est absurde, Ghirlandaio se trouve entre l'enclume et le marteau, les restrictions de la République et les revendications des artistes.

Les contraintes de la fresque exaspèrent Botticelli. Sous Lippi père, il a aimé ça. Plus maintenant. Attendre que le maçon livre le mur dans la dernière fleur de son plâtre, afin d'y fixer la couleur très vite, avant que le soleil ne sèche la muraille… Fini, il en a marre. Travailler sans hésitation ni repentir, pour que le mortier humide saisisse la couleur et la cristallise dans un durcissement graduel, le tout dans la vitesse. Bien sûr, le mur du maçon « boit » un peu de l'éclat de l'œuvre. C'est pourtant en s'incorporant à l'eau et à la pierre que la couleur donne aux fresques leur sourde et terreuse beauté. Il fallait la folie, la démesure des premiers grands Toscans pour inventer de tout ajuster dans un même élan furieux et toujours meurtri de se dépasser davantage à chaque pas, et de ne jamais revenir sur ses pas. Aujourd'hui Botticelli n'est plus que doute et repentir. Il rêve de lenteur.

— La fresque, c'est un instant passionnel dans une matière solide et, aussi, ajoute le mélancolique impénitent, une forme de méditation désespérée… Ghirlandaio a amené Pollaiolo pour remplacer Luca Signorelli qui s'est trouvé une commande plus amusante à Naples. Le petit Piero di Cosimo leur manque autant que le grand Diamante. Le climat n'est plus ce qu'il était à Rome.

Depuis sa jeunesse, le Pérugin a un caractère qui s'aigrit. Il a toujours l'impression que le monde entier lui vole ce qui aurait dû lui revenir. Il est très agaçant, et tape sur les nerfs fragiles de Botticelli. Et comme en plus, l'argent n'arrive pas, Ghirlandaio ne sait plus quelle contenance prendre. Tantôt il râle, il peste, il cherche à terroriser tout le monde sur le chantier, pour faire croire qu'il a le même comportement face à la Seigneurie. Tantôt, il ne paraît pas avoir la moindre responsabilité et il peint là comme ailleurs, en artisan qui fignole le mieux possible. Ça fait rire Pipo, ces poses sérieuses et graves, lui qui n'est que rire et tendresse. Diamante, auprès de qui les deux peintres se retrouvent chaque soir au sortir du chantier, les incite à la résistance. À sa manière voyouse.

— Prenez l'argent et laissez le chantier en plan.

— Mais justement, l'argent, on ne parvient pas à l'avoir. Ghirlandaio dit que la Seigneurie resquille sans fin. Y compris sur les pigments de mauvaise qualité.

— Alors, ne restez pas une minute de plus. On ne travaille pas à l'œil, pas vous, et pas pour la République. C'est comme si l'église ne nourrissait plus ses moines. Ne restez pas, c'est un ordre, c'est mon dernier ordre. Vous n'avez moralement pas le droit de trahir ce que leur père, dit-il en désignant Sandra et Pipo, a obtenu de si haute lutte pour les artistes du monde entier. Rappelle-toi à Rome, Sandro, la joie qu'on a eue en apprenant qu'aux Pays-Bas, « grâce à un moine nommé Lippi, les artistes étaient enfin reconnus à leur réelle valeur ». Jusqu'en Hollande, son nom est celui qui a donné sa dignité à notre art et à ceux qui le pratiquent. Résistez. Ne gâchez pas ses efforts. Au nom de Lippi, lâchez la République.

À force d'exhortations comme celle-ci, ils vont abandonner, et surtout parce qu'ils ont échoué à recréer cette chaude fraternité des artistes accrochés au même échafaudage, dans la fièvre d'instants admirables où on communie avec la matière. Ici ça ne s'est pas produit. Un jour, ailleurs, peut-être, Pipo, connaîtra pareil moment d'ivresse amicale. C'est alors que les Carmes lui passent la commande la plus inespérée de sa vie. Finir le travail de Masaccio à la chapelle Brancacci ! Une commande qui ne se refuse pas, décrète Diamante. Quelle magnifique raison de quitter le navire de la salle des Lys qui vire au naufrage. Par fidélité à son père, à Diamante… Un matin sur le chantier au complet, Pipo vient dire adieu haut et fort à Ghirlandaio.

— Je suis le plus jeune, le moins reconnu de vous tous, mais je suis le fils de Fra Filippo Lippi. À ce titre, je ne puis continuer d'être traité comme un vulgaire ferblantier. J'ai honte vis-à-vis de mon père, je n'aurais pas dû le supporter une seule journée.

Le Pérugin qui entend cet esclandre, sent aussitôt sa dignité offensée.

— Je ne resterai pas une seconde de plus que le fils Lippi, dit-il en jetant ses pinceaux au sol.

Depuis le début, il ne supporte pas la dictature de Ghirlandaio. Enfin ce qu'il nomme telle. Car on a vu plus directif. Alors Botticelli le prend tendrement dans ses bras, ce qui l'étonne terriblement.

— Ils ont raison, et Domenico, tu le sais mieux que personne. On ne doit jamais, sous aucun prétexte, et ici, la République n'est qu'un honteux prétexte, faire croire à nos employeurs qu'on peut travailler dans pareilles conditions. C'est infamant. On ne doit pas.

— Tu t'en vas aussi ?

— Oui. Et toi aussi, tu devrais. Laisse là cette bande de voleurs méprisant notre art. Et viens au chevet de Diamante, lui annoncer que tu rejoins le camp de Lippi, le camp des artistes, de nos seuls frères. Allez, viens.

Ghirlandaio, quoique assez bouleversé par ces paroles, n'ose franchir le pas. Il va s'acharner à finir cette fresque, aidé seulement de son frère. Sur l'échafaudage, deux vrais sauvages s'échinent nuit et jour.

Diamante serre tendrement les mains de Pipo et de Sandro.

— Vous vous rendez compte ! Ah, c'est vrai tu ne sais rien. Il a juste dit qu'il partait. Ce qui l'a décidé à franchir le cap, c'est cette sacrée commande. Quelle aventure inouïe. Quand Masaccio est mort, je le détestais, mais Lippi l'adorait, aussi voulut-il plus que tout achever son travail à Brancacci. Faire du Masaccio. Faire que Masaccio ne soit pas mort. Il s'est complètement effacé. Il avait déjà son style, mais par amour pour Masaccio, il s'est fondu dans son œuvre, avec une humilité qu'il n'aura plus jamais. De l'amour, à ce point ! C'est Masolino qui l'a empêché de finir, je sais, j'étais là, j'ai tout vu jusqu'au chagrin de Lippi. Et maintenant c'est toi, Petit, qui vas l'achever… Tu vas marcher dans les pas des plus grands. Je suis fou de joie, c'est merveilleux !

Depuis un moment, derrière Diamante, Lucrezia fait des signes incompréhensibles aux artistes, toujours avides d'en savoir plus sur Lippi ou Masaccio. Mais cette fois, quand, au beau milieu de sa joie, Diamante s'interrompt, ce n'est pas dans le sommeil qu'il sombre… Le silence s'abat compact.

C'est fini. Non. Ça ne peut pas être fini. Pas maintenant. Pas comme ça !

— Il était tellement déshydraté. Impossible de le faire boire, comme de lui faire avaler une seule bouchée, depuis des jours. Il n'en pouvait plus, il est allé au-delà de ses forces.

Les hommes n'ont rien compris. Cet emballement, cette excitation, c'était l'embellie de la fin. Quelle immense joie pour partir, tout de même… Chacun d'un côté du bienheureux, ils posent leur tête sur sa poitrine. Ils restent ainsi crâne contre crâne, sur le poitrail amaigri de Diamante, longtemps. Le temps d'être sûr qu'il ne va pas respirer à nouveau. Encore une fois, une petite fois.

Puis ils se relèvent, amis, frères, le tout mêlé dans un chagrin immense. Depuis Rome, Diamante était

196

sur le point de mourir. Il aura tenu jusqu'à les encourager, sinon carrément les obliger à être fidèles à la haute idée qu'il avait désormais de la peinture. Bravo l'artiste !

Immédiatement, Lucrezia et Sandra retrouvent les gestes immémoriaux des femmes face à la mort. C'est à ces gestes que Botticelli est convaincu que c'est vraiment fini. Que Diamante ne s'est pas juste endormi au milieu d'une phrase.

La mort de Diamante et leur défection du Palazzo Vecchio font le tour de l'Italie. De Milan, Botticelli reçoit une lettre qui le touche au cœur. De tendres condoléances pour la perte de Diamante, comme s'il était de la famille, et de chaudes félicitations. Seul Léonard a compris ce que symbolise la mort du dernier survivant de la grande époque. Et la posture de refus que grâce à lui tous les artistes devront désormais adopter. « Faire payer le pinceau, faire respecter le pacte de Lippi, c'est ouvrir la voie aux grandes personnalités d'artistes », dit-il encore.

Sandro est très remué par ces quelques mots venus de Milan :

« Vous inaugurez là un cycle infernal. Quitter ainsi un chantier inachevé, ça va faire tache d'huile. De moins notoires que vous n'achèveront plus leur ouvrage. Parce que ça leur chante ou qu'ils sont mieux payés ailleurs. Comme désormais, ils croient en eux, ça leur donne une force immense, ils ne craignent plus de laisser un peu de leur vie à chaque pierre du chemin, le désir du travail futur devient le but du travail. L'argent ne compte pas en soi. Chacun pense avoir en lui la plus belle œuvre, et d'effort en effort, grandit pour vaincre. »

Comme toujours, Léonard prophétise.

La mort de Diamante vaut à la famille Lippi un regain d'intérêt de la part des Médicis. Lucrezia nourrit une amitié sincère et réciproque pour Lucrezia de Médicis, la mère de Laurent, à qui elle a sans doute rappelé qu'il devait sa vie à Botticelli et que, pour durer, sa gloire devait s'asseoir sur de grandes œuvres. Il lui fallait oser des commandes de prestige, comme son grand-père. Les grands peintres ne courent plus les rues comme au temps de Lippi. Ils quittent tous Florence… Peut-être est-il temps de s'y mettre ? En reste-t-il pour honorer le nom des Médicis, jusqu'à la fin des temps ?

À peine Diamante en terre, chez lui, au couvent des Carmes, à Brancacci où Pipo travaille comme un ange, une commande Médicis leur tombe dessus. À tous ceux de la Sixtine, c'est devenu une d'obligation de ne pas les séparer. Mais avec Pipo en plus. Il s'agit d'une maison que les Médicis ont à Volterra et qu'ils doivent décorer entièrement. On se partage les pièces. On rappelle Signorelli, et même le jeune Piero di Cosimo dont la fièvre folle et l'imaginaire noir avaient enchanté leur séjour à Rome. Pollaiolo et Ghirlandaio sont réconciliés. Tout le monde, sauf Léonard, songe tristement Botticelli. Jamais Léonard. Quelle étrange malédiction lui interdit de peindre en Toscane.

Botticelli et Pipo font la route ensemble. Lucrezia et Sandra les accompagnent d'un geste de la main, prolongé d'une longue écharpe parme. Dans l'air vif du matin, l'image resplendit longtemps. Ils sont ivres de joie. Elles sont tristes. Après toute cette agitation, elles vont rester seules. Ils vont enfin connaître la joie chaude des chantiers heureux, et ensemble. Mais Botticelli se fiche bien des autres. Deux mois à la campagne avec celui qu'il n'a jamais cessé d'aimer... C'est inespéré. Tout peut encore arriver.

CHAPITRE 13

« *Vous qui entrez ici,*
quittez toute espérance… »

Et c'est la gloire. Le bonheur ? Pas vraiment. La réussite n'assure pas le bonheur.

Les deux mois à Volterra sont un enchantement, un drame et une magnificence. Tout Florence s'arrache désormais les œuvres de Botticelli. Davantage que celles des autres, ses fresques ont emballé. Son cœur aussi hélas s'emballait. Le beau Pipo a bien voulu de lui, et ils se sont aimés. À nouveau, comme la première fois, ce fut pour Botticelli un ravissement. Il l'aimait sexuellement de toute son âme. Un sentiment de complétude. Et à nouveau, Pipo l'a abandonné, pour un autre qui passait par là, plus beau, plus jeune ou plus talentueux en amour. Impardonnable comme la première fois. Mais Pipo n'a que faire du pardon d'un amant évincé. Digne fils de son père, il caracole d'amour en amour, et s'en trouve très bien. Ainsi a-t-il choisi de vivre. Botticelli peut bien mourir d'amour et de chagrin, sauf qu'il n'en a pas le temps. L'atelier s'est mis à tourner à grande vitesse. Retombées généreuses de la Sixtine.

Il faut embaucher, le carnet de commandes est plein pour des années. Une œuvre de la main de

Botticelli atteint désormais des sommes formidables. On le sait exigeant, ombrageux, elles n'en ont que plus de valeur. On le ménage, on le dorlote pour qu'il accepte. Seule Sandra continue de le rudoyer. De quelque manière qu'ils s'y prennent, les enfants de son maître ne sauraient le laisser en paix.

Tous les artisans se pressent chez lui et le sollicitent pour travailler à partir de ses cartons. C'est son frère l'orfèvre qui fait commerce des rares cartons que Botticelli accepte de laisser circuler et de voir reproduits en marqueterie, costumes, gravures… Simonetta, par exemple, n'a jamais quitté sa cachette, Sandro la réserve pour de plus grandes œuvres. Jalousement gardée par Romulus et les siens. Botticelli et ses chats, c'est un amour qui ne se dément pas. Il parsème depuis peu des tas d'autres bêtes dans ses œuvres. Avec les animaux, il se sent à l'aise, de plain-pied, jamais pétrifié comme envers ses amours humaines.

Botticelli se prend un peu au jeu de la fortune. Sans cesser de se demander ce qu'en dirait Léonard. Qu'en penserait Léonard est la question qui alimente le doute et revient comme une antienne.

Il a parfois la sensation de progresser, et même — mais c'est à peine s'il ose le penser — d'innover dans son art. En tout cas, de faire un peu mieux qu'hier.

En attendant, ses cartons se vendent au marché noir. Des aides ou des assistants en recopient, ou pis, en chapardent pour en faire le commerce clandestin. Du coup, il y a de plus en plus de monde à l'atelier, ça grouille. Clients, amis, artistes, artisans, aides, apprentis, élèves…, sans rien dire de la famille toujours aussi intrusive. Comme il a tout fait pour défendre et protéger son neveu Luca, aujourd'hui celui-ci aiguise ses griffes pour servir de bouclier, parfois d'arme affûtée contre qui pourrait s'en prendre à cet oncle qu'il adore. En particulier Esméralda, la vieille matriarche qui donne des ordres à l'encan du haut de son mètre trente avec l'autorité de son quintal de chair flottant autour d'elle.

Botticelli regrette seulement de n'être plus jamais seul. Sauf sur le chemin qui mène chez Lucrezia, le temps d'y aller. Et il y va souvent. Toujours, il reprend le chemin de la maison Lippi. C'est son point d'ancrage. Même si Pipo n'y est pas souvent.

Finalement, le travail et le succès lui vont bien au teint. Il a même parfois l'air guéri. Oh, la mélancolie veille, mais semble un peu moins noire. Ou peut-être qu'on s'habitue. Que la réussite compense un peu. Ou que la célébrité tient sa peine en laisse, et parfois sa folie de vivre.

Il faut paraître. On ne devient pas si grand sans se faire voir. Par chance, Botticelli est de haute taille, il a une ample chevelure blond vénitien, bouclée. On le repère de loin, et l'on vient à lui. Il est aussi incapable d'aller vers les autres, comme dans son enfance solitaire et glacée. Pour lutter contre sa timidité native, il cultive l'art des farces. Lors d'une soirée, pendant que Luca fait le guet, il est capable de dessiner en cachette, une mouche sur la joue d'une Madone. Pour ses espiègleries, il préfère les thèmes religieux. Si petite, la mouche, que les propriétaires de l'œuvre mettront du temps avant de s'en apercevoir. Et alors ?

Alors, ils se reprocheront un manque d'attention auparavant. Ou si c'est l'artiste qui se rend compte de l'ajout, il est plus compromettant de s'en offusquer que de ne rien dire. Pas mal de mouches posées sur des œuvres de renom sont une plaisanterie de Botticelli ! Ainsi s'inventent les Vanités à Florence…

Parmi toutes les griseries qui parfois lui tournent la tête, quelques aides, plus jolis ou plus tendres, quelques amitiés s'enfièvrent soudain, et l'occupent un ou deux mois. Ce qui séduit Botticelli dans ses fugaces conquêtes, c'est le sens du mot conquête. L'idée de séduction l'attire plus que l'objet de sa conquête et celle qu'il exerce, lui, davantage que celle des objets séduits. Il aime, non pas plaire, mais qu'on lui confirme qu'il peut séduire. Il pense à Pipo toujours. Rien ni personne d'autre n'occupe son cœur. Pipo est un papillon dont le seul bonheur consiste à butiner de-ci de-là. Il ne va tout de même pas chercher à le fixer sous verre. C'est la beauté de ses ailes en vol qui le charme. Plaire pour Botticelli, c'est s'entraîner à séduire à nouveau Pipo. Peut-être n'aimera-t-il jamais que lui ?

Seul avec la mère et la sœur de ce grand absent, il se sent compris, approuvé à demi-mot. Il ne cite jamais l'auteur de sa plus grande peine. Sandra est folle de rage quand elle l'entend répéter qu'au fond, il n'aime personne. Elle se déchaîne, se jure et lui jure qu'elle, il devra l'aimer ! Il n'aura pas le choix. Il lui faudra l'aimer et il n'en reviendra pas. Lucrezia sourit qui ne cherche pas à calmer sa fille. Elle s'apaise généralement d'elle-même par cette menace boudeuse, qui a le don de les faire tous rire : « Tu verras : quand tu m'aimeras, tu me le paieras. »

Vespucci est revenu d'ambassade en France où il a obtenu un répit pour Florence. Le roi de France rêve de croisades et de hauts faits. Il veut y enrôler toute l'Italie, mais aussi la traverser pour aller reconquérir Jérusalem. Au besoin la soumettre, si elle résiste. Qui ne répugnerait pas à l'idée d'être traversé par une armée en marche ? Vespucci est une grande voix diplomatique. La guerre est son ennemie personnelle, sa vie vouée à l'éviter.

Entre deux ambassades, les jeux du néoplatonisme reprennent de plus belle. De même qu'à la génération précédente, Lippi en avait été le modèle, le héros et le symbole, celle-ci consacre à son tour la perfection hédoniste de son rieur de fils. Il peint comme un ange, se moque de tout et jouit de chaque seconde. Chaque fois qu'en ces occasions, il croise Botticelli, il l'enlace comme s'il avait quitté son lit la veille et l'assure de son éternelle amitié. Chaque fois, ça ranime la brûlure de Botticelli. Bizarrement Laurent est contrarié par l'élection de Pipo à l'Académie, comme héros de l'année. Ses mœurs lui déplaisent au dernier degré. Il ne peut empêcher les amours « auto-érotiques » comme il les nomme, mais préfère qu'on ne leur donne pas tant d'écho. Peut-être est-ce la cause non avouée de l'exil à quoi au fond, il a condamné Léonard ? Avec ce sens régalien des seigneurs, Laurent s'inquiète de l'avenir de sa ville si la baisse de la nuptialité continue. Les jeunes hommes se marient de plus en plus tard, quand ils y consent. Fonder une famille n'est plus l'unique perspective de la jeunesse. Il y a là, pour un prince, de quoi s'alarmer. Pas pour Botticelli, pour qui la reproduction est forcément le sacrifice de la mère, moins souvent du père mais toujours de l'enfant, victime désignée. Quand il pense à son enfance, il se dit qu'il aurait sans doute mieux valu ne pas naître. La désapprobation de Laurent envers les invertis épargne étrangement Botticelli. Depuis Volterra, il a même contribué à son succès. Botticelli s'étonne pourtant que le prince masqué, qui gouverne sans le dire, se décide à lui passer commande.

Botticelli est à la mode, les *Grandi* sont aussi sensibles que les autres à l'aura des réputations mondaines ; Laurent s'adresse donc à lui. Mais pour son petit cousin, avec qui on le confond souvent. Pourtant de nature très différente, les deux s'appellent Laurent de Médicis et aux deux, Botticelli a malgré lui, sauvé la vie. Pour éviter la confusion Laurent dit le Magnifique exige qu'on nomme son cousin en Toscan, Lorenzo, alors que lui est toujours appelé en latin, la langue noble, Laurenti, accolé à la flatteuse épithète de Magnifique. Botticelli sait déjà que le plus jeune est le plus beau, ce qui n'est pas difficile : la laideur de Laurent est légendaire. Beaucoup plus léger et libre, Lorenzo a perdu ses parents très jeune. Aussi Lucrezia de Médicis, la mère de Laurent, a exigé que son fils prenne cet orphelin de son nom à sa charge et le fasse élever comme un prince. Il l'a confié à Vespucci pour l'enseignement des sciences, de l'histoire, de la géographie et de l'astronomie ; et pour l'éducation à la vie, aux lettres, aux arts et à la beauté, c'est à Politien que la tâche incombe.

— À eux deux, ils ont sculpté un bel esprit mais pas un bon chrétien. Il accumule bêtise sur bêtise, rien ne lui paraît trop fou, c'est un risque-tout, un chien fou, un débauché, un mal élevé, il faut donc le mettre à la raison...

Botticelli ne comprend pas pourquoi Laurent lui raconte tout ça, à lui ? Ne serait-il pas à classer lui-même dans la catégorie Lorenzo ?

— J'ai décidé de le fiancer à la fille du roi de Piombino et d'Elbe.

— Piombino, n'est-ce pas le rocher d'où venait Simonetta ?

— Le même. Sémiramide est sa nièce. Elle a belle et bonne réputation. Mais il faut la rassurer sur celle de Lorenzo. Les mœurs de son fiancé ont défrayé la chronique au-delà de nos frontières. Ma mère qui s'y connaît m'assure qu'elle est très austère. Provinciale en tout cas. Donc chaste. Pour marier ce jeune impudent — Botticelli brûle de savoir quelle impudence a déclenché l'ire de Laurent, au point de le marier de force —, il faut rassurer la promise. Même à Piombino, on connaît ses fredaines. Donc comme cadeau de fiançailles, je veux un tableau qui lui mette du plomb dans la cervelle — Botticelli ne s'est jamais imaginé en professeur de morale... — Quelque chose qui ferait l'éloge de la fidélité, de la chasteté, tu vois ce que je veux dire... Pas de sujet religieux. Lorenzo détesterait se présenter à sa belle sous l'allure d'un bigot. Pioche plutôt dans les grandes scènes mythologiques, genre « Victoire de la Chasteté sur la Luxure ». Je veux un très, très beau tableau, qui les surprenne tous. Même lui.

Là, Botticelli n'y tient plus.

— Mais qu'est-ce qu'il a bien pu faire de si grave ?

— À la campagne, où je le tiens serré, en vue précisément de ses fiançailles qui intéressent Florence et nos deux familles, imagine-toi qu'il a organisé, tout seul, une fête dite « La nuit de toutes les femmes ». Est-il besoin de préciser « en âge de plaire » ? Au flambeau, dans la colline et les ruelles, toutes les filles, sûrement ivres, devaient attraper les garçons afin de leur ôter une pièce de vêtement, et rapporter leur butin devant la Seigneurie au petit jour pour preuve de leur chasse. Une montagne de vêtements ! L'évêque est fou de rage. Arrange-moi ça. Tu sauras mieux que personne. Je paierais aussi mieux que personne. Puisque tu es le plus cher de Florence, c'est que tu es le meilleur. Prouve-le.

Qu'est-ce que c'est que ces manières de cuistre ! Ce prétendu Magnifique est ignoble, du moins se conduit-il sans la moindre noblesse. Une très forte envie de tout envoyer promener.

Si la curiosité de connaître ce jeune écervelé, que la description de Laurent lui rend sympathique, n'était la plus forte, Botticelli refuserait bien la princière commande. Ce garçon-là se conduit comme Simonetta aurait adoré. Et il va épouser sa nièce. Il a l'air effronté comme Julien. Botticelli le trouve séduisant, ce qui ne l'empêche pas d'oublier cette visite désobligeante, et donc cette commande, sitôt la nuit tombée. Comme Laurent, bien sûr, ne s'est pas déplacé jusqu'à l'atelier, mais a convoqué Botticelli dans le cloître attenant à San Marco, où pousse un merveilleux jardin de sculptures, personne à l'atelier n'a pu noter la nature de cette commande. Tant pis, la vie est trop courte, la peine toujours à portée, oublions.

Dieu qu'il lui est aisé d'oublier ce qui lui déplaît ! À la place de la commande de Laurent, Botticelli fignole des travaux qu'on taxe désormais d'artisanaux, pour les opposer à ceux dits aristocratiques, que leurs exigences d'artistes ont conquis. Il adore ces arts qu'on commence d'appeler mineurs. Il réalise des décors de tentures à l'aide d'assemblages de tissus, un baldaquin pour l'église san Or'Michele. Des couturiers reprennent ses inventions vestimentaires qui donnent à ses femmes l'air de danser ou de voler. Il les retouche avec eux pour que les robes soient portables. Il joue avec les divers aspects de son art pendant que mûrit le grand œuvre, toujours à venir, après lequel on sait qu'on a peut-être un peu avancé.

Il est partout invité. La gloire, l'éclat éphémère d'une fresque, condamnée à la lente dégradation… Partout cynique et distant, il ne refuse plus ces invitations. Certain d'y retrouver l'un de ses deux amis, Vespucci ou Politien dont l'esprit toujours le réjouit. Près du poète, il a l'assurance de rire et de se moquer de tout. Depuis que ce dernier s'est récemment déniaisé, il tente opiniâtrement de rattraper les années chastes, donc perdues. Sa poésie s'en ressent, elle se fait plus rare, plus abstraite, plus raffinée. Il vit le plaisir comme une abstraction, la spécialité d'une humanité supérieure. Ça étonne Botticelli, qui trouve souvent le plaisir trop concret, et parfois au réveil, bien trop cru.

Les commandes continuent d'affluer, et Botticelli rêve de paresse. Il n'a jamais si bien peint, il le sait. Le regard de Léonard lui manque cruellement. Son succès, c'est avec lui qu'il aimerait le partager, comme ses commandes d'ailleurs. Avec Vespucci, c'est d'avenir dont il s'entretient, celui de l'art et de la politique. Vespucci est pessimiste, il juge Florence en danger. Il est revenu sur sa première impression. Finalement Laurent n'est pas un héritier digne des Médicis, il a trahi l'idéal que cette famille avait nourri pour la Toscane. Il règne pour son compte et celui, étriqué, de sa famille. Vespucci est ravi de n'être pas reclus dans un foyer, peut-être qu'alors lui aussi deviendrait frileux et mesquin.

Le bruit court dans les *botteghe* que Pipo fait des siennes. À Brancacci, il aurait représenté tous les *Grandi* moins importants que ses proches, ses amis, ses amours. On les reconnaît tous.

— Faut que tu ailles voir pour moi, demande Botticelli à Luca.

Le jeune garçon en revient aussitôt complètement excité.

— Maître, maître, tu y es représenté si beau, si beau, si... Ah ! si tu voyais comme Pipo t'a peint. Tu es... C'est tellement toi. Tu es le plus grand, le plus beau.

L'émotion est trop grande pour aller voir tout de suite. Un jour... Quand surgit, l'œil brun, vif comme l'éclair, souple comme le renard, un jeune blanc-bec tonitruant et bouillant d'ardeur.

— Alors, il est prêt mon tableau de morale ?

Ils se reconnaissent. Jeune encore, presque enfant, il y a près de dix ans, Lorenzo avoue à Botticelli qu'il l'avait élu « peintre selon son cœur ».

— ... Mais j'ai un cœur dépendant et désargenté, incapable de t'honorer. Et surtout pendant ces années folles, j'en ai peu disposé. Quant à ma bourse, c'est celle de Laurent, l'autre, le grand. Et il est assez rapiat. Mais je t'ai entendu beaucoup loué par les deux hommes qui avaient à charge de me former.

Étrange, effectivement, que les précepteurs que Laurent a donnés à son neveu soient les deux meilleurs amis de Botticelli.

Lorenzo est un feu follet magnifique. Il a l'arrogance de son rang, la désinvolture des *Grandi* et l'air aussi superficiel. Mais il juge Botticelli le plus grand peintre du monde ! Il se pavane dans l'atelier, regarde tout et ne tarit pas d'éloges. Souvent justes. Des compliments fins et bien sentis. Comment y résister ; même si c'est de la flatterie, elle a l'allure de la sincérité.

— Montre-moi mon tableau. Même commandé par Laurent, comme il est de toi, je suis sûr que je vais l'aimer. C'est bien la première fois que mon cousin me fait plaisir.

À l'aide de quelques cartons arrachés à sa cachette, Botticelli improvise, met en scène des personnages, qu'il emprunte à la mythologie, mais à qui il prête des aventures inédites. Il raconte, dessins à l'appui, un tableau qu'il invente au fur et à mesure qu'il parle.

— ... Une très belle, très triste Pallas pour illustrer une Chasteté, très épurée, qui tient par les cheveux toute la bestialité du monde, sous la forme d'un pauvre malheureux Centaure. Lui aussi a l'air triste qu'on l'empêche de jouir, peut-être plus que la Pallas. Il penche la tête pour demander sa grâce, mais la Chasteté fait son devoir, bien sûr. Elle porte un glaive, à tes couleurs. Le Centaure a l'œil battu bleu et les cheveux noirs et frisés comme toi…

Lorenzo peut-il seulement imaginer que Botticelli n'a pas commencé son tableau ? Là, sous ses yeux émerveillés, il l'a virtuellement brossé, alors qu'il n'en a pas tracé une ligne. Le bois du panneau n'est pas encore enduit. Par chance, cette scène a lieu à une heure de plein travail. L'atelier est rempli d'apprentis et d'assistants que désormais Luca tient en main. En moins de six mois, il a pris une autorité que seul pouvait lui conférer son amour pour son oncle, ce peintre trop doué. Tous ont assisté à la scène, chacun a vu le tableau se construire sous ses paupières. Les formes prises dans la bouche du maître selon le talent de chacun se transforment dans l'imaginaire de tous. Avec leur aide, Botticelli est sûr de n'oublier aucun détail, qu'avec un luxe prodigue, il a distillé au joyeux Lorenzo. Après son départ, Luca note ce que chacun en a retenu. Il s'est vraiment changé en cerbère de son oncle.

À peine sorti, le jeune étourneau est déjà de retour.

— S'il te plaît, la Chasteté, donne-lui l'air désespéré, fais qu'elle respire l'ennui. Il n'y a pas de raison !

Il va repartir en coup de vent, comme il était réapparu, quand ses yeux tombent sur l'édition commentée par Landino de *La Divine Comédie*. Aussitôt, il se met à déclamer le chant trois de l'*Enfer*, que Botticelli peut réciter avec lui. L'un et l'autre découvrent stupéfaits et ravis qu'ils savent par cœur les mêmes passages.

— Et tu en fais l'illustration ? C'est fantastique.

— À temps et à fonds perdus. Un jour, peut-être, aurai-je le temps et les moyens de ne faire que ça, mais que veux-tu, mon succès m'accable. Vois, je suis même obligé de te faire une Chasteté désespérée…

Ils éclatent ensemble du même rire. Ils s'entendent bien, sans gêne de part ou d'autre. Un plain-pied d'égalité et de connivence. Et Dante vient souder leur entente naissante. Dante pour parrain ! Cette amitié démarre sous les meilleurs auspices.

Cette rencontre est de celles qu'on devine, qu'on espère fructueuses. Botticelli y repense avec une certaine fièvre. À lui donner le courage de se rendre à Brancacci admirer le travail de Pipo. Un jour… Il espère que cette rencontre n'en restera pas là. Ils se sont mutuellement plu. Certes, le petit a toujours été fasciné par l'art, il a grandi dans la gratitude et sous le charme de Botticelli, ses traits, sa ligne, le « grand art » comme il l'appelle. Il a eu des maîtres qui ont sacrément dû l'influencer. N'empêche, Botticelli est séduit par cette vivacité exubérante et l'intelligence qu'il met à tout interroger, à vouloir embrasser le monde entier.

Aussi, toutes affaires cessantes, se met-il à son tableau. Luca a anticipé les désirs de son maître, au point d'avoir fait enduire dans la nuit un panneau aux bonnes dimensions. Prêt à peindre au réveil, Botticelli se lève pour la Pallas de Lorenzo. Luca est en train de devenir son ange gardien. Botticelli se promet de lui témoigner plus de reconnaissance, d'en faire son héritier, histoire de signifier à sa famille, à sa mère mais aussi à l'horrible belle-sœur qui sert de mère à Luca, qu'il a changé de camp définitivement, qu'il est du côté de Sandro pour toujours.

— Luca, tu sais lire ?

— Oui, répond-il en rougissant.

— Pourquoi rougis-tu ?

— Parce que j'ai appris tout seul dans ton livre. Là-haut, ça ne les intéresse pas.

Le livre, c'est bien sûr le Dante.

— C'est bien. Moi aussi, c'est mon préféré. Lis-le-moi pendant que je prépare mon travail, s'il te plaît. Lis-le-moi avec tout ton cœur.

— Je prends où ?

— Tu as entendu hier le jeune Médicis ? Tu as reconnu ?

— Oui, c'est l'enfer des tièdes. Je n'irai pas dans celui-là.

— Ça, c'est sûr, mais je ne vois pas pourquoi tu devrais aller en enfer, petit ange. Lis-moi à partir de là.

— « Par moi, l'on entre dans la cité de la peine, par moi l'on entre dans l'éternelle douleur. Vous qui entrez ici quittez toute espérance… » C'est alors que Sandra fait son apparition.

Les modulations de la voix de Luca qui finit de muer, et passe des graves aux aigus selon ses émois, la retient de bondir. Elle écoute. Sur le seuil. Médusée. Elle tombe sous le charme. L'enfant lit plutôt bien, mais le texte, ce texte-là, la première fois qu'on l'entend… En plus, il lui parle des chagrins de l'homme qu'elle aime. Elle est bouche bée. C'est donc cette musique-là que fait le fameux Dante. Il parle directement à son âme. Elle repart à la fin du chant, sans même avoir embrassé son parrain. Toute remuée, elle file en direction de la rue des libraires. Elle ne reviendra qu'une fois *La Divine Comédie* dévorée. Botticelli est sidéré. Il n'a jamais vu Sandra si concentrée ni si belle. Les mots du Dante ont agi sur son esprit au point de transformer son visage. De l'affiner, de l'épurer. Luca qui lisait n'a rien vu. Depuis le début, il a compris que cette jeune femme jouissait d'un statut particulier et jouait un rôle étrange dans la vie de son oncle. Et pourtant — lui seul connaît la cache aux dessins secrets — il ne l'a jamais peinte. Comme il n'a pas encore perçu quelle place elle tenait dans la vie de Botticelli, il la protège. Il la défendra au besoin. Il a reconnu en elle ce qu'il croit ressentir lui-même pour cet oncle si fantasque. Lui aussi est étrange, le petit Luca, on dirait que toute sa vie prend sa source dans la main tendue de cet oncle. Avant lui, il ignorait être vivant, il ignorait qu'il se noyait, que parfois même, on lui tenait la tête sous l'eau. Oh, pas méchamment, non, par maladresse ou par indifférence. C'est de ça qu'on meurt le plus souvent dans l'enfance. Botticelli est arrivé, qui lui a fait un magistral bouche-à-bouche. Depuis il respire. Haut et fort. Il lit Dante et comprend la peinture de Botticelli. Quand il a lu à haute voix pour tout l'atelier, il a senti se déclencher en lui une incroyable émotion poétique, et sans doute a-t-il provoqué la même chez la protégée de son maître. Il ne peut pas y être étranger. Sa voix a fatalement dû jouer. Ainsi pousse l'estime de soi. Pas à pas. Botticelli fait attention à lui et l'encourage régulièrement de compliments, de rassurance. En aimant Botticelli, Luca devient davantage lui-même, et lui-même ressemble follement à Botticelli enfant. C'est troublant. Sans doute pour l'artiste aussi, qui décide subrepticement, le jour où Sandra a entendu Dante, d'habiller cet enfant de neuf, de le dégrossir, de le faire encore plus joli par les parures et les chausses. Il l'amène faire des courses, en plein milieu d'une journée de travail.

— Je veux que tu connaisses le monde, que le monde te connaisse. Botticelli peut désormais tout se permettre, y compris d'avoir l'air d'imposer son jeune amoureux, comme Florence se plaît à le croire. Pourvu que Pipo ait vent de la rumeur…

— Ce soir justement, il y a fête chez Vespucci. Je veux que tu sois très beau.

Pourtant, quel ennui, quel vide que sa vie, songe Botticelli, sitôt qu'il se retrouve seul. Sinon la grâce qui tombe parfois sur son travail, sa vie de peintre lui semble de plus en plus vaine… Tout ça pour quelques instants de grâce ! Est-ce que ça en vaut la peine ? Vraiment ?

CHAPITRE 14

L'invention de l'aube d'été...

— Là, je crois que j'ai trouvé mon bleu !
Botticelli est ravi.

— Ainsi, conclut Luca, ta *Pallas* (que Botticelli a
achevée en un temps record) se réduit à l'invention
d'une couleur. Bon, d'accord, de *ta* couleur.

— Bien plus qu'une couleur. Là, regarde. C'est la
lumière tremblante que la chaleur dévoile aux au-
rores... Tu vois, on la devine, cette clarté qui va devenir éblouissante. On est juste avant, quand le ciel
est encore de ce drôle de bleu, fragile, timide. C'est
l'aube d'été.

— Tu n'es donc qu'un inventeur de couleurs. Si
ton nouveau bleu est comme ton rouge cerise, aussi
impossible à imiter...

Là, c'est un autre assistant de Botticelli qui, de plus
loin, se mêle à la discussion.

— Pareil pour ton vert olive. On n'a toujours pas
compris ton mélange.

— Aide-moi à l'emballer. C'est toi qui vas la
porter au palais Médicis, tu l'installes dans la grande
salle où se tiennent les fiançailles. Je compte sur toi
pour bien la couvrir, afin qu'on ne puisse pas la voir

avant l'heure. Je meurs de peur. Tu reviens vite. Nous nous ferons beaux, tous les deux et on ira ensemble.

Lorenzo tout empanaché de merveilleux costumes les accueille tel un roi. Il en a déjà la tournure. Il a raison d'épouser une reine. Sémiramide, à qui il présente aussitôt son ami peintre, le salue distraitement. Peut-être est-elle timide. Ou revêche ? Province en tout cas. Et peu liante. Elle reste confinée dans le groupe de sa famille, venue de Piombino. Ces fiançailles sont plus politiques que sentimentales. Vespucci est lié aux deux familles. Trop accaparé par sa tâche diplomatique pour venir saluer Botticelli. Ça ne fait rien. Luca ne le quitte pas, il ne parle pas beaucoup, mais ne perd pas une miette du spectacle. Et Lorenzo est si chaleureux avec « son » peintre. Botticelli craignait une toquade, il est rassuré. Le jeune homme est sincère.

Il tremble toujours avant le dévoilement d'une de ses œuvres. Tout l'alarme. Malgré tout, ces derniers jours à l'atelier, il a eu le sentiment de s'être surpassé. Donc, oui, là, il a peur, mais aussi une sensation neuve, une envie de jugement. Un désir de surprendre l'assemblée, d'étonner ces blasés.

Vespucci vient enfin à lui. Botticelli cherche Politien des yeux.

— Le fiancé n'a-t-il pas deux anges gardiens ? Où est le second ?

— Politien ? Pas encore là.

Lorenzo les rejoint.

— Ange Politien fait partie du proche entourage de Médicis. À ce titre, il est tenu de ne paraître que dans la suite de mon cousin, explique l'irrespectueux Lorenzo. On est malheureusement obligé de les attendre pour dévoiler ton chef-d'œuvre, je piaffe d'impatience…

Le silence se fait quand arrivent, presque enlacés, main dans la main, beau comme des demi-dieux égarés chez les mortels, risquant même de faire de l'ombre à sa *Pallas*, le frère et la sœur Lippi, parés de leurs plus beaux atours. Ce sont eux, plus que Sémiramide et Lorenzo qui ont des airs royaux. Comble de grâce, à peine a-t-elle franchi le seuil de la salle d'apparat que l'apercevant de loin Sandra, grâce à sa haute taille ou à ses sentiments, se précipite dans les bras du peintre. Personne ne se doute qu'il est son parrain. Tous les regards qui s'étaient tournés vers eux à leur entrée ont suivi Sandra et assistent à l'embrassade fougueuse de la jeune fille. Tous ceux qui la connaissent sont médusés par la métamorphose de la fille Lippi. Luca est très fier de son oncle, salué de la sorte par la plus magnifique créature de la soirée, le titre de reine est malheureusement déjà pris.

Depuis l'arrivée de Pipo, l'appréhension de Botticelli est montée d'un cran. Pipo est avant tout un peintre. Un bel artiste, comme le juge celui qui l'a formé. Le jugement de ses pairs étant le seul qui lui importe. Le seul qui l'ait jamais fait progresser. Sa présence met sa *Pallas* encore plus en danger. D'après ce qu'il vient d'accomplir à Brancacci, Pipo est désormais un grand. Un élève qui a égalé le maître. Est-ce que le maître peut encore lui en remontrer ?

Lorenzo saisit la première minute où Sandra s'est éloignée de Botticelli pour harceler celui-ci de questions sur cette « créature ».

— Elle est tellement somptueuse… C'est ta maîtresse ?

— Pas du tout, mais qu'est-ce que tu t'imagines. C'est ma filleule.

— Incroyable ce que ça me soulage. Elle me plaît, tu n'as pas idée. Plus que tout au monde. Et justement aujourd'hui. Quel ennui de devoir en épouser une autre. C'est celle-ci que je veux contempler jour et nuit, et plus encore. Regarde comme elle est belle. Quand elle marche, on dirait qu'elle danse, non, qu'elle vole. Elle ne semble pas de ce monde. Tu as des tableaux d'elle ?

— Non, pas d'elle.

— Pas encore, alors. Parce que tu es obligé de la peindre. Elle ressemble déjà à un Botticelli.

Dire qu'il n'a jamais voulu voir en Sandra que son bébé de filleule… Il est extrêmement amusé par l'effet qu'elle produit. Même Vespucci n'en revient pas. Depuis Simonetta, il n'a plus croisé de femme si belle. Botticelli lui rappelle à mi-voix en quels termes les vieux Toscans décrivent ce genre de beautés : « des épileuses de jeunesse, des diables incarnés, des fabricantes d'enfer… »

— Nous ne sommes plus si jeunes que nous ayons tant à craindre, réplique Vespucci, prêt dans l'instant à rompre ses vœux de célibat.

— Tu as raison. Quarante ans bientôt !, s'étonne Botticelli, qui ne se voit pas vieillir. Je ne me rends pas compte, c'est jeune ou vieux ?

— Ça dépend. Toi, tu es maigre, sec et nerveux, tu ne vieilliras plus, tu te dessècheras sur pied. Moi j'engraisse tous les ans ; la diplomatie c'est d'abord le partage de mets trop riches...

Et puis la mélancolie conserve à Botticelli cet aspect de jeunesse ardente, fiévreuse et ailleurs. Du coup, lui seul, ce soir, parvient à ne pas voir ce qui les éblouit tous, ce qui les évince toutes, ce qui constitue vraiment le clou de la soirée ; la métamorphose de Sandra. Comme si sa beauté était née ce soir, avait éclos dans la journée. Pour ces fiançailles. Et Laurent qui n'arrive pas ! Et *Pallas*, toujours dissimulée ! Peut-être va-t-on l'oublier ? Elle aussi, comme toutes les femmes de la soirée, évincée par Sandra... Et comme tous les hommes ce soir, Lorenzo frétille comme un goujon autour de Sandra. Pipo en profite pour faire la roue devant le jeune Luca... Ah, ah ! La rumeur a creusé son sillon. Eh non ! Il le questionne seulement sur la teneur du tableau. Puis sitôt Botticelli seul, il se précipite sur lui du même élan que sa sœur. Il l'embrasse à son tour, comme un frère, toujours rieur et tendre, chaleureux et sans rancune. Oui, sans rancune, Botticelli a remarqué que ce sont généralement ceux qui quittent, ceux qui trompent, ceux qui trahissent et font souffrir qui sont les plus hargneux ensuite. Pipo reste un ange. C'est bien plus douloureux ainsi.

Botticelli se sent soudain une aisance, un naturel au milieu du monde, de ce monde, qui justement ne lui est pas naturel. Il est un peu trop gai, juste un peu. Oh non, il n'a rien bu, il ne boit toujours pas, jamais. Comme un vœu. Comme Léonard. N'empêche, une sorte de joie farouche s'est emparée de lui, et à vrai dire, une vague excitation. Après tout, les fiançailles du petit Médicis sont aussi une fête à lui dédiée. Le retard de Laurent fait monter le désir de voir son ouvrage. Même Sémiramide est impatiente. Elle porte un bijou comme en avait Simonetta. Et si c'était le même ? Botticelli lui trouve soudain un certain charme, à cette pauvre petite reine, tombée sur ce délicieux écervelé. Peut-être pourrait-il même lui proposer de faire son portrait ? Oui. Elle a quelque chose de commun avec Simonetta.

Enfin Laurent paraît. Serre théâtralement son cousin sur son cœur et fait un petit discours ironicomoral. Drôle, fin, léger, intelligent, honorant tour à tour la famille royale de Piombino et sa propre lignée, avec un humour conjugué au sens des convenances, une sorte de perfection. Alors, d'où vient l'antipathie que Botticelli a pour lui ?

Politien le rejoint. Amical, malicieux, prêt à rire.

— Alors, c'est le grand soir ?

Attentif aussi. Comme Luca. Il sait ce que Botticelli a mis ou cru mettre dans sa *Pallas*. Ils en ont beaucoup parlé. Politien a même été chercher chez ses poètes grecs et romains, les vertus attribuées tant à Minerve-Pallas qu'aux Centaures. Son travail se fait de plus en plus en proximité avec ce peintre qu'il aime comme un frère. C'est même son seul confident en cette médisante cité.

Il lui étreint le bras en signe de communion sans faille. Pendant que Laurent présente l'hommage officiel de Florence au royaume de Piombino et d'Elbe.

Sandra a l'air passionnée par les mots qui tombent de la bouche de Laurent. Du moins, le feint-elle avec art. Et ça vaut mieux, parce que la moitié des hommes de l'assemblée regarde dans sa direction, plus ou moins sournoisement. Qui, sa haute coiffure, qui, sa nuque aux cheveux relevés, qui, ses beaux bras couverts de gaze fine… L'autre moitié se mire entre soi. Botticelli fait partie de ceux-ci. Néanmoins il demeure étonné de l'effet produit par sa filleule.

Clap clap ! Bravo, bravo ! Chacun d'applaudir du geste ou du bruit, aux échanges chamarrés du roi de Piombino et du prince masqué de Florence. Qui pourrait résumer leur échange ? Personne. L'événement est ailleurs. Il a nom Sandra. Pourtant c'est l'heure Botticelli. Lorenzo l'annonce. Botticelli fait signe à Luca de se placer à l'autre bout de son panneau. Sans un mot, d'un seul coup, ensemble, ils arrachent le drapé qui dissimulait la *Pallas*. Et c'est un sifflement qui suit l'envol du drap. Une sorte d'immense et collective inspiration saisit l'assemblée, la surprend au point de retenir son souffle. Pour mieux voir, chacun bloque sa respiration, l'effet produit par le panneau assomme les spectateurs. Le silence se prolonge, l'ébahissement est réel, personne n'y échappe. Botticelli est ravi. Rassuré et ravi. Il sent qu'il a produit un vrai ravissement sur cette assemblée, naturellement blasée.

Pipo s'approche de Sandro et lui glisse à l'oreille :

— Tu t'es surpassé, Maître. Chapeau !

Le compliment du peintre touche le peintre, et le rassérène. Par préséance, Lorenzo attend que son cousin s'exprime le premier. Le voyant lui aussi sidéré, en arrêt dans la contemplation de l'œuvre, il n'y tient plus. Et avec sa simplicité, les naïvetés de son âge, et son sincère émerveillement, à haute voix, il remercie Botticelli et lui dit ce qu'au fond chacun ressent.

— Le bonheur et la fierté d'avoir assisté, d'être même un peu pour quelque chose dans la naissance, la révélation de ce chef-d'œuvre, si neuf qu'on n'a pas encore de mot pour dire sa beauté…

Chacun se tait, sous le choc, approuvant du regard l'admiration du fiancé. Sandra, emballée par son parrain et son succès de ce soir, qu'elle ne peut feindre d'ignorer, se met soudain à applaudir de toutes ses forces, autant le petit discours de Lorenzo que la *Pallas* elle-même. Elle applaudit le tableau, oui, et chacun l'imite. On fait une ovation à un tableau, à un peintre vivant. C'est sûrement la première fois dans l'histoire de la peinture. Qu'en penserait Léonard ? Imaginez pareil traitement à l'Angelico ? Impensable. Ou à ce voyou de Lippi ? Il aurait sûrement adoré, mais n'aurait su quelle contenance adopter. Alors que Botticelli est d'une élégance parfaite. Il baisse les yeux, plie légèrement la nuque, dans une attitude d'humilité, sans doute sincère. Il attend que ça passe. Et ça passe. Comme tout ce qui est extrêmement agréable, ça passe même trop vite. Les conversations particulières reprennent à voix basse d'abord, comme toujours après un événement. De groupe en groupe, on ne parle que de cette *Pallas*, on entend des voix de tête jeter des épithètes, « inouï, incroyable, magnifique, inédit, unique, quelle chance… »

Royale, Sémiramide traverse la pièce et marche droit sur Botticelli pour le remercier officiellement. Après tout, c'est à elle qu'est destiné ce cadeau de fiançailles. Les Médicis le lui offrent personnellement. Il est même censé lui parler d'elle et de son fiancé. Elle est contente, dit-elle à voix presque basse. Elle est timide…

— … Parce que la déesse ressemble à une vraie sainte d'église. Elle a l'air résignée comme une Madone, et en même temps, l'autorité, l'exigence d'une sainte. Elle me plaît beaucoup, d'autant qu'elle ne laisse pas le Centaure se mal conduire. C'est très bien. C'est très beau. Surtout le bleu. C'est un bleu de rêve. J'aimerais un jour une robe de ce bleu-là.

Lorenzo qui suit sa promise de groupe en groupe bondit sur cette envie.

— Oh oui, une robe de ce bleu, du bleu Botticelli. Tu as bien une armée de couturiers pour exécuter les vœux de ma fiancée ?

— Tu la veux comme celle de la Pallas, ta robe, parsemée de diamants, du blason Médicis et d'animaux enlacés ?

— En tout cas, c'est ce bleu que je veux. Celui-là.

Maligne, Sémiramide, et coquette. Elle a tout de suite perçu la beauté mais aussi la nouveauté de ce bleu. Botticelli est content d'être aimé là où il s'est le plus appliqué.

— Et le Centaure ? Comment tu le trouves ?, demande Politien à son protégé.

— Trop triste. On voit qu'elle ne lui passera rien.

— C'est certain, ajoute Vespucci, il a l'air de souffrir un supplice immérité. Comme ces enfants punis injustement. Enfin, parce qu'ils se conduisent précisément comme des enfants.

— Oui, mais si vraiment le Centaure représente toute la violence bestiale du monde, et tous ses désordres, ce n'est peut-être pas plus mal de le mettre au pas avant qu'il nuise, ajoute la délurée Sandra.

— Belle et intelligente, s'exclame Lorenzo, que le désir rend stupide et un rien grossier.

Oh ! Sandra ne va pas le louper. Mais elle a tout son temps. Elle sent bien qu'il ne la laissera pas lui échapper sans lendemain. Pipo repartit plus vite sans doute qu'il ne doit, pour éviter à sa sœur de mordre leur hôte.

— Ne sois pas surpris. Sandra fait partie de nos Florentines émancipées. Libres, et même libérées de leur millénaire condition par la grâce de leurs lectures et l'entraînement de leur esprit…

— Quelles lectures l'ont donc rendue si vive et si piquante, s'excite soudain Lorenzo ?

— Pétrarque. L'Arioste… Dante. C'est là qu'on apprend à ne pas être trompée par les faisans, réplique la jolie mutine.

— À observer la cité comme elle va, reprend Pipo, ma sœur m'a appris à voir l'injustice où l'on tient les gens de son sexe. Nous qui faisons tout ce qui nous passe par la tête, nous refusons la pareille à nos sœurs ! Vos épouses. Et je ne vois pas pourquoi elles n'auraient pas les mêmes droits que nous.

Politien éclate de rire.

— Tu peux toujours affirmer des choses pareilles, toi, ça ne te coûtera jamais rien. Tu ne t'encombres pas de femmes que je sache !

— Ce n'est pas une raison. Au contraire. Je préfère la conversation des femmes, et précisément de ma sœur et de ses amies, à celle de maints invités à cette fête.

Pour Vespucci, il est temps de changer de sujet de conversation. La beauté de Sandra doit à nouveau s'épanouir au milieu des autres. Il l'entraîne du côté des Médicis, toujours en diplomatie avec la famille Piombino. Aussitôt, Lorenzo saute à la gorge de Botticelli.

— Tu vas me faire un tableau d'elle. Un tableau dont elle sera le centre, l'héroïne, la déesse. Tu peux ajouter autant de Pallas et de Centaures que tu veux, c'est Sandra telle qu'en elle-même que je veux. Pour mon mariage, c'est elle que je veux. Écoute-moi, je suis sérieux. C'est une commande officielle. Ma première. Désormais, je peux te payer, mon cousin m'a rendu ma bourse et mon héritage. J'épouse une reine, il a compris que j'avais besoin de dédommagement.

— Tu as vu tout de même que pour ne pas donner tes traits au Centaure, Sandro lui a donné les siens, souligne finement Politien. En revanche ce sont tes cheveux et ta coiffure après une nuit de débauche.

— En tout cas, bravo, reprend Lorenzo à l'adresse de l'artiste, qu'est-ce que la Chasteté a l'air douloureux. Merci.

— Tu crois sérieusement qu'elle peut nous en dégoûter ? s'intéresse Politien, désormais débauché.

— Ou en excuser d'autres, suggère Pipo.

— Tout de même, Pallas a sacrément l'air victorieux. Elle le domine et semble s'élever au-dessus de lui. Alors, victoire de l'esprit sur la force animale, je veux bien, mais son geste de le tirer par les cheveux n'est pas des plus tendres, s'inquiète Vespucci, en bon diplomate.

— Oh, ça peut être très tendre de tenir quelqu'un par les cheveux, renchérit Sandra qui vient de les rejoindre, essoufflée. Sa chevelure ramassée en tresses nouées de perles est en train de donner des idées à

Botticelli. Pas du tout de la même nature que celles que Lorenzo a beaucoup de mal à cacher.

— Tu peux mettre qui tu veux autour d'elle, insiste-t-il en sa présence, mais dans mon tableau, je la veux au centre, comme ce soir, en reine de beauté. Je t'en supplie. Fais poser Sandra pour moi.

Sandra se décide enfin à poser les yeux sur ce jeune impétueux. Si, par son caprice, elle peut réaliser le sien. Poser, donc se faire aimer de Botticelli. Elle va peut-être se radoucir. Par l'entremise de ce jeune fou de Lorenzo, elle risque d'accéder à son rêve.

Botticelli n'écoute cette conversation que d'une oreille. La détermination de Lorenzo ressemble à son enthousiasme : juvénile. Botticelli est ravi de ce succès, sa *Pallas* tient ses promesses. Lui-même n'est pas déçu de la voir éclairée aux flambeaux dans cet espace beaucoup plus aéré que l'atelier. Les réactions sont sincères et fortes. Et le lien qui a paru se nouer si vite avec Lorenzo semble vouloir se poursuivre à l'aide d'autres tableaux. D'autres rencontres. Ce garçon est surprenant et attirant. Même Pipo se rend compte de l'attrait qu'il exerce. Pipo et Politien, même s'ils papillonnent au loin — c'est sur la chasse aux papillons que repose leur entente, et la confrontation de leurs collections —, sont aussi d'indéfectibles alliés. Botticelli sait pouvoir compter sur eux.

Laurent vient le féliciter de manière privée. Il lui confie son étonnement devant cette œuvre. Qu'il est fier de lui avoir commandée. Certes il n'est pas comme son père, encore moins comme son grand-père, il passe peu de commandes aux peintres. Mais il le regrette, a-t-il l'humilité ou la duplicité d'ajouter. Et il est heureux de s'y trouver encouragé par celle-ci. Si *Pallas* ouvre à Laurent le chemin de Mécène, Botticelli n'aura pas peu fait pour la confrérie. Léonard serait content de lui.

Cette fête est très réussie, mais Luca n'en peut plus de fatigue.

— Va te coucher, petit, je ne vais pas tarder. Merci de ta présence et de ton aide.

Pipo a tout vu. La façon dont Botticelli a renvoyé l'enfant signifie qu'ils ne sont pas amants. Pipo lit en lui à livre ouvert.

Vespucci prend à nouveau le peintre dans ses bras et le félicite chaleureusement. Un ami pour la vie. Il n'en a pas tant. En dépit du succès du moment. Botticelli a toujours une sourde terreur de l'abandon. Il compte les siens même aux meilleurs moments.

Les *Grandi* s'enfuient tous sur les talons de Laurent. La famille de la petite reine s'en va aussi, transportant la promise. Aussitôt Lorenzo, libéré par le départ de sa fiancée, traverse la salle de fête, d'un pas déterminé, dans la direction de Botticelli, toujours au milieu du cercle de Politien, Sandra et Pipo. Il attrape théâtralement Botticelli par le bras, l'amène devant sa *Pallas*, et à haute voix, pour que les derniers invités ne perdent rien de la scène, le félicite d'avoir été l'artisan de son bonheur, ce soir, de la réussite de ses fiançailles… Puis, à la fin, ne trouvant plus rien à dire, mais n'ayant pas commencé d'épuiser l'émotion qui l'étreint, dans un geste aussi maladroit que spectaculaire, il plaque ses lèvres sur celles de Sandro. Qui n'en revient pas. Stupéfait, confondu et troublé, il ne sait comment cacher sa gêne. Tout le monde les regarde. Le baiser appuyé, qui a dû s'appesantir quelques longues secondes, laisse Lorenzo plus étonné encore que Botticelli. Qui, du coup, percevant son trouble, lui caresse délicatement la joue. Il va même lui chercher un verre de ce chianti Médicis qui a tant coulé ce soir. Le trouble de Lorenzo le touche au cœur. Il a joué à l'homme dessalé, qu'aucun geste n'effraie. Il a cru pouvoir donner un baiser d'amour, un vrai baiser d'amant à un homme, l'air de rien, comme si ça ne devait rien lui faire et ça l'a mordu au ventre. Il a senti en lui monter un bizarre émoi. Comme pour une femme ? Eh oui, comme pour une femme. Enfin, ça n'est pas si loin. C'est ce que décèle Botticelli dans les vaseuses explications que Lorenzo lui donne en le raccompagnant. Mais Vespucci a raison, il va avoir quarante ans. Aujourd'hui, il n'est plus dupe des comportements de ses semblables. Il les décrypte plus aisément. Et si Lorenzo n'est pas de la confrérie des invertis, du moins ne lui est-il pas hostile. Au point de s'approcher d'avantage ? À voir.

Que faire, se demande-t-il en courbant le dos, enfonçant les mains dans ses poches pour retraverser nuitamment Florence de ce pas nonchalant qui l'associe à la famille des félins. Que faire ? Seul Léonard pourrait me le dire. Lui sent toujours ces choses, il a des antennes pour les amours illicites. D'ailleurs, il lui a manqué toute la soirée. Qu'aurait-il pensé de sa *Pallas* ? Qu'en dirait-il ? Critiquerait-il toujours le fond ? Botticelli l'a pourtant peint en pensant à lui. Que ferait-il, lui, face à ces sollicitations pressantes ? Prendrait-il Sandra comme modèle ?

LE PRINTEMPS

CHAPITRE 15

La naissance du Printemps

Botticelli n'en peut plus du mauvais temps. Les mois froids et pluvieux durent depuis trop longtemps. À croire que cette année, l'hiver ne veut pas finir. C'est éprouvant. C'est trop sombre, trop humide, trop froid, surtout vers la fin. On est en mars. Des envies de printemps lui poussent sous tant de grisaille. Botticelli, qui n'aime que Florence, prend en grippe cette ville engoncée dans la boue, qu'on ne perçoit plus qu'à travers un rideau de pluies et de brumes. L'atelier est en permanence humide, boueux et enfumé. Rien ne va. Sauf la ronde dont Lorenzo l'assiège, oh, si légèrement. Il ne prend pas de risques, il a des façons de passer qui ne pèsent pas, mais amusent, distraient, et même, parfois, excitent. Il y a aussi Sandra, ce visage, il n'y arrive pas. Et ce temps qui lui tape sur les nerfs… Il faut impérativement qu'il se passe quelque chose, qu'un événement se produise, que ça bouge, que ça change… Ce climat délétère menace, et la mélancolie rôde.

Quel interdit plus fort que lui empêche Botticelli de s'emparer des traits de Sandra ? Il n'ose même pas l'inviter à essayer la pose. Impossible d'oublier que c'est son rêve d'enfant. Il ne peut le réaliser par-dessus la jambe, assorti probablement d'un échec, qu'il traiterait avec désinvolture. Est-il un si mauvais parrain qu'il ne puisse accorder ce plaisir à son unique filleule, qu'il est pourtant sûr d'adorer ? Il ne comprend pas ce qui lui arrive. Il triche. Il va jusqu'à ressusciter de vieux cartons où il tient au chaud les visages de Lucrezia jeune et de Pipo, avec lesquels il essaye d'en faire un troisième. Raté et encore raté. Botticelli est furieux contre lui-même.

Une fois de plus, Lorenzo débarque à l'improviste. Fanfaron et intimidé. Comme chez lui mais sur la pointe des pieds. Pour débouler n'importe quand, il s'invente des prétextes de plus en plus fallacieux, qui enchantent l'artiste par leur facticité même. Là, il vient vérifier l'avancement du tableau de son mariage. En réalité, il flaire le territoire d'un homme qui aime les hommes. Qui vit entouré d'hommes et qui n'a d'histoires d'amour qu'avec ses semblables. Il veut savoir à quoi ça ressemble. Il a une folle envie de s'approcher plus près, mais il a peur. Il hésite, il rôde. À l'atelier, il parle avec tout le monde, il essaie de comprendre les relations des uns et des autres, il se fait des impressions troubles. Il avance et recule, effaré d'un souffle, d'un effleurement inopinés. Il approche pour mieux reculer en cas de brûlure. Il tergiverse autant avec lui-même qu'avec ce désir qu'il sent mais ne s'explique pas. Botticelli le laisse venir et ne fait rien pour l'attirer. Rien non plus pour le repousser. Il attend. Ce jeu l'amuse et le flatte. Lorenzo n'a que vingt ans. Certes il est mûr, cultivé et intelligent, comme un qui a été poli et policé par Politien. Et pour un Médicis, il est très beau. D'ailleurs lui aussi va devoir poser pour ce tableau dont Sandra doit occuper le centre et que Botticelli n'a pas commencé.

Intuitivement Lorenzo comprend que ça ne va pas. Que son ami a un souci. Il ignore en être pour partie le déclencheur avec sa commande et son caprice de vouloir Sandra pour héroïne. Il insiste d'autant que la belle se fait désirer. Au milieu de sa vie de jeune débauché, amateur de bonne chère, bons vins, jolies filles faciles, celle-là s'entête à lui résister. Du coup, il la lui faut autrement, il la veut en peinture. Deux fois plus fort. Ne lui a-t-on pas présenté cette créature comme une des rares femmes cultivées et émancipées de Florence ? Si ses mœurs sont aussi libres qu'on le dit, elles restent secrètes. En dépit de ses efforts, et même de ses espions, Lorenzo n'a pu percer à jour la vie privée de la jeune dessalée. Aucune rumeur sur elle. Botticelli esquive quand Lorenzo le pousse dans ses retranchements de parrain. Il raconte l'enfant espiègle et si tendre qu'elle était hier…

Pipo est le plus souvent occupé par ses histoires d'amour avec des garçons, ce qui n'aide pas Lorenzo à en savoir davantage. Tout piétine. Ces démangeaisons de printemps ne devraient pourtant pas rester impunies.

Un matin aussi nébuleux que d'habitude, Lorenzo entre à l'atelier d'un air déterminé.

— Combien te faut-il de temps pour déménager ton atelier et en ouvrir un à la campagne ?

— Pourquoi, il y a la peste ?

— Non, la pluie, et ça suffit. On part. Nous partons. Tous. Plus on sera de fous… J'ai une grande maison à Castello qui n'est pas une cuvette pourrie comme ici, on y respire mieux, et tous nos amis pourront y être logés. On profitera du printemps qui ne peut manquer d'arriver maintenant, ou alors c'est la fin du monde… et je n'ai pas pris mes précautions ! Qu'en dis-tu ?

— De la fin du monde ?

— De partir. De changer d'air.

— Pas bête, il fait vraiment trop triste ici.

— Et là-bas, on fera la fête tous les jours, tu peindras les fêtes, et ce sera très beau…

Est-ce l'effet de la sensibilité de Lorenzo d'avoir compris en quelles affres se débattait Sandro ? Ou l'état de délabrement de l'artiste est-il si profond qu'il n'a plus les moyens de le camoufler ? En tout cas, sans réfléchir plus avant, il accepte. Étonné, il s'entend dire oui, on part, je pars. Ils partent.

Avec Luca et un aide, il charge la bannette. Il en faut deux pour monter tout le matériel de Botticelli. Tant de pigments, d'enduits, de médium, de mine de plomb, de blanc de céruse, de fusain, de feuilles de papier, de panneaux de bois préparés… Juste pour quelques semaines de peinture hors les murs.

Castello n'est pas loin, cinq à six heures de marche. Quand Botticelli arrive, tout est prêt. Les amis de Lorenzo sont installés. On a réservé à l'artiste une maisonnette au fond du jardin derrière la roseraie pour lui servir d'atelier. Botticelli ne voit pas arriver Sandra. Un jour, elle est là. Comme si elle y avait toujours été. Sa présence est la plus naturelle du monde.

Elle est ravie de retrouver son parrain. Pour lui, elle n'est pas la jeune femme la plus convoitée de la société, mais le bébé avec qui il a toujours joué comme avec ses chats. En l'absence de Sémiramide, le maître des lieux la traite en reine et la convoite ouvertement. Elle résiste de même, mais avec de si beaux sourires. La cour assidue de Lorenzo confère à Sandra un statut à part. Dont Botticelli ne se rend pas compte, tout occupé qu'il est par le problème pictural qu'elle lui pose. Soudain c'est le printemps. Un temps éblouissant. Après ces mois si foncés, la lumière éclabousse. La nature est tout en joie. Botticelli n'a pas assez de pastels pour fixer pareille explosion de fleurs. Au jardin, c'est un délire. Il doit inventer de nouvelles couleurs, une autre palette pour attraper les errements que chaque aurore, le jardin lui soumet. Le citadin est émerveillé des pouvoirs créateurs de la nature en cette saison, il se rappelle la passion de Léonard pour la nature en effervescence. Lui, il avait grandi à la campagne, il savait. Quelle ivresse que le printemps, quelle démesure aussi ! C'est la première fois de sa vie que Botticelli assiste à la naissance du printemps en plein air. Il passe tout son temps à peindre au jardin, il ne se lasse pas du paysage. Luca ne fait que courir de l'atelier à l'endroit où Botticelli s'est posé. Les collines alentour ont des ondulations si douces qu'il lui prend des envies d'abandon. Il doit aussitôt les communiquer à ses fonds. Mettre son public dans l'état où le met la nature, quel enjeu intéressant ! Il veut dans le lointain de toutes ses œuvres ces collines qui se voilent de l'écume argentée du feuillage des oliviers, ponctuées de-ci, de-là de cyprès minces et noirs, indiquant les confins de la plaine où méandre l'Arno. À travers les champs cultivés, les vignes tracent des sillons obstinés, des sentes grimpent et serpentent le long de pentes serrées.

La maison du Castello est moderne, aussi est-elle trouée d'un grand nombre de fenêtres, baignée de lumière suave qui joue avec les nuages, le bleu du ciel et les audaces des plantes grimpantes, cultivées à dessein pour filtrer la crudité du soleil. Roses trémières, églantiers odorants et glycines en folie encadrent chaque fenêtre. Entre ciel pur et pierre blanche, l'atmosphère est si limpide qu'elle permet de distinguer les objets les plus éloignés, les lignes et les couleurs les plus nuancées. Cette vision décuplée renouvelle le regard que Botticelli porte à toute chose, objets, insectes, fleurs et jusqu'à la moindre pousse d'herbe tendre. Il n'a jamais mieux discriminé. Le lointain s'efface, le passé et l'avenir aussi. Le présent se fait dense et heureux et s'installe dans une étrange durée. Botticelli se rapproche des choses pour les mieux étudier. Des gens aussi. La douzaine d'amis de Lorenzo, sous la houlette de Politien qui vient les rejoindre avec le fils de Laurent, quinze ans, le petit Piero à l'exécrable caractère. Le poète organise des fêtes à thèmes. Chaque après-midi, on danse dans la prairie, après avoir souscrit à la décision de la veille de se costumer pour ressembler à la lune, ou figurer une société platonicienne, ou se coiffer en soleil matin, ou ressembler à un félin, par le vêtement, le maquillage, ou mieux encore par le comportement.

L'idée de Lorenzo d'avoir à lui, au plus tôt, un tableau de Sandra, reprend force actualité. Puisqu'elle se refuse si gracieusement à lui, il la possédera autrement. Botticelli va-t-il pouvoir encore l'éviter ? Pour différer ce qu'il redoute plus que tout, il invente de faire le portrait de chaque invité. Au matin, dans la roseraie, l'un après l'autre, ils viennent sagement s'installer. Le premier, Lorenzo prend la pose dans un décor de verdure savamment ébouriffée. Suivi par tous les autres, trop heureux d'être regardés plusieurs heures avec cette passion d'artiste, cette acuité abstraite. Botticelli a élu pour décor l'orangeraie. Les fleurs embaument. Il y dessine dans le léger état d'ivresse que ces fragrances provoquent. Chaque invité de Lorenzo le questionne sur le mystère de sa filleule. Il découvre l'importance qu'elle a prise en ces lieux. Ça l'intimide encore plus.

Pendant qu'il pose le plus sagement possible, Pipo vient enlacer Politien, par-derrière et par surprise. D'un modèle, voilà qu'il en a deux, enlacés par bouffonnerie, mais du coup, l'air beaucoup plus épris qu'ils ne le sont. Ils enchaînent les fous rires toute cette matinée de pose, car Botticelli n'hésite pas une seconde, il les croque en l'état, enlacés et rieurs. Ça donne à Politien l'idée d'un nouveau jeu de société.

— On va se réunir et composer des tableaux vivants. Quand ça te plaira, tu nous diras de garder la pose le temps de la fixer dans tes tablettes. Nous nous transformerons en marionnettes pour te plaire, et pour la postérité, si tu nous trouves à ton goût.

Les décors sont magnifiques, les garçons exaltés, les filles resplendissantes. Les amis de Lorenzo sont peut-être les derniers amateurs de femmes qu'abrite Florence. La mode de l'homosexualité — oui, on peut désormais parler de mode — fait des ravages. Seul Piero, le dernier rejeton de Laurent, est repoussé par tout le monde. Aucune femme n'accepte qu'il l'approche, il se tient trop mal, tout Médicis qu'il est. Officiellement, lui aussi se prétend amateur de

femmes, mais dans amateur, on entend généralement un art d'aimer. Dans le cas de Piero, il ne s'agit
pas d'art mais de barbarie. Il n'est pas maître de ses
impulsions, il saute sur les filles sans leur demander
leur avis, sans même imaginer qu'elles puissent en
avoir un. Leur consentement ? De quoi parlez-vous ?
Politien est ennuyé. Son protégé est trop mal élevé.
La preuve, à l'heure de la sieste, aux cris de peur et
de fureur que pousse Sandra, arrivent en courant
Botticelli, Lorenzo et Pipo prêts tous trois à massa-
crer celui qui tentait tout bonnement de violer leur
protégée. Différemment protégée par les uns et les
autres, mais protégée par tous, à coup sûr.

On le renvoie chez son père. Laurent n'a qu'à finir
de l'éduquer, il n'est pas sortable en société civilisée,
et celle-ci l'est hautement. Politien n'a été son pré-
cepteur que pour le grec et le latin, s'excuse-t-il, ses
mœurs sont restées barbares. Piero s'en va. Les jeux
reprennent. Plus corsés, plus inventifs. La mauvaise
conduite de l'adolescent a aiguisé des appétits moins
bucoliques.

Pipo papillonne comme un éphémère qui saurait
ses heures comptées. Celles du plaisir tout au moins.
Au grand dam de Botticelli, qui n'en finit pas de voir
avancer Lorenzo dans sa direction d'un pas de fourmi
hésitant, se reprenant, s'effrayant tout seul. Régulièrement distrait, sinon interrompu par les œillades de
Sandra qui n'a, semble-t-il, toujours pas cédé à la
pressante avidité de Lorenzo. Elle le tient sous sa
coupe. Mais n'y trempe pas les lèvres.

Ici, Botticelli peut le voir grossi à la loupe. Sandra
maintient Lorenzo en état de désir d'elle, perpé-

tuellement frustré. Voilà presque rivaux parrain et filleule, pour le cœur, ou le corps du beau Lorenzo.

D'autres couples se forment de façon plus libre qu'en ville. Toutes les conditions sont réunies pour jouer à s'essayer les uns les autres, sans autre engagement que le plaisir échangé. Mû par un énième sens, Politien s'empare de chaque liaison à peine née, et prie chaque membre du nouveau couple de s'embrasser, de se caresser, de s'abandonner l'un l'autre, sous le crayon de Botticelli et sa plume de poète. Il est aux anges. Chaque soir, il donne lecture des stances que les amours de chaque nuit lui ont inspirées. Au soir il rime les ébats du jour. Il tresse des couronnes si fleuries aux plus audacieux qu'il fait naître des vocations. Qui ne rêve d'être versifié par le divin Politien ? C'est à qui prendra les poses les plus lascives, les plus offertes, les plus pâmées. Botticelli peint sans désemparer. À croire que pour lui, dessiner a remplacé le geste de caresser.

De ludiques, d'esthétiques, les mises en scène du poète se font plus sensuelles, plus audacieuses. C'est un ballet qu'on suspend quand la danseuse a la jambe le plus haut levée. C'est un tourbillon où les gorges des femmes sont dénudées par la vitesse du mouvement qui s'affole. Ce sont les gazes qui s'envolent, les corps qui s'emballent. Ce sont des jeux masqués où seules les mains permettent de se reconnaître. On se drape de gazes de plus en plus légères, transparentes, flottantes. Les femmes s'émancipent. La campagne est si loin de Florence. Les nuits de la mi-mai embaument.

Botticelli dessine les costumes de chaque jour. Que les petites mains des femmes, secondées par Luca qui se dévergonde dans l'ombre, contribuent à réaliser. Il renouvelle les coiffures, les bijoux, tous les ornements. Pour les coiffures, Botticelli se découvre une vocation nouvelle, il coiffe lui-même ses amies et y prend un plaisir fou. Les mains perdues dans une chevelure généreuse, ses rêves s'envolent. Délirent. Dans des cheveux de ce blond vénitien qu'on appelle aussi roux, ondulés comme une guirlande de mariée, Botticelli se prend à jouer avec un plaisir indissimulable. Ça l'inspire.

Le lendemain, Sandra exige publiquement d'être à son tour coiffée par lui. Elle et lui sont seuls à savoir que Botticelli n'a toujours pas fait son portrait. À peine croyable ! Elle est la femme la plus proche de lui. Pourtant c'est inéluctable, la commande est passée, c'est imminent. Mais... En attendant, Botticelli prend un très étrange plaisir à peigner longuement ses cheveux longs et blonds qui humilient l'or. Des heures, elle demeure dos à lui, assise, pendant qu'il est debout, à peigner l'ensemble de sa chevelure. Face à sa psyché, elle le surveille, il l'évite. Soudain, il a une idée.

— Sandra, accepterais-tu que je te croque à travers un miroir. De face, actuellement, je n'y arriverai pas. Tu le sais bien...

— Mais pourquoi ?

— Si je le savais, ça m'aiderait. Ce que je peux t'avouer, mais que tu as déjà deviné, c'est que l'idée seule que tu poses devant moi me panique littéralement...

Sandra n'est pas plus avancée, mais elle accepte de poser dos à son parrain. Demain. Dans le miroir.

En attendant, Botticelli sème fébrilement des pétales dans ses coiffures, des perles aussi, et autant de fantaisies qu'il en invente. Les couleurs rivalisent de beauté. Les formes s'y mettent, tout semble chanter. Botticelli qui a commencé par se pâmer devant la diversité et la merveille de la nature, se met à la trouver dangereusement rivale : et s'il n'arrivait pas à faire mieux ? Terrible pari ! Les femmes sur la prairie ont l'air de danser, leurs tenues les plus transparentes les suivent comme les ailes des anges...

Et Botticelli est paralysé à l'idée de peindre sa filleule, demain.

Lorenzo a pris la relève de Politien quant à l'ordonnancement des plaisirs. Les jeux sont plus épicés. Comme il se sent troublé par Sandro et par Sandra, il mène des danses plus intenses, plus chaudes. Plus pimentées. L'air se charge d'érotisme, l'odeur des fleurs d'oranger se fait plus vénéneuse. Aux instants les plus frémissants, Lorenzo donne ordre à chacun de garder la pose, que Botticelli puisse les croquer !

Si ce n'était pour des motifs sacro-saints, au nom de la beauté, ces scènes pourraient aisément glisser vers l'orgie. Mais toujours, on les interrompt à temps. Officiellement. Si elles se poursuivent, c'est dans une plus grande discrétion. Le climat demeure chargé de mollesse et d'abandon. La frustration monte et les nuits ne sont plus très reposantes, les rossignols ne chantent qu'à partir de la minuit, on le vérifie très tard dans la nuit. D'autant que les journées sont occupées à fabriquer les éléments du décor et des jeux suivants. Fleurs, feuillages, branchages, guirlandes fleuries, corbeilles de fruits rouges, bijoux et parures, masques ornés, coiffures des plus élaborées, costumes de plus en plus inédits, jusqu'aux chaussures que Botticelli se met à dessiner. Ce sont des goûts de plus en plus précieux mais tellement seyants. On joue à embellir tout et tout le monde.

Quand arrive Sémiramide, le tableau doit prendre forme. On retient sa joie. Les jeux de plein air cessent. Sandra n'a pas cédé à Lorenzo quand sa fiancée les rejoint. Elle ne lui cédera plus. Qui sait ? Avec son peintre, Lorenzo n'a pas dépassé l'effleurement des épaules, l'étreinte des mains. Plus tard ? Sémiramide est l'héroïne officielle du tableau de son mariage, même si Sandra doit y figurer en bonne place. De l'avantage de la mythologie. On peut donner à un personnage secondaire la première place, si l'histoire l'oblige. Au travail donc. Sémiramide pose avec un sérieux de pensionnaire, dans les beaux décors des fêtes d'avant son arrivée. Elle est triste, c'est sa nature, elle est fondamentalement douloureuse. Pendant la pose, Botticelli la fait parler. D'elle, de son enfance, de sa cousine Simonetta. Elle pense qu'elle ne lui arrivera jamais à la cheville, mais s'emploie à conserver son image intacte. Botticelli la trouve fine et astucieuse, en dépit de Lorenzo, qui parle d'elle comme d'une oie blanche provinciale. Beaucoup plus politique que lui, elle admire sincèrement les structures de la République florentine. Elle a des idées et de l'esprit, mais n'en fait pas étalage. Elle juge les gens à leur conversation, la sienne est élevée, choisie. Elle manque évidemment d'humour, mais enfin, elle est reine, on ne peut pas tout avoir. Elle a culture, lettres et raisonnement singuliers. Elle figurera au centre du tableau en Vénus-Humanitas. Selon la symbolique de Politien. Cette Vénus-là est un peu son bébé, elle représente ce moment unique de l'histoire où déesse et Madone se confondent. Le passage de flambeau entre deux âges, deux époques, deux cultures. Botticelli parvient à croiser son drapé sur sa poitrine et à la revêtir de gaze transparente, mais n'en tirera qu'un pâle sourire résigné et fataliste. Elle n'est pas dupe de la vie qu'on mène dans son dos. Un geste de sa main rappelle sa grande pudeur, mais sa présence atteste de son courage, non tant sur le tableau, que face au peintre. Pour épouser un Médicis, elle affronte fresques et frasques. Colportée par Piero, le vilain petit qu'on a chassé, la rumeur fait de Castello un séjour de soufre et de débauche.

Sur le panneau, Lorenzo figure Mercure en chasseur rupestre des premiers âges, revisité par Botticelli. Le futur époux pose à l'extrémité gauche. Rêveur, les yeux au ciel, absent à l'histoire qui se passe sur le panneau, tout à son désir de se marier, et de ne pas se marier, de continuer à séduire chacun, Sandra et Sandro, en gardant sa petite reine. Armé du caducée de l'Hermès. Tel qu'en lui-même, présent mais tourné vers l'extérieur. Sémiramide et Botticelli rient de bon cœur d'avoir Lorenzo comme objet de moquerie commune, même si leurs motifs diffèrent.

Les *Fastes* d'Ovide et les *Odes* d'Horace, revues par Politien, servent de canevas à l'histoire. Les stances de Politien épousent chaque soir l'évolution du travail de Botticelli. Il ne fait qu'illustrer ce séjour de rêve. Il offre une suite à son tableau. Ils se complètent et se répondent, chacun avec son talent. Les Trois

Grâces sont prévues. Quel modèle ? Toutes les femmes de l'assemblée méritent le titre de Grâce, sauf que la légende veut qu'elles ne soient que trois.

Botticelli fait du jardin de Castello la réplique animée des Hespérides, un bosquet d'orangers en fleurs et en fruits, au-delà duquel s'étend un lointain paysage marin, d'où surgit Sémiramide. Un buisson de myrtes devant lequel paraît Vénus. Pour la première fois depuis la haute Antiquité, elle a une allure de femme enceinte. C'est le vœu de Politien. La reine veut des enfants. La peindre ainsi, c'est les lui promettre. À l'aide de son caducée, dans un geste d'une grâce digne des plus jolis amis de Léonard, Lorenzo dissipe les nuées du matin. Condensées dans la nuit comme autant de péchés de chair accomplis sans vergogne. C'est l'aube du monde, l'aube de leur mariage que célèbre Botticelli. Politien le chante. L'aube fait danser les Trois Grâces. Ça y est, elles sont choisies. Aidé de Sémiramide, Botticelli a trouvé, ce sera Simonetta. On envoie Luca à Florence chercher les cartons secrets de la belle morte. Ce sera trois fois elle, sous trois angles différents, en hommage à la reine de Piombino et aux amours assassinées de Julien de Médicis. Choisir trois femmes dans l'assemblée en aurait éliminé trop, qui en auraient pris ombrage. En revanche, Sandra est admise dans l'œuvre en construction. Pour l'heure sous forme de silhouette. Autour d'elle, quand elle y sera, Amour voltige et décoche ses flèches vers un but invisible. Libre à chacun de le rêver. Quant à Zéphyr, il cherche à s'emparer de la nymphe Flore. Dans les stances de Politien, Zéphyr féconde Flore à l'aide de son souffle puissant. Rien n'amuse tant Botticelli que de déformer le visage du souffleur pour l'attraper sur sa toile en pleine action. Il fait de Flore la mère de toutes les fleurs, elle en jette même par la bouche, et les fleurs qui tombent d'elle semblent pressées d'aller rejoindre le merveilleux paysage pour s'y fondre.

Manque la *Primavera*, l'héroïne qui doit symboliser le printemps. Le personnifier. C'est Sandra. Elle est déjà prête : couronnée et ceinte de fleurs, coiffée et costumée d'une gaze fleurie, enguirlandée d'autres fleurs... L'ensemble est magnifique, ne manque que son visage.

Faute de parvenir à la fixer, Botticelli fait de son pinceau un fabuleux jardinier. Il vient de découvrir la terrible force de la nature, il la redouble du pinceau, invente des fleurs inconnues, crée des herbes nouvelles. Les amis de Lorenzo, alertés par la rumeur, viennent épier chaque soir les progrès de la *Primavera*, toujours sans visage, sans yeux. Un jour, ils s'amusent à compter les différentes espèces de fleurs qui poussent sur ce panneau. Il y en a plus de cent vingt différentes, dont une trentaine n'ont jamais été vues dans la nature. Tous les visages, sauf celui de Mercure, subissent une semblable déformation. Botticelli les arme tous d'un même menton rectangulaire, ce qui est normal pour les trois aspects similaires de Simonetta. Des lèvres saillantes, les mêmes pour tous, mêmes yeux en amandes, des ventres et des bras allongés un rien de plus que la normale. Cet artifice, Botticelli l'invente pour le *Printemps*, mais se promet de ne pas l'oublier. Cela accentue la sveltesse et l'élégance des figures, et les éloigne encore davantage de tout ce qui pèse, encombre. Des draperies légères adhèrent ou s'envolent des corps qui n'ont plus l'air de toucher le sol, tant ils dansent comme on vole. Celui de Sandra, puisque pour l'heure Sandra n'a qu'un corps, même pas le sien, est peint avec une grâce nerveuse, flexueuse, ondoyante, dans une robe magnifique, l'image idéale du renouveau.

Elle est de plus en plus furieuse. Depuis le début, elle attend son tour. Pipo est rentré à Florence sans avoir vu le commencement de son portrait. En revanche, il a offert à Botticelli le très joli portrait qu'il a fait d'eux pendant que Botticelli la coiffait. Car il passe tout son temps les mains dans ses cheveux, les yeux sur les contours de l'ovale de son visage sans la voir. Elle le fixe dans le miroir et contemple sur ses genoux tous les dessins préparatoires du grand panneau où elle fait défaut.

— Pourquoi avoir repris cette pauvre morte ? Tu ne peux pas peindre des vivantes ? Et laisser celle-là où elle est. Ça n'est même pas très gentil pour Sémiramide.

— Au contraire, mademoiselle Péronnelle, c'est un hommage à notre petite reine. Tu commets une erreur d'appréciation, ça n'est pas ton genre, la jalousie t'aveugle. Tu seras la seule femme vivante n'appartenant pas à la famille…

— Si tu y arrives. Pour ça, il faudrait que tu t'y mettes. Tu n'en prends pas le chemin. Tu as bien trop peur de me rater et que Lorenzo te congédie…

— Peut-être est-ce de la peur, je l'ignore. Je n'arrive pas à dépasser ton cou. Au-dessus, ton visage, tes traits si familiers, si connus, ceux de ton père, de ta mère, de ton frère, je les ai observés, dessinés… Ce sont les tiens, ceux qui sont à toi en propre qui

248

m'intimident. Enfin je ne sais pas quel verbe employer. Peur ? Tu as peut-être raison. Mais de quoi ? Te rater ? Je peux toujours te recommencer. C'est comme ta coiffure, si c'est moche, ou si ça ne te plaît pas, on la refait. Ça n'est pas plus grave que ça. Alors…

— Alors, essaie, au moins. Là, tout de suite. Cesse de me peigner, peins-moi. Tu dis ne pas vouloir faire de jalouses entre les vivantes, mais moi, tu imagines ce que ton impuissance à me peindre provoque en moi ? Je me sens laide, misérable, rejetée.

Sandra met un point d'honneur à ne pas fondre en larmes en prononçant ces mots qui lui coûtent beaucoup. Et elle a du mérite parce que ces six semaines d'échecs répétés où Botticelli n'a même pas essayé de prendre une mine de plomb face à son visage l'ont durement éprouvée.

— Retourne-toi. Tu es en colère ? Tu es triste, Sandra ? Je suis navré. Mais regarde-moi ainsi. Dans cet état, tes yeux sont complètement gris. Tu savais ? Je te veux avec des yeux gris. Comme le fond du ciel à l'aurore, au moment où le soleil point. Ma Sandra, pardonne-moi, tu es l'aurore du monde. D'accord, j'essaie tout de suite. Je n'ai plus peur. J'ai très peur. Tu as les yeux gris. Ne bouge plus. Tes cheveux te font comme un rideau encadrant ton visage. Tu es magnifique. Ne bouge plus. Je t'adore. Ça va aller. Je n'ai plus peur. Je meurs de peur…

C'est un Botticelli totalement exalté qui se met à peindre comme un malade. Une ivresse, un délire le saisit. Il oublie le miroir. Il la peint de face, de profil, sous tous les angles. Il noircit un nombre considérable de cartons, de feuilles. Des Sandra, dans tous ses états.

L'heure est trop attendue, trop rare, trop fragile pour que le modèle montre le moindre signe de fatigue. Pourtant elle ne tient plus. Malgré elle, au milieu de l'après-midi, elle s'écroule inanimée. Épuisée par l'accomplissement de son rêve. Anxieuse de l'incapacité de Sandro d'approcher son visage, elle a résisté vaille que vaille, et tenu au-delà de ses limites. En la ramassant, il l'embrasse dans le cou. Elle est inconsciente, elle ne l'entend pas lui murmurer.

— Ma Sandra chérie, oh ! Comme tu as eu raison de t'énerver. Je te tiens, ça y est. Tu es belle. Tu as les yeux gris…

Inanimée, Sandra reste souriante, comme dans la dernière pose que Botticelli exigeait d'elle. De ce sourire énigmatique, d'un autre monde peut-être, celui où Sandro n'a plus peur de la peindre.

« Vaillante petite filleule », se dit-il en la déposant sur son lit. Ce faisant, il voit la ligne de son nez à l'envers, il a tout faux ! Il s'est complètement trompé.

— La ligne de son nez ! Occupez-vous d'elle. Il faut que j'y retourne. Que je la retouche. Cette foutue ligne. Je viens seulement de la comprendre.

En portant dans ses bras la jeune femme évanouie par la faute de ses exigences, il ne songe qu'à rééquilibrer la ligne du nez de ses dizaines de croquis. Avant qu'elle ne lui échappe à nouveau.

— Malade, je suis malade. Mais quelle joie, quel bonheur retrouvé, de pouvoir m'approcher d'elle, un pinceau à la main, quelle chance…

Il y retourne jusqu'au soir, Politien vient régulièrement le rassurer sur l'état de Sandra, qui ne l'a jamais inquiété.

À la fête du soir, Sandra est allongée sur une méridienne entourée de châles et de leurs amis. On l'admire, on la plaint. Personne ne sait rien de ce qui s'est joué entre eux autour de son visage.

Elle est encore pâle de l'émotion de son parrain, mais si heureuse. Elle lui prend la main et l'embrasse. Il comprend. Les amis de Lorenzo mènent leurs aventures éphémères, alentour. La terrasse aux orangers est éclairée de flambeaux qui les isolent dans leurs ombres complices. Politien déclame ses stances du jour, Lorenzo s'est installé entre Sandro et Sandra. Entre les deux. Son cœur ? Mais pas son corps, qui sait tout des règles du jeu avec les femmes et rien des autres jeux.

Il y en a qui pleurent. Dans ces bosquets ravissants, on se quitte aussi facilement qu'on se prend, la rupture accompagne de ses grincements les promenades terriblement adolescentes de tous les figurants du *Printemps*. Le fouillis sentimental n'est plus combattu par la luxuriance de la nature qui s'éploie généreuse vers l'été. Tout contribue à troubler l'âme, même pour quelques heures, même légèrement.

Sandra a l'âme comblée. Elle a gagné, il l'a peinte. S'il a pu, il recommencera. Donc il va l'aimer. Un jour. Maintenant c'est sûr. C'est obligé. Aussi peut-elle, dès ce soir, laisser quelque espoir à Lorenzo. Elle lui doit tout de même une grande part de sa joie.

CHAPITRE 16

La plus folle des nuits de noces !

Pour le mariage de Lorenzo, tout Florence est réuni. C'est un peu une fête nationale, de celles qui fédèrent les cités. La reine est venue avec sa traîne et tout son apparat. Elle se prête aux nécessités de la politique des Médicis ; c'est une famille qu'elle épouse. Resserrer les liens entre les citoyens à l'aide d'un royaume de la taille d'un confetti, sans armée ni police, tel est le vœu de Laurent. La stratégie semble plaire. Toute la ville est massée sur le parcours du défilé.

De cela, Botticelli se fiche. Il peint. Sandra pose. Il la peint. Elle jubile. Il multiplie les tableaux les moins commandés du monde. Depuis ses années d'apprentissage, c'est la première fois qu'il peint pour rien, pour lui, pour personne, pour Sandra, pour offrir à Lucrezia la plus belle image de sa fille. Là était peut-être la cause de son immense inhibition auparavant, l'intime conviction qu'il ne pourrait plus s'en détacher, ne voudrait plus jamais peindre rien ni personne au monde. Comme s'il existait un modèle idéal pour chaque peintre, et que le rencontrer, c'était s'empêcher d'en connaître d'autres. Une peur si terrible doit trouver ses fondements dans le plus secret de soi, que ce mélancolique en sursis ne cesse de fuir.

Ce soir, dans quelques heures, on dévoilera son *Printemps*. Tout Florence découvrira le somptueux visage de Sandra au sourire plus énigmatique que certains vers du Dante. Luca en connaît désormais des passages par cœur. Tous les trois ont parfois des fous rires en récitant à tue-tête le même passage, qu'ils ont mémorisé séparément.

Ces trois-là s'entendent à merveille. Luca s'est pris d'attachement pour Sandra. Au milieu de tous ces hommes qui s'aiment entre eux, le très jeune homme se sent porté vers les femmes. Et Sandra est l'une des plus intéressantes.

Politien frappe à la porte de la *bottega*.

— N'es-tu pas fou ? Tu n'as pas le droit de manquer ces noces, tu fais partie des intimes, tu as ta place au rang d'honneur. Toi aussi Sandra. Dépêchez-vous. Allez vous préparer. Vous devez arriver avant le dévoilement. C'est toi le clou de la soirée, tu ne peux pas te contenter de venir soulever un coin du voile et faire ciao. Tu es de la famille maintenant. En plus, je ne sais pourquoi, ça rassure Sémiramide de t'avoir à ses côtés, elle te réclame souvent. Elle se méfie de tout le monde à Florence, mais toi, elle t'aime beaucoup. Elle a compris qui elle épousait, la pauvrette.

— Elle sait au moins n'avoir pas à se méfier de Sandro, réplique l'impertinente Sandra. Ni qu'il lui saute dessus comme le vilain petit Piero sur moi, ni qu'il entraîne Lorenzo chez les filles. Avec lui, si je peux me permettre, elle repose en paix !

Sandra persifle. Sandra n'est plus de si belle humeur. Elle fait même remarquer au poète qu'il a interrompu le plus grand d'entre eux, Luca était en train de lire le *Purgatoire*. L'intrusion de Politien, c'est-à-dire de la société, la dérange. Ce dont elle rêve, c'est d'avoir sans trêve son peintre pour elle. Poser. Être en tête à tête avec lui. Poser et le contempler. Un jour, il sera devant elle, implorant. Il se rapprochera d'elle, plus près, encore plus, suppliant à genoux pour l'embrasser. Elle en est sûre. Elle a rêvé si souvent cette scène. Ça va venir. Et il faut se rendre aux agapes de la cité. Aller papillonner où les *Grandi* se tiennent aussi mal que le *popolo minuto*, mais le petit doigt en l'air et la bouche en cul de poule, ce qui les rend encore plus impardonnables.

Le *Printemps* ? Elle l'a dans la tête et au cœur, pendant ses séances de pose.

Bon, puisqu'il faut paraître, autant y aller ensemble. Tous deux habillés en Botticelli, comme dans le *Printemps*, justement.

Dès leur entrée, Lorenzo a le cœur qui bat plus fort. L'arrivée de l'homme et de la femme qui le troublent le plus au monde provoque une terrible accélération de ses pulsations. Ils avancent, coude à coude et aussi peu intéressés par ces jeux de miroirs mondains. Tous les hommes dévorent Sandra des yeux.

— Ce soir, ils m'auront tous demandé ta main, chuchote Botticelli à l'oreille de sa filleule.

— Et tu refuseras, en expliquant que tu gardes ma main dans ta poche...

Sandra ne cherche pas à se marier. Bien trop requise par ses passions. Quant à Botticelli, il a tout le succès nécessaire. Ces petites confirmations de sa gloire ne le réchauffent pas. Il a déjà compris que ça ne l'aidait pas à lutter contre sa mélancolie.

Ne restent que les sens, toujours furieusement en éveil dans le cercle de Lorenzo. À croire qu'il érotise tout ce qu'il touche. Pipo les rejoint, et hypocrite, s'inquiète de l'absence de Luca.

— Mon neveu installe la *Primavera*.

— Ah oui ! Bien sûr. C'est aussi la consécration de ma petite sœur ce soir. Toute la jeunesse de la ville est prête à t'acclamer. Tu n'as qu'à piocher. Ils sont tous à tes pieds.

— Ce sera mieux pour les piétiner…

Lorenzo est enfin parvenu jusqu'à eux, au grand dam de Politien, qui cherche à le retenir par la manche. La petite mariée du jour se sent déjà abandonnée.

Lorenzo est frémissant de désir. Sandra. Sandro. Pourquoi choisir ? Il veut les deux, il désire les deux. Chacun d'eux sent bien son désir décuplé, mais ni l'un ni surtout l'autre n'envisage pareil désir à deux têtes ! Pipo est parti en chasse.

Laurent de Médicis vient d'arriver avec sa suite, sa nombreuse parentèle, et parmi elle, Lucrezia Lippi, la mère de l'héroïne du jour. Elle est si fière de voir ses deux enfants au centre de ces fêtes dont tout Florence fait des gorges chaudes. Sandra lui a tant parlé du *Printemps*. Comme toute la ville, elle est impatiente de le voir, le cœur un peu plus battant que les autres, sûrement.

On a beau être prévenu. Le choc a toujours lieu. Ce tableau fait immédiatement sensation. Par sa taille, sa lumière et sa nouveauté.

Verrocchio, qui n'est pas un intime de Botticelli, même si leur estime est mutuelle, vient le serrer sur son cœur.

— Tu m'autorises à en faire exécuter une copie pour l'envoyer à Léonard ? Il faut qu'il voie ça.

— Oui, bien sûr, mais par qui ?

— Je pense à Piero di Cosimo.

— Parfait !

Pipo est pâle d'émotion.

— Je peux aussi en faire une copie pour moi ? C'est saisissant. Tu as élevé la peinture profane à un niveau mystique. Je n'avais encore jamais vu ça. Il flotte là un charme étrange, rien de sublime, plutôt un sourire timide, de la poésie en couleur…

Sandra prend ces compliments à son parrain pour elle. Sa mère aussi est émue. Elle murmure à l'oreille de Sandro que Lippi aurait été fier, et surpris d'autant d'invention.

Tout le monde attend le commentaire de Laurent. Il a toujours le mot ou la formule juste au premier coup d'œil. Là, il tourne autour. Étonné lui-même de ne pas trouver quoi dire tout de suite.

— … Voilà donc la beauté idéale dont doit s'approcher l'humanité. À l'aurore, une nymphe à la grâce sublime, née du ciel et animée de la plus grande spiritualité, se promène au jardin des délices !

C'est bien vu. Un peu sec peut-être dans le résumé.

— Tu es un génie, Botticelli, ajoute-t-il. Le laurier héraldique à droite pour Lorenzo, en harmonie avec Flore-Florence…

En quelques mots, Laurent fait du *Printemps* l'allégorie de Florence.

— Il t'a récupéré, l'air de rien, tu fais partie du mobilier désormais, persifle le vrai commanditaire de cette œuvre, qui n'a de vocation que privée.

On vit vraiment à l'heure Botticelli, à l'instant *Primavera*. Il ignore à quel point il règne sur les esprits les plus raffinés de cette fête et bientôt de la ville. Pour l'heure, ça ne le préoccupe pas. C'est Lorenzo qui l'occupe, et là, en entier. Au point de ne pas se rendre compte de la cour assidue que ce dernier fait à sa filleule. Parce qu'elle reste pour lui une enfant, parce qu'il est trop centré sur son propre désir, il ne voit rien. Cette aventure, si elle aboutit un jour, aura eu une aurore languissante. Pourtant le désir qu'il ressent pour ce jeune marié est réciproque. Botticelli n'est plus si jeune pour se tromper là-dessus. Quand on connaît la liberté des mœurs à Florence, on ne comprend pas ce que ce jeune impétueux attend.

Botticelli est hostile à toute idée de confidence. Alors que les garçons sont vantards et exhibitionnistes, lui se tait toujours sur ses amours. Ses plaisirs. Il préfère sa solitude avec chats, à ce désir insoluble…

C'est assommant d'être le héros de la fête et de se sentir aussi frustré. Sandra cueille les lauriers du *Printemps*, pour elle et lui. La gloire la met en beauté. Les yeux de Sémiramide ont changé d'intensité, elle est entièrement tournée vers la *Primavera*, qui caracole de groupe en groupe, parfait sosie d'elle-même sur la toile. Elle en descend vraiment, chacun peut le constater de près.

Laurent a la délicatesse de la convier à sa table. Que la famille royale de Piombino soit par elle honorée. Sémiramide fait brutalement pivoter sa traîne pour marquer son dépit, et rejoint celle de son mari où Botticelli est à l'honneur. Les fêtes du mariage ne vont pas s'éterniser, chacun recouvrera sa liberté de mouvement bientôt.

Dehors le petit peuple de Florence se réjouit. Sur toutes les places de la cité, les Médicis offrent des banquets. On dansera tard dans la nuit en l'honneur des jeunes mariés. En ville, la liesse règne. Dedans c'est plus tendu. Ficin fait un discours interminable. Comme chaque fois qu'il ouvre la bouche, on ignore quand ça peut finir. Il s'est lancé dans un commentaire improbable de la *Primavera*. Il a composé en mots une pâle copie du tableau ! La coïncidence frappe ceux qui écoutent. Botticelli devrait être honoré, Ficin l'imite ! Il ne peut laisser passer le *Printemps* sans y mêler sa propre pensée. Aussi forge-t-il un nouveau mot pour témoigner de la beauté nouvelle de *Primavera*.

— Cette peinture mérite une nouvelle appellation. Il ne s'agit plus de ces beautés tranquilles, irradiant comme Madone dans sa niche, juste soulignée d'un peu d'or. Non, une beauté si sublime qu'un voile semble à peine l'attrister, mérite le terme de *morbidezza*. Ce mot s'applique à ce qui est sublime, beau, profond, et un rien affecté d'une peine légère.

Ce n'est pas ce soir que Sandro va entamer une polémique avec le grand philosophe. Il doit lui-même être atteint de « morbidesse ». Il se sent « sublimement triste ».

Personne ne peut le deviner mais cette notion va rencontrer une grande notoriété. À toute vitesse,

Ficin devance Botticelli avec sa morbidesse. Maintenant qu'il l'a forgée, on ne peut plus s'en passer.

Botticelli se penche à l'oreille de Politien et l'implore de le prévenir quand il sera décent de prendre congé. Les coups d'œil que Lorenzo ne cesse de lui jeter le mettent au supplice. Ce soir surtout. Politien lui fait signe qu'il ne peut pas s'éclipser. On parle sinon de lui, du moins pour lui. Botticelli regarde Luca partir avec envie. Ce mariage l'ennuie, et c'est un euphémisme. Il est amoureux du marié, et la mariée le considère comme son seul ami à Florence.

Lucrezia réussit à le prendre à part pour lui dire son bonheur et sa gratitude. Botticelli en profite pour lui confier son admiration pour le travail de Pipo qu'il est enfin allé voir. C'est splendide, nouveau, sa manière va faire du bruit. De l'avantage d'être épris d'un autre. Il peut enfin évoquer librement Pipo devant sa mère à qui il sait faire très plaisir. Lucrezia n'aime rien que ses enfants, et Botticelli est compté parmi eux. Mais ce soir, il joue le rôle du héros, même s'il abandonne la première place à Sandra. Elle en jouit pleinement, à voir ses yeux brillants, ses joues roses de bonheur. De Pipo, il peut enfin parler en ancien maître. Heureux et fier de l'évolution de son élève. Lucrezia le prend dans ses bras, nul besoin de paroles entre eux. Et Ficin qui pérore toujours...

— L'accès à la beauté n'est possible que par un effort de l'être entier... Elle suppose la disposition contemplative propre du sage, du mystique et du poète.

— Alors, je dois être tout cela à la fois, cligne des yeux Lucrezia, puisque je ressens la beauté de ton ouvrage comme si j'y étais chez moi. Il m'est une évidence heureuse.

— J'espère bien, chuchote Botticelli, je n'ai pas peint pour les sages mais pour les fous. Eux seuls osent inventer l'histoire qui lie entre eux mes personnages. Je les ai isolés exprès les uns des autres pour obliger le public à faire le trajet de l'un à l'autre.

Le brouhaha de l'assemblée qui se fait grondement a raison de la fin du discours. La musique le remplace. On danse de place en place dehors, pourquoi pas ici même au cœur des réjouissances ? Dansons.

Sandra supplante un peu trop la mariée. Elle virevolte en tous sens et de main en main. Politien pose la sienne sur l'épaule de Botticelli.

— Je crois que tu peux y aller maintenant, ça se verra moins…

Tel un conspirateur, Botticelli s'engouffre dans la nuit chaude. La cité est envahie de Florentins pauvres qui dansent et chantent en l'honneur des Médicis, abreuvés de vins par tonneaux, ivres, sans conscience. Botticelli les croise à vive allure, pressé de rejoindre l'Arno, le silence, le monde de la nuit et ses chats. Il marche vite pour calmer son malaise. Rien de tel que les méandres ocreux de l'Arno pour dérouler sa peine, la lune pleine donne un relief mystérieux à chacun de ses pas. C'est comme s'il posait d'abord le pied sur du coton, avant de toucher le pavé de Florence. Il marche comme dans ses tableaux. Des pas se rapprochent derrière lui. Florence n'est pas sûre la nuit, la lie des Florentins est déjà ivre, mais Botticelli n'accélère pas. Il est curieux de ce qui pourrait le distraire de son encombrant désir. Les pas se rapprochent encore, son suiveur doit pouvoir le toucher. Il le touche d'ailleurs. Une main ferme et douce sur l'épaule. C'est Lorenzo, le marié, le héros, celui qu'il est déraisonnable d'espérer un jour comme aujourd'hui. C'est du moins ce que Botticelli se disait en partant. En dépit de ses sens affolés, il commençait presque à se calmer. Lorenzo n'a pas ôté sa main de son épaule. Il la lui presse. La lune sur son visage dessine le désir. Botticelli l'attire contre lui et l'embrasse en vrai. Follement, fougueusement. Un long baiser d'amour, pendant que leurs mains se cherchent et tentent de s'immiscer sous leurs vêtements, à même les peaux. Avides l'une de l'autre comme leurs lèvres. Botticelli meurt d'envie de connaître la texture de cette peau nue qu'il a inventée en peinture. Cette peau qu'il a beaucoup regardée mais jamais touchée, qu'il sait des yeux par cœur. Il a envie que cet instant ne cesse pas. Brusquement Lorenzo se détache de lui, libère ses lèvres des siennes, l'enlace chastement presque comme un enfant. Et lui assène sans préambule :

— C'est avec toi que je veux passer ma nuit de noces…

Botticelli est comblé, mais abasourdi et inquiet. Quand Lorenzo ajoute à mi-voix :

— Mais fais attention à moi. Je n'ai jamais fait l'amour avec un homme.

Comme si ça ne crevait pas les yeux.

Quand on se désire entre hommes, la première loi, c'est celle de la dissimulation. Où aller ? L'atelier est interdit, trop de gens le traversent. Le palais Médicis. Encore pire. Sardigna ? Lorenzo lui a demandé de faire attention, il ne va pas l'amener chez les forbans la première fois.

— Viens, on va chez moi, décrète Lorenzo, face aux ruminations muettes de son futur amant. J'ai toujours ma garçonnière. Viens. Vite.

Trois heures d'amour fou. D'étreintes timides et terriblement risquées. De plaisir aussi. Des crêtes de joie incroyables. La fulgurance du plaisir chez Lorenzo atteint très vite des sommets que Botticelli ne connaît pas, mais où il est très fier de le mener. Ce jeune homme est un sensualiste expérimenté, il aime l'amour et le fait savoir à la ronde par des cris qui ont déchiré le silence toute la nuit.

Son corps prend avec une telle avidité sensuelle que Botticelli a peur de n'être pas à la hauteur. Sa chance, c'est la nouveauté, mais il sent qu'il va vite se trouver dépassé. Il prend et se laisse prendre avec une science millénaire du plaisir. Botticelli ne s'y attendait pas, il est exsangue. Il a dû ranimer ses désirs pour être l'initiateur dont rêvait Lorenzo. Douceur et brusquerie se chevauchent, tendresse et brutalité. Gavé d'amour, Lorenzo se redresse dans l'aube naissante. Il demande infiniment pardon à Botticelli de devoir s'en aller. Il le supplie de rester couché dans sa cachette, pendant qu'il va rejoindre sa jeune épousée. Il le doit. Il n'a pas le choix. C'est obligé, c'est sa nuit de noces !

Avec l'aurore, le remords peut-être, ou le sens des convenances à retardement ? Tout désir comblé, il peut aller voir ailleurs. Pourtant ils se disent qu'ils s'aiment, qu'ils vont se revoir, vite, tout de suite, ne pas se quitter. Se retrouver.

Ils se disent au revoir à l'intérieur. Tendrement. Lorenzo sort le premier. Botticelli reste un moment, à rêver dans l'odeur de son amant, la cachette de Lorenzo, de sa confiance, de son désir fort comme un piment d'Afrique, de ses exigences et de son autorité sensuelles... Ému et enfantin, Botticelli sent des larmes couler sur ses joues. Il n'est pas du tout fatigué. Les rues sont enfin désertes, Botticelli a envie de chanter, de crier, de danser, de crier le nom de Lorenzo. Il est dans un état de joie sans pareille. Ce n'est pas grave, le jour se lève. Il va le peindre.

CHAPITRE 17

Lassitude et paresse sexuelles

Une reine à l'atelier ! Aides, élèves, assistants, apprentis sont sens dessus dessous, une fièvre bien peu républicaine s'empare de la troupe. Luca installe Sémiramide de Piombino et d'Elbe dans le coin d'atelier le moins sale, le moins encombré, celui des chats, et court prévenir son maître. Lui seul sait où le trouver. Quand Botticelli arrive, il s'incline devant la reine et se tait.

Luca fait le vide dans l'atelier. Seuls demeurent impérieux les chats, leur royaume est bien plus étendu que celui des reines. Après les formules de bienvenue usuelles, Botticelli persiste à se taire. Si elle est venue, c'est qu'elle sait tout. Son cœur bat à toute vitesse, il ne sait de quoi il a peur, mais il meurt de peur. Il attend la sentence dans un silence qui se prolonge. Cependant, comme si de rien n'était, les yeux de Sémiramide se posent à droite, à gauche, elle se lève pour fureter dans un coin où sont entreposés les panneaux achevés, elle va et vient comme chez elle. Regarde partout à la façon d'une femme d'intérieur qui a perdu un bibelot. Peut-être cherche-t-elle ses mots ? Puis, abruptement, à la manière des timides, elle se lance.

— Tu sais que mon mari n'est pas très fidèle. Il papillonne beaucoup. Je ne t'apprends rien.

Elle ne s'attend pas à ce que Botticelli lui réponde, enfermé dans un mutisme qui frise la grossièreté. Elle enchaîne.

— J'espère que la venue de l'enfant qui pousse dans mon ventre le calmera. En attendant, je voudrais tenter de le ramener dans notre couche.

Elle se tait, gênée de ce qu'elle a eu l'audace d'avouer. Botticelli est trop sonné pour réagir. Persuadé qu'elle sait tout de sa liaison avec Lorenzo, il attend le coup de grâce, la nuque ployée d'avance en signe d'humiliation.

— Alors voilà. Comme il t'adore, j'ai pensé à un tableau de ta main à mettre en ciel de notre lit. Si tu trouves que j'exagère, arrête-moi, parce que j'ai déjà tout imaginé, mais comme je n'ai jamais passé de commande de ma vie, je puis être maladroite et te gêner.

Botticelli est aux cent coups pendant qu'elle s'excuse de sa maladresse.

— Le tableau que j'imagine doit avoir la vertu de l'empêcher de me trahir… Ça va t'étonner puisque tu es Florentin, mais vois-tu, j'aime ce mari qu'on m'a imposé. Je ne le trouve pas seulement très beau mais raffiné, intelligent, d'une culture que j'admire. J'ai envie de construire une famille selon mon cœur avec lui. D'élever moi-même mes enfants, puisque, ici, en république, j'en ai le droit, je veux en profiter. Tu me comprends, Sandro ?

Oh ! comme Botticelli comprend la reine. Il ne l'a jamais si bien comprise. Elle veut un tableau ! Elle ne veut vraiment qu'un tableau ! Quelle merveille ! Tout ce qu'elle voudra…

Elle veut poser en Vénus-Humanitas, mais tout habillée. Autant qu'elle veut, même si ça ne se fait pas, même s'il est plus révolutionnaire aujourd'hui d'habiller Vénus que de déshabiller la Sainte Vierge.

— Et quoi d'autre ? Juste une Vénus ?

— Je ne sais pas. J'avais pensé à faire de Lorenzo un Mars, épuisé par toutes ses… chasses. Un peu ridicule aussi… Tu vois ? Et même, pourquoi pas, moqué par une bande de petits faunes, enfantins et cruels. Tu sais, un peu monstrueux, des pieds de chèvre, des cornes, qui joueraient avec les armes du guerrier endormi, comme pour les rendre inoffensives. Entre leurs mains, elles ne peuvent que sembler grotesques, ces armes.

— Tu veux un mélange de rêve et d'ironie ?

— Oui. On peut dire comme ça, mais surtout je le veux vite. Je souhaite qu'il soit de ta main évidemment mais je voudrais qu'il soit prêt pour mon accouchement.

— Dans combien de temps ?

— Six mois.

Cela fait donc trois mois de grossesse. Cinq mois de mariage donc cinq mois que Lorenzo est son amant.

Tout à son nouvel amour, Botticelli ne songeait pas à cette autre vie, ni même que son amant ait pu avoir une autre vie. Il aurait pu s'en douter. Ne venait-il pas de se marier ? Il devait fatalement partager des nuits avec sa fraîche épouse. Mais quand Botticelli quittait les bras de Lorenzo, il était trop heureux de retrouver son atelier, ses chats et sa solitude. Seul, il revivait ses heures de bonheur, au calme, comblé. Il plaignait plutôt son amant de devoir cohabiter avec une épouse et sa suite royale. Mais il n'avait jamais pensé qu'à elle aussi, il faisait l'amour. Il osait lui faire l'amour. Pis, l'engrosser. L'entaille est profonde, le choc terrible. Et elle va proclamant sa grossesse comme s'il y avait un quelconque exploit à avoir fait l'amour avec le plus beau garçon de Florence !

Botticelli n'en revient pas, surtout de n'y avoir jamais pensé, il se juge penaud et ridicule. Il n'a plus le choix du rêve. Elle tambourine sa grossesse sur tous les tons. Et il n'est toujours pas convaincu qu'elle n'est pas au courant de leur liaison, qu'au fond, tout ça n'est pas une perfide mise en scène. Maintenant qu'elle a réussi à prendre son amant dans ses filets, il a tendance à la croire très habile. Aussi ne parle-t-il toujours pas. Elle insiste, la fine mouche.

— En l'honneur de notre chère Simonetta, je t'autorise à semer des indices que seuls ses intimes pourraient reconnaître… Je sais comme tu l'aimais. Je suis claire ?

Elle l'est. Et fine politique. Un clin d'œil aux Vespucci pour équilibrer les alliances médicéennes.

— Et surtout, n'oublie pas. Fais en sorte que ton chef-d'œuvre ramène mon mari dans mon lit.

Si ça n'est pas un avertissement, qu'est-ce que c'est ? Botticelli est perplexe. Si elle avait dû le tuer en révélant sa liaison avec son époux, elle l'aurait déjà fait, mais n'est-elle pas plus forte de tout sous-entendre sans rien dire ? Elle garde la main sur lui en quelque sorte, de cette façon sournoise ?

Il ne peut s'en ouvrir à personne. Et surtout pas à son amant puisqu'elle a précisé que cette commande était une surprise. Elle l'oblige en outre à peindre Lorenzo. Et lui, elle l'exige dénudé, « il est si beau, n'est-ce pas ? » Nu et endormi. La reine sait-elle à quel point il est aisé au peintre de rencontrer son mari dans cette attitude ? Elle sait qu'il dispose de nombreux cartons de tous ceux qui ont posé pour lui à Castello. Elle joue sur l'ambiguïté. Tant pis. Même s'il ne peut parler de sa liaison à Sandra, au moins peut-il lui narrer la visite de la reine à l'atelier, démarche insolite s'il en fut, et lui demander son avis sur pareille démarche.

Justement, Sandra doit venir en fin de journée. Ils ont rendez-vous à l'atelier pour aller ensemble à la fête Vespucci.

Il est terrassé. Ce lui est une déconcerte incroyable que son amant soit un homme marié et qu'il honore sa femme. Il ne peut tout de même pas le lui reprocher. Il est ridicule mais blessé. La nouvelle de sa future paternité le lui rend soudain étranger. Ça jette un tel trouble en lui qu'il n'a plus envie de faire l'amour. Trop besoin de parler, mais comment lui dire ? Pourra-t-il encore bander pour un homme qui couche avec sa femme ? En tout cas, il ne pourra pas faire comme si de rien n'était, et l'aimer comme avant la révélation de Sémiramide. D'autant qu'il ne doit pas parler de sa visite.

Bien sûr, il est toujours épris de ce magnifique garçon, chaleureux, tendre, ardent, passionné, réellement irrésistible et qui a découvert l'amour avec lui. Il lui a dit — il n'était pas obligé, Botticelli ne demandait rien — qu'il n'avait jamais joui si fort ni si profond. Tout de même, pourquoi ne pas lui avoir dit que sa femme était enceinte ? C'est important ! Entre amis, on ne passe pas ça sous silence.

Autre chose le dérange. Il a de plus en plus le sentiment que son amant n'attend de lui qu'un exploit sexuel. Or Botticelli n'aime pas faire l'amour en soi. Il aime ce qui va autour, la lente excitation qui monte à l'idée du rendez-vous, le désir qui le saisit sur le chemin, l'approche toujours un peu maladroite, furtive et pressée des corps, la lenteur exaspérante et délicieuse des caresses préliminaires, l'étreinte, la noyade, la perdition dans le corps de l'autre, les modulations du plaisir qu'il lui arrache, la fierté de le faire monter si haut, si fort, et l'abandon, oh oui, surtout l'abandon qui suit l'amour, cette suavité humide où flottent les corps assouvis, dans la pénombre voilée comme les brumes d'été, et la moiteur échangée. Voilà ce qu'il aime dans l'amour, et pas la rapidité de gymnaste à s'arracher des cris comme des menaces guerrières. Or Lorenzo semble ne le voir que pour cet échange-là, le plus brutal, le plus bref du monde. Alors qu'il resterait bien des heures à le caresser entre deux baisers lents.

Sandra déboule en trombe à l'atelier.

— C'est moi ! Je suis venue en avance, je voulais te voir seul.

— Ça tombe bien, moi aussi.

Et Botticelli de raconter la visite de Sémiramide à sa filleule, histoire d'avoir son sentiment de femme. Sandra rit à en perdre le souffle, ne peut se retenir de rire.

— C'est terrible ce que tu me racontes. Dire que je venais te demander ce que tu penserais de moi, si je cédais aux assiduités de Lorenzo. À Castello, ç'aurait été un peu vulgaire, mais ici, depuis son mariage, il s'y prend de manière beaucoup plus élégante, et pour tout te dire assez touchante. Séduisante même !

Sandra a beau être une fille libre, intelligente, émancipée, indépendante, fille et sœur de peintres, elle a beau avoir toujours mené sa vie comme elle l'entendait, là, elle va trop loin.

— Pas l'adultère. Non. Pas avec Lorenzo.

Elle ne comprend rien au refus catégorique, incohérent et colérique de son parrain.

Comme le voilà puritain soudain à l'endroit de la jeune femme dont, par ailleurs, il admire la liberté.

En outre il témoigne d'une morale approximative. Adultère ! C'est idiot. Lorenzo est adultère et ça, le monde et son épouse en témoignent assez, il ne s'en prive pas. Mais Sandra ne saurait être adultère. Elle n'a rien promis à personne, n'est liée par aucun autre engagement que sa propre morale.

Or pour sa filleule, Botticelli le désinvolte, libre comme l'air, exige du sérieux, du solide. Le mariage ou rien.

— Mais Sandro, moi non plus, je ne veux pas me marier.

Politien passe la tête par la porte.

— Eh les tourtereaux, il faut y aller, Giorgio Vespucci aime qu'on arrive avant les autres, allez…

Ainsi de loin en loin, s'épuise la liaison de Lorenzo et de Sandro. S'éternise mais s'épuise. Comme Lorenzo est très fier d'avoir franchi le pas, d'avoir osé aimer un homme, il est très reconnaissant à Botticelli de l'avoir initié. Mais les rebuffades de Sandra et les jérémiades de Sémiramide gravide lui ont donné envie de nouveauté, d'inconnu, de chair fraîche, de liens forcément plus légers. Botticelli est trop sérieux. Et il n'a plus vingt ans. Il semble atteint d'une légère lassitude sexuelle. Ils s'aiment toujours, mais n'éprouvent plus autant le besoin de se le prouver. C'est ainsi que Lorenzo interprète les réticences de Botticelli. Peu à peu, ils reprennent le chemin de leur premier amour commun, ils rouvrent le Dante, que l'étreinte avait fait tomber à leur chevet. Ils s'en parlent jusque tard dans la nuit. Lorenzo a l'habitude de fureter dans l'atelier. Il y est comme chez lui. Botticelli est donc obligé, s'il veut livrer la commande de Sémiramide dans les délais, de se faire héberger par Pipo, toujours tendre et chaleureux envers son ancien maître.

Pipo lui fait confidence de ses dernières amours, de ses liaisons sulfureuses, de ses déceptions, aussi violentes que ses conquêtes. Ça ne chagrine plus Botticelli. Mais ça l'intéresse moins. Ils parlent davantage peinture, et là, ils sont d'accord sur tout. Ils ont aimé le même maître, Lippi, et admirent le même confrère, Léonard, en dépit du fait qu'il les a jadis séparés. Mais aujourd'hui c'est assez loin, aussi loin que Léonard à Milan, qui manque toujours à Botticelli. Avec lui, la confrontation artistique aurait pris une autre dimension, un autre enjeu.

Par Pipo, il apprend que Léonard a longuement rêvé devant sa *Primavera* que trois artistes, dont Pipo, lui ont fait parvenir une copie ; donc trois éclairages différents de son œuvre, qui n'ont évidemment pas suffi à en rendre toutes les modulations…

— Il en est resté époustouflé. Tu l'as sacrément épaté.

— Et ça n'est pas fini, enchaîne, fanfaron, Botticelli, à qui ces mots font un plaisir inouï.

Un plaisir tel que ça lui donne la force de décider ce autour de quoi il tournicote depuis un moment. Pour la première fois de sa vie, il va lui-même le premier quitter un amant. Signifier son congé à un être qu'il a adoré tenir dans ses bras, qu'il aime encore, mais... Mais la grossesse de Sémiramide ajoutée à sa cour éhontée à Sandra, ça ne passe pas. La désapprobation de Botticelli à l'encontre d'une relation entre son amant et sa filleule ne peut se dire plus clairement. Il a aussi sûrement de plus mystérieuses raisons que celles qu'il se donne à lui-même, le fait d'être son parrain n'est pas suffisant. Lui-même n'arrive pas à y croire tout à fait.

Donc, il se rend à son « dernier » rendez-vous avec son amant, qui l'accueille avec une grande ferveur sensuelle. Botticelli se laisse aimer. Puis se redresse et annonce sans préambule à Lorenzo que c'était la dernière fois qu'ils faisaient l'amour.

— Voilà !

— Mais ?

Mais Botticelli qui avait pourtant bien préparé sa phrase sur Sandra n'ose plus articuler un son. Il quitte un homme qui l'aime. Il part en courant. Lui aussi l'aimait, mais plus d'amour fou. Il devenait inutile de faire semblant à l'aide de gestes frelatés à ses yeux, d'abîmer leurs corps sans que les cœurs suivent. En dépit de toutes ses bonnes raisons, Botticelli n'est pas content de lui, à peine apaisé. Finalement, le sexe n'est pas si important dans sa vie. Ça n'est pas grave.

Ce qui compte c'est… Ce sont… des sentiments plus élevés, plus exigeants.

Après ces événements souterrains, presque invisibles mais bouleversants, ils se séparent tous un temps. L'époque dont ils sortent était trop confuse, chacun a besoin de recouvrer son quant-à-soi. Lorenzo rentre chez sa femme, qui va accoucher. Botticelli retourne à son travail, fatalement en retard. À cette *Vénus et Mars*, où il repasse avec une immense tendresse sur les traits aimés de Lorenzo. Il peut désormais cesser de se cacher chez Pipo, Lorenzo ne reviendra pas tout de suite à l'atelier. Quant à Sandra, depuis qu'il lui a interdit de céder aux hommes mariés, elle le fuit. Il y a déjà quelque temps qu'elle a cédé à Lorenzo. Le soir où elle s'en est ouverte à son parrain sur un mode interrogatif, elle était sa maîtresse depuis plusieurs jours. Donc elle s'arrange avec élégance pour éviter Sandro. Ils ne se voient plus que chez Lucrezia où Botticelli va toujours se ressourcer.

Sinon, à l'atelier, de nouveaux chats sont nés et il est toujours le premier mâle à qui les femelles viennent les présenter. Il est très fier de son rôle dans la gente féline. Et toujours aussi ému par chacun d'eux. Oui, il les aime tous, répond-il agressivement à quiconque lui pose la question. Il ne peut pas peindre sans chats. Voilà.

Quand il achève sa *Vénus* vêtue en Sémiramide, il se contente de la faire livrer à l'heure pour la naissance de la première fille de Lorenzo. Sémiramide souhaite l'appeler Sandra, Alessandra, si Botticelli consent à être son parrain. La marraine est choisie de façon plus politique, la fille de Laurent de Médicis. Botticelli ne peut qu'accepter, avec un très déplaisant sentiment de consanguinité. Car, tout de même, il faut s'appeler Sémiramide pour ignorer que Lorenzo est follement épris de Sandra Lippi, qui ne le traite pas exactement par le mépris. Tout Florence en bruit. S'il le savait, Botticelli aurait trop de peine. Aussi n'entend-il rien comme l'épouse trompée.

Ils se retrouvent tous pour le baptême. En voyant Sandro prendre précautionneusement le bébé dans ses bras, l'émotion de Lorenzo ne se contient plus, il fond en larmes sur la poitrine de Botticelli, qui se retrouve ainsi avec le père et l'enfant dans les bras, très gêné et passablement gauche. Là, d'un coup, ils sont réconciliés, et c'est pour la vie. Oh ! Ils n'étaient pas bien fâchés. Il leur fallait juste ces mois de silence pour modifier la nature de leur relation. Amis pour la vie, donc ? *Vénus et Mars* est un immense cadeau. Sémiramide a vu juste quant à la joie de Lorenzo.

— J'adore ! Je n'ai jamais vu un tableau qui me fasse autant rire et blêmir. Mais dites-moi, c'est vraiment comme ça que vous me voyez ? Seul Politien ose lui dire que oui, et que tous ces petits faunes sont encore une autre manière de le voir, lui et ses mauvais génies.

Botticelli est content. Il adore le regard de Lorenzo sur son travail, ça le stimule et le rend plus fécond. Il est ravi de n'avoir plus à s'en priver. D'ailleurs Lorenzo a des choses à lui dire en tête à tête. Il viendra demain à l'atelier.

— Je suis très heureux de la naissance de ta filleule, bien sûr mais, il faut que je te dise, je suis terriblement malheureux à cause de ta filleule. L'autre, la belle Sandra. Il n'y a que toi qui puisses me comprendre. Elle m'a quitté comme ça, du jour au lendemain, sans raison. Je souffre, tu n'as pas idée. Pire qu'une rage de dents. Et je n'en vois pas la fin. Ça fait toujours aussi mal que le premier jour.

Botticelli ne comprend rien, ne peut ni ne veut rien comprendre. Tout va trop vite. Il apprend à la fois que Sandra est sa maîtresse, qu'il l'aime à en mourir et qu'elle l'a déjà quitté. Trop rapide ! Et juste quand il retrouve son ancien amant, changé en ami ! C'est trop compliqué. Ou trop sinistre.

— Je ne suis pas uniquement venu pleurnicher sur mes malheurs. C'est mon tour de te passer commande. Je veux Sandra, il faut que tu me fasses la plus belle des Sandra au monde. Je ne peux me passer d'elle. Aussi puisque tu m'as peint sans mon consentement absolument nu, que ma femme s'est changée sous ton pinceau en Vénus à la mode de Politien, tu vas me faire cette fois la vraie Vénus, toute nue. Et tu sais qui je veux dans le rôle. Et contrairement au *Printemps* où il y avait son visage mais pas son corps, cette fois je veux les deux. Méfie-toi, tu ne peux pas tricher, son corps, je le connais de tout mon cœur. Je le regrette assez pour désirer l'avoir sous les yeux le reste de ma vie.

Botticelli ne parvient pas à consoler son ami. La commande qu'il lui passe de manière aussi instante et précise, ne lui fait aucun plaisir. Vénus, Sandra toute nue… Botticelli en a marre de ces histoires.

Il a envie de paix. La paix des sens qu'il observe depuis six mois ne lui suffit plus. Il rêve d'une grande paix de l'âme.

Sans doute n'est-il pas non plus en très bon état, mais lui ne peut accuser personne de le faire souffrir, c'est sa mauvaise nature qui l'entraîne vers ce désespoir sans issue. Ce que les moines appellent l'acédie. Contre quoi ils proposent pour tout remède les flagellations et les exercices de jeûne.

Le jeûne, il le fait sans y penser. Quant aux flagellations, il considère que la vie s'en charge. La vie, n'en est-elle pas une en soi ?

CHAPITRE 18

La Naissance de Vénus

Tous les signes de l'approche d'une crise sont réunis. L'été s'enfuit. Botticelli ne peut plus rien avaler. Il ne parle presque plus. Répond à peine quand on le questionne. Sa mère l'horripile au sens propre, elle lui fait dresser tous les poils, le son de sa voix depuis le premier étage suffit. Ses belles-sœurs, n'en parlons pas. Il ne supporte que Luca et Antonio. Luca en ombre active. Antonio, après tant d'années de cohabitation, a entrevu l'âme de son petit frère. Désormais à l'étrangeté se mêle l'admiration. Grâce à quoi lui aussi sent venir le drame qui couve. Comment y remédier ? Botticelli ne veut plus travailler. Le carnet de commandes est plein pour plusieurs années. Luca distribue le travail aux assistants. Mais il est des obligations auxquelles Botticelli ne peut échapper. Cette Vénus que doit incarner Sandra, pour laquelle Lorenzo a versé la plus grosse somme jamais avancée pour aucune œuvre à ce jour. Il faut bien qu'il la fasse. Trois mois déjà qu'il l'a payée. Elle n'est même pas ébauchée. Botticelli ne veut plus entendre parler de ses amis.

Ça ne peut pas durer. Luca choisit la solution la plus simple : il se rend chez Lucrezia voir Sandra. Révérencieusement, il la prie de « considérer sa démarche comme le soin attentif d'un neveu qui s'inquiète de son oncle »... Pour éviter à Botticelli de plonger plus profond, trop peut-être, il a besoin d'elle.

Sandra est très occupée par sa vie ces temps-ci. Une nouvelle mode prophétique a envahi la cité. Un nouveau philosophe a trouvé refuge chez Laurent au sortir des prisons françaises. Il unit l'ésotérisme au messianisme, la kabbale aux théories de l'Âge d'or. Il a tout pour faire rêver une jeune femme aux origines irrémédiablement douteuses. Il porte un grand nom d'Italie, il s'appelle Jean Pic de la Mirandole. C'est un des plus beaux jeunes hommes qu'on ait jamais vus en Toscane. Il ne déplaît pas à Sandra. Elle l'écoute avec dévotion mêler le surnaturel au mystérieux, Platon à Dante. Elle est sous le charme. Mais si son parrain adoré a besoin d'elle, si Luca vient à elle pour sauver Botticelli, elle est prête à tout laisser en plan. Elle connaît ses priorités. Sandro trône en haut de sa hiérarchie intime.

— Que faire ?

Luca lui parle de cette fameuse commande de Lorenzo dont elle ignorait tout. Que son ancien amant ait payé une fortune pour l'avoir toute nue devrait l'horrifier, mais pour sortir Botticelli de sa mélancolie, elle ne s'offusque de rien. Certes, Luca trahit, il a une confiance infinie en elle. Ils œuvrent dans la même direction.

— Et tu veux que je m'impose comme ça, un beau matin, toute nue dans l'atelier et que je lui donne

l'ordre de me peindre, ça risque de lui déplaire, non ?
Bon, je trouverai. Crois-tu que tu puisses arranger un
coin fermé, un peu intime et surtout bien surveillé,
qu'on n'y entre pas comme dans un moulin ?

Ils se mettent d'accord sur tout. Elle viendra demain. Elle saura quoi dire. Comment présenter les
choses sans compromettre Luca dont Botticelli a trop
besoin. Filleule et neveu mettent un point d'honneur
à leur solidarité.

Drôle d'époque. La cité semble éprouver le sentiment de sa précarité, comme la rumeur d'une malédiction. On se croirait à la veille d'événements bouleversants qu'on ne saurait dire. Des prédicateurs de
tous bords prêchent même dans les rues des bouleversements terrifiants qui vont jusqu'à ébranler le
pouvoir occulte des Médicis. Le style des prédications varie d'un lieu à l'autre. Mais globalement s'impose un ton impétueux, rocailleux et menaçant qui
commence à semer la panique. Une sorte de répéti-
tion générale de ces mouvements a déjà saisi Florence, il y a dix ans, quand Botticelli peignait son
Saint Augustin. Ses résistances à toute forme d'occultisme avaient eu raison de la curiosité, et même des
séductions que ce climat ésotérique exerçait sur
Sandra. Pourtant, si l'on veut s'en souvenir — ce que
Botticelli refuse — la vieille sorcière avait bien prédit
le *Printemps* et la gloire !

Cette fois encore, Sandra est assez sensible à ces
formes poétiques de l'alarme, surtout quand elles
tombent de la bouche de Pic de la Mirandole. Même
si c'est à ça qu'elle songe en se rendant chez Botticelli, elle évite de lui en faire part. Elle vient en

filleule. Sans rien des forfanteries des dernières fois, quand elle lui demandait son aval pour lui chiper son amant. Ingénument, et avec toute la félonie des filles qui y sont réduites pour sauvegarder leur liberté. Depuis qu'elle a cessé de se rendre chez son parrain, ils ne font que se croiser en public. Mais il ne sort plus. Depuis trois mois, ils ne se sont pas revus. Aussi a-t-elle une bonne raison d'aller chez lui sans se faire annoncer, elle s'inquiète. Elle vient en repentie, consciente d'avoir abusé.

— C'est ma faute, si on ne s'est pas vus depuis tout ce temps.

Dans le rôle de la victime repentante, elle est parfaite. Persuadée que Botticelli ne saura y résister, lui, le défenseur de tous les animaux maltraités, ne peut laisser à la porte sa petite filleule qui implore son pardon.

— Si je ne suis pas venue tout ce temps c'est parce que j'avais honte…

Il doit comprendre sans qu'elle ait à expliciter davantage. Il comprend. Ensuite, elle se plaint.

— C'était vraiment trop dur d'être privée de toi si longtemps. Je n'y tenais plus, d'où mon intrusion aujourd'hui.

Elle veut pouvoir revenir, elle a trop besoin de lui. Et avant tout, besoin qu'il lui pardonne.

— Je sais. Je n'aurais pas dû. Mais j'ai cru que ce pouvait être un jeu. Oui. Lorenzo, un jeu. C'était mal. Tu avais raison.

Elle essuie une larme. Dans l'instant, elle est d'une totale sincérité, même si ses sincérités successives se contredisent un peu. Botticelli ne comprend qu'une chose. Si lui va mal, c'est un mal qu'il connaît bien, dont il a une assez pénible habitude. Là, sa filleule a l'air de souffrir. Et l'appelle à l'aide. C'est la première fois. Que voulez-vous qu'il fasse ? Il ne peut que la prendre dans ses grands bras vides. Et la consoler silencieusement, ce qui a le don de faire couler ses larmes. Et les voilà, comme deux idiots, pleurant dans les bras l'un de l'autre, leur même amour morte et le vide de leur vie. Sandra est absolument convaincue par son propre discours, même si la veille, elle s'endormait en rêvant de Pic, aujourd'hui elle se sent telle qu'elle se décrit à Botticelli. S'ils se trouvent à peu près dans le même état, Botticelli ne peut oublier que Sandra a vingt-sept-ans, et lui bientôt quarante-deux. Au milieu de leurs larmes, ils se sourient. Ils font la paix. Il n'a jamais été question de guerre entre eux. Juste d'un trop long silence. Même, Botticelli s'excuse.

— Pardonne-moi. En ce moment, j'ai la larme facile. Je suis assez désemparé. En vérité, je ne sais plus au nom de quoi continuer comme ça.

Ces mots ont le génie de la faire monter sur ses grands chevaux. Fille de Lucrezia, elle sait comment parler à l'artiste qui doute.

— À quoi bon ? Mais pour peindre ! Pour peindre ! Pas pour toi, mais pour le monde entier. Grands dieux ! Souviens-toi de qui je suis la fille. N'oublie pas. J'ai à peine connu mon père mais j'ai ses œuvres et grâce à elles, je sais de quoi était fait cet homme. Et tu as des états d'âme ! Mais de ça, le monde se fiche éperdument. En revanche, de tes œuvres, il en a besoin, le monde ! À propos — ajoute-t-elle à dessein grossièrement —, où en est ton tableau de moi en Vénus ? Tu ne crois pas qu'il serait temps de t'y mettre ? Avant qu'il fasse vraiment trop froid pour que je puisse poser en tenue d'Ève.

Botticelli, que le chagrin de Sandra a réellement pris au dépourvu, et donc déstabilisé, ne se demande pas comment elle est au courant de cette commande plutôt infamante pour elle, il s'en fout. Il sait Florence la cité la plus médisante d'Europe. Docilement, il se laisse ramener par elle au chevalet.

— Pour que je me mette toute nue, il faut que tu me construises un abri comme pour Simonetta.

Elle l'a toujours enviée. Enfin, elle la remplace. Après tout, passer quelques journées face à elle, dans cette étrange intimité que crée « la geste » de poser pour un modèle, et de peindre le vivant pour l'artiste, peut-être que ça le distraira. Là où Luca lui lisant le *Paradis* des heures entières n'y est pas parvenu. Sandra et sa liberté, Sandra et ses folles exigences, Sandra et sa tendresse tranquille feront, peut-être mieux que Dante, diversion à sa peine.

— Alors, c'est d'accord ? Demain ?

Elle vient, elle pose et c'est tout de suite un autre temps présent, plus habité, plus vivant.

Elle est nue. Elle est somptueuse. À couper le souffle. Sandro se surprend à regarder son corps comme celui d'une femme, et pas seulement celui d'un modèle. Il n'a jamais eu cet œil-là. Même avec Pipo ou Lorenzo, il a toujours fait attention de séparer les genres. Quand il s'agit de son art, il a instinctivement le regard scalpel, qui ausculte plus qu'il ne voit, qui mesure, qui soupèse, qui éclaire et isole ce qu'il observe. Un regard d'une infinie cruauté qui enjambe littéralement les âmes pour se fixer sur la substance. Un regard qui dérange le modèle au début. Elle est trop splendide, il a du mal à rester ex-térieur. Il faut qu'il commence par la contempler telle l'œuvre d'un grand confrère. Un léger frisson sur la peau de la jeune femme qui pose avec une immobilité de statue, et il s'inquiète qu'elle n'ait froid…

Une semaine que Sandra vient tous les jours de onze heures à seize heures. Les journées raccourcissent, les heures de bonne lumière sont de plus en plus brèves. Sandro se prend à le regretter. Miracle. Il ne se traîne plus, lamentable, de l'aube au couchant. Il attend, il espère l'heure de la pose.

Sandra a gagné, elle le distrait. Elle repousse la crise. Il n'est déjà plus si apathique, il s'intéresse de loin aux colportages de la ville dont Sandra se fait l'échotière talentueuse, elle a l'ironie à fleur de peau. Mais elle ne va pas poser toute la vie. Un jour, il aura achevé *La Naissance de Vénus* — car c'est finale-ment à ce thème que Botticelli s'est arrêté — et elle y sera absolument nue, comme on ne l'a encore jamais été sur un tableau. Seuls ses cheveux la voile-ront par endroits. Souvent Sandro vient à elle ajuster une mèche, rectifier le bras de son modèle, redonner à ses boucles leur mouvement. C'est là que le désir fou de Sandra reprend vie. Chaque fois que, pour des raisons techniques, Botticelli l'effleure, elle meurt d'envie de lui voler un baiser, ou mieux, que ce soit lui qui, négligemment, pose un baiser sur ses lèvres, comme ça, l'air de rien, en passant. L'intimité telle-ment étrange de la pose ranime les désirs de son ado-lescence, quand elle croyait impossible d'aimer un autre homme que son beau parrain. Elle le trouve toujours aussi beau. Elle en oublie Pic de la

Mirandole. Botticelli à nouveau occupe ses rêveries, ses désirs.

Désormais, il a moins peur des sentiments fougueux qu'elle éprouve depuis toujours, et continue d'exprimer devant lui. Son pouvoir de chasser la mélancolie lui donne une nouvelle assurance. Aujourd'hui, elle est celle qui a éloigné cette tristesse terrible. Quand le chagrin l'accable et le sépare du monde, on ne sait jamais si ça ne sera pas pour toujours. Aussi, chaque fois qu'il en réchappe, est-il sujet à des accès d'exaltation incontrôlée. Sandra est ravie d'en faire les frais.

À quoi songe-t-il quand, soudain content d'un trait précis de son travail, d'une note bleue particulièrement réussie, il attrape son modèle, toujours nu comme Ève, et l'entraîne dans un tourbillon de danse effrénée ? Il doit bien se douter que le frottement de ce corps déshabillé contre la rigide bure du peintre ne la laisse pas indifférente, qu'elle en pense, ou du moins qu'elle en ressent quelque chose. Il ne voit rien, ou bien le feint-il ? Il a vraiment l'air de ne pas considérer qu'elle aussi pèse son poids de désirs. L'ignore-t-il exprès ou ne se rend-il pas compte ? Elle sait qu'il n'aime que les hommes. Elle a assez fait parler son frère sur cette sombre attirance des hommes entre eux, sur leurs bizarres pratiques. Là pourtant, elle est certaine de pouvoir l'amener chez elle, comment dire ? Sur son territoire intime. Elle est femme sans mignardise. Elle n'a pas de ces préciosités si communes à Florence. Elle pratique l'honneur et la vertu, au sens du courage latin, comme un homme. D'ailleurs s'il était besoin de preuves, son statut de célibataire est le seul désirable, le seul vivable, mais le plus difficile à tenir aujourd'hui pour une femme à Florence. Il faut qu'elle lui apprenne qu'elle aussi a des désirs. Il est si visiblement heureux de sa présence qu'elle peut risquer quelque audace. De toute façon, a-t-elle le choix ?

Ce jour-là, en lui disant bonjour, elle cherche la commissure de ses lèvres. Elle se déshabille, mais oublie exprès un collier noué autour de son cou. Il devra lui ôter lui-même. Seule elle ne peut pas. C'est décidé. Et quand elle l'aura de la sorte attiré jusqu'à son corps nu, elle s'emparera du sien. Plan qu'elle exécute point par point jusqu'au moment où il recule, effrayé.

— N'aie pas peur. Je t'aime. Je t'aime. Laisse-moi faire. Laisse-toi faire. Elle commence à remonter sa grande robe d'artiste sous laquelle lui aussi est nu. Elle ne lui ôte pas. Elle comprend à sa gêne ramassée sur lui-même, qu'il est plus farouche qu'un couvent de nonnes. Elle laisse juste aller ses mains sur sa peau nue. Elle caresse comme personne, lui ont dit ses amants, et elle aime caresser. Sa peau est douce comme celle des filles. Sauf aux coudes et aux genoux. Comme un petit garçon batailleur.

Après un long temps de caresses de tout le corps, elle ose enfin approcher son sexe. Il crie, pire qu'une fille. Il pousse un petit cri horrifié.

— Qu'est-ce que tu fais ? Sandra. Tu es folle !

— Laisse. Je sais ce que je fais, ferme les yeux. Fais attention, je vais t'embrasser.

Le voilà qui recule. Elle ne le lâche pas. Il se débat. Il est ridicule, il ne peut tout de même pas surgir de son coin d'atelier pour appeler au secours, poursuivi par une femme complètement nue, et qui en veut réellement à sa vertu ? La vision diabolique de la scène comme Sandra la lui brosse l'achève. Vaincu, il s'allonge sur le divan aux chats. Elle s'agenouille entre ses jambes et entreprend de le faire grandir. Avec ses mains qui s'aventurent partout, et sa langue qu'elle enroule, serpentine autour de son sexe. Elle le choque à nouveau, sans plus songer à fuir. Il la laisse faire. Elle est aussi douée qu'un garçon des rues. Il est de plus en plus troublé, différentes images d'elle se superposent sur sa rétine. La dernière, celle de la Vénus en cours, miraculeuse, plus belle que tous les garçons réunis. Il est assez honnête pour le reconnaître. Assez vite, ses mains et son audace ont raison de ses ruminations de vaincu, il faut lui céder, et se concentrer sur ce qu'elle sollicite en lui d'inédit et de troublant.

Elle s'empare de lui au point où son corps le relie au monde. Sa vision du monde est en train de s'inverser. Il est passif, complètement, elle s'agite pour son plaisir. Il subit comme un affront ce qui le fait pourtant frissonner de joie. Étrange. Elle le fait grandir, comme si ça n'était pas elle. Comme si ça n'était pas lui. Elle le tient dans sa bouche tout entier, elle pourrait l'avaler. Il a moins peur. Ses mains sur ses cuisses le rassurent un peu. Entre ses mains, il n'est plus qu'un très petit garçon qui pleure au fond du puits. Ses caresses le réconfortent d'un vieux chagrin immémorial. Il se laisse faire. Tout à sa propre surprise. Il ne s'attend jamais à la trouver où elle le saisit. Elle ose s'emparer de lui de mille façons. Elle sait tout des jeux de langue, le mouiller, le lécher, le sucer, le faire gonfler, gonfler, grandir, et jouir, jouir, exploser, jaillir…

Serrer les lèvres, retenir son cri mais tomber, s'abandonner, n'en plus pouvoir, et en vouloir encore. Délivré de tout remords, de tout principe, libéré par la jouissance. Nue, elle se met alors à le déshabiller. Jusque-là tout s'est déroulé en secret, sous la bure. Là, après l'avoir fait tressaillir au point de le désarmer tout à fait, elle le déshabille. Ça n'est pas fini ? Elle recommence lentement à le caresser de la nuque aux chevilles. A-t-elle seulement cessé ? Il est trop bouleversé pour rester conscient. Sa bouche encore s'empare de ce grand corps tout frissonnant et sans défense. Il va devoir l'aimer à son tour. Il va bien arriver à rendre Sandra heureuse ? Elle s'y emploie avec la vaillance des grandes amoureuses. Il est chaviré par l'habileté désintéressée de sa langue. Elle le roule, le déroule, s'enroule à nouveau, lui fait battre le cœur et à nouveau grandir dans sa gorge. Elle a des mains si agiles qu'on lui en prêterait beaucoup plus de deux. Elle sait les replis les plus reculés, les plus sensibles, les moins abreuvés. Elle sait les caresses qui annihilent toute volonté. Elle connaît toutes les ruses d'un corps que la peur commande encore un peu. Elle lui attrape la main, sa longue main aux doigts tachés de bleu d'outremer et de blanc de céruse, elle la dirige vers son ventre, il ne se rétracte pas. Il se laisse guider, docile. Elle lui fait visiter son sexe bien caché sous sa toison vénitienne. Elle fait glisser sa main des grandes aux petites lèvres, puis la fait entrer en elle. Lentement. Très. Elle l'initie délicatement à son sexe de femme dont elle se doute qu'il n'en a jamais connu. Elle est à la fois très précise et économe de ses gestes. Sûre d'elle et de ce qu'elle dessine avec ses mains, son souffle, sa langue, ses baisers. Infiniment délicate. Rien ne doit le heurter. Elle devine ses réticences. Elle est prête à l'accueillir en elle, mais elle sent qu'elle doit l'y amener, il peut fuir encore si elle ne le rassure pas davantage. D'une infinie patience érotique, lascive, offerte mais jamais passive, elle sculpte son sexe de satin afin qu'il soit assez fort pour s'enfoncer en elle comme dans un écrin désiré.

Elle ne le lâche pas un instant. Elle lui murmure les onomatopées de l'amour. Sans rien laisser dépasser qui risquerait de l'effrayer, elle connaît les images folles que les hommes entre eux se font du plaisir féminin, jamais loin de la sorcellerie, elle l'apprivoise, elle l'amadoue, elle ne laisse rien aller de trop féminin. Elle se contente de frotter ses deux seins contre l'étendue du corps de l'artiste, histoire d'étonner ses sens par un toucher inédit pour lui. Elle a peur de l'encombrer. Mais elle veut le faire jouir encore, et cette fois elle tient à sa part d'émoi.

Entre ses cuisses humides, assise sur lui comme pour l'empêcher de fuir, elle maintient son sexe dressé comme un exploit. Elle remonte lentement le long de son corps afin de mettre sa dague de chair en regard de son fourreau satiné, elle est proche du soleil, elle serre les cuisses pour le garder serré sous elle. Elle ne lâche pas son sexe, elle veut qu'il vienne la visiter au profond, tout au fond d'elle. Il n'ira jamais de lui-même, il ignore tout des femmes, il a sûrement encore peur. Il lui faut donc tout inventer, le désir rend les femmes intelligentes. Sandra est pleine d'imagination. Quand elle le sent tout gonflé d'amour, à n'en plus pouvoir, d'un coup de rein violent de bonne cavalière qui redresse sa folle cavale, elle s'empale sur lui. Elle a plaqué ses mains sur ses épaules, pour le tenir à l'horizontale. Elle l'empêche de se redresser. C'est trop tôt pour voir. Qu'il ferme les yeux et se laisse embarquer vers les étoiles. Elle l'enserre de ses cuisses ferventes et actives, qui impriment un mouvement d'avant arrière qu'il ne peut que subir. Elle délace son étreinte pour glisser ses mains sous ses fesses. Et accélère la danse. Il épouse son tempo, les yeux toujours clos. Mais il la suit ! C'est une victoire formidable. Elle a presque gagné, il faut encore qu'elle jouisse en même temps que lui, se dit-elle pour ne pas l'effrayer par la violence de son plaisir. Les va-et-vient s'intensifient, elle presse ses cuisses de chaque côté de son corps tendu en elle. Elle ferme enfin les yeux, il ne la lâchera plus, il s'est mis à remuer avec elle. Elle peut s'envoler. Après une folle cavalcade précipitée, elle vient mourir sur son cœur. Comme une haute tour s'effondre, elle s'abat sur la poitrine de Botticelli essoufflé et comblé. Cette fois, elle a gagné. Il a joui en même temps qu'elle, une seconde fois. D'une femme, dans le ventre d'une femme. Il a peut-être toujours aussi peur ou peu envie des femmes, mais au moins une première fois a eu lieu. Pas peu fière de son exploit, Sandra. Elle l'a fait revivre, affolé, bousculé, conduit aux bords extrêmes de l'anéantissement dans le plaisir, lui Sandro, avec elle, une femme. Oui… fière, vraiment. Il est encore en elle quand, lovée dans son cou elle se promet de recommencer très vite. Ne pas lui laisser le temps de s'éloigner dans la peur, la honte ou le remords, ou pis se reprendre, se barricader contre elle. Ainsi dans son cou, pendant que son sexe diminue et glisse d'elle comme un oiseau de son nid.

— Je sais. Tu vas me dire que tu es mon parrain. Je sais, tu vas invoquer notre différence d'âge. Je sais, tu risques même d'évoquer ma mère ou mon père, la confiance trahie… ou pis, mon frère, mais rien de tout ça ne tient face à ce que je ressens pour toi. Tu comprends, moi, ça fait des années que je t'aime et que je t'attends. Essaie un peu de me convaincre que c'est mal l'amour qu'on s'échange ici. Selon Dante, on vient juste d'entrouvrir la porte du Paradis. Maintenant il va falloir la pousser pour l'ouvrir en grand et avancer. Ça n'est pas le plus facile.

Elle continue pour elle dans sa tête. Sur la pointe des pieds. Y aller sur la pointe des pieds… il est encore convalescent de la crise qu'elle était venue lui épargner. Il va falloir lui tenir la main et le guider encore un moment avant qu'il ne s'enfonce en elle par sa seule volonté.

Elle le regarde se renfrogner tout cuirassé de gêne. Elle vit un rêve. Lui un drame. Cette première étreinte lui a mis la tête à l'envers et tous les sens en émoi. Elle a aimé le plaisir qu'elle lui donnait, qu'elle lui arrachait, qu'elle lui offrait. Elle a adoré prendre toutes les initiatives. Son plaisir fut décuplé d'être par elle seule dirigé, au point qu'elle se dit que les hommes ont bien de la chance d'être toujours actifs, de prendre les devants, les risques mais aussi les hardiesses. Ça redouble les sensations de les provoquer avec autant de fermeté dans la décision, d'énergie dans l'action. Elle recommencera. Lui en laisse-t-il le choix, ce n'est pas demain qu'il va lui sauter dessus, le sexe en gloire.

À nouveau, Botticelli est débordé par le plaisir qu'impétueuse et tendre, elle lui arrache d'abord doucement puis qu'elle exige de partager. Il la regarde faire comme s'il était quelqu'un d'autre, jusqu'au moment où à son tour, il n'y tient plus. Il cède. Il a véritablement — bien davantage qu'avec les garçons — l'impression de lui devoir son plaisir, de dépendre totalement d'elle quant au plaisir. C'est terrible, les filles.

Chaque matin quand elle arrive, il est déjà sur son panneau, il peint la *Naissance de Vénus.* Elle se dénude derrière le paravent, afin de ne paraître que totalement nue. Pas de demi-mesure entre eux. Il peint. Il la peint. Il la regarde comme il ne l'a jamais regardée, sans doute même jamais vue, comme une femme qu'il possède, qu'il désire, qui le devance pour le combler. Il est éperdu de reconnaissance et de quelque chose d'autre qu'il ne se décide pas à appeler amour. Ce matin, quand elle est arrivée, il peignait la mer avec la désinvolture de qui n'a plus rien à prouver. L'écume de mer ressemble à des dessins d'enfant, ce qui souligne l'extrême sophistication de Vénus. Après il fera les arbres… Quand elle arrive, il la fait, elle, il la reprend sans cesse, elle, il y a toujours un détail qui le surprend, qu'il n'avait pas repéré. Et si c'était vrai de tous ses modèles ? S'il ne les avait jamais vus comme il regarde désormais Sandra ? Éperdument. Jusqu'au point où quelque chose de son corps bien au centre attire trop son œil, au-delà de son œil. Son sexe devient obsédant, comme s'il y avait un secret caché dedans. Il aimerait s'avancer vers elle, et tout seul, percer ce secret qui le provoque exprès. Alors qu'il peignait autre chose. Une énigme à percer à jour. Son pinceau n'y suffit plus, il met sa langue, ses doigts, son sexe et encore ses doigts, il trouvera. Il n'ose pas encore, il sait qu'à un moment, elle va se mettre en mouvement, elle va quitter la pose pour se diriger vers lui d'un pas aérien, flottant comme dans ses tableaux, s'agenouiller. Et l'engloutir. Il voudrait prendre, mais il ne rêve que d'être pris. Il désire autant qu'il redoute cette seconde où elle s'empare de lui sans qu'il y puisse mais. C'est plus fort qu'eux, dirait un observateur extérieur s'il existait. Alors il succombe à ses caresses à son corps défendant, mais qui ne se défend plus. Et même il n'attend plus que ça, chaque jour. Tant pis pour le jour du Seigneur où les ateliers sont fermés. « Le panneau est en retard. » Le dimanche aussi, il veut qu'elle le prenne.

Il la trouve de plus en plus belle. C'est vrai, le bonheur amplifie sa beauté. Magnifiée, sa peau, par les teintes qu'il doit inventer pour être à la hauteur de l'original. Il la pare de ce qu'il sait le mieux faire, ses traits, sertis d'amour, ses couleurs sont éclairées de l'intérieur. Mais le plus souvent le modèle dicte sa conduite à l'artiste. Docile et content de l'être, il se laisse guider jusque dans l'admiration qu'il lui témoigne. Elle le subjugue, elle l'envahit, elle l'occupe tout entier. Elle est l'amie, la maîtresse, la femme, la confidente idéale du peintre. Elle s'est préparée à ce rôle toute sa vie. Botticelli trouve plus confortable de l'ignorer. Son esprit est l'un des plus brillants de Florence. Il aime tout d'elle. Son esprit bien sûr, mais aussi son corps, et les mille façons qu'elle a de s'en servir pour le faire jouir. Il devient dépendant de ses caresses, de son désir, de son abandon. Elle ne lui refuse aucun plaisir, elle se donne aussi à lui comme font les garçons. Elle le comble chaque jour un peu plus. Il a peur. Jusqu'où cela peut-il aller, de plus en plus d'amour et de plaisir, c'est trop. C'est dangereux. Il ne va tout de même pas tomber amoureux d'une femme ? De sa filleule ? De la fille de son maître ? Après avoir adoré son frère ? Il a honte ! Mais elle le rassure si bien par ses gestes, par ses mots, par son amour qu'il n'en doute plus : il s'agit d'amour. Elle l'en convainc, elle l'aime depuis si longtemps. Elle lui apprend juste à en faire autant. Et ça marche. La mélancolie s'évanouit derrière les collines de Florence. Les chats font fête à Sandra dès qu'elle arrive. Un accord tacite semble l'unir à Luca qui veille à ce qu'ils ne soient jamais dérangés. D'un incendie même, il préserverait leur intimité. Et Botticelli se détend, Botticelli s'étire voluptueusement, Botticelli n'a plus peur, de moins en moins. Botticelli est heureux.

— J'ai bien entendu : heureux ? Tu es heureux ? Et je n'y suis pas absolument étrangère ? C'est merveilleux, viens, je vais t'aimer.

Il est affolé par ses mains qui toujours plus ingénieuses sous la bure semblent avoir la mémoire de ses intimités les plus délicates.

Ça lui donne du courage ce mot de bonheur qui rebondit sur les murs de l'atelier comme si les chats jouaient à la balle avec.

— Non. Aujourd'hui c'est moi qui vais t'aimer.

Botticelli ôte sa bure lui-même, et pour la première fois depuis un mois qu'ils font l'amour, tous les jours, même le dimanche, Botticelli s'allonge sur Sandra.

Relève lui-même ses cuisses et la pénètre comme on cueille la plus belle fleur de son jardin. C'est aussi simple que ça ? Tendrement, elle écarte les lèvres de son sexe, et lui montre la fleur en question. Celle qu'il fait éclore chaque fois qu'il l'effleure.

— Clitoris, disaient les Grecs : c'est tout petit, mais ça jouit aussi haut et fort que ton sexe si long, si beau. Chez moi, c'est très petit mais ça fait des décharges aussi violentes que les éclairs des orages de chaleur. Tu m'embrasses là, et tu viens en moi. Alors on s'élance ensemble au plus fort.

Elle lui apprend les méandres du corps des femmes, et comment elle aime être aimée. Il se soumet à tout ce que désire Sandra. Il est fou d'elle. Il se sent des instincts de possession envers ce corps qui se met à étinceler sur son panneau. Le reste autour d'elle se stylise, la mer n'est plus qu'une convention de mer, les vagues des impressions d'écume, le ciel et la nacre du coquillage d'où naît Vénus ont les teintes les plus transparentes que sa palette ait jamais inventées. Ce qui emplit le panneau autour de Sandra n'a plus pour fonction que de célébrer le corps et le visage de Sandra, l'exalter et la glorifier. Elle est de plus en plus nue, la Vénus, de plus en plus désirée, l'œil du peintre voit toujours Sandra en train de le chevaucher, il la fige sur le panneau mais pour lui elle remue encore. Elle le rassure.

— Je suis très nue, c'est vrai. Tu as osé ce que personne encore n'a osé, mais le sourire triste dont tu m'affubles minimise cette nudité. L'air mélancolique que tu me prêtes et qui t'appartient, affaiblit l'effet de la nudité. Puis tu n'as qu'à ajouter quelques personnages mythologiques rigolos, sur les côtés, comme tu sais faire quand tu te moques. J'adore ton Zéphyr les joues toutes gonflées de l'air qu'il souffle pour faire le vent. Il en faut bien deux pour pousser la Vénus sortant de sa coquille sur le rivage des hommes. Celle qui va offrir l'amour aux humains, et donc la peine, mérite bien un peu d'aide, tu peux y aller. Plus tu me feras chargée de peines et de pensées, plus tu atténueras l'effet de la nudité.

— J'aime ton ventre, je ne veux pas en amoindrir l'effet.

— Rassure-toi, tu ne me livres pas non plus à la concupiscence du spectateur. Tu leur assènes juste très gentiment qu'en naissant, déjà, ils n'étaient pas innocents. Regarde ce que tu as fait : j'ai l'air de naître en toute connaissance de la douleur à venir. La nouveauté de ton panneau est là, plus encore que dans la nudité. Le déni de l'innocence originelle. Vénus porte le plaisir et la peine au monde. Elle le sait, et à sa façon de nous regarder, elle nous en avertit. Avec toute la tendresse que j'ai pour toi et que tu as réussi à me voler. Seule sur les flots imaginaires, elle prend une dimension tragique, ta Vénus. Elle a cet air de drame qui couve dans ces prophéties qui jonchent les rues de Florence et terrorisent le *popolo minuto.* On dirait qu'un concours de dramatisation est ouvert. Il y a un peu de menace dans ta Vénus. Ça rend sa nudité secondaire. Mais tu devrais quand même me mettre quelques compagnies autour. Une Flore, qui rappellerait à la déesse née de l'onde les joies de la terre, tu vois…

Elle ne finit pas sa phrase, elle la lui jette au visage en s'engouffrant dans ses bras. Elle a une intimité avec son corps qu'elle n'a pas avec l'artiste. Son talent l'intimide. Ces choses cachées qu'elle lit dans ses panneaux, et dont visiblement il n'a pas toujours conscience, elle n'ose les lui livrer.

Pourtant elle est sans doute la seule femme capable de parler peinture avec les artistes. Tombée dans la marmite à la naissance, elle a aussi beaucoup écouté. C'est principalement aux sens de Sandro qu'elle parle en privé, qu'elle tutoie comme personne avant. Elle l'aime follement, et il n'est pas contre.

Que rêver de mieux ? Que ça continue. Ça continue.

Ils passent l'hiver enlacés et épris, surpris de l'être autant. Amoureux et amants. Botticelli n'est même plus étonné. C'est ainsi. Même si Sandra a toujours été là, maintenant, elle est là autrement et c'est pour toujours. Si seulement ça pouvait être si simple. Livré à sa solitude, le soir, il ne peut s'empêcher de penser qu'il a trahi Lucrezia, qu'il fait tous les jours l'amour à la fille de la Sainte Vierge. Oui, pour lui aussi, cette légende s'est imprimée dans son âme. Même s'il n'est pas un grand croyant, il a l'impression de blasphémer.

« La sœur du petit Jésus, en prime », se dit-il alors, pour se moquer de lui-même. L'évocation de Pipo depuis qu'il aime sa sœur est à nouveau douloureuse, comme si elle l'avait rapproché de lui, autrement qu'hier. Sa gêne envers lui est profonde. Il fait l'amour à la sœur de son plus grand amour qu'à sa façon, il aime toujours. Cette liaison qui tout le jour le comble le torture chaque nuit.

CHAPITRE 19

Le désespoir de la Naissance

— Je n'ai jamais été aussi heureuse. Sandro, tu es un rêve. Tu ne sais pas à quel point. Je t'aime encore plus aujourd'hui que tous les jours de ma vie accumulés. Et tu sais comme c'était fort quand j'étais petite. Là, c'est plus grand, plus haut que tout. Tu m'as faite femme, tu m'as fait fête, tu m'as fait joie. Rien n'a jamais égalé pareil bonheur. Des larmes de joie me viennent, regarde, il me coule des rigoles de joie. Je t'aime à n'y pas croire, je t'aime à n'en plus pouvoir. Et ça me fait forte, et ça me fait libre, et ça me fait belle, et grande. Jamais je n'ai été si sûre d'avoir raison, d'être enfin dans le juste, le vrai. Ah ! Sandro, ce qui nous arrive est merveilleux…

Et la jeune femme en pleurs se jette dans les bras émus de l'homme qui n'est pas sûr de tout comprendre. Lui-même est coutumier des subites exaltations, il prend celle-ci comme une des siennes, Sandra a soudain une bouffée d'amour qui la fait vaciller. Elle a besoin d'un garde-fou, il est ravi de l'être, de la recueillir dans ses bras qui n'ont au fond pas mieux à faire. Il en est très heureux, mais moins qu'elle : elle semble au comble de la félicité. Il en profite pour être audacieux. Elle se laisse déshabiller, embrasser, pénétrer, aimer, aimer, très vite, très fort, c'est fulgurant. Tous deux se rejoignent presque instantanément aux plus hautes crêtes du plaisir. Puis content et épris, et content de l'être autant, Botticelli retourne au chevalet.

— Je veux te peindre épuisée de joie, tout emplie de moi et de plaisir…

— Tu ne veux pas savoir ce qui me rend si heureuse ?

Botticelli est interloqué. Il faut des motifs au bonheur aujourd'hui ? Il est désormais sûr que leur amour est mutuel, comme jamais avec un garçon. Il est sûr que des sentiments réciproques les rassemblent et les précipitent sans cesse l'un contre l'autre. Cette certitude suffit à son bonheur, que pourrait-il y avoir de plus, de mieux que ce qui se renouvelle chaque jour.

L'hiver touche à sa fin. Mars bourgeonne. *La Naissance de Vénus* est achevée, elle n'est plus que prétexte à retouches et à étreintes. À rendez-vous chaque jour.

L'Arno charrie à nouveau ses promesses de bonheur solaire. Depuis Castello, Botticelli sait qu'il aime la nature. Ils vont bien trouver à se faire prêter une maison à la campagne pour fuir la fournaise de Florence. Botticelli rêve d'une île de verdure où cacher ses amours avec Sandra. Un endroit fleuri où s'aimer en plein air.

La rumeur autour de sa *Naissance de Vénus* a fait monter le désir de chacun, tous en ont entendu parler, ils connaissent quelqu'un qui l'a aperçue.

Incroyable, paraît-il, du jamais vu, de la beauté qui coule de source... Avant d'être achevé, avant d'avoir même été montré, c'est un chef-d'œuvre unanimement loué. On leur prêtera une villa de verdure.

— Je t'aime. Tu m'aimes. Le printemps revient. Que peut-il y avoir de plus heureux au monde ?

— Grand nigaud. Réfléchis.

— Je ne vois pas. Embrasse-moi plutôt.

— Attends, apprends à compter. Toi plus moi, ça ne fait pas que le *Printemps*. Et figure-toi, qu'il n'y a pas que toi sur terre capable de fabriquer des Naissances.

— Que veux-tu dire ?

— Mon ange d'amour. Ce que je veux te dire, c'est que là — et elle pose la main de Botticelli sur son sexe — là exactement, d'où tu sors à l'instant, tu as déposé une graine de petit d'homme qui pousse en moi. Toi tu me reproduis sur tes panneaux, moi je nous reproduis dans mon ventre. Mais qu'est-ce que tu as ? Sandro qu'est-ce qui t'arrive ?

Botticelli a blêmi. Il est passé d'un coup au blanc de céruse. Et il a glissé dans l'inconscience. Il s'est proprement évanoui quand Sandra a fait remonter sa main de son sexe à son ventre, ce nouveau nid. Il ne bouge plus. Il ne répond plus.

Elle se rhabille en courant, et appelle Luca. Aussitôt il s'agite autour de ce grand corps inanimé, étendu de tout son long à même la dalle de l'atelier, dans la posture du gisant. Sandra est à la fois très inquiète et assez fière. Ainsi l'annonce de sa paternité a causé à Botticelli un choc considérable. Elle redoutait son indifférence, sa désinvolture d'artiste libre et

autonome. Elle est contente. Mais qu'il revienne à lui
et à elle. Ça suffit comme preuve d'intérêt. Qu'il se
réjouisse autant qu'elle, avec elle, qu'il l'embrasse, la
félicite, crie de joie. Et cesse de simuler la mort. Luca
se résout à jeter un verre d'eau au visage de son
oncle. Qui rouvre enfin les yeux. Rien d'autre ne
bouge. Il voit Sandra. Il cligne des yeux. Deux larmes
roulent le long de ses joues. Pas un geste, pas un mot,
juste deux larmes. Sandra fait signe à Luca qu'il peut
retourner vaquer dehors.

Elle s'allonge le long de lui. Elle sent alors qu'il
tremble de la tête aux pieds. Un lent tremblement
sourd comme intérieur.

— Mon amour tant ému, ce n'est rien. C'est la vie,
c'est l'amour, c'est ce qui pouvait nous arriver de plus
merveilleux. Tu sais, je n'y avais jamais pensé, avant
de savoir. Je n'avais jamais envisagé une chose aussi
folle. Mais quand j'ai compris que j'attendais un enfant de toi, j'ai su que je n'avais jamais rien espéré
d'autre.

— Es-tu absolument sûre ? Comment l'as-tu su ?

Sandra lui prend la main, la pose sur son sein et le
force à le soupeser.

— Tu vois ? Il se gonfle déjà de lait. Je ne peux
douter. Ne t'inquiète pas, les femmes savent de toute
éternité reconnaître la vie qui se met à battre en elles.

Brutalement, Botticelli a lâché son sein, un rictus
de douleur a contrarié tous les traits de son visage.
Sandra l'interprète comme une douleur physique.
Elle croit qu'il se sent mal. Alors elle ne doit pas l'encombrer. Sa grande joie suffit à l'alimenter ; elle n'a
pas tant besoin qu'il la partage si tôt. Elle peut encore
en jouir en solitude.

300

— Tu veux que je t'aide à te coucher, ou tu préfères que j'appelle Luca ?

— Pardon, mais là je ne peux rien faire. Laisse-moi. S'il te plaît.

— Je repasserai prendre de tes nouvelles…

Elle lui embrasse les deux mains, et, de la porte encore, lui envoie un baiser. Elle flotte de béatitude. Elle s'envole littéralement de l'atelier.

À peine est-elle sortie que Botticelli se redresse et s'arrache les cheveux. Marche de long en large, gémit comme un malade. Malade de terreur. D'incompréhension. Le malentendu est total, l'écart entre eux infranchissable. Tétanisé par l'annonce de l'enfant, tout son corps se rétracte. Son âme, n'en parlons pas, elle fait eau de partout, il n'y a plus à l'intérieur qu'un enfant terrorisé. La joie bavarde de Sandra a encore une fois couvert les hurlements de terreur, comme faisaient les jacassements de sa mère quand il était petit. Les femmes font du bruit pendant que les hommes souffrent. C'est irrémédiable. Les femmes donnent la vie pour ne plus s'en soucier ensuite. Par inadvertance.

Après une crise d'angoisse comme il n'en a plus eue depuis l'enfance, il s'endort comme une bûche.

Il l'a entendue revenir. Il a continué à faire semblant de dormir. Que dire, comment dire non pour qu'elle entende ? La nuit est atroce. Tout seul, il se répète des phrases affreuses où il essaie de lui expliquer, de la supplier, de se faire comprendre. Du fond du trou où il se débat, il n'arrive à rien atteindre, ni surtout Sandra qui rayonne à quelques mètres au-dessus du sol. Comme les femmes de ses tableaux.

Le lendemain matin, il ne se remet pas au travail. Pas le cœur non plus de voiler la *Naissance*, où Sandra semble l'espionner en permanence. Rien qu'à la voir en peinture, les larmes lui montent aux yeux. Il veut les garder secs. Il faut qu'il lui parle sobrement, sans chagrin, qu'il parvienne à lui expliquer. Il doit lui dire… Il ne faut pas laisser cet atroce malentendu s'installer. Après ? Oh ! Après, il n'aura plus qu'à mourir.

Après cris, larmes, sommeils, cauchemars, éveils en eaux et en peine, un jour, elle est là.

— Oui, mon immense amour. Oui, je suis là. Tu vas mieux ?

— Non. C'est non. Je ne veux pas. Je ne peux pas. Il ne faut pas, je ne suis pas…

— Mon amour, ne t'inquiète pas. Je te comprends. N'aie pas peur, moi je sais. Je vais savoir, je m'occuperai de tout. Tu n'as qu'à continuer à me peindre pendant que je te fabrique un ange à peindre et à aimer. C'est tellement facile, tout ira bien, calme-toi. Il n'y a rien à craindre. Je suis solide et en bonne santé.

Elle le rassure comme sa mère rassurait son père, mais ils ne viennent pas des mêmes terreurs, ni des mêmes histoires. Sandra ne connaît que celles de ses parents, elle ignore qu'on peut avoir d'autres peurs.

— Non. Non. C'est impossible, je ne peux pas.

— Si, tu peux. De toute façon, c'est fait. Le reste, c'est moi. Je suis là.

Botticelli est très énervé. Il ne sait pas ce qu'il dit. Il a été très bouleversé. Sandra comprend tout, elle est prête à tout comprendre de son grand amour.

Depuis qu'elle sait qu'elle attend un enfant de lui, elle est armée d'une universelle compréhension, elle accepte tout. Elle lui sourit du haut de la sagesse immémoriale des mères. Comprendre qu'elle allait être mère a suffi pour faire advenir la mère en elle. Elle qui la veille était encore si fille, juvénile et tendre, et folle et frivole. De la maternité, cette fille libre a tout accepté, y compris ce qu'elle aurait violemment rejeté la veille : se marier ! Mais épouser l'homme qu'elle aime, quoi de plus naturel ? Faire cet enfant, le lui offrir, puis un autre enfant, un autre encore, n'est-ce pas la fatalité des mères ? Dont elle vient juste d'accepter l'héritage. Aussi peut-elle prendre le temps de l'enseigner à Botticelli. C'est plus difficile pour lui, rien ne le pousse du dedans du ventre à se hisser jusque-là. Il est plus vieux, il y a peut-être même déjà renoncé. Elle comprend. C'est dur pour lui.

— Sandra, ça m'est impossible. Il faut que tu m'entendes. Je t'aime. Je ne sais pas comment me passer de tes bras, de ton ventre, de ta douceur, mais je ne veux pas d'enfant. L'enfant, c'est trop, je n'y arriverai jamais. Je ne peux pas. Il ne faut pas que tu aies cet enfant.

— Mais si, ne t'alarme pas. Il faut t'accoutumer à cette idée. Ce petit Botticelli qui se love entre mes reins, moi je le sens, c'est facile, toi il va te falloir patienter quelques mois pour le sentir à ton tour, et reconnaître ton menton, ton sourire ou tes pommettes. Mais je suis là. Je ne te lâcherai pas la main, je resterai même la nuit si tu veux, et on partira à la campagne, pour l'attendre ensemble, et tu verras s'arrondir mon ventre et pousser ton œuvre. Et je me mettrai à ressembler aux femmes de tes tableaux. Ça n'est pas un hasard si depuis Simonetta, tous tes modèles féminins semblent porter la vie en elles. C'est cet afflux de sève qui leur donne cette énergie éthérée dont tu les affubles. Tu le sais. Et je la ressens déjà cette folle énergie de nidifier, de vivre pour deux. Écoute-moi, mon amour, c'est merveilleux, tu me fais encore plus heureuse.

— Non, toi, Sandra, écoute-moi. Je t'en supplie. Comprends que c'est impossible.

— Cesse de répéter ce mot d'impossible. Tu as bien pu m'engrosser, donc ça n'était pas impossible. Maintenant, ça suit son cours, c'est très possible, et très extraordinaire. Que tu n'y puisses plus rien, c'est la loi, et ça ne relève pas d'un quelconque pouvoir, mais seulement de ton amour pour moi.

— Tu n'entends pas. Sandra. Je ne peux pas t'aimer enceinte. Je ne peux pas te voir enceinte.

— Arrête de dire des bêtises tristes. Regarde-moi. Si tu ne savais pas en quel état tu m'as mise, n'aurais-tu pas envie de moi, tout de suite, là ? Alors oublie tout, déshabille-toi et aime-moi. Laisse-toi faire, je vais te montrer. Je vais t'aimer comme je veux que tu m'aimes.

À son approche, Botticelli la repousse fermement.

— Non. Je ne peux pas. Je ne veux plus, finit-il par articuler lèvres et dents serrées. Laisse-moi. C'est impossible même si tu ne comprends pas ce mot. Je ne veux plus t'entendre.

Sandra est offusquée. Elle n'a jamais été repoussée de sa vie. Elle n'en revient pas. Elle se redresse et le toise de toute sa grandeur de future mère.

— Tu es complètement fou. Je m'en vais. Quand tu auras changé d'humeur, fais-le-moi savoir.

La dignité faite femme quitte l'atelier plus offensée qu'on ait pu lui résister qu'attristée par les propos de Sandro, que de toute façon, elle ne croit pas.

Elle l'aime. Il l'aime. Elle lui offre la vie. Il ne peut refuser. Il va finir par comprendre. Elle a tout son temps. En attendant, elle va rêver de l'enfant. Elle sort, fière et fâchée de l'atelier, sans même se rendre compte qu'elle condamne Botticelli à une douleur inédite. Immense.

Elle est bien trop heureuse, débordante de joie. Il faut qu'elle s'en ouvre à quelqu'un qui la comprenne sans s'offusquer de la situation. Entre singularité et précarité, elle est en train de faire des choix dangereux qu'on peut même juger terrifiants. Elle ne veut pas de jugement, juste des encouragements. Enceinte, célibataire, repoussée par le futur père qui refuse l'enfant, elle pourrait pleurer, mais non, elle trépigne de joie. Elle est persuadée qu'il va finir par accepter son petit. De toute façon, pour elle c'est une fatalité de bonheur.

Sa mère ! Bien sûr ! Sa mère. Seule Lucrezia qui était nonne quand son moine de père l'a engrossée peut comprendre, excuser, justifier, et même se réjouir avec sa fille.

Effectivement, Lucrezia comprend. Mais bizarrement, elle s'inquiète de Botticelli.

— Tu dis qu'il n'en veut pas. Qu'il s'est trouvé mal quand tu lui as annoncé ? Il refuse de tout son corps. Essaie de le comprendre. Sa mère ne l'a jamais aimé, il n'a jamais rien connu d'heureux avant d'entrer chez ton père. Pour lui, maternité et petite enfance sont synonymes de chagrin, de cris... Ses quatre petites sœurs sont mortes après sa naissance. Je me rappelle à l'atelier quand je posais pour les élèves, il me regardait te donner le sein avec tout le plaisir qu'alors j'éprouvais, il était pétrifié d'incompréhension. Persuadé que ça me faisait mal, que c'était une atroce corvée. Pour lui la maternité, ça ne peut être que la *mater dolorosa*. Il n'a pas choisi d'aimer les garçons par hasard. Tu sais bien. S'il a voulu n'aimer que des hommes, c'est bien pour ne pas risquer de se reproduire.

— Mais maman, je l'aime. Et il m'aime. Il doit m'épouser, et élever nos enfants...

— Capricieuse enfant, entêtée et conventionnelle fillette. Tu oublies qu'il est peintre, qu'avant tout c'est un immense artiste. Il est aussi pas mal fou. Ils le sont tous, plus ou moins. Lui, il est sujet à des chagrins terribles, des pertes du goût de vivre dangereuses pour lui-même. Il lui arrive de frôler la mort, c'est pourquoi il t'aime, parce que tu incarnes la vie à un point excessif, la vie qui lui fait défaut par instants, il est mal doué pour la vie...

— Mais maman... Tu prends sa défense, tu n'es pas de mon côté.

— Mais si, ma petite caille, je le plains, c'est tout. Tu as déjà tout décidé et ça ne se passe pas comme tu as décidé. Tu n'as jamais rencontré de refus. Tu vas sans doute t'entêter, et me faire grand-mère en toute illégalité. Ce que je suis la plus mal placée pour te reprocher. Je ne peux que t'aider autant que tu en auras besoin. Et je m'y emploie en tentant de t'expliquer le refus de Sandro. C'est dur pour toi, c'est sûr, mais dis-toi que ça l'est encore plus pour lui. Les peintres font des tableaux, pas des enfants. Ça, ils nous le laissent, ils nous l'abandonnent, et on est toujours seules au monde quand on fait un enfant. Je suis là pour toi, ma fille adorée. Quoi que tu décides, je suis à tes côtés. Mais essaie de comprendre.

Sandra n'a pas écouté la dernière phrase de sa mère, elle s'est déjà enfuie. Elle ne supporte plus que l'on conjugue le verbe comprendre devant elle. Elle refuse de se mettre à la place de Botticelli. Elle court chez son frère. Lui aussi aime les hommes, lui aussi est peintre. Que va-t-il trouver comme excuses à ce mot d'impossible décliné sur tous les tons par Botticelli et Lucrezia.

D'abord Pipo prend sa petite sœur dans ses bras et longuement, lentement lui caresse la tête. Il a senti le chagrin fou avant de savoir pourquoi. Il console de ses mains fraternelles.

— Tout doux, là, calme, petite caille…

Elle pleure, elle pleure… Elle raconte tout d'une seule traite à son frère qui ne savait rien. Leur amour était un secret bien gardé.

— Tu es sûre de vouloir cet enfant ? Tu as pris ta décision ?

Sandra hoquette un oui sanglotant.

— Bon. Alors je vais aller le trouver, ce Botticelli, et il faudra bien qu'il t'épouse.

Il peut être très déterminé Pipo. Comme il n'est que sourire, gentillesse, charme et séduction, on l'oublie.

— Je vais avec toi.

— Non. C'est une affaire entre hommes. Toi tu te mets au tricot et tu me fabriques un petit peintre. Et tu rassures maman. Il n'est pas question que Sandro t'abandonne.

Pipo cavale avec une hargne inouïe. Personne n'a intérêt à se mettre en travers de sa route. Celle de sa sœur est sacrée. Il bute sur un caillou et de rage l'expédie à des dizaines de mètres. Il n'a pas conscience de sa force. En réalité, il est furieux. Il vient d'apprendre à la fois que son premier amour l'avait trahi avec une femme, et que cette femme était sa sœur… Enceinte de surcroît ! Et cette ordure de Sandro se permet de refuser ce trésor, ce cadeau le plus précieux au monde. Oui, Pipo aime les garçons, mais pas au point de renoncer, un jour, plus tard, à avoir des enfants. Botticelli ne s'en tirera pas comme ça. Il épousera sa sœur qu'il a osé prendre pour femme.

— Non. Non. Non.

Botticelli n'est qu'un bloc de refus. Pipo use de tous les arguments raisonnables. La terreur de Botticelli est palpable. Il se débat, pris dans des rets, un animal traqué, en danger de mort. Pipo insiste, ferme et sûr de lui.

— Tu ne peux pas abandonner Sandra au milieu du gué, fallait pas y aller. Maintenant tu n'as plus le choix. Tu l'aimes, dit-elle. C'est vrai ? Bon, tu ne réponds pas ? Ça veut dire oui. En tout cas, elle t'aime, personne n'en doute, et ça ne date pas d'hier. Tu as été faible, tu as cédé à son désir, mais tu as bien dû en éprouver toi aussi, sinon c'est impossible. Je sais. Donc, si tu as osé coucher avec ma sœur, après tout ce que tu as déjà vécu avec ma famille, tu ne peux pas l'abandonner. Si tu la laisses tomber enceinte, tu ne pourras plus jamais te regarder dans un miroir.

— Siiiiiii !!! Je peux. Je peux. Parce que je ne peux pas faire autrement. Ce que tu dis est juste, mais seulement pour les gens normaux. Moi, je ne suis pas normal. Je ne peux la laisser avoir un enfant d'un type comme moi. Si tu l'aimes, va-t'en plutôt la convaincre de ne pas s'accrocher à cette idée folle d'un enfant de moi. Pas de moi. Elle est folle, il ne faut pas me reproduire, je suis mauvais, je suis malade.

— Sandro, tu te moques de moi et de ma sœur. Je ne marche pas dans ta crise de dément. Tu ne penses pas que je vais marcher dans ton raisonnement à la noix. Tu pues la trouille, tu te sens minable, et tu as bien raison, mais sache que ce que tu n'as jamais fait, tu vas le faire, et tout de suite, encore. Parce que tu as baisé ma sœur, pour la première fois de ta vie, tu vas te montrer à la hauteur. Et tu vas sur-le-champ filer chez maman lui demander la main de Sandra. Tout de suite, tu entends, ou je te démolis.

— Démolis.

— C'est trop facile. Sois un homme, sois responsable pour une fois. Va au bout de quelque chose. Tu t'es engagé, que tu le veuilles ou non. Sois digne…

— Démolis-moi.

Botticelli est inamovible, indéracinable dans son refus. Il est le refus. Pipo le comprend au moment où il fourbit de nouveaux arguments. Et soudain, ça le rend fou. En même temps, il aperçoit la *Naissance* au fond de la pièce, soudainement éclairée par un rayon de soleil buissonnier. Le printemps arrive pour l'éblouir de la naissance de sa sœur. Ce coup d'œil subreptice lui cause un choc. C'est un chef-d'œuvre comme on n'en a encore jamais vu. C'est tellement fort que reconnaître sa sœur sculptée par ce pinceau qui l'aime — là, il n'en peut douter —, qui l'aime jusqu'à l'incandescence, c'en est trop. En le scrutant attentivement, il sent qu'une partie de Botticelli est morte. La rage le prend. Il est fou de douleur. Son ami, sa sœur, ce gâchis. Sandra est trop belle, trop seule, trop abandonnée, trop triste, déjà sur le panneau. *La Naissance de Vénus*, c'est tout le malheur qui va s'abattre sur elle, qui est là sous-jacent. Cet homme de génie, que lui aussi a adoré, leur fait ça à eux. Il va le payer ! Sans réfléchir plus avant, Pipo saute à la gorge de Botticelli. Il l'assaille de partout, des genoux, des coudes, des poings. Il lui crache dessus de toute sa haine, de toute sa douleur. Il cogne, il crie, il crie...

— Ordure, ordure, salope, tu n'as pas le droit !

Et il crache, et il tempête, et cogne, cogne, de toute la force de ses poings et de sa jeunesse. Botticelli protège son visage de ses bras. Mais ne se défend pas. Il l'encourage même au début.

— Démolis, démolis...

Ça lui donne la rage, cet horrible encouragement, ça le déchaîne. Il se concentre sur son visage, tous les coups s'abattent sur ce que Botticelli a de plus beau, son visage. Où Pipo l'a le plus aimé, où il est sûr que sa petite sœur s'est pâmée, elle aussi là, et là, et il saccage. Il démolit. Botticelli est à terre. Botticelli saigne de l'œil, de la lèvre. Ses belles pommettes sont tuméfiées, entaillées. Il tremble, il hoquette de sanglots, il a du mal à respirer. Pipo s'en fiche, maintenant qu'il est au sol, il le laboure de coups de pieds dans le dos, dans les reins. Inconscient ? Enfin terriblement

310

essoufflé arrive Luca. Il se précipite sur Pipo et tente de s'interposer.

— Noooon. Oh ! non. Arrête !

Voyant ce dernier déchaîné, il s'empare d'un long panneau de chêne, tout frais enduit pour peindre, et l'assène lourdement sur la tête du cogneur.

Pipo s'écroule. Sonné mais conscient. Le temps de reprendre souffle, il est sur pied. Faible, mais debout.

— Aide-moi à le relever. Et soigne-le. Occupe-t'en bien. Je l'ai pas mal amoché. Tiens-moi au courant. Et ne m'en veux pas, Luca. C'est lui qui est dans son tort. C'était obligé. À cause d'elle, dit-il en désignant la *Naissance*.

Luca est stupéfait que Pipo ait mis son oncle dans un état pareil par jalousie de peintre.

— Elle est trop belle, c'est ça ? questionne Luca, en dorlotant Botticelli inanimé. C'est parce qu'elle est inaccessible, et que tu n'en feras jamais autant.

— Pas trop belle Luca, trop malheureuse, trop maltraitée. Par lui.

Pipo sait maintenant que rien ne changera. Il faut donc qu'il s'occupe de sa petite sœur abandonnée, qu'il arrange une suite pas trop difficile à sa vie.

Cela signifie qu'il doit lui trouver urgemment un mari. Ça ne devrait pas être trop difficile. Elle a la beauté qu'on sait et les peintures de Botticelli l'ont rendue célèbre. Par chance, Pipo apprend qu'un jeune noble de San Giminiano a déjà acheté plusieurs dessins de Sandra sortis clandestinement de l'atelier de Botticelli. Et qu'il l'adore. Qu'il en rêve jour et nuit. Avec l'aide de Lucrezia de Médicis, il lui met le marché en main. Il peut s'il le veut réaliser son désir le plus fou, épouser Sandra. S'il accepte aussi l'enfant qu'elle porte sans chercher à savoir le nom de son vrai père. Gian Carlo de Massina n'hésite qu'un instant. Cette proposition non seulement a tout pour le combler mais elle le flatte. L'entremise de Lucrezia de Médicis en personne fouaille son imagination. Cet enfant à venir ne serait-il pas un rejeton du Magnifique en personne ? Pipo et Sandra sont eux-mêmes enfants d'un de ces couples terribles dont, encore aujourd'hui, la réputation les poursuit. Pipo sait qu'on ne les tolère que parce qu'ils ont du talent et de la grâce, qu'ils sont jeunes et brillants, mais qu'on ne pardonnera rien à la fille-mère. Tous les péchés de leurs parents retomberont sur elle.

Pipo a plus de mal à convaincre Sandra de prendre vite cet époux de complaisance. Il argumente du mieux qu'il peut. Il lui dresse un tableau terrible de son existence si elle demeure sans mari. Lucrezia approuve les démarches intempestives mais efficaces de son fils pour sauver sa fille. Elle n'imaginait pas qu'il se donne tant de mal pour un projet si incroyablement raisonnable. Pour améliorer un sort incertain, épargner l'opprobre et la misère à Sandra.

Par chance, au début de cette course-poursuite, il trouve un allié de choix, un allié imprévu. Il a récemment fait amitié avec le plus bel homme du monde, le plus intelligent, le plus... Peut-être même plus que Léonard. Le fameux Jean Pic de la Mirandole qui s'est pris d'une immense tendresse pour sa sœur, son esprit et sa beauté. Comme il a beaucoup souffert lui aussi d'être privé d'amour, et dégradé socialement par un échec sentimental, il est excessivement persuasif. Il trouve les seuls arguments susceptibles d'amener Sandra à accepter de se marier au plus tôt.

Gian Carlo de Massina est charmant, timide, bien élevé et riche. Il ne fait pas peur à Sandra. Et Pic le lui présente comme un sien ami. L'enfant de Botticelli aura besoin de père et de soutien, il propose sa fortune et son bras. Sitôt qu'elle a acquiescé, tout va très vite, Pipo a peur qu'elle ne se dédise. Ses noces ont lieu le premier jour de l'été. Laurent fournit la dot et les Médicis organisent un mariage princier à cette héroïne de la peinture. L'abandonnée qui porte l'enfant de Botticelli fait une entrée triomphale dans la chapelle de San Giminiano au bras de Pipo.

Pic de la Mirandole donne un lustre particulier à cette cérémonie. Il fait un joli discours à propos de cette belle jeunesse en péril. Quel péril ? Un curieux sentiment d'angoisse rôde. Le climat des œuvres de Botticelli en témoigne avant tout le monde.

Sandra est vêtue comme un Botticelli. Dans son ventre, bat la vie. Elle sourit tristement comme sur le tableau que tout Florence verra demain, *La Naissance de Vénus*. Mais en l'absence de ses « auteurs ».

L'ABANDONNÉE

CHAPITRE 20

Des diamants pour assassiner
le Magnifique

À l'abandon. Désespéré. La preuve par le manque.
Un manque physique terrassant. Sandra lui manque à
mourir. Et il n'en meurt pas, c'est ça le pire. Mais il
ne vit plus. Il l'aimait si follement que sa perte
condamne le reste de ses jours. Il l'aime donc si fort.
Encore.

Trois semaines après que Pipo l'a « démoli », il a
encore des traces terribles, le nez violacé, très
amoché, des côtes cassées, impossible de tousser. Les
yeux tuméfiés, sévèrement entaillées les arcades
sourcilières ont à peine commencé de cicatriser. Au
menton, une plaie l'empêche de se raser. Les yeux
restent tachés de noir et de rouge. Les poignets très
enflés. Toujours douloureux. Mains et yeux, ses instruments de travail sont hors d'usage. Quant à l'esprit ? En bouillie. À souhaiter n'en avoir jamais eu.
Penser à Sandra sans trêve et s'interdire d'y penser…
L'imaginer seule, enceinte, son ventre qui pousse…
Ah ! son ventre. Surtout ne pas y penser. Mais autant cesser de vivre. Alors, peindre ? Non. Penser ?
Non. Respirer ? Il n'arrive pas à s'en empêcher tout
à fait, un mince filet d'air le tient en vie. Misérable

existence. Il respire mal, une côte lui entre dans le cœur à chaque inspiration. Au fur et à mesure que la trace des coups laissée par Pipo commence à s'estomper, il souffre davantage. La douleur physique a ça de bon qu'elle occupe tout le terrain. Maintenant c'est d'amour et de honte qu'il gémit. Elle lui manque à hurler et il ne se pardonne pas ce qu'il a fait. Pourtant il a beau y repenser nuit et jour, il n'aurait pas pu faire autrement. Il n'est en rien armé pour aimer un enfant de lui. Il le hait d'avance, cet innocent même pas né, qui lui a volé son amour. Sa vie. Alors, dormir ? Il n'y arrive plus. Un terrible remords lui mord le ventre, ce remords qui prend toujours un « s » même au singulier. Avoir perdu Sandra, l'avoir laissée seule, dans cet état, en danger peut-être. Il reste ainsi prostré la tête dans ses mains des journées entières. Les nuits sont pires. Plus longues, plus froides, plus noires. À croire que plus jamais le jour, plus jamais la lumière, ni le soleil… Botticelli ne sort plus de sa tanière. De son hébétude, de sa cachette, il n'est pas monté chez lui depuis. N'a plus vu, plus parlé qu'à Luca. Voir des gens comme il le lui suggère…

— Quels gens ? Des amis. Je n'en ai plus. Après ce que j'ai fait quiconque se dirait encore mon ami serait une ordure.

— Lorenzo, Politien, suggère encore Luca de plus en plus inquiet.

Luca lui sert d'infirmière, de cuisinière, vide ses seaux d'aisance, l'aide à se laver, se changer, le rase quand il devient possible d'approcher une lame de son visage. Il a dû congédier aides, assistants et élèves, faute de maître pour diriger le travail. Mettre au chômage des hommes qui avaient l'âge de son père, il n'a pas aimé. Mais sauver Botticelli avant tout, sans état d'âme, est son obsession.

L'atelier est fermé, les commandes en panne. Botticelli rumine dans son antre pendant que ses chats le veillent. Voir c'est être vu. Dans son état, c'est interdit. Il n'oublie pas qu'il est un homme public, se rassure Luca, alors que Botticelli espère simplement en se cachant, cacher sa honte, ne rien révéler de ce qui fait son malheur. Il pense que Sandra n'aura rien dit. Quant à Pipo ? Mystère. Il est tellement inattendu. Après l'avoir laissé pour mort, à même les tommettes glacées de l'atelier, il a régulièrement fait prendre de ses nouvelles.

Montrer son visage, c'est afficher ce qui s'est passé, pourquoi pas s'en vanter pendant qu'on y est ! Botticelli meurt de gêne et de honte. Il ne s'est jamais décidé à voiler sa *Naissance de Vénus*, ni à la faire livrer. Depuis sa déchéance, il contemple sa Sandra de peinture, nantie de ce sourire triste, annonciateur de tout le malheur du monde, dont pourtant elle lui assurait qu'il atténuait la folle audace de l'avoir faite si nue.

À force de la contempler, Botticelli sait que cette œuvre est unique, réussie oui, mais pas seulement. Il a touché quelque chose à l'art de peindre. Là, il a exprimé plus profonds les sentiments humains, comme on ne l'a encore pas osé. Cette œuvre est prémonitoire, elle cherche à dire l'avenir. Elle veut signifier autre chose que l'artiste ignore y avoir mise, qu'il ne sait pas encore déchiffrer, mais c'est là, ça remue, il n'en peut douter. Il y a une énigme dans cette *Naissance*, mais laquelle ? Il la contemple, et vérifie dans son miroir les progrès des hématomes sur ses pommettes, les bleuissements inédits de son visage. La vérité est quelque part entre le magnifique visage de Vénus-Sandra et le sien défiguré. La solution de l'énigme est dans l'intervalle entre les deux.

Luca a beau être aux petits soins, les chats d'une attentive présence, et même Antonio, d'une tendresse discrète, il n'en sort pas. Incapable même de reconnaissance envers ceux-là grâce à qui il survit du fond de sa mélancolie. Incapable de travailler, de parler, incapable de se nourrir, il maigrit tant que ses dents se déchaussent. Il en perd une, puis une seconde, il aura les joues encore plus creuses. Il vieillit. Il ne parvient plus à s'étirer. Il a mal partout. Ses articulations sont rouillées.

Au bout de quelques mois terré comme un rat, on tambourine moins souvent à la porte de l'atelier. On prend l'habitude de le voir fermé. En bon cerbère, Luca a réussi à faire fuir tout le monde, ce qui fait de moins en moins son affaire. On va l'oublier, et alors, que deviendra-t-il ? On l'oublie déjà. Pourtant, un jour, Lorenzo force toutes les portes. De gré ou de force, il veut son bien. Sa Vénus ! Il l'a payée assez cher pour l'avoir enfin à lui. Inquiet et en colère, il force la porte et découvre un Botticelli dans une hébétude infinie, peut-être définitive. Prostré dans la pénombre. Même la poussière se tient immobile.

Les sourcils et le menton mal cicatrisés, une barbe de plusieurs semaines, hirsute, les cheveux longs et sales. Lorenzo ne peut croire à une maladie brandie par l'artiste, suppliant « n'approche pas, c'est peut-être contagieux »... Peut-être est-il *aussi* malade, mais avant tout, il doit répondre aux questions de Lorenzo.

— Qui t'a fait ça ? Qui t'a mis dans cet état ?

Lorenzo sait qu'il ne tirera rien de Botticelli. Il l'a assez aimé, il le connaît encore assez intimement pour savoir que cet homme est un tombeau. Mais l'incursion de Lorenzo a projeté soudain toute la lumière de l'été sur la *Vénus*. Et le contraste entre le tableau et l'état de l'artiste est saisissant. Le choc, considérable.

Il va de lui à elle. Elle le comble et le subjugue. La *Vénus* raconte un peu de l'histoire qu'il a rêvée mais une autre aussi, qu'il n'a pas soupçonnée entre le peintre et son modèle. Faut-il avoir été l'amant de l'un et de l'autre pour lire la *Naissance* à livre ouvert, ou bien la passion entre eux crève-t-elle les yeux ? Lorenzo qui n'avait rien compris à ce mariage précipité, qui l'avait vaguement agacé, commence à s'imaginer des causes, des raisons, des explications…

— La vie continue. Florence a plus que jamais besoin de toi. Tu es son meilleur sismographe, son aruspice le plus talentueux. Tu lui annonces toujours ce qui va se produire…

Fort de ce qu'il vient d'affirmer, Lorenzo se surprend à prier soudain que sa ville, qu'il adore comme tous les Médicis, ne sombre pas dans une crise comme celle de son ami. Maintenant qu'il croit avoir compris, il penche pour un chagrin d'amour où Sandra a plongé son parrain en le trompant avec un jeune homme noble qui l'aura engrossée… D'où l'obligation de l'épouser en catastrophe. Et Botticelli n'aura pas supporté.

Lorenzo a beau avoir adoré Sandra au point de manquer faire quelques bêtises, au point de commander cette merveille, il ne conçoit pas qu'on se mette dans des états pareils. L'auteur du chef-d'œuvre souffre manifestement trop pour entendre raison, Lorenzo le regarde sur le divan aux chats, tout apeuré, tout ramassé sur lui-même, cachant ses plaies et ses blessures tant qu'il peut, tellement seul au monde qu'il faut agir. Il décide d'un ton péremptoire de faire prendre sa *Vénus* dans les plus brefs délais. Il la juge nocive pour son auteur. Il prend congé. Temporairement, menace-t-il. Inutile d'insister davantage pour savoir ce qui l'a mis dans cet état-là. D'autant que le physique est nettement moins lamentable que le moral.

Lorenzo n'échappe pas aux préjugés de sa classe, il se dit que les homosexuels attirent plus que d'autres ce genre de règlements de comptes, un jour ou l'autre, à force d'écumer les bas-fonds. Parfois les gendarmes découvrent des cadavres à Sardigna. Tombés sous les coups des leurs. Mais ce ne sont pas les restes des blessures physiques qui l'inquiètent. C'est sa mélancolie qui l'alarme. Il n'imaginait pas que ça pouvait aller si loin. Descendre si bas.

Lorenzo a été élevé par deux hommes en qui il a gardé une extrême confiance. Pour les choses importantes, il s'en remet à eux. De surcroît, ce sont les deux hommes qui lui ont appris à aimer la peinture et particulièrement celle de Botticelli. Par hasard, ce sont aussi les meilleurs amis du peintre.

Il se rend donc chez Vespucci le voisin, le plus sérieux des deux. Mais Vespucci est absent de Florence. Voilà deux mois qu'il est parti. Il n'a donc rien su, rien vu, rien pu. On ne sait quand il reviendra, il est toujours en déplacement pour affaires sensibles, des ambassades compliquées et mystérieuses dont on ignore toujours les épilogues. En réalité, même si ça n'est pas palpable à l'intérieur, Florence est menacée de toutes parts. On compte sur Vespucci pour retarder l'échéance. Même si l'on savait quand il doit rentrer, on ne le dirait pas à Lorenzo. Tout est secret chez ces gens-là. Même le temps qu'il fait est chuchoté !

Lorenzo se rend toujours à contrecœur chez son cousin via Larga. Par chance, Laurent n'y est pas, mais sa suite en revanche se livre à l'oisiveté heureuse dans ce décor de rêve. Politien papillonne au milieu des plus brillants esprits de Florence. Lorenzo l'en arrache. Et lui explique le cas. Politien se doutait de quelque chose, mais les explications inventées par Lorenzo ne le convainquent pas. Il comprend en revanche que l'heure est grave, qu'il faut agir. Il va voir ce qu'il peut faire. Forcer les portes n'est pas dans sa nature. Il va en parler à Pic de la Mirandole. L'homme le plus beau et le plus intelligent qui ait jamais foulé la terre toscane est devenu l'indispensable de chacun. Il faut que Botticelli soit bien malade, bien absent, bien meurtri pour l'avoir laissé effacer la trace de Léonard. Botticelli en forme n'aurait jamais permis à ce jeune Pic de supplanter le grand Vinci. Si Politien a pu rester si longtemps sans solliciter l'amitié qui le lie à Botticelli, c'est parce que Pic occupe toute la place et empiète même sur celle de Botticelli.

Pic est exceptionnellement séduisant. On comprend en le voyant pourquoi Laurent s'est entremis auprès du roi de France afin qu'on le libère de prison et qu'on l'envoie à Florence.

Une fois ici, le jeune génie a obtenu de Laurent de faire revenir à Florence un dominicain illuminé nommé Fra Girolamo. Ce frère prédicateur d'une absolue laideur, nanti d'une voix horrible, qui ne peut s'empêcher d'agiter de grandes manches noires pour annoncer chaque semaine une nouvelle apocalypse obtient un succès croissant. L'église de San Marco où il a commencé à prêcher s'est tellement emplie qu'il a fallu, pour asseoir les fidèles médusés par ce moinillon, lui ouvrir la cathédrale. Pic est très fier de ce succès. Il a réussi à y entraîner Politien, le poète comprend sous quel charme bizarre ce fameux prédicateur tient son auditoire. Il y a de la poésie là, et de la meilleure, jouxtant une pacotille pour fille du peuple séduite par tout ce qui brille. L'homme est habile, ses menaces efficaces. Ce serait une bonne façon de distraire Botticelli que de l'y entraîner. Y règne une assez haute spiritualité, certes à côté d'une honteuse démagogie parfois, propre à séduire les vilains garnements qui sèment la terreur dans les rues de Florence dès la nuit tombée.

Il a mis au pas ces bandes de méchants enfants, ces brigades qui terrorisaient tout Florentin se hasardant à sortir seul après le coucher du soleil. Le rançonnaient et le délestaient de son bien. Ce triste Savonarole, comme l'appellent ceux qui ne le connaissent pas, a transformé ces mômes en angelots. Ils ne défilent plus dans les rues que chapelets et crucifix en main et cantiques à la bouche.

Politien n'a pas eu à forcer la porte de Botticelli. Luca a fait entrer le poète, soulagé de n'être plus seul face à tant de détresse. Politien insiste pour que Botticelli aille vérifier par lui-même ses talents.

— Il faut que tu l'écoutes. Ça ne marche que par sa voix. Qui en plus est moche, précise Politien, célèbre pour dire les vers mieux que personne. Il faut que tu te fasses une religion toi-même, mais tu verras, ce qu'il dit est saisissant.

Botticelli laisse mourir la conversation. Pour se débarrasser de son visiteur, il promet d'aller écouter dimanche prochain la nouvelle coqueluche.

Luca veille sur son oncle comme une nourrice un petit prince à la mamelle. Il le dorlote, refait sa couche, l'aère, la nettoie, il a hâte de lui remettre les pinceaux en main. L'atelier est trop triste ainsi, juste scandé par les coups du batteur d'or. Il veut rembaucher assistants et élèves. Il y a du travail pour plusieurs années, mais Botticelli ne s'extirpe pas de son marasme. Il en a l'air parfois, mais les mois s'écoulent et finalement, rien. Il a repris figure humaine, du moins le croit-on, mais ses yeux sont toujours tournés vers le dedans. N'expriment rien qu'un immense effroi installé sur sa rétine, figé là pour toujours. Il va écouter Savonarole. Sa lecture des prophètes bibliques est intelligente. Dans son état c'est une distraction. De même que l'observation de la foule des fidèles qui se pressent chaque dimanche. Des femmes tombent en pâmoison, des enfants sont en proie à des transes mystiques. Jusqu'au *popolo minuto* qui l'adore tel le veau d'or. On appelle San Marco sous son influence le Château des Âmes. Quand il ne prêche pas en chaire, les jours de semaine, il déambule dans les jardins, éblouissant ses disciples de sa science et de ses prophéties. A priori pourtant, aucun charisme. Tant de laideur arrête Botticelli. Sur la grossière étoffe de son aube se détachent deux longues mains lourdes et osseuses à la fois, et un visage aux traits d'une puissante laideur. De grosses lèvres et un gigantesque nez busqué, enfoncés sous des sourcils broussailleux, ses yeux noirs brillent d'un éclat surnaturel. Les macérations, le cilice et les jeûnes n'y sont pas étrangers.

Quand il prêche, sous le feu de l'inspiration, de l'exaltation plutôt, sa véhémence est si grande que les veines de son cou semblent prêtes à rompre. L'effet est prodigieux sur les auditeurs les plus simples, les plus opprimés, vite fanatisés par ce petit moine.

— Je ne vous comprends pas. Même Ficin, m'a-t-on dit, est tombé sous son charme, explique-moi.

Botticelli est seul avec Politien. C'est sa seconde sortie. Il est retourné écouter le nouveau prophète. Sur lui, ça ne prend pas. Trop désespéré sans doute, il faut un peu d'espérance pour croire à l'apocalypse.

Botticelli chancelle au grand air. Après avoir écouté leur nouveau messie, il est content de pouvoir interroger Politien sur le phénomène qu'il devient délicat de repousser d'un orteil indifférent. Surtout devant Pic. Au charme duquel on ne peut que succomber, mais face à lui, il ne se sent pas en liberté. Son intimité avec Politien n'est plus la même. Entre Savonarole qui les sépare et Pic qui est un rival indépassable. Botticelli se demande si ça vient de lui, si sa crise l'a trop éloigné. Il se passe des phénomènes étranges autour de ce curieux moine.

— Tout de même, tant de laideur, ça n'est pas possible. Tu es trop sensible à la beauté. Tu ne vas pas me dire qu'il t'inspire, toi, le poète de la légèreté.

Politien tente de justifier l'injustifiable aux yeux de Botticelli.

— Si. Oh ! bien sûr ça n'a rien à voir avec les stances que je composais sur tes œuvres à Castello. Mais il m'a ouvert à une sorte d'élévation, y compris en poésie. Si. Il m'inspire.

Botticelli se sent très seul. Admirer l'habileté des sermons, il peut, mais au-delà, la laideur le retient.

— Et Pic ?

— Oh ! lui, il a toujours mené ce type de recherche. Tu sais, quand Laurent l'a sauvé des prisons de France, il fuyait l'Inquisition. Le pape l'avait condamné à propos de ses neuf cents thèses touchant tous les domaines du savoir. Le Saint-Siège en a jugé sept d'entre elles hérétiques, sept sur neuf cents ! Il paraît même que les Français ne l'ont mis en prison que pour le retirer des griffes de l'Inquisition. Depuis, il décrypte la Bible à la manière des cabalistes, il cherche à concilier les philosophies antiques et la Bible, et il compte sur l'aide de Savonarole.

— Ficin n'a-t-il pas déjà formé le même projet ?

— Si, mais il ne lit ni le chaldéen, ni l'hébreu, ni l'araméen ; Pic, si, en plus du reste. Pour avoir Savonarole sous la main, il a obtenu que Laurent le rappelle. Voilà deux ans et, tu as vu, tout Florence s'en est entiché. À part Pipo qui n'est qu'un mécréant comme toi, je n'imagine pas qu'on ne soit pas touché. Mais Pipo l'a peu vu. Juste deux fois quand il est revenu de Rome faire exécuter la pierre tombale que Laurent a offerte à son père à Spolète. Il a même fait graver une phrase de moi. Sur la tombe de Fra Filippo Lippi, tu imagines comme je suis touché, moi, associé à ton grand maître. Depuis, Pipo n'est plus revenu de Rome. Mais tu es tout blanc. Qu'y a-t-il ?

Comment Politien pourrait-il deviner que Botticelli ne sait rien de Pipo, rien de Lippi. Son malaise est incompréhensible. L'évocation de Pipo renvoie Botticelli à sa propre honte. Apprendre, un an et demi plus tard, qu'on a honoré son maître sans le convier, le blesse profondément. D'évidence, Pipo l'a voulu ainsi. Botticelli n'est pas bien vaillant, mais la sollicitude de Politien est si généreuse qu'il se laisse faire.

Peu à peu il reprend son pinceau. Luca et son frère rembauchent des aides. On s'évertue à faire exécuter toutes les commandes en souffrance. Botticelli y met peu de sa main. Il se concentre sur le visage d'une petite Madone afin qu'elle ne ressemble pas trop à Sandra. Il y passe un temps fou. Son pinceau résiste, c'est plus fort que lui. Les traits de Sandra prennent le dessus. Il n'y peut rien, son pinceau le mène.

Pic le comprend, qui vient parfois s'asseoir à l'atelier pour parler d'amour. Cet homme est une sorte d'ange. Plus encore que Léonard, il fait l'unanimité. Plus encore car il n'est pas homosexuel. Il n'affiche d'ailleurs aucune excentricité. Depuis qu'il a raté l'enlèvement d'une femme mariée dont il était épris, il n'aime plus. Il n'éprouve plus d'amour charnel et le proclame, il aime d'autant mieux tous les autres, explique-t-il. Il a opté pour l'*Agapê*.

Reste qu'à cause de son satané moine, le climat dans la cité est de plus en plus menaçant. Ainsi le juge Botticelli. Il ignore qu'aux yeux de Politien, le sentiment de peur qui s'est abattu sur Florence imite l'état de Botticelli. Il en est le précurseur, l'annonciateur. Il a toujours donné le ton de l'époque avec un temps d'avance. Botticelli ne se voit évidemment pas ainsi. Mélancolique, oui, mais pas fanatisé comme ses pairs. Le surnaturel n'est pas de son ressort, ni ne l'intéresse. Lui se sent réaliste, d'une réalité dont hélas rien ne peut l'extraire et qu'il juge désespérée.

Dans les rues, l'on croise ces enfants qui terrorisaient hier Florence et qui chantent désormais des cantiques à tue-tête. Des prédicateurs poussent comme des champignons après la pluie, prêts à tout. En lieu et place des diseuses d'aventure, ils vous conjurent de vous repentir :

— La fin du monde est proche… Vous êtes condamnés à la damnation éternelle…

Que vous consentiez ou pas à les écouter ils vous retiennent par la manche pour vous annoncer le pire, toujours le pire. Ce climat d'apocalypse dérange la mélancolie tranquille de Botticelli, il n'a pas besoin de ça. Ce même climat commence à inquiéter Laurent, il sent son pouvoir occulte sourdement menacé. Bizarrement l'antipathie qu'ils ont en commun pour ce moine et ses bondieuseries partout étalées lui rend Laurent moins odieux. Ce sont ses deux amis, Pic et Politien, surtout Politien, ce libertin, cet élégiaque du bonheur frivole, qui surprennent le plus Botticelli. Il ne s'explique pas son attitude. Il veut comprendre, il le suit donc de dimanche en dimanche écouter ce fameux Savonarole. Comment ont-ils pu tomber sous son influence ? Au point de s'inquiéter pour la santé mentale de son ami — c'est son tour — et de lui demander ce qu'il écrit en ce moment. Comment peut-il écouter en toute sérénité les éructations haineuses de Savonarole qui exhorte les Florentins à chasser les

Médicis en continuant à révérer son maître ? Laurent est la cible principale du méchant moine. L'autre étant le pape. Et comment Pic concilie-t-il ses deux amitiés antinomiques ? Chacun de ses sermons devrait lui valoir extradition de la Toscane. On l'en a d'ailleurs avisé. Sa réponse à ces menaces d'expulsion est cinglante. Politien éberlué la rapporte à Botticelli :

— Je ne me soucie pas que Laurent me chasse. Je suis étranger à la cité et lui le premier d'entre ses citoyens. C'est pourtant à moi de rester et à lui de partir.

C'est tellement gros qu'aussitôt, tout Florence interprète ces mots comme une prophétie annonçant la mort imminente de Laurent. Savonarole la serine sur tous les tons, l'appelle de ses vœux. La foule se presse désormais dans la cathédrale pour écouter son ton de prophétie apocalyptique.

Par amitié, et aussi par effarement, Botticelli continue d'accompagner ses amis aux grands prêches. Il s'étonne toujours qu'un si petit homme — Savonarole est de très petite taille — fasse retentir si magistralement ces voûtes sacrées. Avec des propos de pacotilles :

— Voici l'épée du Seigneur sur la terre, elle fera vite et ne tardera pas, hoquette-t-il...

Cette phrase s'achève dans les grondements, qu'on croirait faits exprès, d'un de ces orages dont avril a le secret. Giboulées et éclairs, tonnerre et pluie diluvienne.

Le soir même, un tourbillon s'abat sur Florence. La foudre frappe le Dôme. Ça ne s'était jamais vu.

— Pure coïncidence, se hâte de minimiser Botticelli face à Pic. Si les Florentins y voient un mauvais présage c'est qu'on les a préparés à tout mal interpréter.

Politien entre alors en trombe. L'air inquiet.

— Laurent est au plus mal. Il s'est fait transporter à Carregi, je dois l'y rejoindre et toi aussi, Pic. Savonarole l'avait prédit…

— Il faut bien qu'un jour il ait raison. N'est-on pas tous mortels ?

Le cynisme de Botticelli est indécrottable. Politien en proie à un grand désarroi se prépare à rejoindre son maître, peut-être mourant, qui sait ? Laurent n'a que quarante-deux ans. Mais il est, paraît-il, très mal, puisqu'il les a fait appeler à son chevet, lui et Pic de la Mirandole.

Luca aussi semble passablement ébranlé par tous ces phénomènes.

— On raconte que les lions de la ville qui en sont aussi l'emblème se sont entre-déchirés durant l'orage. Le jeune a mangé le vieux. Et les armoiries des Médicis sculptées dans la pierre à la façade de leur palais ont été endommagées par la foudre.

Botticelli se moque toujours ouvertement de la vie comme de la mort. À croire que de l'une comme de l'autre, il n'attend plus rien.

— C'est ainsi qu'on raconte les choses, mais y étais-tu quand la prétendue foudre a frappé ? Je crois davantage à des mains complaisantes qui ont tout intérêt à faire monter l'anxiété sur la ville. Et là tu vois, on dirait qu'elles en ont trop fait. Manipulées par de faux prophètes, jusqu'où iront-elles ?

L'ambiance à Carregi était surnaturelle, raconte Politien à son retour. Pic et Ficin, en ennemis jurés, se sont entendus pour faire chercher Savonarole et le laisser seul au chevet de Laurent agonisant. L'extrême-onction de réconciliation, disaient-ils.

— Il n'y avait pas de raison de s'alarmer, confie Politien à Botticelli. Une crise de goutte pas plus sévère que d'autres. Rien de dramatique. C'est ce médecin arrivé au grand galop, dépêché par le duc de Milan, qui s'est substitué à l'habituel. Lequel a dû céder sa place au Grand, auréolé de gloire, accompagné d'hommes vêtus de noir, ses prétendus assistants. Là, il a forcé Laurent à prendre son remède miracle, réservé aux grands de la terre. Aussitôt il s'est tordu de douleurs. Toute la nuit, il a souffert le martyre. Et il meurt. Il est mort ! À l'aube, le médecin de Milan est reparti incognito. Alors le médecin de Laurent a compris. Et s'est jeté au fond d'un puits.

— Il a compris quoi ?

— Que c'était un assassinat. Il l'a dit à Pic avant de se suicider. C'est le remède du Milanais qui a tué Laurent. Qui aurait tué n'importe qui. Alors un homme aux reins malades ! Imagine-toi, il lui a fait prendre une décoction de poudre de diamants et de perles, autant dire du verre pilé. Il a atrocement souffert.

— Et bien sûr, pour Savonarole c'est l'accomplissement du destin, la main de Dieu : « L'Antéchrist agonise, foudroyé par le Ciel qu'il n'a cessé de provoquer… » Je l'entends d'ici avec son ton de prophète de malheur. Pour un peu, vois-tu, j'aurais une larme à l'attention de Laurent.

— Tu ignores que Laurent a demandé à se confesser à Savonarole avant d'expirer.

— Pour regretter quoi encore ? De l'avoir fait

revenir prêcher à Florence ? Il peut s'en repentir, on n'a pas fini d'en souffrir.

— Non, il a, paraît-il, confessé deux choses : sa cruauté après la conjuration des Pazzi et ses regrets d'avoir puisé dans les caisses de l'État.

— Et alors ?

— Alors Savonarole lui a promis son absolution à trois conditions : s'humilier devant Dieu. Laurent y a consenti. Restituer l'argent volé, Laurent fit signe que oui. Et rendre à Florence sa liberté. Là, le mourant s'est retourné vers le mur et... Il était mort, achève Politien dans un sanglot sec. C'était fini. Il n'a pas eu son absolution.

— Ce que tu me racontes, de qui le tiens-tu sinon de Savonarole. Comment peux-tu lui accorder quelque crédit ?

— Mais enfin, Laurent est mort trois jours après que la foudre est tombée sur le Dôme et tous les autres signes, tu te rends compte ?

— Il est mort assassiné. C'est toi qui l'as dit. Qui y a intérêt ? À qui profite ce crime ?

Botticelli a raison, mais Politien est trop malheureux pour ne pas sombrer dans l'irrationnel. C'est sa pente naturelle.

La perte de Laurent, c'est aussi la sienne. Il se raccroche à Pic pour surnager.

Botticelli a le sentiment de perdre ses amis, un à un, s'il ne les suit pas sur le chemin de la haine sainte. Mais s'il n'a pas beaucoup d'espérance, il n'a pas non plus de haine. À sa manière, c'est un tiède, il ne sait pas s'enflammer pour de si hautes idées, qu'il juge plutôt dégradantes.

Les suivre ? Tout en lui résiste à cette laideur. Il va

pourtant essayer de fermer les yeux et de s'en tenir aux discours puisque le poète Politien assure qu'ils sont beaux. Il paraît que le moine entre dans un cycle de sermons magnifiques.

Ce n'est pourtant pas lui qui officia lors des funérailles de Laurent. Elles eurent lieu en la basilique de San Lorenzo, parmi une foule en deuil, très triste, sincèrement. À la lumière des torches de cire portées suivant la tradition par tous les pauvres de la ville. Botticelli s'y rendit, il lui devait bien ça. Lui vivant, la diplomatie florentine avait conjuré tous les dangers. Qu'en sera-t-il dans l'avenir…

Il a aperçu Pipo mais ils ne se sont pas embrassés. Oh ! Ils se sont vus. Mais… Ils étaient loin l'un de l'autre, Pipo soutenait sa mère éplorée. En grand deuil, Lucrezia, pour accompagner celui de son amie, la mère de Laurent. Botticelli n'a pas osé l'importuner, l'a-t-elle seulement vu sous tous ses voiles ? Un couple tenait un très jeune enfant entre eux. Botticelli ne peut se tromper. C'est elle, sous des milliers de voiles, il la reconnaîtrait. Alors ? Ils se sont tous savamment évités. Botticelli ne peut même pas dire de quelle couleur sont les cheveux de l'enfant. Il a refusé de voir. Rien. Tout. Elle, surtout.

Avec Pipo, en revanche, leurs regards se sont croisés. Sans dureté mais sans sourire. Les circonstances peut-être. Le passé, aussi, encore. Botticelli n'a pas bu toute sa honte, il n'a pas osé aller à lui.

CHAPITRE 21

La mort du poète

Tout Florence crépite de terreur. Ceux qui n'y ont pas encore cédé s'ennuient à mourir. La vie s'est figée d'effroi, plus rien ne bouge. Botticelli oscille entre les deux. Alarmé, non par les prêches du prédicateur fou, mais parce que ses amis Politien et Pic y ont cédé. Reste Vespucci dont l'esprit est indemne. Faute de prince pour l'orienter, l'ambassadeur s'ennuie. Botticelli profite de leur voisinage pour renouer une amitié qui ne s'est jamais démentie, et qui, fait unique dans la vie de Botticelli, n'a pas connu d'orage.

Esprit libre s'il en est encore, Vespucci a osé prendre le deuil de Laurent qu'il considérait comme un fin politique, sinon l'égal de ses pères. Laurent est si décrié ces temps-ci qu'il faut se cacher pour le pleurer.

Et pour le premier anniversaire de sa mort, Vespucci fait dire une messe chez les Franciscains, l'ordre rival de Savonarole. Lequel n'a pas daigné réagir. Quelques rares Médicis sont venus, rasant les murs. L'arrogance est morte. Reste la peur. L'ambassadeur demeure très inquiet quant au sort de la cité entre les mains maladroites, sinon criminelles de Piero de Médicis, le piètre héritier. Outre qu'il est malhonnête et mal aimé, il porte un nom haï. Le petit peuple, au comble de la misère — les caisses sont abyssalement vides — risque de mettre fin à son règne sur un coup de sang. Le peuple est prêt à déchiqueter un Médicis, prêt à sacrifier n'importe quel bouc émissaire que Savonarole daignera lui indiquer. Aujourd'hui, le peuple est convaincu du pouvoir prophétique de son moine. N'a-t-il pas prédit la mort de Laurent ! Puis, comme les crocs d'un chien enragé plantés dans le gras d'une cuisse, il a attrapé dans ses rets Innocent VIII, ce pape débonnaire. Qui meurt à son tour le 25 juillet 1492. Comme prévu par Savonarole. Son prestige s'accroît de toutes ces morts par lui annoncées. Peu importe qu'on ait aidé Laurent à mourir. C'est sa parole qui a eu raison de lui. Les Florentins lui vouent un culte aveugle, ils le voient déjà au pouvoir.

Ces guerres larvées et autres jeux d'intérêt souvent sanglants des politiques distraient modérément Botticelli. Il gémit toujours sur sa honte dont le rouge lui reste au front. Et sur la perte, réelle ou figurée, de ses amis. Lippi en tête. Les deux femmes Lippi étaient les seules au monde à avoir trouvé grâce à ses yeux. Elles lui manquent atrocement. Quant aux autres, plus ou moins éloignés, à croire qu'ils ont été aspirés par le sinistre moine.

— Cet Alexandre Borgia, le nouveau pape, essaie d'acheter notre prophète à l'aide du titre de cardinal, précise Vespucci. Ce Borgia est trop vulgaire pour comprendre que l'intégrité est un terrible excitant pour qui pratique le fanatisme. Comme le jeûne. Un pareil fou de Dieu ne s'achète pas. Il refusera.

Botticelli s'ennuie. La guerre se rapproche de Florence. À l'intérieur de la cité du Lys, l'air est de plus en plus irrespirable. Ça sent l'encens ou l'ennui. C'est alors que Giovanni, le frère aîné de Botticelli, s'éteint. Comme il a vécu. Il meurt d'apoplexie, en mangeant. Il n'a jamais rien aimé d'autre. Il n'a jamais été très présent. C'était le père de Luca dont Botticelli devient le tuteur légal. D'un frère, l'autre. Simone, le cadet, revient alors de Naples, fortune faite. Vingt ans qu'il n'a pas remis les pieds à Florence, il découvre l'immense sensibilité de ce petit frère qu'il a quitté enfant. Comme il a dû souffrir toutes ces années.

Botticelli est surpris de la peine qu'il éprouve à la mort de Giovanni, et de sa joie à retrouver Simone. Lequel a tout de suite senti le climat ambiant. Il l'a reconnu. C'est celui qu'il avait fui. Le saisit une immense pitié pour ses frères restés sous la dictature d'Esméralda. Leur mère est toujours là-haut, à semer la terreur chez ses brus et ses petits-enfants, trop jeunes pour prendre leurs jambes à leur cou et sauver leur peau.

Au nom de cette entente retrouvée, de ces sentiments renouvelés, de cette communauté de douleur hier, et de jugement aujourd'hui, Simone propose à Botticelli — ils sont les deux plus riches — d'acheter ensemble une maison à la campagne, assez grande pour héberger Antonio, le batteur d'or qui ne s'est jamais enrichi, et les enfants de chacun. Il en a trouvé une à deux ou trois heures de Florence. Elle s'appelle Carpe Diem.

— C'est bon signe, se surprend à répondre Botticelli qui n'a jamais vraiment pratiqué l'épicurisme. Ça sera l'endroit sinon l'occasion.

Botticelli sait gré à Simone de cette idée. Quitter Florence ? Il en rêve depuis qu'il avait projeté de vivre le printemps dans les bras de Sandra, hors les murs. Depuis ? Plus de huit ans ! Huit ans déjà et tant de honte encore…

Il n'y a plus songé depuis. Puni de n'avoir pas su l'aimer, de n'avoir pu endosser sa paternité, il s'est privé à jamais de campagne, de printemps et de nature. Simone lui propose d'y remédier. La punition est levée. Botticelli est fou de joie, sa première joie depuis huit ans. Tant d'années à mariner dans la mélancolie, à patauger dans son chagrin, à ressasser sa honte.

Il est tant plein de reconnaissance pour ce frère retrouvé qu'il tombe de haut en le voyant basculer corps et biens sous l'influence du terrible moine. Pas au point de laisser tomber Botticelli ni de renoncer à cette maison hors les murs ; mais Botticelli est navré. Quelle déconvenue ! Quel gâchis ! Jusque chez lui on révère le terrifiant prêcheur…

La République se meurt, s'alarme Vespucci. Piero n'est pas à la hauteur, les visions du moine font monter une telle angoisse qu'elle se transmet même à ceux qui n'ont pas attrapé le virus. Or l'armée française est aux portes de la ville. Savonarole l'annonce aux Florentins alors que Vespucci le chuchote à l'oreille de Botticelli.

Le roi de France, Charles VIII, est un assez vilain petit homme aux yeux globuleux, à l'immense nez busqué, et à l'esprit dérangé. Enfant, on lui a farci la tête de trop d'histoires. Il rêve conquêtes et romans de chevalerie. Et parce qu'il est roi, il veut les vivre. Il ne résiste pas à ceux qui flattent son extravagance et l'incitent à aller reconquérir l'intégralité de son royaume. Naples d'abord, qui appartient à la couronne de France. Ensuite Jérusalem. Il a décidé d'entreprendre une nouvelle croisade dont il se voit le héros légendaire. Il franchit les Alpes sans obstacle. C'est signe que la route de Jérusalem est ouverte. La Toscane est sur le passage de ses troupes.

À Florence, affolement et consternation. Un climat de fin du monde s'abat, favorisant tous les malentendus.

Le roi de France attend aux portes de la ville. Envahir ou passer pacifiquement ? La situation s'éternise. Ces Français viennent-ils en touristes ou en conquérants ? Le temps se fige sur cet instant grotesque, quand on apprend que Piero, affublé du sobriquet de Malchanceux, a cédé au roi de France des morceaux de Toscane : Pise, Appiano, Volterra. Les places fortes de Florence. En plus de lui promettre de financer sa croisade. Avec quel argent ? Les caisses sont vides.

Sitôt qu'elle sait la trahison, la ville s'ébroue. Des foules en colère se massent autour du palais où se terre Piero. C'est l'émeute. Si la Seigneurie le destitue légalement, la foule le chasse sans ménagement. Et c'est un euphémisme. Il fuit la ville, nuitamment, sans emporter le tiers de ses biens. Alors, tout ce qui s'apparente aux Médicis est renvoyé, exilé, expulsé hors de Florence. La cité refuse de respecter la parole du traître. La guerre menace. Vite, on monte une nouvelle ambassade. Et au lieu d'envoyer un Salviati ou un Vespucci, fins diplomates, la mission est confiée à Savonarole.

Deux cent mille hommes en armes sont massés aux portes de Florence, et la foule regarde partir seul le moine vêtu de bure sale, porteur de ses dernières espérances.

Au lieu d'affronter Charles VIII, il le rappelle à ses devoirs d'humilité et lui offre un de ces sermons dont il a le secret, qui sème trouble et alarme dans les cœurs. Ce sermon tient lieu de négociation. Le lendemain, le roi entre dans la cité du Lys, en tenue d'apparat. Ses troupes vêtues pour un défilé d'honneur. Deux cent mille soldats à loger et à nourrir. Comment les recevoir ? À la hâte, on presse Pipo et le Pérugin de fabriquer des arcs de triomphe. Quelques rues sont pavoisées. On s'agite plus qu'on ne coordonne. On a peur. On fait tout en désordre. On donne le change.

On n'est pas Florentin pour rien. On demande à Pic de préparer un discours d'accueil. Avec son lumineux esprit de synthèse, et sa bonne connaissance des Français, il fera au mieux, et peut-être — on ne sait plus à quel saint se vouer — sortira-t-il Florence de cette situation ?

Comme le roi se croit attendu par les plus hautes autorités de la cité, il avance vers ce qu'il espère être un royal accueil. Rien ne vient. Les Français ne rencontrant nulle résistance, se risquent à pas de fourmi vers la Seigneurie. Les Florentins, ne les trouvant pas si agressifs qu'ils le redoutaient, les acclament timidement.

Cette journée de dupes n'en finit pas de ne pas commencer. Quand la pluie se met à tomber, de plus en plus drue. Trempé, le roi parvient sur la Place de la Seigneurie, où à l'abri sous la Loggia Lanzi l'attend une maigre délégation. Dans la boue, sous la pluie, peu de monde pour l'acclamer. On piétine en attendant le discours de bienvenue. Qui ne vient pas. Manque Pic qui doit le prononcer. On peut compter sur Pic, c'est un homme de parole. Il a forcément dû être retardé. On l'attend. La pluie tombe toujours. Il n'arrive pas. Au-delà d'un certain délai, faire attendre le roi de France frise l'incident diplomatique. Pic n'est toujours pas là. Pourquoi ? Que fait-il ? La rumeur enfle, gronde. Même le roi de France est alerté. Le prince de la Mirandole est connu de lui. On fait chercher le texte de son discours. Un vieil homme aux cheveux blancs s'avance la mine réjouie. Marsile Ficin, trop content de récupérer un peu de la gloire de celui qui lui fait tant d'ombre, va lire le discours de Pic. Ficin commence à lire. Un discours flattant ce grand roi, allant conquérir Jérusalem, tout en l'incitant à passer son chemin au plus vite pour accomplir sa mission sacrée… La pluie redouble. Ficin s'est tu.

Sous les vivats tardifs des Florentins, on accompagne le roi et sa suite au palais Médicis fraîchement déserté.

Inquiet, Botticelli apprend de Vespucci que Lorenzo est en lieu sûr.

— Je suis en contact avec lui. Il est le dernier Médicis avisé et bon politique. S'il peut faire quelque chose pour Florence, il le tentera, mais pour l'heure, le nom des Médicis est trop haï.

Pendant cette conversation, toute chaude des événements de la journée, Luca arrive en courant, blême et essoufflé. Il bondit comme un diable et en dépit du respect qu'il leur doit, il les interrompt brutalement, livide et hors d'haleine.

— On a assassiné Pic.

Incompréhensible ! Pic, l'homme le plus aimé de Florence, le plus unanime, le plus admiré, le plus admirable... Assassiné. Mais par qui, pourquoi ? Il faut y aller.

Botticelli se met à parler, parler, on ne peut plus l'arrêter. C'est sa manière de repousser l'atroce nouvelle, de nier la mort de Pic encore un instant.

— C'était le plus jeune d'entre nous. Il avait trente et un ans. Ses amis l'ont surnommé « prince de paix ». C'est un prince, lui, un vrai... Sauf aux yeux de Ficin qu'il a évincé en dénonçant ses superstitions. Tout ce fatras accumulé par les ans qui encombrait sa pensée...

C'est vrai que Pic s'est battu comme un Turc contre toute idée de déterminisme. Il était un terrible stimulant pour Botticelli. Pic lui a démontré que sa nature mélancolique n'était pas une fatalité, qu'il avait la liberté de s'en débarrasser. S'il ne le faisait pas, ça n'était pas la faute des astres, mais parce qu'il avait intérêt à la protection que sa perpétuelle tristesse lui assurait. Ces propos ont durablement ébranlé Botticelli.

— Et Politien ? Que va devenir Politien sans la protection médicéenne ? Il ne lui restait que Pic.

342

Alors qu'en bon politique Vespucci se rend au chevet de Pic assassiné, pour veiller à ce que la Seigneurie se comporte envers lui comme envers le prince qu'il est, Botticelli bifurque. Il choisit d'aller consoler son meilleur ami. Pleurer avec lui. Plus encore que pour Florence, pour Politien, la perte de Pic est irréparable. Le chagrin n'épargne pas Botticelli, mais lui, il a l'habitude.

Pic est mort, Politien vivant. Botticelli préfère tenir la main du vivant. Au moins ne croisera-t-il pas ce satané moine qui, c'est sûr, ne va pas tarder à récupérer l'âme de Pic.

Quand Botticelli pénètre dans le patio, Politien est allongé, immobile. Accablement, chagrin, abandon ? En entendant les pas de son visiteur s'approcher, sans remuer un cil, il lui sourit.

— Je t'attendais. Je t'espérais. Tu es seul ? Quelle chance. Je voulais te rassurer. Si j'ai fait semblant de marcher dans la folie de frère Jérôme, c'était pour ne pas lâcher la main de Pic. Lui, il croyait suivre une haute pensée, mais le moine ne cherchait qu'à se l'approprier pour le brandir contre le reste du monde. Maintenant il n'y a plus à feindre. Pic avait besoin de cet illuminé. J'étais près de lui comme garde-fou. Ma présence le rassurait. Ainsi, il pouvait continuer son œuvre.

— Mais qui a bien pu le tuer ?

— Beaucoup de gens avaient intérêt à mettre fin à ses œuvres. Ne t'inquiète pas. Ses œuvres vont paraître bientôt. On est allé à Venise les faire imprimer. Bientôt tu pourras le lire, tu verras. Pour moi, c'est égal, je n'ai plus beaucoup de raison de tenir, finit-il de murmurer dans un souffle, à la limite de l'épuisement.

Politien est trop jeune pour tenir si tristes propos. Botticelli s'approche. Il ne bouge toujours pas. Botticelli se penche vers lui. Politien se laisse faire. Se laisse voir. Un léger filet de sang perle à sa tempe. À la vue de sa plaie ouverte au milieu du crâne, Botticelli s'alarme.

— Il faut te soigner sans tarder. Je vais te nettoyer. Comment t'es-tu fait ça ? Depuis combien de temps ?

— Ça n'est pas la peine. Inutile de soigner ça, tout le reste est fichu.

— Mais comment as-tu fait ? Que s'est-il passé ?

— C'est si moche en bas, alors à force de ne regarder qu'en l'air, j'ai raté une marche. J'ai dévalé l'escalier.

— Je vais te soigner. On va te soigner. Laisse-toi faire.

— Sandro, tu ne comprends pas ! Je n'irai pas plus loin. C'est la colonne vertébrale qui est cassée. Je ne peux plus bouger.

— Je veux te soigner.

— Sandro, mon seul ami, mon dernier ami au monde. Si tu savais comme j'espérais ta venue. Sans ça, je n'aurais pas pu te dire au revoir. Il faut que tu comprennes, je suis paralysé. C'est fini. Je sais qu'après Pic, ça te fait beaucoup et que tu n'as pas envie de comprendre. Mais que veux-tu ? Quand je suis rentré ici hier soir, après être passé chez Pic, et l'avoir trouvé mort, je n'ai plus eu la force de continuer. Alors j'ai bêtement chu. Voilà. Ça doit être ça, une chute dans l'infini. Depuis, je ne peux plus bouger, et ça gagne tous les organes. Déjà les pieds, les jambes, maintenant les bras, les épaules, les mains. Bien sûr, je vais mourir. Mais ça ne fait pas mal. La paralysie anesthésie. Je voulais juste te revoir une dernière fois. Je suis en train de mourir et, crois-moi, ça n'est pas si terrible. Je suis ici, au milieu de ces orangers, entouré de toute cette beauté par nous rassemblée, par nos vies réunies… Je puis encore discerner ton *Printemps* dans le prolongement du patio. Ce matin, j'arrivais encore à voir ta *Naissance*, mais les yeux aussi perdent en acuité. Ça devient flou… Les serviteurs de Lorenzo qui m'ont installé ici ont fait ce qu'ils ont pu. Là, il n'y a plus rien à faire. Je pleure Pic, mais je vais le revoir bientôt. C'est toi qui vas me manquer. Je te suis reconnaissant d'être venu. D'avoir pensé à moi. Grâce à toi, je meurs dans l'amitié, la meilleure chose que j'aie connue sur terre. De mon passage ici, je ne tiens pas à emporter autre chose. Tu le sais, toi, j'ai peu et mal aimé. Mais ta peinture, ma poésie et l'amitié m'ont permis de passer le temps au mieux. Depuis la mort de Laurent, ça n'était plus ça. Cette chute, le lendemain de la mort de Pic, est inespérée. Ne pleure pas.

Les joues de Botticelli étaient trempées, il l'ignorait.

— Crois-moi, je ne l'ai pas fait exprès. Pourtant, c'est une bonne chose. Savonarole commence seulement à nuire, méfie-t'en, il peut devenir bien pire

Botticelli irait bien chercher des secours, mais impossible de le laisser seul. À le voir ainsi, immobile sur ce sofa, au milieu du patio, on ne peut pas imaginer qu'un infirme se meurt là. Suprême élégance du poète, il meurt en souriant dans le plus beau décor de Florence. Botticelli ne peut en douter. La justesse de son ton a la musique de la vérité. La berceuse douce que fait le lent travail de la mort à l'œuvre chez Politien, Botticelli l'a reconnue ; la même s'élevait autour du lit de Diamante.

Le poète sent-il son angoisse ? Il ne reste de mobile en lui que ses yeux. L'intensité du regard. Il n'a déjà plus l'usage de ses mains. La mort avance vite. Il ne peut plus étreindre son ami, il ne répond plus à la pression de ses mains. Peut-il encore parler ? Lui qui disait en riant : « Le mot est la copule des hommes. » Peut-il encore « copuler » ? Botticelli lui caresse la main, Politien lui avoue piteusement qu'il ne sent plus rien. Alors, emporté par cette immense amitié qui a irrigué les plus riches heures de sa vie, qui a occupé une si grande place dans leur vie à tous deux, Botticelli prend le poète dans ses grands bras et le serre de toutes ses forces.

— Là, je sens encore un peu ta chaleur. Merci d'être ma dernière étreinte, mon dernier baiser. Je n'osais espérer pareil cadeau. Je meurs content, Sandro. Tu sais...

C'est tout. Ça s'est arrêté là. Il n'a pas continué. Il n'a pas pu. La mort était pressée. Et Politien, plus en état de résister. Lui qui a mis toute la dignité humaine dans la poésie, il est mort comme on chante. Sur une note de perfection.

Bizarrement, Botticelli ne sombre pas dans l'accablement. D'abord il ne parvient pas à quitter son ami. L'ombre gagne le patio, un froid étrange l'étreint. Même mort, il a du mal à laisser Politien seul. Il aimerait entrer dans le grand salon revoir sa *Naissance de Vénus*, il n'ose pas. Pas encore. L'unique personne avec qui il désirerait partager cette minute d'une infinie quiétude, paradoxalement, c'est Pipo.

La nuit tombe sur Politien. Le patio est plongé dans l'ombre, Botticelli quitte cette demeure comme on s'évade, en longeant les murs.

Antonio et Simone, ses deux frères, le voient arriver blanc comme la mort. La mort est aujourd'hui d'une terrible actualité. Elle s'immisce partout. Ils pensent assez logiquement que c'est celle de Pic qui a mis leur frère dans cet état. Botticelli leur confie ce qui l'affecte et, de le dire, soudain, le peine beaucoup plus que durant l'agonie de Politien. Toute la journée, il est resté debout. Là, il s'effondre. Quand le poète mourait, il mourait en poète ; il est parvenu à alléger la mort soi-même. Mais elle retombe dans le prosaïsme, l'ennui et la convention. Elle ressemble à toutes les morts. Elle est stupide et rend stupide. Elle pèse de son sale poids sur les vivants.

La mort le plonge dans un chagrin proche de l'hébétude.

Le climat est tendu à l'extrême. Florence toujours occupée par les Français. Les troupes campent via Larga, rendant la circulation difficile, et les abords du palais Médicis interdits. Mais Botticelli ne cherche pas à bouger. Vespucci fait en sorte que le corps de Politien soit enlevé promptement, et que Botticelli, qui l'a signalé, ne soit pas inquiété.

Même sous Savonarole, ses talents de diplomate font merveille. Heureusement, car maintenant que ses protecteurs sont morts, Botticelli est dans le collimateur du moine. Pour le saint homme, il est celui qui a osé le premier nu en peinture. Si Botticelli l'a un peu oublié — c'est si loin tout ça —, Savonarole, lui, n'oublie rien.

Botticelli veut savoir quand et où seront inhumés ses deux amis. Ses frères, ses compagnons, sans qui il n'a plus goût à l'existence. Luca s'alarme. Pour une fois que son oncle succombe avec raison, jusqu'où va-t-il descendre ?

Il veut accompagner ses amis au cimetière. Simone lui annonce sans ménagement — pourquoi en aurait-il : pour lui, c'est mieux qu'une consécration — que la messe d'enterrement aura lieu demain à San Marco. Savonarole officiera. Et il a décidé qu'ils revêtiront tous deux, Pic et Politien, à titre posthume mais mérité, le beau titre de frère dominicain...

— Il en fait des moines sans leur consentement ! Politien n'aurait jamais accepté.

— Ils sont morts en sainteté. Ainsi l'a entendu frère Jérôme. Aussi par faveur exceptionnelle, seront-ils mis en terre dans un frac de moine, et dans le carré religieux du cimetière.

Botticelli est horrifié. Faire de Politien, le poète païen, un saint posthume ! Ces fanatiques ne respectent rien. Le plus frivole, le plus sensualiste des poètes, va passer sa mort sous la triste robe de moine : quelle punition ! Et impossible de s'y opposer. C'est une faveur qu'on leur fait ! La peur et la tristesse courent les rues. La soldatesque française hésite à se livrer au pillage, mais viole au passage, par désœuvrement. Le temps s'écoule si lentement, il faut bien se distraire. Leur « occupation » pacifique s'éternise. La population est excédée.

L'église est comble pour enterrer les meilleurs esprits que Florence a jamais nourris. Mais, ça saute aux yeux de Botticelli, la foule n'est venue, contrairement à lui, que pour écouter son prophète, pas pour pleurer ses amis.

La voix rauque à faire peur de Savonarole, sa laideur repoussante lui sont devenues autant d'apanages. Il fascine et subjugue. Dès qu'il paraît, il s'impose à une foule terrorisée. On dirait des enfants qui tremblent à l'énoncé du mot croque-mitaine. Il recourt aux instincts viscéraux, aux réactions primitives, l'effet est accru par le nombre. À l'opposé des délices intellectuelles des prêtres humanistes de l'Académie néoplatonicienne, dont les subtilités se perdaient sous les voûtes des cathédrales, Savonarole offre du grand spectacle, du drame et de la tragédie.

« Une armée étrangère campe dans les rues de nos villes. Dieu tient son glaive au-dessus de la tête de chaque Florentin… »

Pendant qu'il vocifère, la foule crie, trépigne, hurle, s'évanouit, l'assistance est agitée de soubresauts d'émotion comme un corps en transe. On n'est là que pour l'écouter. C'est avec des inspirations d'apocalypse irrésistibles qu'on enterre les plus libres penseurs que l'Italie ait jamais engendrés. Des torrents de haine s'écoulent sur les deux cercueils. Botticelli pleure. Une main amie se pose sur son épaule. Sans même rouvrir les yeux, il sait. Ça ne peut être que Pipo. C'est en tout cas la seule présence qui pourrait le consoler. Et oui, c'est lui. Avant la fin de la cérémonie, ils quittent l'église, silencieux mais ensemble, soudés dans un même refus d'enterrer leurs amis dans le carré des moines. Ils s'éloignent de San

Marco où la voix éructante de Savonarole les suit longtemps.

Vespucci les rejoint, écœuré lui aussi, de cette honteuse manipulation.

— Dire que Pic a été excommunié et qu'on l'enterre en moine !

Avant la désertion des peintres, Savonarole a annoncé qu'il allait prier le roi de France de s'en aller.

— Crois-tu que Savonarole ait assez d'influence sur le roi pour lui faire quitter Florence ?, demande Pipo à Vespucci.

— Ça peut marcher. Au point où on en est, le roi de France est aussi illuminé que notre prédicateur déchaîné.

Botticelli et Pipo écarquillent les yeux : leur ami ambassadeur ne les a pas accoutumés à des jugements si tranchés. D'autant qu'il se met à égrener les malheurs qui selon lui frappent le monde, telle une litanie désespérée, enviant ceux qui sont morts à temps pour ne pas voir s'allumer tous ces bûchers qui enflamment l'Europe.

— En Espagne, l'Église brûle ceux qui lui résistent, les taxant de sorcellerie. La fumée se répand jusqu'aux Pays-Bas. Les pauvres et les femmes sont les premiers brûlés. Pour faire fondre toute idée de contestation. D'Espagne encore est partie une terrible chasse aux Juifs, dont l'Italie n'est pas exempte. Rendons grâce à Laurent et à ses pairs, et même à Savonarole, de les avoir protégés jusque-là. Partout ailleurs, on les massacre au nom de Dieu, on s'empare des biens des Juifs qu'on élimine. Les flammes avancent, mes amis, protégeons-nous des flammes. Elles gagnent chaque jour du terrain. Savonarole n'est qu'une pâle imitation de ce Torquemada qui allume tous ces bûchers…

Savonarole doit être contagieux, il fait des émules, voilà que Vespucci se met à prophétiser en pleine rue.

— C'est fini l'amour, la joie, la liberté, la beauté… Déjà Florence est asphyxiée, le reste de l'Italie va suivre. Trop de sainteté engendre le mal.

La voix de Savonarole s'est tue, celle de Vespucci la remplace. Puis il étreint les deux peintres.

— Méfiez-vous, c'est à la beauté qu'il s'en prend, Pic n'est plus là pour le modérer. Vous représentez la beauté, et vous n'êtes pas de sa suite. Je vous quitte ici, mais prenez soin de vous, je vous en prie.

Prophétie, avertissement déguisé, ou inconscience ? Vespucci siège à la Seigneurie où Savonarole a désormais la majorité. Il doit retourner travailler, la République est vraiment en danger, la politique le mobilise tout entier.

Pipo interroge Botticelli des yeux. Leurs retrouvailles n'ont pas commencé, ils ne peuvent se séparer tout de suite.

— On ne peut pas aller chez moi. Simone, mon frère, est rentré de Naples pour tomber sous l'influence du sinistre moine. Il est le chroniqueur officiel de son règne temporel. Il ne me dénonce pas, peut-être même me protège-t-il, mais on ne serait pas en liberté à côté de lui.

— Alors, allons chez moi. Viens.

Fait sans précédent depuis dix ans, Pipo invite Botticelli à le suivre. Sur le trajet, les deux peintres croisent une de ces brigades d'enfants pieux qui sillonnent Florence en chantant des cantiques à tue-tête.

En s'effaçant pour les regarder passer, Pipo étreint Botticelli.

— Je me méfie de ces enfants-là. J'en ai même peur.

— Ce ne sont que des gosses.

— Peut-être, mais ils sont dangereux. Ce sont des bêtes féroces déguisées en anges. Fais attention à eux.

Ils sont arrivés. C'est la première fois que Pipo invite Botticelli dans sa nouvelle maison, achetée depuis son retour de Rome. La vraie surprise, c'est d'y trouver en place d'honneur un tableau de lui, au milieu de la pièce.

— Sois le bienvenu.

Botticelli ne sait que dire. Pipo s'approche tendrement, le prend par les épaules, l'attire à lui, et l'embrasse.

— Un baiser de paix. Il est temps, tu ne trouves pas ? Tu m'as trop manqué.

CHAPITRE 22

L'attentat

Installé pour durer ? On le dirait. Cette fois, Savonarole est bel et bien au pouvoir. Les Médicis chassés de Florence, et les Français partis. Le moine est resté deux heures en tête à tête avec le roi. On ignore ce qu'ils se sont dit. Le surlendemain, les Français ont levé leur siège « pacifique ». Savonarole est sacré « roi », avec l'appui de la Seigneurie et l'approbation des Florentins, trop heureux de se débarrasser de ces étrangers.

Le fanatisme règne. La dictature morale remplace la trique fiscale des Médicis. Les interdits se multiplient. On ne sait plus si respirer est licite. Si l'on compte en menaces et interdits, on ne peut pas dire que le moine ait le triomphe modeste. Le ton de ses sermons a changé. Sur les conseils de Simone, qui certes le protège à condition qu'il y mette du sien, Botticelli se voit contraint d'assister aux messes importantes. Son frère les lui « choisit ». Et Botticelli s'y rend comme à l'abattoir. À l'imprécation a succédé un style prophétique menaçant.

« … Le monde court à sa perte, Rome surtout. Florence sauvera le monde… »

De l'apocalypse millénariste, il passe à la politique. Il manœuvre, manipule, exerce un pouvoir absolu sur les âmes et les mœurs, régente les vies et les biens de chacun.

« Si Florence est aimée de Dieu, c'est qu'elle se soumet à son prophète... »

Ordre est donné de supprimer les beaux vêtements et les parures, les bijoux et les fêtes, l'alcool et les jeux, tous, même ceux des enfants... Le carnaval est remplacé par des processions dont le rythme s'accélère. Annuelles, mensuelles, hebdomadaires, quotidiennes... Le théâtre, la musique, la danse sont proscrits comme tout ce qui semble licencieux au moine. Si le plus grave crime pour l'Église était hier la simonie, la sodomie l'a remplacée. Cheval de bataille de Savonarole. Depuis qu'il siège à la Seigneurie, il a constaté à son tour l'incroyable chute des mariages et des naissances, il a placé « l'homo-érotisme » parmi les crimes menant au bûcher. Il renforce la brigade des officiers de la nuit. Encourage chaleureusement la délation au *tamburo*. L'on pourchasse chaque Florentin soupçonné fût-ce par son voisin. De simples amis n'osent plus marcher côte à côte dans les rues. N'importe qui peut être soupçonné d'inversion. Il suffit parfois de n'être pas marié. Et comme on se marie de moins en moins...

Le peuple se plie à ces nouvelles réformes. Séduit et rassuré par ce père fouettard qui lui promet la vie éternelle. « Tout opposant au régime est appelé hérétique »... Le critique est sacrilège, l'indifférent ennemi public. L'église est pleine. On compte entre quinze et vingt mille fidèles, agglutinés, debout, au coude à coude. Simone qui tient la *cronaca di Fra*

Girolamo, ces petits livrets qu'on fait pieusement circuler, informe son frère de ces détails. Que Vespucci malheureusement confirme. Il vient d'organiser la fuite à Rome de son nouveau protégé, un très jeune homme, excessivement doué mais d'un caractère épouvantable. Sous Laurent, il s'exerçait dans le jardin des sculptures jouxtant San Marco. Il a vu se détériorer le climat. Il n'a pas supporté. Il craint pour sa vie, n'étant épris que de jeunes hommes, et sculptant si fiévreusement leurs beaux corps, son travail le met en danger. Ce garçon nommé Michel-Ange est un jaloux. Il a pactisé avec Luca pour contempler en cachette les œuvres de Botticelli. Il l'admire en secret et le copie avec une incroyable dévotion. Mais avec ça, essayez de lui tirer un sourire, ou même un bonjour… Sale caractère, mauvaise nature, il hait la terre entière. Mais le moine l'a terrorisé. Donc après l'avoir mis en lieu sûr, Vespucci enjoint à Botticelli de faire scrupuleusement ce que lui dicte Simone.

Le *popolo grosso* a l'impression de jouer à un nouveau jeu, le jeu de l'austérité. On invente des « recettes Savonarole de cuisine maigres ». Où se niche la mode.

De-ci de-là, s'énervent quelques révoltés. Mais en si petit nombre.

Un jour de 1495, alors que l'assistance écoute religieusement son messie, dans l'église bondée, vers la porte centrale sous les gradins qui accueillent les enfants blancs, quelques cris fracassent le silence, crime de lèse-majesté. Des bruits insolites en ces lieux où seul Savonarole a droit d'expression. Un groupe d'hommes en colère parvient à entrer en hurlant des injures « hérésie, trahison ! » Ils sont les premiers à oser manifester leur insoumission au règne de la terreur. Tout de suite on les surnomme *Arrabiati*, « Enragés ». Comme ils ne sont ni partisans du pape ni inféodés aux Médicis, ils font des émules. Ceux qui œuvrent pour le retour de Piero le Malchanceux s'appellent les Gris, par opposition aux enfants blancs, la garde rapprochée de Savonarole. On a surnommé les fidèles du moine des *Piagnoni*, du nom d'une cloche qui sonne comme on pleure. *Piagnoni* veut dire « pleurnichards, geignards »... Cette appellation englobe aujourd'hui la moitié des Florentins. Les *Arrabiati* qui ont pour but de les chasser sont en nombre ridicule à côté. Et ils se conduisent aussi mal. Éventrant un âne mort sur les marches de la chaire de Savonarole ou y installant, paraît-il, des pointes aux accoudoirs où ses grands bras maigres et nus retombent pour s'y planter de toute sa véhémence... Bref leur comportement déplaît autant à Botticelli que le sectarisme qui frappe sa cité.

Par chance, l'atelier tourne toujours à plein régime sous la houlette douce et ferme de Luca. Le carnet de commandes, depuis l'accession du moine, est empli de madones et de crucifixions. On n'exige plus que des sujets religieux. Botticelli s'y plie, pour lui, seul compte le trait, tout sujet est motif de peinture. Il a du mal à ne pas donner à toutes ses madones les traits de Sandra. Il a beau revoir Pipo, reparler peinture et poésie avec lui, Sandra demeure taboue. La réconciliation est totale à condition de rester muet sur le passé. Pas une fois son nom n'a été prononcé. Contrairement à Botticelli, Pipo travaille beaucoup hors de Florence. L'air y est meilleur. À peine de retour, il court chez Sandro, leurs rapports sont redevenus chaleureux, confiants, fraternels, intimes... À l'évocation de Sandra près.

Sur les conseils de Vespucci, Botticelli incite Pipo à assister aux principaux sermons du moine : l'indifférence est trop dangereuse. Pipo est horrifié. Il faut avoir une certaine propension à l'irrationnel pour apprécier ses prédications. Pipo est un ambitieux, donc un réaliste. Évaluant toujours le monde à bonne distance. Tout dans ce moine le hérisse, sa personne puant la componction, ses propos cauteleux et menaçants à la fois, son allure confite en dévotion, son accent rocailleux, ses mimiques exagérées... Tout s'accepte ou se refuse en bloc, inconditionnel ou ennemi juré. D'ailleurs Savonarole déteste les tièdes. Dont Botticelli se sent toujours aussi proche. Les suppliciés du troisième cercle de l'enfer sont ses frères. Sa mélancolie l'a toujours maintenu derrière une vitre mentale, isolé du monde. Pipo en revanche est scandalisé. Comment rester neutre ? Il est des périodes où même la neutralité est suspecte. Cet homme est dangereux, il veut le combattre. Son pouvoir d'indignation est intact, il est jeune.

— Tu l'as vu en plein élan ? Ses cris, sa voix, son ton surexcité, brandissant ses bras maigres, velus, dénudés, dégoûtants... Quand ses manches retombent sur ses épaules, avec ses doigts pointés comme des griffes, des serres... As-tu vu la longueur de son nez et ses énormes sourcils en bataille ? Il a tout du rapace, perché dans la nuit et prêt à bondir pour t'étrangler sauvagement. Quand ses bras retombent, on dirait des ailes qui s'abattent. Il n'a à la bouche qu'injures, insultes, invectives, il crache des torrents de haine, de colère, de fiel à couper le souffle. Pour tout ce qu'on aime, ce qu'on représente, ce qui nous touche et nous émeut. Et il use d'images terriblement visuelles, les plus accessibles. Il a perfectionné ses métaphores pour faire mouche, toucher l'âme des pauvres gens. Il règne par une terreur imagée. On est ses concurrents directs, nous qui façonnons de vraies images. À ton avis, combien de métaphores possède-t-il pour dire la mort ? Bien plus que notre palette n'aura jamais de noirs.

Mais Simone s'entête à vanter l'ordre magnifique de son champion.

— À la place du carnaval d'hier, on élève des autels au coin des rues, où les enfants blancs invitent les passants à déposer leurs offrandes. L'idée d'invitation pratiquée par ces enfants fait froid dans le dos.

— C'est vrai, reconnaissent en chœur Pipo, Vespucci et Botticelli face à un Simone illuminé, le carnaval suscitait d'indignes excès. Des adolescents excités forçaient les passants à vider leur bourse. On s'adonnait à toutes sortes de jeux illicites, des chahuts inconvenants… Sans oublier les enfants jeteurs de pierres qui, de tout temps, furent un fléau Florentin, la tradition ignominieuse des carnavals était une horreur, mais ça n'avait lieu qu'une fois l'an. On savait ce qui se passait, au besoin on pouvait quitter la ville ce jour-là. Là, c'est tous les jours ! Tes jolis enfants, tout de blanc vêtus, brandissant des crucifix et chantant des cantiques, forment une milice policière jusque dans leur famille. Il n'est pas rare que les fils dénoncent leur père, humilient leur mère pour sa coquetterie. Sous la menace constante de délation, ils les obligent à assister aux sermons de Savonarole. Dressés contre leur père, ils abusent d'un pouvoir qui n'est pas de leur âge. Leur insistance à convertir de force n'a d'égal que le climat de suspicion générale qui s'est installé dans chaque quartier, chaque maison, chaque confrérie.

— Et de plus en plus, tu le sais, Simone, ajoute Vespucci, ils entrent dans les maisons pour se faire remettre livres et tableaux licencieux, échiquiers et instruments de musique, perruques et fards, bijoux et miroirs… Il paraît qu'il se prépare une grande fête de la purification, où brûleront toutes ces frivolités. Même des œuvres d'art, des sculptures, des tableaux… Tout doit brûler, paraît-il.

— Ils sont même allés chez ma mère, connaissant manifestement son histoire, et l'ont traitée de débauchée… Ma mère ! Elle n'en est pas remise, précise Pipo dont on comprend mieux l'animosité.

— Tu veux que je te dise, demande Botticelli à son frère ? Un jour, ils vont venir dévaster l'atelier, s'emparer de mes cartons secrets, tout saccager. Ce serait une sorte de meurtre !

— Tu as tort, mais il faut songer à mettre tes œuvres impies à l'abri. Si on les trouvait, tu pourrais avoir des ennuis.

En dépit de sa défense forcenée du moine, Simone ne dissimule pas à ses amis qu'ils ont raison de se méfier. Ce qui, si l'on quitte le langage diplomatique, signifie qu'ils sont effectivement en grand danger, traduit Vespucci. Peu après cette conversation, Simone prend son frère à part pour lui lire ces mots, chus de la bouche de Savonarole.

— Il a dit : « Les chefs-d'œuvre de la peinture séduisent à ce point l'esprit qu'à les contempler on éprouve un étourdissement, on se croirait parfois en

359

extase et l'on s'oublie soi-même… » Preuve que Savonarole comprend la peinture. C'est aussi un avertissement. Il te reste beaucoup de tableaux inconvenants ?

— Assez pour remplir une bannette.

— Tu vas partir les mettre à l'abri. Carpe Diem est le refuge tout trouvé. Quelle chance d'avoir cette maison hors les murs. Les brigades ne sortent pas de la ville.

— Pipo aussi est visé. D'autant plus qu'il est victime d'une dénonciation pour sodomie au *tamburo*. Il n'y a pas que ses œuvres qu'il faut mettre à l'abri. Il doit aussi se cacher. Partir peindre ailleurs.

— Eh bien, il faut vous grouper, remplir deux bannettes et filer, conclut Antonio dans une fraternité réinventée.

Par chance, Simone fait passer son sens aigu de la famille avant sa dévotion à son saint. Ou peut-être applique-t-il simplement cette simple vertu chrétienne, la charité pour son prochain.

Leur villa possède des champs, des vignes, des vergers. Le printemps de l'année 1496 est précoce. Le départ des deux peintres avec leur précieux chargement est camouflé par un urgent besoin de campagne. Luca fait le tri des œuvres impies.

À la *bottega*, le climat se dégrade à toute vitesse. Souvent, des assistants en viennent aux mains. Botticelli se sent épié, surveillé, espionné. Difficile de créer dans pareilles conditions.

Vespucci lui fait tenir une lettre de Sémiramide d'Appiano. On évite de prononcer le nom de Médicis. Lorenzo, les siens et ses collections sont à l'abri au Trebbio. Ils veulent y faire quelques aménagements de décor… Toujours aussi fine politique, la reine a senti la situation de Botticelli et l'invite à se réfugier chez eux. Elle ne précise pas ce qu'elle désire comme peinture, elle ne veut pas le compromettre. Quoiqu'une lettre d'un Médicis, le fût-il par alliance, puisse lui valoir les pires maux. Avant tout, donc, mettre ses œuvres à l'abri.

Arrive Pipo en courant, essoufflé. Une seconde *tamburazione* l'a dénoncé cette fois comme enfant du pire péché, enfant naturel d'un moine et d'une nonne. L'étau se resserre.

— Lucrezia l'a appris, elle est morte d'angoisse. Combien de temps nous faut-il pour être prêts à partir ?

— Luca ?

— Vingt-quatre heures.

— Viens, accompagne-moi, il faut prévenir maman et la rassurer. Tu le feras mieux que moi. Elle me prend pour une tête brûlée, toi elle aura confiance. Et ça lui fera plaisir de te voir.

— Mais…

Botticelli a peur. Il règne un faux couvre-feu. Il n'est pas interdit de sortir la nuit, mais c'est dangereux. Personne dans les rues dès le coucher du soleil.

Une autre peur tenaille Botticelli : il n'a pas revu Lucrezia depuis dix ans. Elle lui a tant manqué. Elle lui manque encore tant. Elle est la femme qui lui a permis d'apprivoiser l'autre sexe, et encore, si peu. Or, depuis sa honte, il ne l'a jamais affrontée.

— Viens, je t'en prie, insiste Pipo, redevenu, sous l'effet du danger, le jeune élève fou d'amour et de dépendance que Botticelli a tant aimé.

C'est une nuit sans lune spécialement noire. Lucrezia demeure encore où était l'atelier de son premier maître. Le chemin pour y aller, ses jambes le savent toujours par cœur. Botticelli a le cœur qui bat fort. Pipo lui serre la main en marchant. Ils marchent vite. Botticelli a réellement peur. Et pourtant, ils n'ont rien vu venir, rien entendu de tant soit peu anormal, rien compris sur le coup. Assaillis tous les deux en même temps, dépassés, débordés par le nombre des assaillants, des coups tout de suite partout, sans cesse. Ni l'un ni l'autre ne pourront jamais dire qui et combien les ont frappés, ni si c'était bien ces brigades d'enfants. La nuit est trop noire, les coups trop violents, trop vite assommants. Ils font très mal. Des ahanements, des coups répétés au moyen de bâtons ? De pierres ?… Botticelli pousse un immense hurlement qui déchire la nuit et s'écroule. Pipo l'entend distinctement tomber. À cause de son cri inhumain, il a peur pour sa vie. Pour leurs vies. Quand ses oreilles soudain bourdonnent à exploser. Et plus rien. Ni douleur ni souvenir, amnésie, anesthésie, plus là, absent à tout. Assommé en moins de temps qu'il n'en faut pour le dire, fracassé à l'entrée du pont Ognissanti. Pas loin de chez Botticelli. Quand Pipo reprend conscience, la nuit est toujours noire. À ses côtés, inconscient, Sandro émet une faible plainte régulière. Un bruit du fond du corps.

Depuis combien de temps sont-ils là, inanimés ? Des secours… Comment ? Dans les rues de Florence ne passe personne de secourable. La nuit est déserte comme les rues. Pourtant pas loin, des lueurs, des maisons sûrement. Pas loin, à quoi ? vingt, trente

peut-être cinquante mètres, mais il n'y arrivera pas.
Comment y aller ? Pipo essaie de crier, d'alerter, sa
voix sort en un pâle murmure. Rien, si, un liquide
tiède dans sa bouche. Tiède et sucré. Du sang. Impossible de se servir de sa main droite, et même de
l'avant-bras. On s'est acharné dessus. Son poignet a
triplé de volume. S'agissait-il d'un coup monté, pré-
médité ? Leurs agresseurs savaient-ils à qui ils
avaient affaire ? En tout cas ils ont essayé de les tuer
et de les empêcher de peindre. Manque de chance :
Pipo est gaucher. Il essaie de secouer Botticelli. Rien
à faire, il n'en tire qu'un long gémissement continu.
Le sauver vite, y aller quand même, fût-ce en rampant. Il parvient à se redresser, l'épreuve prend dix
minutes. Se mettre debout sans se servir de ses mains,
endolories à hurler. Sans l'aide non plus du haut du
corps, la tête est blessée, du sang tiède dégouline sur
son visage. Il parcourt les trente mètres qui le séparent de la première maison en plus d'un quart
d'heure, mais il y arrive. Il frappe de sa main valide.
Et de ses dernières forces. Mobilisées pour cet
unique instant. Qu'on l'aide. Trouver du secours,
sauver Botticelli, sauver ses mains… Après un temps
qui lui paraît infini, on ouvre. Un vieillard littéralement terrorisé apparaît à la porte.

— À l'aide, je vous prie. Aidez-moi. Le peintre
Botticelli et moi avons été attaqués, il gît à l'angle du
pont…

Le visage de l'homme faiblement éclairé d'une
seule bougie esquisse un sourire.

— Ah oui, le peintre. J'appelle de l'aide, venez,
entrez, asseyez-vous, je vais vous aider.

À l'oreille, l'homme n'est pas Florentin. Par chance, le nom de Botticelli a dépassé les frontières. Et l'état de Pipo témoigne de la violence de l'attaque. Il est très tard. Deux garçons d'une vingtaine d'années descendent. À leur accent, ils sont napolitains, et à leur aisance, marchands.

— Venez avec moi sauver un grand artiste. À l'angle du pont, dis-tu ? On y va vite, on te soigne après.

Une minute plus tard, ils reviennent bredouilles. Les trois hommes palabrent un instant, et les deux jeunes remontent quatre à quatre, pour revenir avec un sofa de damas rouge. Ils repartent en courant dans la nuit noire avec leur sofa rouge. Leur père les suit avec des flambeaux. Pipo s'est laissé glisser dans un fauteuil. Il ne peut plus bouger. Tous ses muscles sont tétanisés, il est paralysé. C'est atrocement douloureux. Il a mal, mais surtout peur, il a encore plus peur maintenant. Il tremble de froid. Avertir qui ? Luca, sa mère, Vespucci, Simone ? Et les avertir comment ? Il ne peut pas mettre ses hôtes en danger. Les faire prévenir par ces si serviables Napolitains, impossible ; ils ne doivent pas bien connaître Florence, alors pour circuler dans cette nuit noire… Et dangereuse, ils n'en peuvent douter. Plus encore que les deux peintres ne l'imaginaient. Alors, passer la nuit ici, attendre l'aube ? C'est ce que propose leur hôte. Ils ont ramené Botticelli aussi précautionneusement que s'ils portaient le saint sacrement. Tout disloqué sur le sofa rouge, il respire difficilement. Ses deux jambes sont étrangement tordues. Et toujours cette sorte de plainte, de sifflement, en expirant.

La porte donnant sur la rue est restée ouverte. On entend des pas. On se regarde, inquiets. Mais non, les méchants ne reviendront pas. Du secours peut-être.

— S'il vous plaît, voyez si c'est un passant d'âge adulte, et dans ce cas, appelez-le, je vous prie.

Pipo a de plus en plus peur, maintenant qu'il voit en quel état gît Botticelli. C'est un passant d'âge adulte que le père ramène de la nuit meurtrière. Pipo ne le connaît pas. Florence compte actuellement près de soixante mille habitants. Par chance, lui connaît ces deux peintres de réputation.

— Ils ont été attaqués, l'un est blessé, la vie de Botticelli est peut-être en danger. Un médecin. Est-ce que vous en connaissez un pas loin d'ici ? Nous sommes étrangers, nous venons d'arriver, implore le plus âgé des Napolitains.

— Oui, qu'un de vos fils m'accompagne. Je vais aller en quérir un, mais c'est lui qui l'amènera chez vous, je ne veux pas m'attarder dans les rues plus longtemps.

Les deux jambes cassées, dont une très vilainement. Un terrible coup sur la nuque, qui va le tenir dans l'inconscience deux immenses journées, Botticelli est transporté chez lui sur le sofa napolitain, chacune de ses jambes ficelée plutôt qu'attelée entre deux planches. La nuque maintenue bien roide dans une sorte de coussin fabriqué pour l'occasion. Les mains bleues de coups de pierre, mais là, rien que des petits doigts cassés. C'est sur les jambes qu'on s'est acharné. Pipo, c'est le bras droit, de l'épaule jusqu'au bout des doigts qu'on lui a immobilisé entre deux planches. L'enserrant jusqu'à la paume.

— Ils n'y sont pas allés de main morte.

C'est le cas de le dire ! Outre les plaies ouvertes et les bleus violacés sur le visage, et sur le corps... Simone, son épouse, leurs filles et les autres neveux sont aux petits soins. À l'aube, Antonio aide Pipo à rentrer non chez lui, mais chez sa mère, le temps de se soigner. Il a tenu à raccompagner Botticelli étendu sur le sofa rouge, avec le vieillard napolitain propriétaire du sofa, et le médecin de fortune, dépêché en pleine nuit, grâce au courage d'un passant resté anonyme.

Même Esméralda, désormais hors d'âge mais toujours tonitruante, descend théâtralement porter à son fils un bol de bouillon. « Pour qu'il se reconstitue »...

Sandro est très traumatisé. Très atteint. Ce qui le rend plus sensible. Ce premier geste de tendresse venant de sa mère, après cinquante ans d'indifférence et deux jours de coma, l'émeut aux larmes. Comme quoi, même tapi en dessous de tout, l'enfant qui pleure au fond du puits est toujours là, prêt à confondre la moindre petite lueur avec le grand soleil. Il boit le bouillon de sa mère, persuadé que c'est le meilleur remède aux milliers de douleurs qui le persécutent. Les deux jambes immobilisées, il est totalement dépendant.

Dans la semaine qui suit cette tentative d'assassinat, Luca prend tout en main. Outre aides et assistants, le voilà qui commande à ses oncles. Il fait construire par les petites mains de l'atelier, à toute vitesse, une sorte de lit brancard, aisé à transporter, et conçu comme une chaise percée, afin que Botticelli puisse se soulager tout seul, sans être davantage humilié. On l'installe avec des précautions inouïes, il souffre effroyablement.

Peu à peu, Botticelli reprend ses esprits. C'est seulement le troisième jour après l'attaque qu'il demande des nouvelles de Pipo. Il a enfin dormi. Et revécu en rêve l'agression.

Luca file chez Lucrezia s'enquérir de la santé de son fils. Il va mieux. Plus jeune, il récupère plus vite, il a aussi été moins cogné. Luca revient accompagné de Lucrezia en personne. Silencieuse, elle s'assied à son chevet, lui prend la main, la porte à ses lèvres. Botticelli sent sur sa joue des larmes rouler. Elle pleure. Lui aussi. Ils sont bouleversés de se revoir enfin — dix ans d'absence, de manque, de silence —, et d'autant plus bouleversés de se revoir dans ces conditions.

— Tu sais, on allait chez toi quand…

— Je sais, vous deviez partir tous les deux à la campagne mettre vos affaires à l'abri.

— Oui.

— Il faut toujours partir, plus que jamais. Ici la vie est irrespirable, et vous êtes toujours en danger.

— Mais comment ?

— L'assistant de Pipo est sûr. Je puis encore servir à quelque chose. Comme il n'a toujours pas l'usage de ses mains, je ferai le tri, sous sa gouverne, et toi tu demanderas au gentil Luca de le faire pour toi. Ils chargent une bannette de vos travaux, dans une autre on vous installe pour que vous les suiviez sans trop de secousses.

— Je ne suis pas en état…

— Sitôt que tu es transportable, bien sûr. Mais ça va venir. Il faut que vous filiez au plus tôt. Tu vas guérir vite.

Botticelli embrasse fiévreusement la main de Lucrezia. Inchangée, vieillie peut-être, mais pas dans le regard du peintre. Pour lui, elle reste la Madone, l'Immaculée et toutes les annonciations du monde. Sainte et proche à la fois. Les larmes de Botticelli ne cessent de couler. Perclus d'émois comme de douleurs.

Vespucci, inquiet du climat que ces événements dénotent mais aussi alarmé de l'état de son ami, fait venir le médecin de Ficin soi-même pour tenter de le soulager. C'est lui qui chasse Lucrezia ; elle lui promet de revenir bientôt.

Brutal et cassant, le médecin de Ficin est sûrement un grand scientifique. On le soupçonne de se livrer à des séances de dissections de cadavres volés. On le dit aussi en relation de travail avec Léonard. Ce qu'il confirme sur cet inimitable ton bourru dont on ignore s'il camoufle des trésors de sensibilité ou une absolue indifférence.

— Oui, Léonard a très envie de rentrer à Florence mais l'omnipotence du moine fait que chacun le lui déconseille.

Il ausculte le malade. Lui fait excessivement mal aux jambes en tentant de les mobiliser. Mauvaise nouvelle, la gauche est hors d'usage. Elle ne pourra sans doute pas remarcher.

C'est annoncé sans le moindre ménagement.

— Je ne crois pas que le genou soit réparable. Il paraît que tu dois partir d'ici au plus vite. Pars. De toute façon, je ne vois pas ce qu'on pourrait tenter. En attendant, je vais refaire tes attelles, on ne sait jamais.

Botticelli n'en finit pas de pleurer. Là c'est l'annonce de sa probable infirmité. Lui qui en a été privé depuis dix ans, n'ira plus gambader dans la nature. Il se faisait une fête de retrouver la campagne avec Pipo. Ils doivent pourtant fuir le danger, ils sont directement visés. Mais ni l'un ni l'autre n'est en état de quitter Florence.

Comme annoncé par la science, la jambe gauche de Botticelli est folle. Plus de sensibilité et plus d'obéissance, il ne la contrôle plus, alors qu'il parvient péniblement à rééduquer l'autre, très lentement. Il doit réapprendre à marcher sur une seule jambe, qui n'a pas encore la force de le porter.

Un matin, c'est l'été, la Saint-Jean. Il fait un temps exceptionnel à Florence, pas trop chaud, une légère brise permet de se rafraîchir. Luca s'entend appeler par son oncle. Sa dévotion n'a d'égal que son ingénieux esprit d'initiative. Aujourd'hui, même Antonio le vieil orfèvre le reconnaît, c'est lui qui fait tourner la *bottega*. Botticelli réclame un panneau prêt à peindre.

— Petit format, s'il te plaît, que je puisse travailler sur mes genoux sans douleur.

Le cœur de Luca bat plus fort, la vie revient, Botticelli va repeindre.

Pas besoin de cartons ni de dessins préparatoires, il sait exactement ce qu'il veut faire. C'est exécuté d'un seul trait, d'un seul jet, sans repentir, avec toute l'énergie dont Botticelli est capable. Plus autre chose. Une nouvelle concentration, un air tourné vers ailleurs, inconnu de Luca. Se tenant à ses côtés, prêt à tout pour l'aider, le soulager, le seconder, Luca assiste à la création du tableau le plus triste qu'il ait vu de sa vie. Mais peut-être le plus beau, le plus gratuit surtout.

Une porte fermée, une petite volée de marches dépouillées de tout ornement, où traînent quelques vêtements épars, un mur clos. Dans un plissé intemporel, assise sur une marche, une jeune femme aux longs cheveux bouclés tient sa tête dans ses mains, penchée vers le sol, dans une totale affliction. On n'imagine pas pose plus triste. Toute la peine du monde semble s'être donnée rendez-vous dans cette attitude, cette porte fermée, ce mur qui obture le panneau, ces vêtements éparpillés. Rien d'autre, ni anecdote, ni histoire, ni motif. Pour témoigner de la désespérance la plus absolue, le chagrin comme la peinture à l'état pur. Pourtant les couleurs vives, joyeuses, légères, la palette habituelle de Botticelli, plus transparente encore, créent un contraste saisissant avec la mélancolie de la scène. La beauté des coloris souligne la solitude de cette jeune femme. En trois jours, l'œuvre est achevée. Botticelli demande à Luca de la placer face à son lit de douleur. Il passe les journées suivantes à la contempler, comme s'il n'en était pas l'auteur. Il attend Pipo. Après des semaines de douleurs, sa tête a été sévèrement atteinte, d'épouvantables migraines ne lui ont pas laissé le loisir de supporter la moindre lumière, sitôt qu'elles s'apaisent, Pipo rend enfin visite à celui qui se qualifie désormais d'infirme.

Tout de suite, il voit le nouveau panneau. S'arrête interloqué.

— C'est terriblement beau. Émouvant et familier à la fois.

— Je l'ai fait pour toi. Elle s'appelle *L'Abandonnée*, ou *La Délaissée*, je n'ai pas choisi.

— C'est elle ?

— Oui. Mais aussi une manière de raconter ce qui arrive à Florence, aux Florentins, ce qui nous est arrivé. Un témoignage du moment.

— Bien vu. Atrocement bien vu.

— Je le mesure aujourd'hui seulement, le mal que fait Savonarole est le même que celui que j'ai pu vous faire...

Pipo remercie avec toute la chaleur dont il est capable et jamais avare. Il sait que Botticelli restera boiteux. S'il remarche. Il lui promet qu'il va partir avec lui, qu'il le portera au milieu des pittosporums en fleur et des jasmins éblouis, qu'il le soutiendra, lui servira de béquille...

Et Pipo emporte *L'Abandonnée* chez lui. C'est-à-dire chez sa mère, dans le fol espoir que sa sœur tombe un jour sur cette œuvre unique. On ne sait jamais.

Pipo n'a jamais plus prononcé le nom de Sandra devant Botticelli, et personne n'évoque jamais Botticelli devant Sandra. Cette œuvre aura-t-elle le pouvoir de faire bouger les choses ?

CHAPITRE 23

La peste

Le glas sonne. Vite la foule se rue dans l'église la plus proche. Comme on va aux nouvelles. Quand cessent les cloches, debout devant l'autel, entre deux rangées de cierges allumés, des moines noirs, des franciscains, donnent solennellement lecture d'un Bref pontifical. Il s'agit d'une cérémonie rare et très grave. Une excommunication. Celle de Savonarole, évidemment. La scène se déroule à la Seigneurie ainsi que dans les principales églises de Florence. La mise en scène de cette cérémonie est prévue pour frapper les esprits. Menaçantes et feutrées, tombent quelques phrases terribles :

« Excommunié celui qui a propagé une pernicieuse doctrine pour le scandale et la perte des âmes simples... et excommunié pareillement sera, quiconque le soutiendra, lui viendra en aide, le fréquentera, le louera, soit dans ses paroles, soit dans ses actes... Excommunié et suspect d'hérésie. Rome, le 12 mai 1497. »

On est le 23 juin 1497 !

Les motifs sont si spécieux que le Bref a mis plus d'un mois avant d'être publié. Si peu de charges contre lui. Pas même hérétique, juste suspect. Le Saint-Siège reste si imprécis que la Seigneurie conseille à Savonarole de ne pas en tenir compte. Après lecture de ce Bref, les inquiétants moines noirs mouchent les grands cierges et les jettent rituellement à terre. De part et d'autres, dans tous les camps, les tensions montent. On fourbit ses armes. Les adversaires sont prêts à passer à l'acte. À en découdre de toutes les manières. Indifférents en majorité, les Florentins sont réputés pour leur scepticisme. Les brigades d'enfants les ont d'abord émus, avant de les terroriser, mais la trique fiscale des Médicis les a tant saignés qu'ils n'en sont pas à les regretter. Aujourd'hui, ils sentent le ciel s'éclaircir. Chacun comprend quelle embellie s'ouvre avec l'excommunication.

Savonarole condamné au silence ? Vive la licence ! Aussitôt les cabaretiers remettent leurs tables dehors. Ça tombe bien, c'est l'été. Les filles de joie reprennent la rue, les boutiques de colifichets rouvrent, on recommence à danser, à boire, à chanter et à rouler sous les tables. Toute une vie vouée au plaisir refait surface aussi immédiatement que s'écoule la lave à l'éruption d'un volcan. À croire qu'ils n'attendaient que ça, ces malheureux Florentins qui émergent d'une manière de terreur. En même temps que se répand la nouvelle, une atmosphère de liesse débridée s'empare de la cité. Ce grand corps trop longtemps contraint, déborde soudain de partout. Livrés à la toute-puissance de bas instincts, violemment contenus depuis deux ans, les débauchés reprennent leur vie désordonnée avec ostentation. Il fait chaud, l'été est ardent, on en profite comme jamais. Les joueurs sont réinstallés sur toutes les places, comme s'ils n'avaient jamais été bastonnés, les blasphémateurs hurlent leurs injures au moine, comme autant de crachats, longtemps réprimés, en espérant viser le Ciel. Hommes et femmes s'abandonnent sans réserve. Dès la nuit tombée, les rues résonnent des rires d'ivrognes, mêlés aux plaintes langoureuses des amants, qui, perdant toute idée de décence, se livrent à leurs ébats, parfois en public ! Comme les magistrats, lâches ou débordés, ne sévissent pas aussitôt, les excès redoublent. Les femmes exhibent des costumes d'une impudicité telle qu'on les croirait exécutés juste pour célébrer l'excommunication. Des jeunes gens parfumés font entendre des chants carnavalesques sous les fenêtres de leurs belles ou de leurs amants. Ils s'habillent, se coiffent et se parent comme des filles. Il semble que, spontanément et très subitement soit revenu le temps des fêtes sous les Médicis, sauf que cette fois, toute la ville s'adonne à la débauche, pas seulement les riches.

Pendant ce temps, réduit à un silence forcé, Savonarole assiste, impuissant et désespéré, à la recrudescence de ces dévergondages. Les tavernes et les bordels ne désemplissent même plus de jour. Le pire, ce sont les batailles rangées entre brigades d'enfants. Contre les blancs de Savonarole, les *Arrabiati*. À leur tour, ils ont compris quel parti tirer de l'innocence, et comme il est aisé de confier la sale besogne aux gamins. Les terrifiantes brigades continuent de sévir. La procession de la Fête-Dieu a ensanglanté les rues. Depuis, à l'instigation des *Arrabiati*, les noctambules organisent des chahuts endiablés autour de San

Marco, où l'on dit Savonarole à genoux, en prière, confiné dans le jeûne et les mortifications.

Les Florentins lui échappent ?

« Qu'ils retournent à leurs vomissures tels des chiens… »

Paradoxalement, Botticelli qui s'est réjoui d'apprendre que le pape mettait enfin bon ordre à cette poussée de fanatisme, réprouve la conduite déchaînée de ses congénères. Certes, il est toujours immobilisé sur son lit de douleur, ne se lève péniblement qu'en boitant. Il marche très mal. Avec sa béquille, il parvient à peine à faire le tour de l'atelier aidé par Antonio et Luca, souvent Pipo, Vespucci ou Simone. Beaucoup de monde se retrouve autour de l'artiste infirme. Le mélancolique est très surpris finalement d'être aimé. Ainsi reprend-il un peu goût à la vie. Comme il ne l'a jamais beaucoup aimée, dans son état c'est formidable. Mais au lieu de se réjouir de la liberté publique recouvrée, très vite, un écœurement le prend, un haut-le-cœur, une terrible nausée. Oh, il ne prise pas le moine ainsi châtié, mais il ne le hait pas. Bien sûr, il en veut à ces enfants qui l'ont — sans doute, mais est-ce bien eux ? — laissé sur le carreau. Mais les enfants du camp d'en face sont tout aussi cruels. La férocité n'est pas le fait du moine, mais de l'enfance embrigadée. Toute armée est meurtrière. Toute cause trop âprement défendue est injuste et tueuse.

Cette immense orgie dans les ruelles de Florence le dégoûte autant que l'austérité et la furieuse intolérance d'hier. Dans les deux cas, la même démesure est à l'œuvre. L'alcool que Botticelli a toujours fui coule à flots, comme jamais, jusque sous ses fenêtres. Or il ne peut prendre de repos qu'au rez-de-chaussée, les escaliers ne lui sont plus accessibles. L'odeur de vomi qui monte de la rue caniculaire sature ses narines. Les cris des filles qui jouissent à tue-tête, les râles des hommes… Les gueules de bois collectives de ses assistants… C'en est trop. Botticelli n'est pas encore valide, mais il veut partir. L'urgence est moindre, voire réduite à rien, mais Botticelli ne veut plus rester.

Après « l'accident », dans la précipitation Pipo et Luca ont expédié les œuvres les plus licencieuses. Ils ont fait le tri sans consulter Botticelli, pas en état. À cette occasion, le nez dans les centaines de portraits de sa sœur, Pipo a pris la mesure de l'amour que Sandro lui portait. Et donc de la perte subie. En peinture, en tout cas, il vouait un magnifique culte à Sandra. Ça ébranle Pipo. Mais il n'ose toujours pas en parler. Plus de dix ans après, c'est encore trop tôt !

Ils ont tout entreposé à la campagne, reconstitué un atelier, si un jour, Botticelli… Eh bien, c'est maintenant. Avec ou sans menace qui le force à fuir, il ne peut demeurer dans cette ville folle de son corps, qui s'adonne au stupre comme si elle devait être rasée demain, qui se prend pour Gomorrhe.

Simone et Antonio gardent la *bottega* et leur mère ; les enfants et Luca accompagnent leur oncle chéri. Des joies familiales, celles qu'il prise le plus, c'est de jouer au vieil oncle original et boiteux. Il ne se sent ni droit, ni devoir, ni responsabilité envers ces enfants, sauf de les faire rire.

Toute la troupe quitte Florence, se réjouissant de traverser un printemps si épanoui, de fraîches couleurs du jour et des odeurs à se pâmer. Et la beauté du ciel ! Et... En chemin, ils font un concours d'émerveillement.

Qu'est-ce qu'il fiche à Florence ? Cette maison est un rêve, un enchantement. Payée 156 florins d'or, outre l'engagement de fournir chaque année un couple de chapons à l'hôpital Santa Nueva qui la lui a vendue ! Et pour ce prix, le ravissement : Carpe Diem ? Vraiment.

Botticelli est aux anges. Pipo et Luca lui ont préparé un atelier idéal « pour infirme ». Il peut peindre assis, sa jambe folle bien posée. Sa chambre donne sur l'orangeraie. Dans le lointain, argentée et bruissante au vent, l'oliveraie s'étale sur les collines douces. La vigne pousse autour. Vergers et potagers sont magnifiquement entretenus par une famille de paysans attachés à demeure. Botticelli découvre que la fille de ces paysans qui tiennent la maison plaît beaucoup à Luca. Lucciana fait mieux que tenir la maison, fleurir chaque pièce avec art et goût, faire une cuisine légère et intelligente que même Botticelli apprécie. Il émane d'elle un calme, une sérénité, un silence joyeux. Luca est très épris. Et Lucciana très à l'aise avec tous. Le peintre a tout de suite envie de la peindre. Ce qui pour Luca vaut approbation de ses amours...

La vie semble s'apaiser. C'était si facile ? Il suffisait de quitter la ville. Abandonner les drames et les tumultes, les hontes et les saccages, mettre Florence à distance, davantage dans la tête que dans l'espace, transforme Botticelli en artiste léger qui fait avec joie, à la demande, le portrait de chacun, et même des petits animaux qu'ici chacun apprivoise en liberté. En oncle facétieux, il invente chaque jour une nouvelle parodie à interpréter par sa demi-douzaine de neveux et nièces. Bien sûr, cette étonnante légèreté d'exister lui en rappelle une autre, lointaine mais si proche ici. Castello, Lorenzo, Sandra, ses amours... *Le Printemps*, la nature, mais sans pincements de cœur, la nature est là, fidèle et généreuse.

Par Vespucci, Botticelli a régulièrement des nouvelles de Lorenzo. Il semble se préparer à bondir sur Florence dès que celle-ci sera mûre. Il a changé de nom mais pas d'ambition. Il lui faut toujours conquérir.

Quant à Sandra ? Ah ! Sandra. C'est la plus douloureuse énigme de sa vie. Il a recouvré l'amitié, l'estime, la tendresse de Lucrezia, inchangées, fortifiées. Depuis l'agression, elle est régulièrement venue à son chevet, témoigner des sentiments qu'elle a toujours pour l'enfant qui a débarqué un jour dans l'atelier de son époux.

Il a renoué avec Pipo, c'est plus que de l'amitié, ce n'est plus de l'amour passion, mais c'en est au moins le merveilleux souvenir. Il n'a jamais revu Sandra, jamais croisée, jamais évoquée. Elle lui manque encore. Non ? Si ? Il n'en sait rien. Il s'en veut toujours. C'est sûr. Moins à Carpe Diem, où il se repose, y compris de lui-même et de sa mélancolie. Il réapprend à vivre comme il rééduque sa jambe folle. Il récupère un peu de mobilité et l'esquisse du sourire. Il reprend ses pinceaux pour faire plaisir aux siens. Luca va, vient et virevolte en amoureux comblé.

— Bon d'accord, fixons la date de tes noces pour la fin de l'été. Après quoi Lucciana viendra habiter avec nous à Florence. Bien sûr que je suis d'accord, comment ne pas être conquis ? Elle est la grâce et l'attention incarnées.

Botticelli offre la dot.

Un jour de fin juillet flamboyant, Luca rentre précipitamment de Florence où il est allé chercher des pigments. Sur le chemin du retour, il a croisé Pipo, désireux de se mettre au vert en leur compagnie. Pipo revient de Milan où il a exécuté une fresque durant deux mois. Les deux hommes annoncent la terrible nouvelle à Sandro.

— Elle est revenue.

— Qui, elle ?

— La Visiteuse.

— Pipo, Luca, s'il vous plaît, cessez de parler par énigme.

— Mais Elle.

— Il y a la peste à Florence ! Comment l'avez-vous su ?

— C'est moi, reprend Luca. Par Simone. Tu sais, il est plus que jamais auprès du Moine…

— Oui, je sais, et alors ? Ce n'est tout de même pas l'excommunié cloîtré qui a inventé l'épidémie…

— Non, mais il a compris quel parti en tirer, que la main de Dieu s'abattait sur la cité plongée dans l'impureté. « La punition du Vice », précise Pipo.

— Ce sont les dominicains les premiers qui ont compris que c'était Elle, reprend Luca.

— Comment ça ?

— Au lendemain des fêtes de la Saint-Jean, qui ont donné lieu à des orgies…

— Oui, je sais. C'est ce qui m'a fait fuir…

— Eh bien, il paraît que Savonarole et les siens ont remarqué que les rats en grand nombre remontaient de l'Arno… Mais personne n'y a prêté attention. Ils ne s'en prenaient pas aux gens mais aux animaux, qui se sont mis à mourir dans des flaques de sang noir. Une odeur infecte commença à se répandre. Les gamins se bagarraient à coups de cadavres, se les jetant les uns les autres. Ou à la figure des passants pour les rançonner. La milice ne les en empêchait pas, les balayeurs effaçaient les traces chaque soir. En répandant du grésil et en brûlant les animaux morts. Les enfants dansaient follement autour de ces bûchers improvisés et malodorants. Jusqu'au jour où, à l'hôpital des Innocents, un certain nombre d'enfants ont tous présenté les mêmes symptômes.

— Lesquels ?

— Fièvres, vomissements… Puis au cou, aux aisselles et à l'aine, des ganglions gros comme des œufs ou même comme des pommes. La salive manque. Le sang devient noir. On cesse doucement de vivre. En quelques heures, paraît-il. Ou en quelques semaines, dit Simone.

— Depuis quand sait-on que c'est Elle ?

— Depuis qu'on meurt en grand nombre.

— Moi qui me réjouissais de passer cet été ici avec toi. Oh, mon Pipo, je suis désolé. Inquiet, et désolé. Mais mes frères, ma mère, et la tienne, et ta sœur, et… On doit aller les secourir, quitte à tous les ramener ici.

380

Au mot de peste, impossible de rester neutre, tous les comportements changent. Certains se montrent sous leur meilleur jour. D'autres...

Lucciana promet de garder la maison ouverte et tous les enfants heureux. Luca, Pipo, Botticelli reprennent la bannette à peine déchargée. Il faut arriver à Florence avant la fermeture des portes de la nuit.

Pipo veut qu'on le dépose chez sa mère. Botticelli prie Luca de l'y accompagner. Ils reviennent aussitôt, bredouilles. Personne. Mais un voisin, sans quitter sa fenêtre et de derrière son volet, leur a crié que Lucrezia était allée rejoindre sa fille. Où ça, demande Luca. Dans le quartier neuf, près du palais Pitti. On y court, il faut passer l'Arno. Sur le pont, une puanteur inouïe les agresse. Une odeur pestilentielle monte du fleuve.

— C'est donc ça, l'odeur de la peste, c'est la pire qu'on puisse imaginer. Je ne l'oublierai plus, se promet Botticelli.

De-ci, de-là, des bûchers illuminent la nuit. Vers Boboli, le grand jardin derrière le palais Pitti, une immense fournaise, des flammes de plusieurs mètres. Les chevaux refusent de s'engouffrer plus avant dans cette odeur, cette chaleur, et autre chose, une sorte de peur compacte. Botticelli ne peut pas aller à pied, mais prie Luca d'accompagner Pipo chercher Lucrezia, et lui fait promettre de revenir demain matin tout raconter.

Botticelli rentre seul chez lui. Antonio et Simone n'y sont pas. Restent, là-haut, claquemurées, sa mère décidément résistante à tout, et ses deux belles-sœurs. En l'entendant entrer, elles descendent, en dépit des interdits et de l'heure tardive, pour raconter à Botticelli l'étendue des dégâts.

— Antonio est à l'hôpital de Santa Nueva.

— Il l'a attrapée ?

— Simone l'a convaincu de l'accompagner pour aider à récupérer les cadavres. À force de les jeter dans le fleuve, ils l'ont bouché sous toutes les arches. Et il déborde de partout.

— C'est pour ça, rationalise Maria, l'autre belle-sœur, que maintenant on les brûle sur place.

Soudain Botticelli s'affole.

— Les chats ? Mes chats ? Où sont les chats, ils ont tous disparu. Tous ! Évaporés. Plus un seul…

— Tes chats… C'est vrai mais…

— Depuis quand ?

— Oh ! bien avant qu'Elle n'arrive. Il n'y en avait déjà plus après la Saint-Jean. Ils sont partis juste après toi.

Un mois que Botticelli est parti, un mois que la peste s'est répandue sur la ville.

Les deux femmes soulagées de pouvoir raconter leur misère parlent à travers un voile.

— Elle est d'abord entrée chez les pauvres par les quartiers misérables, mais comme tous se regroupaient dans les églises, les riches aussi l'ont attrapée. D'abord l'Église a organisé des messes spéciales anti-pesteuses, on y exhibait tous les saint Sébastien de Florence. Là, malades et bien portants communiaient ensemble. Les églises n'ont jamais été si pleines, un bruit courait prétendant que l'odeur des cierges et de l'encens protégeait du fléau. Aussi passait-on son temps à l'église serrés les uns contre les autres… La contagion a fait son œuvre.

— Le sang coulait par tous les orifices, se mêlant aux excréments…

— S'il te plaît, Maria, évite-moi ce genre de détails.

— Ce n'est pas toi, on le voit bien, qui t'es retrouvé avec un mort debout qui te dégouline dessus.

Il est minuit passé. Les deux femmes continuent à déverser leur mois de malheur et de peur vécu sans lui.

— On aspergeait les malades et les mourants avec de l'eau bénite. Et les morts de grésil. On s'est rendu compte que ça ne servait à rien ; l'esprit fétide s'étendait tous les jours. Alors, sais-tu ce qu'ils ont fait ? Devine ?

— Je ne sais pas.

— Ils ont fermé les églises. Interdit de prier ! Depuis le tocsin sonne sans discontinuer, preuve qu'il y a toujours des gens à l'intérieur.

— Ça rend fous ceux qui ne sont pas malades, insiste Francesca, l'épouse d'Antonio.

« Antonio a la peste ! », se répète Botticelli, comme pour s'en convaincre.

— Comme les hôpitaux ne peuvent plus répondre à la demande, on a décidé de conduire les nouveaux pestiférés au palais Pitti. Là, insiste la femme de Simone, qui, bien sûr, tient ces renseignements de lui, on fait asseoir les malades le plus près possible des flammes et chanter des cantiques. Il paraît que le feu a le pouvoir d'éteindre le mauvais esprit, l'humeur maligne de la peste, s'il les brûle avant qu'il n'ait quitté le corps. Lentement leur pouls s'affaiblit, les gens meurent en douceur. Ils s'éteignent, dit Simone, dans la paix de Dieu. Alors, des hommes masqués de cuir poussent les morts, peut-être seulement mourants, je ne sais pas, dans le feu qui les dévore. Si l'on pouvait jeter tous ces malades au feu, on en finirait bientôt.

— Ça n'est pas Simone qui raconte des choses pareilles ?

— Non, non. Lui, il veut sauver tout le monde. Et il juge atroce le sort des malades autour du brasier, leur air hagard, fiévreux, hébété, et méchant aussi, paraît-il. Ils se surveillent, ils s'épient, se méfient les uns des autres. Ils meurent surtout de peur. Dans les maisons, le sort des gens n'est pas meilleur, les hommes au masque de cuir, sitôt qu'ils voient une porte ouverte — c'est interdit, tu sais, de laisser portes ou fenêtres ouvertes — entrent et crient. Si personne ne répond, ils incendient la maison. Sinon, il paraît qu'ils achèvent les malades, même les femmes et les enfants. C'est encore pire chez les pauvres. Entre eux, c'est plus contagieux.

— La ville a basculé dans un silence terrible, tu as remarqué.

— Un silence de mort.

— À part les cloches.

— Pourtant, on suffoque, la vague de chaleur nous a écrasés de poussière et d'horreur.

— En fait, on a peur. Chacun attend son tour.

Voilà pourquoi Francesca pense davantage à se protéger qu'à se tenir au chevet de son malheureux mari. Botticelli se promet, dès qu'il aura des nouvelles de Pipo et des siens, de se faire conduire demain près d'Antonio. Dieu qu'à cet instant il aime son frère, son plus vieil ami, l'associé d'une vie entière.

Les deux femmes continuent d'égrener les misères de la peste.

— Le mal s'est installé comme chez lui. La peste a tout remplacé, c'est devenu la vraie vie, la seule vie. Il n'y a plus rien que la chaleur, le silence, la peur et la mort. Des visages hébétés, l'attente de l'inéluctable dans un consentement provisoire. La vie n'a plus aucune importance, quand on a déjà jeté au feu sa mère, son mari, sa femme ou son enfant. Replié sur soi, chaque Florentin attend son tour. On ne se parle plus. On ne se soutient plus. C'est bien que tu aies emmené les enfants. Ils vivront peut-être. Plus personne n'est solidaire, sauf Simone et les moines de Savonarole. Chacun se mure dans le silence, c'est la première fois qu'on parle, reconnaissent, la gorge sèche, les deux belles-sœurs de Botticelli. Chacun vit ramassé sur son angoisse. Simone dit qu'il y en a qui préfèrent encore être tués par la milice plutôt qu'attendre leur tour autour du feu. La famine menace, toutes les boutiques ont déjà été pillées plusieurs fois. Maintenant, c'est au tour des maisons, c'est pourquoi on ne dormait pas quand tu es entré, on doit veiller. Heureusement que tu as mis tes biens à la campagne, tout l'or d'Antonio a été volé. Pas les réserves de ta mère. Elle dort dessus.

— Simone n'arrête jamais. Avec les derniers hommes valides, derrière Savonarole, ils sont partout, aident les malades à mourir, donnent à boire, portent l'hostie, confessent ceux qui meurent alors en paix. On les appelle, ils y vont. Ils sont les seuls qui tendent encore la main. Moi, il me laisse toute seule et je meurs de peur.

— Vous allez partir à la campagne, toutes, annonce Botticelli. Même ma mère. Tant pis, on va la déplacer.

— Elle ne peut plus bouger, elle est énorme. Et elle ne quittera pas ses réserves de victuailles.

— Il y en a beaucoup plus à la campagne. Et il est hors de question qu'elle reste seule là-haut.

— Comment va-t-on la descendre ?

— On trouvera.

À l'aube. Luca revient. Seul.

— Et Pipo ?

— Il est parti avec Lucrezia, Sandra et Giacomo… À Prato. Le mari de Sandra est mort pendant la nuit. Grâce au retour précipité de Pipo, Lucrezia a pu convaincre sa fille d'aller se mettre à l'abri pour échapper à la contagion et sauver son fils.

Botticelli s'effondre. En larmes, presque inconscient.

— À Prato ?

— Sandra est vivante, et leur enfant… Ils sont encore en danger. Tous.

Simone arrive enfin. Il enjoint à Botticelli de ne pas l'approcher. Il se précipitait pour l'embrasser. Heureusement qu'il boite. Il n'a pas eu le temps de le toucher.

— Laisse-moi me laver. Vous-mêmes, tous autant que vous êtes, lavez-vous les mains sans cesse, lavez vos vêtements tous les jours, il fait chaud maintenant, ça sèche vite. C'est sûrement par là que ça se transmet.

— Je veux aller voir Antonio.

— C'est dangereux, mais j'imagine que je n'ai pas les moyens de t'en empêcher.

— Je n'ai pas peur. Tu ne l'as pas attrapée. Moi non plus, tu verras.

— Alors viens, on y va tout de suite.

Par chance, la bannette a encore un cheval. À l'hôpital, Simone guide son frère boiteux jusqu'à une cellule isolée où il a réussi à installer Antonio. Heureusement ! Botticelli en a assez vu pour comprendre qu'Antonio est mieux seul. Ici, la mort n'a plus rien d'une aventure individuelle ni même artisanale. Elle est juste ignoble, affamée, dévorante et obscène.

Antonio va mourir ? Bien sûr qu'il va mourir, mais il sourit si intensément à Botticelli…

— Oh, mon petit frère, mon tout-petit, tu es venu. C'est bien de te voir avant de partir. Tu es un frère épatant. Le meilleur de nous tous. Et le plus grand peintre du monde. Presque toute ma vie, j'ai oublié de te le dire. Qu'est-ce que je t'admire, si tu savais ! Plus que tout. Quand tu étais petit, je n'ai rien compris à toi, je te détestais. Je me suis rattrapé depuis, crois-moi. Je suis trop fatigué pour te dire combien je t'aime, c'est trop fort pour moi. Pourtant je ne vais pas pouvoir continuer l'atelier avec toi. Pardonne-moi.

— Non. Ne l'embrasse pas…

Simone essaie d'empêcher Botticelli d'étreindre leur frère en train de mourir. Peine perdue. Botticelli enlace Antonio, soutient sa tête qu'il n'a plus la force de relever. Leurs yeux ne se quittent pas, la faiblesse d'Antonio n'est pas lisible dans son regard. Toute l'intensité du monde s'y trouve rassemblée.

Pas plus que Simone ou que les hommes de Savonarole se penchant sur les mourants, ou les derniers médecins, juifs pour la plupart qui les assistent, Botticelli n'attrape la sinistre Visiteuse. Il peut enlacer son frère en pleurant. Sa peine lui est immunité. Ou son courage ? Ils s'étreignent longuement. Antonio dort. Ou est inconscient. Botticelli consent à s'en aller. Il sait qu'il ne le reverra plus.

— Dans ce monde-ci, en tout cas, précise Simone.

— Si tu y tiens…

— Arrête de pleurer. Ils meurent tous. Plus d'une centaine par jour.

— Lui, c'est mon frère.

— Ils sont tous nos frères. Et ce fléau risque de tuer la ville entière, si on ne fait rien pour déboucher l'Arno, murmure Simone entre ses dents, il faut dégager les arches des ponts obturés par l'amoncellement des cadavres en décomposition qu'on y jette nuitamment.

— Qui va se dévouer ?

— Les miliciens survivants et les moines. Qui veux-tu ? Aidés de quelques riverains qui n'ont plus rien à perdre.

Simone redépose Botticelli chez eux pour superviser les préparatifs du départ. De leur fuite à la campagne. Simone confie les vivants à Botticelli et repart avec ses moines repêcher les morts pour libérer le fleuve.

Botticelli est à l'atelier en train de boucler son sac de voyage, quand, d'un coup, par la fenêtre ouverte sur le patio, il voit débouler une armée de chats. Son armée, ses chats. Maigres mais l'œil vif et le poil brillant, le museau frais et l'air affamé. En très bonne santé.

Fou de joie, Botticelli se met à les caresser tous en

même temps, à ronronner avec eux. Sa joie serait totale si Antonio n'était à l'agonie. Mais l'espoir lui est rendu. Ses chats sont au complet.

Au bout de centaines d'heures d'efforts atroces, l'Arno a enfin repris son cours. Comme un miracle. Très vite, presque tout de suite, on a vu les eaux se retirer, aspirées par le fleuve, refluer dans leur lit, et les places sécher en abandonnant tellement de détritus qu'il faudra des années pour en effacer les traces. Ce reflux agit comme un signal. On crie au miracle. Simone connaît le prix du miracle. Antonio meurt ce jour-là. Juste quand cesse le tocsin.

On dirait une migraine qui s'évanouit. Un long et infini hurlement de joie parcourt la ville comme un frisson soulève une échine caressée. Le fléau est passé. Les cloches se mettent à chanter. La foule grossit. Tout Florence s'entasse dans les rues. La vie va reprendre. Le bonheur ? On va oser y croire.

CHAPITRE 24

Le Bûcher des Vanités

La peste vaut à Savonarole un surcroît de gloire et d'engouement populaire. Chacun rapporte une anecdote illustrant l'abnégation sacrificielle du moine. Quand l'excommunié de San Marco organisait les soins et les secours aux mourants, quand il les aidait, les sauvait, portait les morts dans ses bras maigres, quand lui et les siens se démultipliaient, au point de sembler partout à la fois, alors que chacun se méfiait de tous, que plus personne n'approchait personne, Savonarole allait répétant :

— Ne craignez pas mon séjour chez les pestiférés, Dieu me viendra en aide.

Quand on ne voyait plus que croix et cadavres, lui seul continuait :

— Rien n'est plus merveilleux que la joie des mourants, moines ou laïcs, hommes et femmes, qui rendent l'âme en louant le Seigneur.

Aussi aujourd'hui le prend-on pour un saint.

Botticelli comprend enfin ce qui ne va pas. Cet homme n'est si dangereux que parce qu'il adore la mort. La véritable horreur qui s'est abattue sur Florence, c'est d'être dirigée par un amoureux de la mort. Le climat qui règne ici n'a pas d'autre explication. La haine entre chaque camp est ainsi attisée. Savonarole et ses meutes déchaînées n'aiment que la mort. Une passion pour la mort. Le peintre mélancolique s'est toujours reproché de n'aimer pas suffisamment la vie. De ne pas arriver à la cheville de Léonard, cet immense amoureux de la vie. Mais entre ne pas aimer assez la vie et adorer la mort, il y a un gouffre que Botticelli n'a jamais franchi. Il vient de comprendre pourquoi, en dépit d'une certaine beauté tragique et de quelques accents de vérité, il n'a pu adhérer aux doctrines de Savonarole. Ce qu'on appelle « le miracle de la peste » n'est qu'un prétexte pour passer les bornes du fanatisme. Les milices *Piagnoni* sont lâchées. Savonarole a conquis la Seigneurie, la peste lui vaut le pouvoir absolu.

Avec la loi pour eux, les enfants blancs courent les rues dans le seul dessein de nuire. Ils pénètrent dans les maisons, se croient tout permis. Ils ont raison, tout leur est licite. Leur fermer la porte, c'est s'avouer coupable. Ils pillent, volent, vandalisent en toute impunité. Puisqu'ils traquent les « Vanités » pour le prochain bûcher. Ce sera du grand spectacle, ça va flamber plus haut que le dôme, promettent les enfants. Savonarole a enfin compris la vertu pacificatrice d'exutoire des fêtes populaires. Profanes ou religieuses, pourvu qu'elles soient populaires ! Aussi remplace-t-il Carnaval par une fête de l'épuration. Le Bûcher des Vanités sera son chef-d'œuvre. Simone a appris que les peintres seront bientôt visités. On compte sur la terreur collective pour que chacun porte « spontanément » au Bûcher ses œuvres impies. Mais la joie sauvage des enfants explose davantage de débusquer eux-mêmes des monstruosités comme le dessin d'une femme décolletée...

Donc ils visitent les ateliers. Et saccagent tant qu'ils peuvent. Ce qui n'empêche pas que le jour du bûcher, les artistes devront en prime livrer aux flammes les œuvres dont ils pourraient se repentir. Simone redoute qu'ils ne trouvent plus rien chez Sandro, ou en tout cas, pas assez pour alimenter la haine. Botticelli est célèbre pour être l'inventeur du nu en peinture. Il faut qu'ils en aient pour leur peine, ces terribles enfants inquisiteurs.

— Soit tu en redessines dans la semaine, soit on envoie Luca à la campagne en chercher quelques-uns. Si l'on ne trouve que des crucifixions et des madones chez toi, j'ai peur qu'on s'en prenne encore à toi. Il faut que tu sacrifies toi-même certaines de tes œuvres.

— Et que j'aie l'air content de les leur offrir en autodafé, pendant qu'on y est.

N'empêche, dans la ferveur que déclenche toujours l'imminence du danger, Botticelli se met fébrilement à refaire le corps dénudé de Simonetta. Pas question qu'on brûle Sandra. Ah ! Sandra. Et son enfant ! Mon Dieu. Si seulement... Mais non. Impossible. Botticelli a de plus en plus fréquemment ces petites bouffées d'abîme.

Il peint nuit et jour, se reprenant au jeu du premier corps de femme qu'il a tenu sous son pinceau. Il peint des enchantements pour les jeter au feu ! Quel délire. Il y met toute l'application du monde. C'est encore plus absurde. Ces *Piagnoni* rendent fou.

Du promoteur du nu féminin, les enfants attendent les pires horreurs, il leur fait des merveilles, à aller se confesser rien que de les avoir effleurées des yeux. Il les rend coupables malgré eux ! Il en cache quelques-unes chez Simone, histoire d'afficher, le jour du bûcher, un repentir ostentatoire, en osant le geste spectaculaire entre tous, de l'artiste qui jette lui-même ses chefs-d'œuvre aux flammes.

Pauvre Simonetta ! Les lignes de son corps lui sont revenues comme s'il les avait toujours sous la main, qu'il les reproduisait juste après les avoir caressées. Incroyable mémoire des sens. Il n'ose pas envisager en quel état le plongerait le corps de Sandra s'il devait à nouveau le dénuder. Sandra vient de plus en plus souvent s'insinuer dans ses pensées, au moment où il s'y attend le moins. Comme si, de la savoir veuve la rendait plus proche… Disponible ?

Pipo revient avec Luca. Pour alimenter le bûcher, ils ont fait le tri dans les œuvres cachées. Toutes mineures, ils ne se sont pas trompés. Rien de tel que l'œil d'un peintre, forcément un peu rival, pour discriminer la qualité de la médiocrité. Ça peut aller au feu. Ça brûlera magnifiquement. Ça n'aurait de toute façon jamais passé le tamis du temps. C'est une expression de Léonard, elle date de l'époque de leur étrange amitié, quand ensemble, ils regardaient les œuvres qui jaillissaient à Florence. Léonard avait pour usage de crachoter un sibyllin « passera pas le tamis du temps ». Léonard, c'est toujours un souvenir de bonheur, il aura passé sa vie à lui manquer.

C'est un hiver doux, mou, pluvieux. Botticelli préférerait ne pas le passer à Florence mais Simone le persuade de rester au moins jusqu'au Bûcher des Vanités ; il doit y paraître, pour jeter lui-même symboliquement quelques dessins. Repéré comme « tiède », on l'attend au tournant. Les enfants des deux camps sont de plus en plus violents.

— Dis-moi, Simone, quel est ce monde où il faut se méfier des enfants ? Les redouter comme la peste ? C'est ça, le monde idéal de Savonarole ?

Depuis qu'a disparu l'homme qui lui servait de père, Botticelli songe de plus en plus au sien, d'enfant. Quel air peut-il avoir ? Il a survécu à la peste, et d'après Luca, il s'appelle Giacomo. Un garçonnet d'une dizaine d'années... Et aujourd'hui on craint les garçons de cet âge. Mon Dieu ! Savonarole a semé un germe de folie qui fait des ravages.

Pauvre Simone, tiraillé entre sa dévotion à son saint dont il est le thuriféraire désigné, et son amour qui n'est pas que de devoir envers les siens. Protéger son petit frère contre ses frères prêcheurs est devenu son pire dilemme.

Jusque-là, il est parvenu à épargner Sandro et même Pipo. Mais ce jour-là... Au matin du 27 février 1498, Savonarole lance son armée d'angelots. C'est aujourd'hui le grand soir.

« Au nom du Christ-Roi de Florence... » Ils accompagnent leurs forfaits de cantiques jetés à tue-tête, fanions en bannière, crucifix à la main, ils poussent leurs charrettes où atterrissent les dernières vanités. La foule s'ouvre sur leur passage. Les chalands se signent, certains s'agenouillent. Il y en a qui promettent de s'amender, de ne plus pécher. À des enfants ! Et malheur à qui s'enfuit. La chasse à l'homme est bien rodée, c'est leur jeu préféré. Personne n'est à l'abri de leur rage de molester. Les garnements en aube blanche s'en donnent à cœur joie. Les charrettes s'emplissent, miroirs, fards, pinces à

épiler, dentelles, mouchoirs, peignes, perruques, gui-
pures, coiffes et postiches, souliers, rubans, broches,
fourrures… Les diamants filent aussitôt dans les
poches des aînés. Parfums, boucles, médaillons,
nappes brodées, linges précieux, résilles, partitions
de musique, toutes sortes de bibelots…

Fatigués de fureter partout, les gamins se postent
au coin des rues, et arrêtent les gens qui passent, les
forçant en toute impunité à vider leurs poches. Dé-
lurés, arrogants et pervers, ils jaugent leur pouvoir.

Ce matin, ils sont allés jusqu'à sortir les femmes
des thermes. Comme elles étaient déshabillées, en
gloussant devant l'impudicité, ils les ont tout bonnement lapidées. Là, à terre, devant tout le monde, trois
femmes, lapidées ! Et personne n'a bougé pour les
en empêcher, personne pour leur porter secours !
Mortes au nom de Dieu… Humiliées, blessées, tuées,
assassinées pour les punir de leur nudité. Déchi-
quetées… Ils ont le pouvoir de faire trancher les poignets d'un petit voleur à l'étalage. En riant, ils lui
donnent l'ordre de ne pas laisser traîner ses affaires
partout et de ramasser sa main. Horreur ! Horreur !

Les trésors extorqués s'entassent à l'entrée de San
Marco. Les plus belles pièces ont échappé aux
flammes. Les plus faciles à écouler comme les pierres
précieuses serviront à financer les œuvres du prophète ! Jusqu'au dernier moment, certains s'engraissent. La vente clandestine continue pendant que les
anges blancs, manches retroussées, aubes nouées par
les pans, commencent à dresser le bûcher. L'autodafé est prévu à dix-sept heures. Et l'on dansera
tard jusqu'à l'aube. Le bûcher s'élève piazza della
Signora. C'est un énorme tronc autour duquel

s'échafaudent des gradins en forme de pyramide. On travaille en musique, des brigades de fifres, de tambours et de chanteurs de cantiques, scandent les efforts des faiseurs de bûcher. Tout en bas, l'on répand les pots de fards et d'onguents, les boîtes à parfums dont certaines se brisent en parfumant toute la place d'odeurs musquées, épicées, lascives. Coupables forcément ! Viennent ensuite perruques, postiches : « les attributs du diable vieillissant ». Puis on éparpille les jeux de cartes, de dés, d'échecs, de dominos. Ensuite la vaisselle précieuse qu'on brise avec joie et fracas. Par-dessus, livres, manuscrits pleine peau, tableaux, cartons, dessins, toiles, panneaux de bois. Enfin, les instruments de musique. Par-dessus tout, on a fabriqué de grossiers mannequins représentant Carnaval, Lucifer et les Médicis.

À quinze heures, le bûcher est prêt, quinze mètres de haut, soixante de large, fagots et bûches acheminés par les enfants en aube blanche, avec la joie mauvaise de qui prépare le pire, s'empilent jusqu'à plus de quatre mètres. Il faut que ça prenne vite et bien. Restent deux heures pour rassembler la foule : tout Florence doit assister à sa propre épuration, se repentir… Les chanteurs cèdent la place aux cloches qui battent le rappel, surtout celle de Santa Maria Novella, appelée Piagnona. La pleurnicharde. À Florence, toutes les cloches ont un surnom. Elles sont toutes reconnaissables les unes des autres, l'Enrouée de San Lorenzo passe le relais à la Toute-Pure de Santa Annunziata…

Vers seize heures, les artistes arrivent sur la piazza. Avec la dernière de leurs charrettes. Botticelli est assis dessus. Les autres poussent ou tirent à côté, en riant, en bavardant. Par raffinement et pour l'exemple, on a exigé d'eux qu'ils jettent chacun au moins une œuvre de leur main.

Aujourd'hui le peintre Baccio Della Porta revêt l'habit dominicain sous le nom de Fra Bartolomeo. Il est le seul à mettre toute la solennité du recueillement et la ferveur de sa foi dans cet acte. Les autres sont des artistes, c'est-à-dire des sceptiques qui n'ont pas le choix. Les très vieux frères Della Robbia plaisantent en se débarrassant de vieux cartons, modèles d'œuvres sculptées depuis plus de vingt ans.

— Ça fera de la place à l'atelier ! Attention que les enfants ne voient pas ces nymphes en pâmoison.

Et tous de rire. Signorelli jette ses portraits de l'épouse de Piero de Médicis sous les huées des enfants qui, si on ne la leur avait pas présentée, ne l'auraient jamais reconnue. Pipo a ressorti de dessous les fagots, quoique Botticelli le soupçonne de les avoir exécutés dans la semaine, comme lui, quelques audacieux nus de garçons, plus qu'équivoques. Botticelli, pour faire bonne mesure, a rajouté quelques Simonetta fort déshabillées. Peintes pour être brûlées. Son cœur saigne quand même. Arrive alors, les mains vides, le jeune protégé de Vespucci, que Botticelli ne fréquente que parce qu'il sert de courrier entre lui et Lorenzo. L'ombrageux Michel-Ange, doué comme personne et jaloux de tous. Ombrageux et mal luné, d'une humeur exécrable. Avare alors qu'il est de noble naissance. Ce qu'on lui pardonnerait, s'il était au moins aimable et poli. Comme il est venu les mains vides, les enfants blancs lui en font grief. Les petits anges sont prêts à l'accompagner chez lui rechercher ses obscénités. On croit savoir qu'il pratique la sodomie. C'est un bon client pour les épurateurs. Mais il se cabre. Face à l'agression, il prend la pose la plus arrogante.

— Tu n'as pas honte de ne rien porter au feu sanctificateur ?

— Honte, non. Je n'en ai simplement pas la force. Si vous l'avez, vous autres, allez-y donc. Il pèse trois tonnes, mon David, qui vous déplaît tant, portez-le vous-mêmes.

On est forcé de l'abandonner à sa solitude renfrognée, alors que les artistes meurent d'envie d'applaudir sa sortie. Mais il campe vaillamment sur son dédain y compris envers eux. Son mépris englobe aussi bien les enfants que ses confrères. Personne ne trouve grâce à ses yeux. Il faut attendre l'heure. Même l'infirme Botticelli est tenu de rester. Les chœurs qui ont succédé aux cloches fatiguent à leur tour. Même les inquisiteurs en graine perdent de leur entrain. Enfin paraît le gouvernement au grand complet, suivi, après un temps cérémonieux, de Savonarole, tout seul, la tête encapuchonnée et les yeux rivés au sol.

Botticelli le trouve terriblement changé. Effrayant même. Après ses pires crises de mélancolie, il n'a jamais été si maigre, efflanqué. Un coup de vent, il risque de s'envoler. Sa bure flotte loin au-delà de lui.

— Il a l'air en train de mourir, glisse-t-il à Pipo debout près de sa charrette.

Quand Savonarole lève les bras au ciel, tout s'interrompt, même les chants d'oiseaux. Les cloches, les cantiques, tout cède la place à un silence anxieux. Un enfant lui porte alors une torche allumée, Savonarole la brandit comme le saint sacrement. Fait le tour du bûcher à pas lents. L'effleure en criant : « Sacrifice, sacrifice ! » Puis il enfonce sa torche dans le bûcher… Le feu ne prend pas. Pas encore. Pas facilement. Pas vraiment. Trop humide ? Trop d'objets peu inflammables ? Botticelli se réjouit : ça ne marche pas. De la fumée, beaucoup de fumée, noire, grise, blanche, les couleurs de toutes les brigades qui s'opposent à Florence. Une âcre fumée dense envahit la place en rampant sur le sol. Pendant plus d'un quart d'heure, la foule est enfumée, les mieux placés sont les plus irrités. On tousse en craignant d'être sacrilège. De lourdes volutes montent aux premiers étages, la foule pleure et tousse, mais pas une flamme. Il faut reculer la charrette de l'infirme, tous les artistes s'y agrippent et en profitent pour s'éloigner. Quand, brusquement, d'un seul coup, tout s'embrase. Les toiles léchées par le feu rendent les couleurs dont les artistes les ont jadis gorgées. Dans le crépuscule, elles prennent des reflets bleu-vert. Il faut reculer, la chaleur envahit les gradins. Les enfants hurlent l'*Ave Maria*, et entonnent des *Te Deum* avec une énergie renouvelée par les flammes.

Botticelli implore Simone des yeux. Il le supplie de l'autoriser à s'éclipser. Non. Pourtant la nuit est tombée. Mais Simone a l'air franchement inquiet à l'idée que l'absence de son frère soit remarquée. C'est trop tôt. Le souvenir des coups, le rappel constant de sa blessure le rend docile à Simone. Quand, soudain, en scrutant la foule, désormais exclusivement éclairée par le brasier, il la reconnaît. Oui ? Non ? Si. À côté de Lucrezia, ça ne peut être qu'elle. C'est Sandra, c'est sûr. Botticelli étreint trop fort le bras de Pipo, qui l'ôte sous l'effet de surprise.

— Qu'est-ce qui te prend ?

Il n'a qu'à suivre la direction de son regard pour comprendre. La nuit est opaque et rougeoyante, l'air surchargé de fumées, de suies, d'odeurs mêlées. Chacun a les yeux luisants de flammes, irrités de fumée, les visages sont tous rougis sous cet éclairage mouvant. Les traits bougent et se figent au gré du brasier qui danse et palpite.

— C'est bien Sandra ?

Oui, ne répond pas Pipo à la question de Botticelli qui lui laissera un beau bleu au bras.

Impossible aux spectateurs des premiers rangs de s'éclipser sans être vus. Simone surveille toujours Botticelli. Pas question que quelqu'un s'en aille : la fête ne doit pas avoir de fin, tout Florence doit en être. Suprême acte de foi : retarder ensemble le retour des ténèbres, demeurer unis jusqu'au lever du jour. Le *Te Deum* succède à nouveau aux *Ave Maria*. Le bûcher vit ses mille existences. Tantôt il s'élève à des hauteurs gigantesques, les flammes ont l'air de vouloir atteindre le ciel, les visages passionnés, sculptés par les éclairs du brasier et ses folles incartades, rougeoient un instant avant de retomber brutalement dans le noir. Espère-t-on qu'il aura raison des ténèbres ? Les odeurs suaves de tous les parfums, mêlées à celles de la peur et de l'excitation du plus grand nombre rendent cette nuit délirante. De grands écroulements se produisent, le brasier bouge, change de couleur et de forme, on croirait qu'il respire. Il fait des bruits vivants, impressionnants. « Le soupir du diable », dit quelqu'un dans le dos de Botticelli. La brise nocturne entraîne des giclées d'étincelles.

Botticelli ne le distingue que de profil, ce Savonarole debout, hiératique et figé, aussi incandescent que le bûcher, l'air extatique. Mâchoire serrée, exsangue, regard hagard, fasciné par ces flammes, comme tout le monde, mais aussi, à quelque chose de plus immobile que les autres, il impulse l'idée d'une divine prière. D'une vraie transe.

Désormais Botticelli peut se retirer. Il le sent au regard de Simone, qui soudain relâche la pression psychique qu'il exerce malgré lui, tant il redoute les réactions des hommes de Savonarole. Dans la foule, en face, il y a toujours Sandra.

Depuis quand ? Botticelli ne peut le dire, la foule s'est mise en mouvement, danse, chante, remue sur des rythmes sauvages. Moines et laïcs mêlés courent en farandole autour du bûcher, pour certains jusqu'au vertige. L'infirme se réjouit de l'être, afin de ne pas pouvoir se joindre à la frénésie collective. Dans la foule en transe, tout de suite, il vient de perdre le visage de Sandra. Son cœur se crispe comme une attaque sournoise de mélancolie qui le prendrait par surprise au creux de la joie. Sa disparition dans la foule lui fait mal à crier. Quand donc, dans le rougeoiement surnaturel de cette nuit, le beau visage inchangé, mille fois dessiné de Sandra s'est-il fondu dans le noir ? Immense douleur. Pipo philosophe :

— La beauté est toujours divine. Quand on la brûle, c'est à Dieu qu'on s'en prend.

Botticelli le coupe sèchement.

— Ailleurs qu'ici ce ne sont pas des colifichets qui brûlent mais des êtres humains, juifs et femmes, décrétées sorcières, réfractaires au dogme... Vespucci m'a raconté qu'en Espagne, en Allemagne, les brasiers étaient monstrueux, et meurtriers.

Botticelli est terriblement impressionné par la relation que lui fait régulièrement Vespucci de ses voyages.

— Après tout, réjouissons-nous, Savonarole ne s'en prend pas encore aux êtres humains. Il a même fait chasser de Florence un prédicateur franciscain qui prônait le massacre des Juifs pour prendre leur place dans le commerce de l'argent.

Soudain, n'y tenant plus, l'absence de Sandra l'y poussant — elle n'est pas réapparue —, Botticelli prie Pipo de l'aider à quitter cette charrette bloquée pour s'en aller.

— Tu as l'air d'oublier que tu ne peux pas marcher.

À quoi, ne se contenant plus, Botticelli répond tout à trac.

— Où est passée Sandra ?

— D'accord. Je vais te pousser, on va tâcher de sortir de là. Tu as raison, il n'est que temps, allons-nous-en.

À la faveur des folles danses où le peuple de Florence entraîne ses moines, Pipo dégage la charrette où gît Botticelli.

— Veux-tu qu'on aille finir la nuit chez Lucrezia, comme quand on avait vingt ans et qu'on faisait la foire ? Je pense qu'elles ont dû y rentrer toutes les deux.

— Je meurs de peur, Pipo.

— Elle a vu ton tableau. Tu sais, celui que tu m'as donné, que tu appelles *L'Abandonnée*. Elle a pleuré.

Puis elle a souri. Et elle a ajouté : « Enfin, il a compris ».

— Et l'enfant ?

— Giacomo, j'espère bien qu'il n'est pas à Florence aujourd'hui. Alors, que décides-tu ? On y va ?

Entre-temps, Pipo a réussi à pousser la charrette vers l'Arno. Désormais, il évite les rues sombres et les espaces déserts. Mais cette nuit, Florence festoie et s'en donne à cœur joie, il y a sûrement moins de dangers que d'habitude, les méchants sont autour du brasier. Pipo pousse Botticelli.

— Dans quelle direction ?

— Pas chez Lucrezia. J'ai trop peur. Si je dois la revoir, c'est seule. En tête à tête. Sans témoin. Et il ne faut pas la surprendre, il faut qu'elle le veuille aussi.

— Je peux le lui proposer, si tu veux.

— Oui, je crois que oui. Le temps est venu.

À l'atelier, depuis la mort d'Antonio et l'infirmité de Botticelli, chacun entre et sort sans déranger le maître. Luca et maintenant Lucciana y veillent scrupuleusement. Il est donc surpris d'entendre frapper à la porte de son antre. Ce que pompeusement l'on nomme ses appartements, son infirmité l'ayant contraint de faire sa chambre en bas. En claudiquant, il va ouvrir, presque inquiet. Sur le seuil, immobile, elle est là. C'est elle et pourtant, il est trop surpris pour en être assuré.

Elle a quarante ans et elle n'a pas changé. C'est Pipo en fille, c'est Lucrezia et Lippi mêlés, mais c'est aussi quelqu'un d'autre qu'il ne connaît pas, qu'il ne reconnaît pas. Et ils restent là figés, sur le seuil, une éternité.

Botticelli a soudain honte de se montrer si handicapé. Il a peur de bouger devant elle, qu'elle voie comme il marche mal. Elle ? Oh, elle n'en mène pas large non plus. On change en douze ans, surtout ces années-là, et la vie ne l'a pas épargnée plus qu'une autre. Elle porte le deuil noir de son mari. Elle lui sourit. Il vacille. Se retient au chambranle de sa porte, elle lui porte secours. Tend la main. Le ridicule de la situation lui rend son équilibre et son humour. Pour leurs retrouvailles, il a vraiment failli choir à ses pieds. Du coup, il n'a plus si peur. Il ose lui dire :

— Tu vois l'effet que tu me fais toujours…

— Je peux entrer ?

Il sourit, elle lui prend le bras et referme soigneusement la porte derrière eux, comme au temps où elle posait. Elle se dirige vers le divan aux chats, et comme avant, en s'y asseyant, elle ne semble pas les déranger le moins du monde, eux qui ne supportent pas la moindre intrusion. Même ceux qui sont nés dans l'année et ne l'ont donc jamais vue semblent la reconnaître. En tout cas ils l'acceptent avec contentement.

Botticelli est debout. Heureux et perplexe. Elle a vu à quel point il marchait péniblement et elle a vu *L'Abandonnée*. Il n'a rien à lui cacher. Il la regarde, il la contemple, il ne trouve aucun des mots qu'il ressasse depuis dix ans.

— Douze ans, rectifie-t-elle, comme si elle l'avait entendu penser, et ne voulait pas laisser s'immiscer la moindre distorsion quant au passé, bien assez douloureux comme ça. Douze ans, c'est long et ça n'est rien. Je suis très émue, ajoute-t-elle.

— Moi aussi, je cherche des mots qui refusent de venir. Alors, en vrac : pardon ! Pardon ! Pardon ! Je ne me suis jamais pardonné, il n'y a donc aucune raison pour que toi, tu puisses, même si c'est mon vœu le plus cher. Douze ans que je mesure l'étendue du saccage, la profondeur du mal, la trahison, la lâcheté accomplies… Je ne crois pas m'être souvent mal conduit dans ma vie, j'ai tout concentré sur toi, sur cette fois-là, sur le plus irréparable.

— Je ne suis pas venue te parler du passé, tente de répondre Sandra que ce discours assaille d'émois qu'elle croyait évanouis.

— Mais ça n'est pas le passé. Ça me brûle toujours, c'est un présent permanent pour moi. Prononcer ton nom m'a été impossible, interdit toutes ces années. Douze ans, dis-tu. Je n'ai jamais cessé de penser à toi, tu es toujours au présent pour moi. Comme la brûlure de ma honte.

— Es-tu capable d'entendre parler de lui. De mon enfant ?

— Il est au courant ?

— Bien sûr, il sait tout. Mon mari l'a élevé comme son propre fils. Mais rien ne lui a été caché. Je t'ai beaucoup aimé, et tu m'as trop bien peinte. Il l'aurait appris incidemment, et ça, je ne l'aurais pas supporté. Bien sûr qu'il sait. Lucrezia est ta meilleure avocate. Elle lui a toujours présenté ton absence comme une chose normale, compte tenu de ton talent.

— Et il ne m'en veut pas ?

— Je n'en sais rien. Peut-être que si, mais comme il n'a jamais manqué de rien ni même d'entendre parler de toi…

— Et tu penses qu'il accepterait de me connaître ?

— Et toi, tu n'aurais pas trop peur ?

— Je meurs de peur. De te voir toi, là, déjà je tremble de partout. Ça ne se voit peut-être pas, mais tu me terrorises. J'ai peur de respirer en ta présence, et que ça te blesse, oui, une terrible peur de te blesser. Mais aussi j'ai peur que tu t'en ailles, peur d'être en train de rêver et qu'au fond tu ne sois jamais venue…

— Sandro. Je suis là. Je ne t'ai jamais oublié. La blessure s'est refermée. Je n'ai rien accepté mais j'ai un peu compris. Je ne t'en veux plus. Je suis si fière de mon fils. Il est très beau, très délicat, très attentionné. Il a une passion pour les animaux, il a grandi à la campagne avec eux. Et j'espère qu'il ne peindra pas. C'est un garçon sain, équilibré, très tendre. Si c'est ça qui t'inquiète, il n'est pas du tout mélancolique, mais énergique, joyeux et enthousiaste. Je ne crois d'ailleurs pas que ta tristesse soit héréditaire. Il a toujours été très aimé, il est heureux de vivre. Inventif en art de vivre. Pipo dit qu'il a la même énergie que Léonard de Vinci, je ne sais pas, je ne le connais pas, mais c'est une boule de vif-argent. Ah, si. Il est timide comme toi.

— Et… Tout va bien pour toi ?, ose Botticelli pour la première fois, sincèrement curieux de la vie présente de Sandra, comme si, jusque-là, il ne s'adressait qu'à son passé.

Peu à peu, elle cesse d'être un souvenir pour devenir une femme présente et douce.

— Écoute, la peste m'a laissée assez désemparée. J'ai peur du climat actuel dans Florence, où des enfants peuvent s'en prendre à toi ou à mon frère. Et je trouve très difficile de vivre seule à Prato en tête à tête avec mon fils. Les images de la peste sont restées imprimées dans mon cerveau. Elles me hantent. La mort de Gian Carlo a été épouvantable.

— Je suis très heureux de te revoir, parvient à articuler Botticelli, soudain au comble de l'émotion.

Elle est devenue si réelle, si présente, qu'il se sent tituber. Les images de cette femme seule se débattant avec leur fils, son époux en train de mourir… Pipo lui a raconté que, ne trouvant pas de place à l'hôpital, elle avait dû l'accompagner au brasier du palais Pitti, et avait bataillé jusqu'au bout pour lui faire une place digne, où il ne subirait pas trop de violences ni d'agressions. La fin a été rapide mais très dure. Ensuite le retour à Prato avec Lucrezia. Depuis, rien. Elle dit juste que c'est difficile.

— Je peux t'aider ?

— Oui. Te revoir m'est une aide précieuse. Je l'ignorais mais ça m'aide. Qu'est-ce qu'on décide pour Giacomo ?

— Tu lui en parles d'abord. Et moi de mon côté, je vais m'atteler à combattre ma peur.

— Donc, tu crois qu'on va se revoir ?

Sandra est aussi étonnée que Botticelli des mots qui s'échangent là, entre eux, aisés, fluides, simples, comme si de rien n'était, pourrait-on croire. En tout cas, pas autant de temps, pas autant de peine…

— Se revoir ? Oh, oui.

— Oui. Mais doucement, hein ! Il faut se traiter avec beaucoup de douceur. L'époque est trop violente. J'ai l'impression, depuis la mort de Laurent, et surtout celle de Pic, que je n'ai plus jamais respiré librement dans Florence. Tu sais, Pic était le seul qui osait me parler de toi, de ton travail, de tes chagrins, de moi qui revenais en Madone sur tes panneaux. Il t'aimait bien. Depuis qu'il a été assassiné, je ne suis plus revenue à Florence sauf pour la mort de Gian Carlo. Puis j'ai vu ton dernier tableau. Et j'ai su que je pouvais te revoir. Non, que je le devais.

— Si tu acceptes que je me serve encore de ton image…

— Apparemment mon avis importe peu ; je me suis reconnue dans un grand nombre de tes œuvres…

— Là, je voudrais en faire une rien que pour toi et pour Giacomo.

Ça y est. Botticelli a osé prononcer le nom de cet enfant par qui… à cause de qui…

Sandra s'est levée. A caressé encore un chat ou deux avec cette légèreté du toucher qui plaît tant aux félins, et qui rappelle tant d'émotion à Botticelli. Elle s'est approchée de lui. Pas trop près, juste assez pour, le bras tendu, effleurer sa joue.

— Je m'en vais. Maintenant, tu peux peut-être t'asseoir ? Veux-tu que je t'aide ?

Botticelli décline l'offre d'assistance. Il n'est resté debout que sous l'effet d'une extrême tension. Maintenant, oui, c'est vrai, Sandra a raison — elle est sortie — il peut s'asseoir, et même s'étendre un peu. Il est épuisé, effondré sous cet afflux d'émotions…

D'ailleurs il s'endort aussitôt.

CHAPITRE 25

La Passion de Savonarole

— Qu'ils aillent tous au diable ! Je ne veux plus en
entendre parler.

Le malheur, c'est que cette conversation que Botticelli voudrait tant fuir, a lieu chez lui. On s'y retrouve tous les soirs à l'heure du crépuscule. L'habitude s'est prise depuis que les tavernes de Florence
ont été fermées de force. Les artistes qui ne supportent le grand silence de l'atelier qu'à condition de
pouvoir échanger de temps à autre avec leurs pairs,
les poètes et les derniers amateurs de beauté ont ins-
titué ces informels rendez-vous dans l'atelier du plus
célèbre d'entre eux. Qui plus est, le frère du chroniqueur officiel…

Botticelli semble intouchable : la gloire. Et Simone lui sert de protection. Du coup, l'on rencontre
chez lui toutes les opinions. Jusqu'au chef des *Arrabiati* qui y vient respirer l'air des *Piagnoni*. Certes
Dolfo Spini a toujours été un intime des Médicis, et, à
ce titre, de leurs peintres. Mais depuis qu'il est revenu
aux affaires, qu'il trône à la Seigneurie à la tête du
groupe qui veut la mort de Savonarole, il vient plus
régulièrement chez Botticelli. Il y retrouve Vespucci

et tous les bons vivants, amateurs d'art, d'amour et de plaisir, qui supportent mal les restrictions que le moine impose à tous. Plus la paix civile est en danger, plus ils aiment à se retrouver chez Botticelli pour s'en expliquer avec le plus fidèle soutien du moine. Simone est d'un tempérament doux, il ne se fâche jamais. Il tente d'expliquer la doctrine, selon lui toute pure, de son maître. Il n'a pas d'agressivité. À sa façon, il est comme Botticelli, calme et passionné. Les deux frères ont en partage une incapacité à l'emportement et à la colère. À coup de sautes d'humeur et de hurlements toute l'enfance, leur mère les en a vaccinés.

Il s'est ainsi créé un lieu de répit civil où se côtoient les extrêmes, sur un ton excessivement courtois.

Très loin des choses religieuses, Botticelli ne comprend pas pourquoi il se retrouve au centre d'un tel écheveau de passions. Même évoqués calmement, les événements qui se déroulent sont effroyables. Un déchaînement de cruauté de part et d'autre, un emballement de férocité déployée, qui défient l'imagination du mal.

Florence est malade. Elle a besoin d'un bouc émissaire. D'un sacrifice pour se débarrasser de cette peste psychique qui la dévaste mieux que la vraie. La colère du peuple s'est retournée contre le moine, l'excommunié, le faux prophète, celui par lequel le miracle n'a pas eu lieu. Les *Arrabiati* profitent de la situation pour essayer d'avoir la peau de Savonarole.

Dimanche des Rameaux. C'est presque une superstition de faire bénir son rameau. Personne jamais ne manque à l'appel. La haine et la rage au cœur, chacun brandit sa palme devant sa paroisse pour la faire bénir. La populace est plus dense autour de San Marco. Quand surgissent parmi les palmes des groupes armés qui donnent l'assaut. Ils pénètrent dans San Marco, renversent les troncs en hurlant : « Hors d'ici, cafards, bigots et hypocrites ! » Les tambours des portes sont arrachés, des jets de pierres semblent tomber de partout en même temps. Et c'est la fuite éperdue. Sitôt que ça se sait, l'effet est immédiat. Une manière de guerre civile se déclenche à tous les coins de rues. Avec une nette prédilection pour les rues des dominicains. Et les palais des quelques puissants qui les soutiennent.

— Mort à Savonarole. Feu au couvent !

Un marchand ambulant qui, en termes modérés, reproche sa fureur à un groupe d'*Arrabiati* est passé par l'épée. Des familles entières soupçonnées de soutenir Savonarole sont ignoblement assassinées, jusqu'aux bébés qu'on étouffe pour rien, comme ça. Assouvir un gouffre de haine. Face à pareille cruauté, les moines de Savonarole verrouillent les portes de leur couvent. De frais « enragés » du jour affluent de partout, armes à la main. À l'intérieur, on a entassé de quoi armer trente moines sur les deux cents présents. On se bat tout le jour. La nuit tombe sur une place éclairée de centaines de torches, vociférant et scandant :

— Au bûcher, le moine ! À mort, le prophète !

Prêts à enfumer le couvent, à brûler les chefs-d'œuvre de l'Angelico !

Si l'on ne fait rien, le feu va se répandre. De sa cellule, en prière, Savonarole le comprend. Aussi décide-t-il de se rendre. Après tout, c'est lui qu'ils veulent, ça mettra peut-être fin à l'émeute. Une bataille rangée a lieu à l'intérieur de l'église, à la lueur des torches et des incendies. À qui, dans ces conditions, Savonarole peut-il se rendre ? Qu'on ne l'immole pas sans procès ni profit pour la paix. Par Simone, il fait prévenir Spini de sa volonté de reddition. Aussitôt ce dernier lui envoie une escorte de la Seigneurie pour l'accompagner à sa future prison. Celle qu'on appelle par euphémisme la bonne auberge, où Cosme de Médicis fut enfermé soixante ans plus tôt, tout en haut de la Seigneurie. Sur le trajet, il est très malmené, mais sauf. On perquisitionne sa cellule. En vain. Le diable n'y est pas.

Alors la cloche dite *Piagnona* est prise de frénésie, elle sonne toute la nuit. Au matin, à elle aussi on fait procès. « Coupable de trahison et ennemie de la patrie », elle est condamnée à être promenée dans toute la ville sur une charrette et fouettée par le bourreau. Sitôt dit, sitôt fait…

Ce mélange de cruauté et de bêtise énerve Botticelli. Si seulement ils avaient de la tenue, un peu de dignité, ne se laissaient pas enflammer par la violence…

— Et depuis, on le torture sans trêve…

Ça n'est plus de la *Piagnona* dont parle Spini mais de Savonarole.

— Arrêtez ! Arrêtez, je ne veux plus entendre parler de ces gens, de ton moine comme de ses ennemis. Il n'y en a pas un pour racheter l'autre, tous ignobles.

Dans l'atelier, ce jour-là, les mêmes que d'habitude. Pipo, très silencieux, est venu demander quelque chose en privé à Botticelli mais le tour qu'a pris la conversation ne le lui permet pas. Simone, Vespucci, Spini, Lorenzo de Médicis, qui se fait appeler désormais Popolani et dont le clan vient de reprendre la main à la Seigneurie, imaginent le pire. Ce que Dolfo Spini leur apprend est terrible. Peu fait pour les apaiser. Mais ils réclament toujours plus de précisions.

— ... Depuis son arrestation, le moine est régulièrement soumis à l'estrapade. Il a les épaules déboîtées, les jambes brisées, il ne peut plus s'alimenter ni même boire tout seul, le simple geste de porter un verre à ses lèvres lui est impossible. À chaque séance, on l'estrapade de trois à six fois. Il devrait être mort. À la fin, il avoue n'importe quoi, tout ce qu'on veut. Mais chaque fois, le lendemain, il se rétracte. Et ça recommence. Botticelli se bouche les oreilles, menace de chasser ses hôtes. Simone est désespéré, et il doit tout endurer. Il éprouve dans son âme le sens fort du mot *sympathia*, souffrir avec. À force d'imaginer ce que ressent son idole, il a envie de mourir, mais il lui doit une relation sincère et la plus documentée possible de ses tourments, une chronique fidèle des atrocités qu'on lui inflige. Alors que — Spini le confirme — on le croit innocent des crimes qu'on le force à avouer.

Dolfo Spini n'est pas plus méchant qu'un autre, il ne hait même pas Savonarole. C'est un politique, aussi ajoute-t-il avec le cynisme naturel aux puissants :

— Innocent ou coupable, et je crois qu'il est innocent, la sentence est décidée. Ça me paraît inutile de continuer à le torturer de la sorte. Puisque, de toute façon, il doit mourir.

— Mais alors, pourquoi ? Pourquoi ?, ne peut s'empêcher de hurler Simone.

— Parce que, pour le tuer tranquillement, précise Vespucci, le gouvernement a besoin de son assentiment. Il faut qu'il reconnaisse les crimes pour lesquels on le tue.

— Mais pourquoi le tuer ?, insiste suppliant Simone en direction de Spini.

— Parce que s'il ne meurt pas, Florence va sombrer dans la guerre civile. Et vu l'état des finances publiques, elle ne s'en relèvera pas. Et parce que c'est convenu avec le pape, on tient à nos alliances.

Vespucci, pourtant coutumier du cynisme, est tout de même surpris par les propos de son ami Dolfo Spini. Cette mise à mort programmée, sans le moindre état d'âme, le choque.

— Non seulement il s'agit d'un innocent, mais en plus d'un de ces grands esprits qui ont fait la réputation de Florence. C'est peut-être même un génie. Gardez-le en prison mais ne privez pas l'humanité de son œuvre, plaide Vespucci.

— Je préférerais. Mais dans les rues, le climat de guerre civile s'amplifie tous les jours. Et si la mort d'un seul moine peut faire cesser cette effroyable humeur...

Simone et Pipo se font détailler par Dolfo Spini l'atroce rituel de l'estrapade. Pipo, parce qu'on lui a raconté que son père l'avait subie au temps de sa folle jeunesse, et par passion pour tout ce qui est humain. Le mécanisme inventé pour faire souffrir l'intéresse autant que la machine à battre le blé pour le séparer de sa cosse qu'a mise au point Léonard. L'ingéniosité humaine ! Et Simone, par fidélité, amour et empathie, pour continuer de « souffrir avec ». Et té-moigner au plus près.

Botticelli a réussi à entraîner Vespucci à parler d'autre chose. De beauté.

Revenons à l'essentiel semble-t-il dire. Vespucci est surpris. L'atelier de Botticelli est le seul endroit de Florence où partisans et opposants échangent sans se battre. Partout ailleurs, c'est au couteau que ces conversations finissent. Dans le sang. D'autant que si l'on sait ici que la mise à mort est décidée, tel n'est pas le cas du petit peuple, qui espère en s'agitant peser sur le cours de la destinée. L'émeute est la se-conde nature du Florentin. Souvent efficace.

Lorenzo est miné d'anxiété, son fils siège à la nou-velle assemblée de la Seigneurie. Il a beau s'appeler lui aussi Popolani, personne n'ignore qu'il est né Mé-dicis. Le père n'a pu empêcher son fils cadet de se lancer dans la vie publique avec une passion toute médicéenne, mais aussi un esprit de revanche qui l'étreint au cœur. À l'aune du cynisme de Spini, il a raison de s'inquiéter. Aussi écoute-t-il tout ce qui se dit. Alors que Botticelli n'en peut plus de ces événe-ments qui hérissent sa ville en boule de haine.

Il aimerait repeindre le visage de Sandra. L'avoir revue l'a bouleversé. À nouveau il attend de la re-voir. Il attend de rencontrer « son » fils. Il a peur. À nouveau. Mais c'est une peur bienheureuse, comparée à celle qui déchire Florence. Pipo le prend à part pour lui demander la chose la plus insolite qui soit jamais sortie de sa bouche :

— Sandro, je me marie. Voudrais-tu être mon témoin ?

Botticelli n'ose répondre ce qui lui vient spontanément : avec une femme ? Évidemment il accepte et demande simplement quand.

— Le jour de la Saint-Jean, fin juin. Elle te plaira. Elle s'appelle Catherine. Je vais être père. C'est mon vœu le plus cher.

— Avec tout ce qui se passe, aller à l'église pour se réjouir semble antinomique.

Botticelli se consacre à son frère. Le malheureux Simone vit le martyre de son héros heure par heure. Pour abréger la douleur de son grand frère qu'il s'est mis à aimer tendrement, depuis la peste, Botticelli souhaite qu'on brûle Savonarole au plus vite. Il ne pense pas être exaucé si tôt.

Quelques jours après cette « aimable » réunion chez lui, Spini et Pipo frappent à sa porte. Ça n'est pas l'heure de se retrouver, ils ont donc un souci. C'est au peintre qu'on s'adresse pour résoudre un problème de perspective « esthétique ».

— De quoi s'agit-il ?

— Du bûcher...

— Non, non et non. Faites vos horreurs sans moi.

— C'est pour éviter que ça tourne à l'horreur qu'on a besoin de tes lumières. Savonarole sera brûlé demain en compagnie de ses deux plus fidèles. Quoi qu'on fasse, sous quelque angle qu'on le regarde, le gibet des trois moines prend l'allure d'un Golgotha.

Et Botticelli a peint assez de crucifixions pour maîtriser mieux que personne les images de la Passion du Christ.

— Vous n'avez qu'à inverser les données. Mettez votre saint à une extrémité, faites-les se tourner le

dos. C'est un problème de perspective. Ne les rappro-
chez pas trop.

— On n'a pas le choix. La place n'est pas exten-
sible. Au centre du bûcher, ils ont déjà dressé un
grand pieu, traversé presque à son sommet d'une
longue poutre pour suspendre les suppliciés. Cette
forme ressemble immanquablement à une croix.
Chaque passant en déduit qu'on va crucifier fatalement un innocent.

— Raccourcissez les bras de la croix.

— Avant d'être brûlés, les trois condamnés seront
pendus. C'est l'unique faveur obtenue in extremis par
les alliés de Savonarole. Techniquement ça veut dire
de la place pour trois cordes, doublées de trois
chaînes de fer, destinées à soutenir les suppliciés
quand les flammes auront mangé les cordes.

— Dans ce cas, il est impossible d'éviter l'impression de gibet et de crucifixion.

— Viens voir sur place.

Botticelli consent à suivre Pipo et Spini jusqu'à la
fameuse place. En claudiquant, mais il maîtrise
mieux le maniement de sa béquille. Il accélère, il devance ses amis pour s'éloigner vite de pareils lieux, le
spectacle de ce bûcher est oppressant. Fuir. Vite.

Rentré au chaud de la Seigneurie, assis à la grande
table du Gonfalonier, Botticelli dessine hâtivement
un autre gibet.

— L'erreur consiste à placer Savonarole au centre
du dispositif.

— Tu as raison, mais on y est tenu. On le tue surtout pour qu'il meure symboliquement.

En échange de cette aide qui lui coûte beaucoup, Botticelli obtient que son frère puisse monter dire adieu au moine.

— Toi aussi, si tu veux, tu peux aller le voir, propose Spini comme une insigne faveur.

— Sept cents marches ? Non, je ne me sens pas en état, décline poliment Botticelli.

Une fois sortis du palais, Pipo l'interroge.

— Si tu n'avais pas une patte folle, tu serais monté le voir ?

— Je ne sais pas. Peut-être. Je ne l'ai jamais pris pour un saint ni pour un prophète, mais je m'incline devant sa dignité. Pic et Politien s'étaient rapprochés de lui avant leur mort, surtout Pic. Ils lui trouvaient du talent.

— C'est pour son talent qu'on le tue, tu penses ?

— Je ne lui suis pas hostile au point de souhaiter sa mort. Et surtout, je déteste l'idée qu'en notre nom à tous, nous les citoyens, la ville le livre à pareil supplice. Florence ne devrait pas mettre à mort ses grands hommes, il n'y en a pas tant qu'elle puisse les engloutir dans la force de l'âge.

— Quel âge ?

— Quarante-deux ans, mais Simone dit qu'il a l'air d'un vieillard.

— Je te le dirai.

— Pourquoi ? Tu ne vas pas aller à son exécution !

— Si.

Et à Pipo se joignent plus de dix mille Florentins. Plus d'un tiers de la ville assiste à cette atrocité.

L'horreur commence par le chemin de bois que les trois condamnés, en chemise et pieds nus, empruntent pour monter au supplice. Des voyous cachés dessous leur plantent des pointes aiguës au travers des planches mal jointes. Ils enfoncent des aiguilles et du fil de fer dans leurs pieds déjà meurtris par les semaines de tortures. Comme ça, juste pour le plaisir. Fra Sylvestre et Fra Domenico encadrent Fra Girolamo. Ils avancent comme s'ils ne sentaient déjà plus rien. Sans réaction, ils marchent droit, les yeux regardant à l'infini. Il y a de la pitié dans leur regard. Grand calme quand, le premier, Sylvestre monte l'échelle de l'échafaud. Le silence se fait pesant. Le bourreau lui met la corde au cou, et les chaînes, et lui donne l'impulsion fatale. Ça va trop vite. À peine monté, il est déjà mort. La nature même du silence en est ébranlée. Puis monte Fra Domenico, à l'autre extrémité de la potence, il a l'air extatique et joyeux, comme s'il filait droit au ciel. Un frisson comme une caresse étreint l'assistance, et c'est tout. La place restante au milieu des deux pendus enchaînés, est destinée à Savonarole, il y monte en récitant son Credo, les yeux rivés sur la foule.

Il est dix heures du matin, ce 23 mai 1498, c'est veille d'Ascension. L'an dernier, la foule se pressait pour l'entendre. La même aujourd'hui est massée, compacte, pour sa mise à mort. Elle piaffe d'impatience, elle veut qu'on allume le bûcher tout de suite. Une voix hurle : « Prophète, c'est l'heure, fais-le ton miracle ! »

Le bourreau après l'avoir bien arrimé, donne la poussée fatale en esquissant un très vulgaire pas de danse grotesque et moqueur.

— J'espère qu'il sera sévèrement châtié pour tant d'indécence, s'offusque Vespucci.

419

— Il le sera, réplique *in petto* Spini, gêné lui aussi par ce geste. La Seigneurie est offensée qu'on plaisante avec des choses si graves.

Et le bûcher s'enflamme. Et le vent le rabat aussitôt vers le palais. La foule croit au miracle et le dit en clameur, mais le vent retombe, le tirage se rétablit et les flammes encerclent les malheureux pendus, les enveloppent, et les dévorent. Très vite, les cordes se consument, le bras droit de Savonarole, libéré de ses liens de chanvre, se redresse soudain comme pour bénir cette foule renégate une dernière fois. On retient son souffle. Les *Piagnoni*, jusque-là éparpillés, s'agenouillent en pleurs, aussitôt les *Arrabiati* se livrent à des transports de joie sauvage. Jetant des pierres sur les lambeaux de cadavres pris par les flammes, pour les faire tomber par bribes dans le feu.

— Il pleuvait des entrailles et du sang, l'horreur augmentait la satisfaction des uns et le malheur des autres, ajoute Pipo qui raconte la scène à Botticelli avec... oui, avec enthousiasme.

— Je refuse de continuer à vivre au milieu de gens qui peuvent assister à pareil spectacle sans vomir, s'insurge Botticelli, au comble de l'écœurement.

— Comme la haine ne va pas s'éteindre d'un seul coup, tu devrais surtout obliger Simone à quitter Florence pour le moment. Rappelle-toi comme il nous a aidés à échapper à l'épuration savonarolienne, nous et notre travail, on lui doit la pareille, tu ne crois pas ?

— Tu viens avec moi ?

— Je me marie, tu sais bien. N'oublie pas que je compte sur toi le 25 juin.

— Et tu ne viendras pas à Carpe Diem un moment dans l'été ?

— Plus tard, si, avec joie. Et peut-être avec ma femme.

Botticelli est assez triste du mariage de Pipo, c'est son ami le plus intime qu'il va perdre. Les joies du mariage et pis, de la paternité, vont le tenir éloigné un moment. Avec Vespucci comme avec Lorenzo, ce n'est plus comme avant. La sincérité de leurs sentiments mutuels n'est pas en cause, non, ce sont leurs préoccupations qui les éloignent. Vespucci est accaparé par son neveu, Amerigo, le découvreur de ce *Nuevo Mundo* qui donne des frissons à ce qui reste d'esprits libres à Florence. Botticelli trouve ça passionnant mais... Mais au fond, ça lui est égal. Qu'on découvre de nouveaux mondes ! On y tuera tout pareil. L'homme ne fait pas de progrès... Et puis il n'arrive pas à se passionner pour cette tête brûlée d'Amerigo, le beau-frère de Simonetta, ce polisson prêt à toutes les aventures, qui a enfin trouvé continent à sa mesure. Vespucci a sûrement raison de se battre contre Christophe Colomb pour qu'on donne son nom à ses découvertes, mais Botticelli a déjà tant de mal à s'intéresser à l'ancien monde, celui où l'on aime, où l'on trahit, où l'on peint... Le climat florentin l'oppresse, le dégoût qu'il a ressenti lors du supplice de ce pauvre moine ne passe pas.

— Il paraît, raconte à son tour Vespucci, qu'une femme, folle d'amour et de malheur, a enlacé le mat du bûcher, quand le feu a pris, elle a été saisie par les flammes. Sa longue chevelure s'est enflammée, la collant au mat, entraînant son âme avec elle. Telle Marie-Madeleine étreignant la croix du Christ comme le corps d'un amant. Elle est morte brûlée vive.

L'image est si violente qu'elle s'imprime sur la rétine de Botticelli alors qu'il ne l'a pas vue. Elle lui servira peut-être un jour si le désir de peindre revient.

Là, il doit filer avec son frère Simone à Carpe Diem, afin de le soustraire aux ignominieuses vengeances. Là, l'un rédige sa fameuse *Cronaca*, regroupant la vie et l'œuvre de Savonarole, pendant que l'autre se morfond. Incapable de peindre. Pour se laver le dedans de la tête, Botticelli demande à son frère de lui lire des extraits des plus beaux sermons de son héros. Peut-être est-ce le seul antidote à ces faisceaux de haines qui le traversent ? Ces textes le renvoient à l'Apocalypse de Jean, et plus encore au Dante. Dont Lorenzo lui a commandé une nouvelle série d'illustrations. Savonarole, Dante, même combat ? C'est ce que disait Pic. Bah ! Tous les mystiques ont en commun un idéal de pureté dangereux.

La mémoire du bûcher entretient des projets d'œuvres illuminées, folles, excessives, pourtant Botticelli ne peint pas ; il engrange des dessins pour plus tard, mais ne peut se laisser aller en couleur, il manque de ferveur, se défie de tout mouvement de chaleur. Le souvenir des émeutes, la peur que ces enfants lui ont inspirée… Il dessine sur ses genoux dans l'orangeraie où Simone rédige la chronique des dernières heures. Halluciné par le martyre de son saint. Incapable de ne pas se confier à Botticelli qui a fui Florence pour échapper à ce climat d'oppression. Pour le peintre, l'écœurement est immense. Il broie littéralement du noir. Ainsi d'ailleurs finissent tous ses dessins, noircis, gribouillés.

Luca est au désespoir. À nouveau son maître n'honore plus ses commandes, ne dirige plus l'atelier. Le schisme du bûcher a pourtant généré une nouvelle clientèle qui se rachète une vertu en payant bien trop cher des tableaux de dévotion. Aujourd'hui encore c'est Botticelli le meilleur. Mais il ne peint plus. Ne dort plus. Des cauchemars le hantent, où des meutes d'enfants tortionnaires lui jettent des entrailles au visage, ou le rouent de coups à l'aide de chats morts et rigides. Botticelli ne parvient plus à vivre. Ni à peindre, ni à dormir, ni à s'alimenter : il ne digère plus rien. Ne parle plus non plus. Il lui arrive même d'être franchement désagréable avec ses proches.

C'est le grand vide. Luca pouponne : Lucciana lui a donné un bel enfant qui leur ressemble. Plus personne pour prendre soin de Botticelli. Simone est trop accablé. Et alors qu'on n'y pensait plus, qu'on avait presque oublié qu'elle était mortelle, ni même encore vivante, alors seulement, Esméralda se décide à mourir. Il faut aux deux frères plier bagage à toute vitesse. Leur mère est morte seule à Florence, à l'étage de leur maison d'où fils, belles-filles et petits-enfants l'avaient abandonnée pour l'été.

Cette fois, c'est fini. Botticelli est vieux : il n'a plus d'ancêtres vivants. Il restait à Esméralda deux enfants sur les huit qu'elle a mis au monde. « Elle avait déjà tué tous les autres », ricane Botticelli cynique et haineux. À l'enterrement, dans le petit cimetière de l'église d'Ognissanti où reposent déjà ses quatre sœurs, deux de ses frères et leur père, le cœur du dernier fils d'Esméralda bascule soudain. Barricadé de haine, de fureur, de chagrin et de peur mêlés,

Botticelli n'a pas vu venir à lui, dans le lent défilé des condoléances, Lucrezia, Sandra et..., soudain face à lui Giacomo.

Botticelli commence par esquisser un vague sourire ; il le reconnaît. Oui, c'est bien de reconnaissance qu'il s'agit. Il n'est pas nécessaire que Sandra, Pipo ou Lucrezia le lui présentent. Il va oser. Il ose.

— Bonjour Giacomo, je suis heureux de te connaître.

— Moi aussi, malgré les circonstances, répond l'adolescent d'une voix qui commence à muer.

À l'heure de devenir un homme, l'enfant rencontre son père. À l'heure où le père est définitivement orphelin, celui-ci découvre son fils. Il était temps.

MORBIDEZZA

CHAPITRE 26

Le retour du peintre prodigue

Botticelli est sous le charme, comme hier, comme toujours. Sandra est la même femme, libre, généreuse, vive, intelligente, passionnée. D'une extrême sensibilité aux autres.

Ce premier échange de regards entre Botticelli et Giacomo lui rend confiance, elle ne saurait dire pourquoi, en un avenir moins sombre. Elle s'est réinstallée dans la maison de sa mère. Depuis la mort de son mari Gian Carlo, elle a quitté Prato, et abandonné le beau jardin qu'elle a mis quinze ans à faire pousser. Il lui manque mais elle est finalement ravie de faire du nouveau, de repartir de zéro.

Elle aide son frère à préparer son mariage. La jeune Catherine est très enceinte. Lucrezia est folle de joie : elle a autour d'elle tous ceux qu'elle aime. Son fils chéri, dont elle désespérait qu'il lui donne des petits-enfants, se marie !

Sandra peut envisager de revoir Botticelli avec calme et gravité.

Pour le mariage de Pipo, il a fait porter quatre fresques lumineuses et apaisées : l'histoire de Virginie. Dans le même temps, il s'est occupé d'organiser la fuite de Simone. Carpe Diem n'était plus assez loin pour l'abriter de l'épuration meurtrière. À Florence, les thuriféraires de Savonarole sont atrocement torturés. Simone doit fuir la Toscane et se mettre à l'abri à Bologne. Botticelli qui a toujours habité avec un frère ou un autre est désemparé. Avec celui-là, il a partagé les dernières tempêtes... La crise spirituelle ouverte par les sermons du moine, accentuée par la peste et sa terrible fin, n'est pas prête de s'éteindre. Les cendres du moine n'ont pas suffi à l'apaiser. Les Florentins sont restés sur leur faim. L'approche de la fin du siècle ranime les frayeurs apocalyptiques, les angoisses de fin du monde, de Jugement dernier et tout le tremblement. Qu'y a-t-il donc de scellé sous ce mot « tremblement » ?

Lorenzo et Vespucci ont compris qu'il était trop tôt pour refaire la fête à Florence, les Médicis y sont toujours honnis. Et les artistes suspects. Aussi organisent-ils la noce de Pipo, ce vieux marié, dans la clandestinité à Trebbio chez Lorenzo. Vite, car la fiancée est tellement enceinte qu'on redoute qu'elle n'accouche avant. Dire qu'aujourd'hui il faut se cacher pour partager le plaisir ! Quel déni à tout ce que fut Florence ! À la campagne, aucun risque.

Pour y aller, Sandra et Giacomo transportent Botticelli dans une charrette fleurie. Lucrezia et les mariés y sont déjà. Non content de marcher péniblement, Sandro manque d'entrain. Le mariage de Pipo le dérange. Il a le pressentiment de perdre encore un ami.

Et tant pis si on se moque de lui, mais ce grand jeune homme maigre, aux joues creuses, aux yeux taillés en amande, qui le regarde avec un sérieux passionné, oui, ce garçon l'intimide terriblement. Son fils ? Peut-être. De cela, il n'est jamais question. Quand ils sont ensemble, Botticelli ne sait que dire. Et le jeune garçon est affligé de la même timidité. Il a beau savoir que ce peintre est l'être le plus aimé des siens. Il a grandi en honorant son nom, en connaissant son talent. Mais il sait aussi que cet homme est pour quelque chose dans sa naissance. Mais quoi, comment, quel lien ? La mort de l'homme qui l'a élevé, qu'il aimait comme son père, lui a causé un chagrin fou, dont il commence juste à guérir. Bien sûr, il se sent attiré par cet homme mystérieux, mais en même temps, il en a peur.

Qu'en revenant vivre à Florence, sa mère ait renoué avec des proches de naguère, quoi de plus naturel ? Pourtant, quelques dissonances se sont glissées dans cet ensemble harmonieux. Giacomo ne sait qu'en penser, aussi évite-t-il le sujet. C'est confus et troublant. Trop compliqué aussi.

Dans la charrette, Sandra fait les frais de la conversation. Les deux hommes se taisent sans hostilité, curieux, inquiets plutôt.

La fresque offerte par Botticelli pour le mariage de Pipo les a tous enthousiasmés. Donc, il peint à nouveau ?

— Non. Je cherche. Je n'oublie pas que je t'ai promis un tableau. Mais je n'y arrive pas. Pour la première fois de ma vie, je ne parviens pas à reproduire ce que j'ai en tête. Je suis très découragé. En attendant je travaille sur quelques chants du *Paradis* que m'a commandés Lorenzo. Là, je ne te le cache pas, je pioche dans le passé, quand tu voulais poser pour Béatrice. Veux-tu savoir le plus drôle ? Béatrice a grandi. Ou le poète s'est réduit. Je n'arrive à la dessiner que beaucoup plus grande que lui !

— C'est peut-être ça le paradis, un monde où les femmes ont deux têtes de plus que les hommes. Ou peut-être est-ce le paradis quand on l'a enfin compris et accepté.

— Figure-toi que pour la première fois de ma vie, Lorenzo m'a mis en concurrence avec un gamin odieux. Le petit génie de l'heure, son nouveau protégé, tu vois qui ?

— Michel-Ange. Dieu qu'il est mal élevé ! Il déteste les femmes, les animaux et tous les peintres.

— Il est imbuvable, c'est vrai, mais je crois qu'il a du génie.

Ils sont arrivés au Trebbio. La magnifique demeure de la branche cadette des Médicis où trois ou quatre fresques de Botticelli accueillent les invités. Pour l'aider à descendre de charrette, Giacomo prend le bras de Botticelli. Depuis, il ne le lâche plus. Devant les premières fresques, il lui serre l'avant-bras et dit les dents serrées :

— Là, c'est maman ?

— Oui. Non. Enfin, c'est une figuration de ta mère, mais il y aussi un peu de ta grand-mère et de ton oncle. Une sorte d'hommage à tous les Lippi. Je dois tout à ton grand-père, tu sais.

— Je sais. Mais, là, c'est surtout maman.

— Si c'est elle que tu vois… Mais demande plutôt à ta grand-mère. Magnifique Lucrezia ! Heureuse, comblée, d'une universelle bienveillance.

— J'y reconnais, moi, l'esprit de mon époux avant tout. Et, tu vas rire, celui de Diamante aussi. C'est un peu une œuvre de famille, non ?

Ils s'embrassent, contents l'un de l'autre et de l'assurance de leurs liens. Giacomo n'en revient pas. Cet homme, ce peintre, ce peut-être père, qui débarque si tard dans sa vie, alors qu'il incarne le passé de tous les siens, ça l'énerve. Sandra vient accaparer Sandro pour présenter ses meilleurs amis depuis la peste, ceux qui l'ont secourue pendant le grand brasier quand elle veillait son mari.

— Elle est très jeune, à peine vingt ans, et lui plus de quarante. C'est un marchand napolitain, un grand amateur d'art. Elle est musicienne et d'une délicatesse d'âme qui me bouleverse, précise Sandra, les yeux embués. Lui s'appelle Francesco Giocondo, elle, Lisa.

— Elle est incroyablement belle, d'une étrange beauté, qu'on ne perçoit pas immédiatement, une beauté secrète mais violente.

— Elle est enceinte, ceci explique peut-être cela.

— Mais non, regarde. Catherine aussi est enceinte, elle n'a pas cette étrangeté. Catherine était prédestinée à épouser Pipo. Elle ressemble comme une sœur aux madones des Lippi. Dieu que c'est drôle, s'esclaffe Botticelli.

— D'ailleurs cette noce est un festival de femmes enceintes.

Ce mariage, comme le fait remarquer le mari de Lisa à la compagnie, est une réunion de femmes pleines qui semblent rivaliser pour savoir laquelle ressemble le plus aux héroïnes des chefs-d'œuvre de Botticelli !

C'est vrai. Et la présence de Lorenzo, de Pipo, de Sandra dans cette campagne si fleurie, rappelle à Botticelli les plus belles heures de sa jeunesse, peut-être de sa vie. Il a une soudaine envie de pleurer. L'impression d'avoir tout raté, d'être toujours passé à côté de la vraie vie.

Lucrezia qui d'un côté a vieilli, et de l'autre pas du tout, en tout cas ni dans les yeux, ni dans les gestes, étreint Botticelli à l'instant où il allait défaillir, lui intimant l'ordre d'observer la beauté, la grâce de Giacomo. Il vient d'entrer dans la chapelle en tenant le bras de sa nouvelle tante. C'est lui qui la mène à l'autel ! Botticelli fuit le regard de Sandra. C'est elle qui avait raison.

Depuis son mariage, Pipo ne quitte plus Catherine. Il la peint frénétiquement. Il n'a plus une minute pour autre chose. Elle lui donne un magnifique petit Roberto. Aussitôt, il le peint. Pipo fait un rattrapage intensif d'homme à femmes et de père tardif.

Giacomo entre à l'université laurentienne de Pise. Il a une passion pour la géographie. Quand il sera grand, il sera voyageur. Lui aussi rêve de terres nouvelles. Il apprend avec gourmandise tout ce qu'on lui enseigne. Il revient en fin de semaine dans la grande maison Lippi, où Pipo s'est réinstallé avec femme et enfant. Catherine est à nouveau enceinte, Lucrezia ne cesse de tricoter.

Grâce à l'attention obstinée de Sandra, Botticelli reprend peu à peu des couleurs. Un peu d'énergie lui revient aussi. Il passe lentement du noir au doux-amer. Comme il s'est juré de ne plus peindre tant qu'il n'aura pas réalisé son hommage à Sandra, il s'y replonge, et la ferveur revient. Ce sera un tableau monumental, mais de petit format : avec sa patte folle, il ne peut plus travailler debout, il faut donc que le panneau tienne sur ses genoux.

Il commence par des temples lumineux, à l'opposé de son style suave et morbide. Il renoue avec les couleurs froides des aubes de printemps qui donnaient jadis à ses nus leur grandeur sans éros.

— J'ai voulu tout dire, je ne sais pas si quelqu'un pourra tout lire. Botticelli tente toujours de se faire pardonner l'impardonnable. *La Calomnie d'Apelle*, c'est ainsi qu'il nomme son cadeau à Sandra, dit effectivement tout. Au centre du motif, les incarnations du Soupçon et de l'Ignorance soufflent de perfides ragots dans les oreilles d'âne du roi Midas. La Haine vêtue de noir désigne d'une main trop longue la Calomnie qui tient une torche, preuve du mensonge qu'elle répand partout. Elle traîne par les cheveux un adolescent qui ressemble à Giacomo. Presque nu, il n'a été couvert qu'au dernier moment, Botticelli se rappelant les foudres savonaroliennes, n'a pas voulu offrir à Sandra un motif de châtiment. Presque nu parce qu'il n'a rien à cacher. Il est la victime innocente. La Fourberie et la Fraude coiffent la Calomnie de fleurs d'innocence. Un autre personnage, vêtu de haillons noirs incarne le Repentir, il a aux lèvres un amer rictus. À l'extrémité gauche du panneau, Sandra représente la Vérité nue, absolument nue, comme dans *La Naissance de Vénus*, mais plus hiératique. Elle rappelle la statuaire antique. Elle ne s'occupe pas de la scène qui se déroule à sa droite, elle incarne l'irréductible constance. Sa nudité se conjugue à celle de l'adolescent, ils sont les seuls purs. Les autres personnages du panneau sont vêtus, c'est-à-dire dissimulés. Image fin de siècle, de fin d'un monde. Vision d'apocalypse, pressentiment de la chute…

— Je suis troublée que des années après tu refasses mon visage avec cette précision.

— Je le connais depuis si longtemps, je n'ai jamais cessé de m'en approcher, de te dessiner, de te colorier, sur des centaines de dessins, dans des milliers de rêves. Ton visage a cheminé à travers mes tableaux depuis… depuis bien avant que je te peigne. Quand je dessinais ta mère en Judith, à la mort de ton père, c'était déjà toi. Ton regard, ton ovale, ont accompagné ma vie, mon travail. Ne sois pas surprise de te retrouver comme la première fois, quand tu m'as donné l'ordre de te faire. Je n'ai jamais cessé. J'ai toujours mené une double vie de tristesse et de beauté. Envers les deux, la même fidélité. J'ai inventé la tristesse que je t'ai infligée. Je vous ai toujours été fidèle. À toi et à ton enfant. Je n'ai rien pu aimer d'autre. Tu as pris tout l'espace. Toute ma capacité d'amour. C'est pourquoi il fallait qu'un jour je te peigne incarnant la Vérité, tu es la mienne. Tes yeux tristes empreints de tendresse contiennent toutes mes larmes, et mon amour pour toi, résigné à résonner dans le vide. Je ne pouvais te refaire en Vénus, mais nue, oui, je devais, figurant l'exigence, la justice et la vérité.

— Les statues antiques que tu as placées derrière, c'est pour dire que rien n'a changé, que rien ne change, que rien ne changera ?

— J'en ai peur. Oh, ma chère Sandra, la merveille c'est qu'en dépit de la barbarie qui repousse comme le chiendent, des êtres comme toi se lèvent de temps à autre. Merci.

— Merci à toi, Sandro, pour tes mots qui me touchent, et ce tableau qui est un chef-d'œuvre. C'est magnifique, c'est bizarrement grand et petit. C'est incroyable. Tu le montres quand ?

— Pendant cette quinzaine. Après tu pourras le prendre chez toi.

— Je ne sais plus où c'est « chez moi ».

Luca et la veuve d'Antonio, les derniers à demeurer chez Botticelli, l'aident à préparer l'écrin de *La Calomnie*, pour la présenter au public. On l'installe derrière la grande table nappée de lin blanc, entre les deux fenêtres. Désormais Botticelli est assez célèbre pour ne plus offrir à boire ni à manger. « Ils viennent voir, pas boire », a-t-il décrété un jour de grand dégoût du monde repu.

De fait, tout Florence défile dans l'atelier, la foule des années d'avant Savonarole. L'œuvre est petite, mais tout le monde la voit gigantesque. Il a réussi le pari du monumental. Luca enregistre des commandes pour la décennie à venir. Le siècle qui s'ouvre sera moins austère si Botticelli renoue avec ce ciel d'azur dont il conserve le bleu secret, des pointes couleur cerise pour réjouir le cœur, et ce vert si près des oliviers qu'il semble cliqueter dans le vent.

— Pourquoi Apelle ?

— Qui ne serait pas jaloux d'un peintre dont les oiseaux venaient picorer les raisins ?

Même si le thème de ce tableau est compliqué, l'œuvre touche par sa facture. Peu importe le sujet.

Désormais, c'est pour sa manière qu'on le loue, quoi qu'il peigne. Il a gagné. C'est Léonard qui serait bien feinté. S'il revenait. Mais il va revenir. Il est annoncé par Vespucci qui l'a croisé à Milan. Léonard lui aurait dit son besoin de revoir Florence. Et Botticelli. On attend donc Léonard d'un moment à l'autre. Sandra qui ne l'a pas connu est étonnée. Botticelli, son frère, tous les artistes qu'elle a croisés, ne jurent que par lui.

— Tous se font une telle joie du retour d'un… ? Eh bien oui, d'un rival. Comment est-ce possible ?

— Quand tu le verras, tu sauras pourquoi ta question ne rime à rien.

Botticelli va quand même mieux. Avoir peint *La Calomnie* en est la preuve. La réaction de Sandra le lui confirme, s'il en était besoin. Elle s'est beaucoup rapprochée de lui.

D'ailleurs elle « ose » lui proposer de l'accompagner à Carpe Diem. Son frère lui en a beaucoup parlé. Elle est curieuse. Botticelli est fou de joie. Il n'a donc pas tout perdu ? Juste vingt ans. Vingt ans de vie sans elle.

Lucrezia habite avec Pipo, Catherine et le bébé. Giacomo est à Pise pour l'année. Et quand il rentre, il préfère la maison de sa grand-mère, pleine de vie et d'enfance. Sandra est libre comme l'air, elle peut partir à la campagne consoler l'état renaissant de Botticelli et reprendre des forces, elle-même.

Botticelli part seul à Carpe Diem avec Sandra ! Botticelli et toutes ses infirmités, Botticelli et son cœur adolescent qui bat à tout rompre.

Ah ! Le chemin pour y aller est toujours un moment de grande beauté. Un cirque étroit de collines mamelonnées, striées de maisons aux terrasses horizontales, ponctuées des lames nettes et tranchantes des cyprès noirs et des pins bleus, contrastant avec la pâleur des oliviers. Les gros ceps de vigne ressemblent à de vigilants gardiens du soleil. Les chênes verts ont un feuillage métallique. Le soleil de printemps cru et précis sculpte nerveusement ce paysage à la fois sensuel et dramatique. Ourlées d'ombres inquiétantes, les collines ont d'étranges replis. Botticelli sourit benoîtement.

— On est arrivé.

La maison ne peut que plaire à Sandra. La chambre fait face à l'orangeraie. Pourquoi Botticelli songe-t-il à *sa* chambre comme si ce devait être la *leur* ? N'est-il pas fou ? L'évidence de ses sentiments est telle qu'il n'envisage pas de ne pas dormir près d'elle. Il n'envisage rien d'autre que le réconfort de leurs deux corps apaisés. Meurtris de peines et de solitudes.

Rien là-dessus ne sera dit, mais le premier soir, alors qu'elle l'aide à se coucher — Botticelli est définitivement un infirme dépendant —, elle ne prend pas la peine de se déshabiller, mais s'allonge à ses côtés. Tels deux gisants d'église qui se tiennent la main pour l'éternité. Ils s'endorment presque aussitôt, épuisés d'avoir osé. Pour parvenir à cette simplicité, à ce geste si paisible, pacifié, quel chemin parcouru de part et d'autre, hérissé de peur, de douleur, de chagrins, de malheur et de ressentiments. Sandra n'imaginait pas pareille simplicité. Pareille entente, non plus. Cet homme, elle l'a haï. Longtemps, beaucoup. Mais jamais méprisé. Elle est sûre au fond de l'avoir aimé, toujours. Depuis l'enfance. Alors, qu'ils se retrouvent ? Oui, c'est naturel.

Au réveil, l'orangeraie en fleurs embaume. On est à la fin du mois de mars de l'année 1499, c'est bientôt l'an neuf, un siècle nouveau. Pourvu qu'il le soit ! Et que le cycle des saisons recommence sur un Botticelli apaisé, une Sandra épanouie…

Puis, un jour, ils rentrent à Florence, heureux. Simplement transfigurés par leur incroyable entente. Et là, grande nouvelle. Il est revenu, il est là.

Botticelli envoie Luca le chercher en courant. Ils ont perdu assez de temps, pas question de différer leurs retrouvailles d'une heure supplémentaire. Il y a près de vingt ans que Léonard a quitté Florence !

— Sandro ! Mon Sandro ! Quel bonheur ! Enfin. Te retrouver, toi, mon meilleur ami. Tu sais, j'ai beaucoup pensé à toi. Je t'ai suivi attentivement. Toute l'Italie est amoureuse de ta manière, j'ai vu tout ce qu'on a pu me montrer, toutes les copies de tes œuvres. Tu es le meilleur d'entre nous. Le plus doué. Tu as tout inventé ! Je t'admire autant que je t'aime !

Si l'on en croit ce qu'il écrit dans le secret de ses carnets que beaucoup de ses indiscrets amants mettent en circulation dans son dos, Léonard est sincère. Botticelli est le seul peintre qui, dans l'intimité de ses cahiers, trouve grâce à ses yeux.

Il étreint son ami sans montrer le moindre étonnement devant ses infirmités, et ce qu'il faut bien appeler sa décrépitude. Luca a dû le chapitrer. Surtout

438

il tombe en arrêt devant *La Calomnie*, déconcerté et ému.

— C'est plus fort que *Le Printemps*, ou même que *La Naissance de Vénus* ! À propos, ces deux-là, où puis-je les voir en vrai ?

— Chez Lorenzo, le petit cousin. Tu n'as donc vu que des copies ? Elles sont souvent bien mieux.

— Arrête. Ce que je vois là me persuade du contraire, on dirait un concentré de ton génie, un résumé de ton œuvre, une synthèse de toutes nos recherches, un abrégé de la peinture du monde. Oh là là ! comme j'ai eu raison de te fuir. Tu es génial Sandro, je n'aurais jamais pu me déployer à tes côtés, et en plus, ajoute Léonard, ému, en plus, toi je t'aime, je n'aurais jamais pu te haïr…

Tout à la joie de le retrouver, Botticelli l'étreint de cette patiente amitié, si tendre, jamais démentie.

— Si j'en crois la réputation qui te précède, on dit partout que tu es le meilleur. Et aux battements de mon cœur, je sais que la rumeur dit vrai. Tu es le meilleur d'entre nous, et sans doute d'entre tous, tu touches à des choses si diverses.

— J'ai vu du pays. Des gens nouveaux. J'ai fait mille choses… Mais Dieu que tu m'as manqué.

— Inutile que j'essaie de te dire combien tu as habité ma vie et mes heures. Tu le sais. C'est forcément réciproque quand c'est si fort.

Léonard s'est déjà lancé dans un grand déballage de l'atelier, il veut tout voir jusqu'au moindre dessin. Il place chaque panneau dans la meilleure lumière pour le contempler un long moment. Il lui tourne autour comme un étalon en rut.

— Tu as vraiment la grâce. Plus que tout, chez toi, c'est cette grâce qui force l'admiration. Tu sais où j'en ai la certitude ? C'est aux extrémités que la grâce se révèle et je peux t'assurer que dans dix siècles d'ici, on s'extasiera toujours sur les mains peintes par un dénommé Botticelli.

— Je n'ai fait qu'appliquer ta méthode.

Botticelli est gêné par l'énormité des compliments qui tombent de la bouche de l'artiste qu'il admire le plus au monde.

— Ma méthode, laquelle ?

— Oh ! c'était il y a longtemps. Tu as dit, je l'ai même noté, qu'un peintre qui ne doute pas ne fait pas de progrès. Je ne suis pas seulement infirme et perclus de rhumatismes, je suis surtout perclus de doutes. Tu n'as pas idée.

— Là, tu m'épates. Aujourd'hui je dirais tout autre chose.

— Qu'en dirais-tu ? C'est quoi la peinture aujourd'hui pour toi ?

— La peinture... Oh ! c'est courage, lucidité, effort, volonté, abnégation virile, quête perpétuelle, renoncement à tout le reste... refus de la fausse renommée. Une vertu de guerrier, d'homme en guerre et qui n'aime pas la guerre, voilà, c'est ça qu'il faut pour peindre.

— Si tu m'avais dit ça alors, je n'aurais jamais peint. Je suis né fatigué, et ça ne s'arrange pas. Si tu savais comme je suis épuisé, toujours. Et paresseux encore plus. Je ne crois plus à l'effort, ni même à la jeunesse, je suis fatigué de vivre, fatigué de peindre...

— Et tu fais ça ?, dit-il en désignant *La Calomnie*.

Léonard est furieux. Il déteste ce discours. Instantanément, il passe de la grande chaleur des retrouvailles à une colère glaciale et tranchante.

— Qui n'attache pas de prix à la vie ne mérite pas de vivre.

— Tu dois avoir raison, je ne le mérite sûrement pas. Je m'en doutais d'ailleurs, à la manière toujours volée, comme en contrebande que j'ai de prendre ce qui m'arrive.

— Que t'est-il donc arrivé ?

— Tu sais, j'ai toujours été mélancolique, toujours eu du mal à m'arrimer au présent, à…

— Oui, mais tu étais follement joyeux, et drôle aussi, très drôle.

— La peste est passée par là, et les enfants barbares organisés en armée meurtrière, et Savonarole, tu as dû en entendre parler ?

— Bon, pour la peste, tu n'es pas le seul. Quant à Savonarole, je ne sais pas, mais de loin, j'ai le sentiment que ça a dû être terrible mais intéressant. Passionnant même.

— Presque tous les miens sont morts. Nos amis aussi, même ceux qui étaient beaucoup plus jeunes que moi.

— Il nous reste Pipo.

Un long temps de silence s'installe pendant lequel les anciens meilleurs amis se jaugent. Non, ils n'ont pas changé, ils ont toujours eu ce genre de divergences, Léonard a toujours moqué le sentimentalisme de Botticelli.

— Mais pourquoi s'est-il marié selon toi ?

— Parce que, au fond, Pipo aime tout le monde, et

pas exclusivement les hommes. À son âge, il a dû lui pousser un fort désir d'enfants. Contrairement à nous, lui, il a été très aimé de ses père et mère, ils lui ont donné envie de faire comme eux. Toi, tu es un bâtard, et moi, tu as connu mes parents. As-tu jamais eu envie de te reproduire ?

— Et toi ?

— Regarde cette femme.

Là, Botticelli engloutit littéralement Léonard sous des centaines de Sandra, ébauchées, dessinées, coloriées…

— Cette femme, je l'ai aimée, adorée, elle seule. C'est la sœur de Pipo.

— Je ne m'en souviens pas.

— Et ma filleule ! Je l'ai mise enceinte et pendant près de quinze ans, je l'ai abandonnée, et j'étais malheureux. Et voilà, depuis peu j'ai un fils. Il a quinze ans.

Léonard ne sait que dire. L'excitation de Botticelli pour résumer ces années, et sans doute ses douleurs, le laisse incertain. Bah, ça ne lui a pas ôté une once de talent. C'est l'essentiel.

— Et, c'est encore elle, là, à l'extrémité de ton hommage à Apelle ?

— Oui, c'est Sandra. Tu la rencontreras bientôt, je lui ai tant parlé de toi.

— En observant tes œuvres, je crois que ce qui nous unit, toi et moi à travers les années, c'est qu'on a gardé cette même mystique du regard. Enfin, c'est ainsi que je décrypte ta façon de nous faire suivre par les regards de tes personnages. Je fais pareil.

Il ne s'est pas écoulé un mois que Luca rentre un matin très exalté et ravi de pouvoir annoncer à son oncle qu'il est invité chez Léonard.

— Et pas que toi, mon oncle, mais Pipo, Sandra, et même moi. C'est une avant-première, il veut ton avis, il va nous montrer son carton pour *L'Annunciazione*.

— Quand ?

— Cet après-midi. Donc, si tu permets, mon oncle, je vais te faire beau. Tu t'es pas mal négligé ces derniers temps. Moi aussi, je t'ai négligé, je t'en demande pardon, mais face à l'élégance du Vinci, il va falloir s'aligner.

— Comment tu parles, Luca !

— Comme un jaloux. Ce type me rend jaloux, il a tout, il est tout.

— Mais il a bientôt cinquante ans.

— Et alors ? moi à trente ans, je ne lui arrive pas à la cheville, il est éblouissant, toute la ville bruisse de ses hauts faits, ses bons mots, ses dernières plaisanteries. Il est beau, bon, intelligent, tout ce qu'il touche est marqué par la grâce, toute la ville en fait des gorges chaudes, il faut que le clan Botticelli soit à la hauteur.

Sandro est amusé que l'émulation normale des artistes entre eux s'étende si fortement à leurs apparentés.

Mais Luca a raison. Depuis le retour de Léonard, on ne parle que de lui. Botticelli a toujours autant de commandes, il est encore le premier et même le seul dont la réputation excède les frontières de l'Italie. On parle de lui en France, en Allemagne. En Espagne, le roi Ferdinand possède deux de ses œuvres. Aux Pays-Bas, il est célèbre. Pourtant quelque chose a changé. Il occupe désormais la place de l'ancien. Démodé ? La modernité, l'audace, l'avenir c'est Léonard. Quant à l'avant-garde, elle appartient au protégé de Vespucci, ce fameux Michel-Ange, aussi célèbre pour son épouvantable caractère que pour son travail. Et qui, par-dessus tout, hait Léonard.

Pour Botticelli c'est la preuve que le vrai génie s'épanouit chez Léonard. Et il ne parvient qu'à s'en réjouir. De la gloire et de la fortune, il a joui et goûté plus qu'un autre. Ces joies lui sont connues. Elles ne l'ont pas comblé. Il peut laisser ça à d'autres. À Léonard, au meilleur d'entre eux. En revanche, il se réjouit de le présenter à Sandra. Depuis le temps qu'elle en entend parler. Qu'en pensera-t-elle ? Botticelli est avide de tout savoir d'elle, sur elle. Les sentiments, les jugements de cette femme sont ce qui le touchent et l'intéressent le plus. Il en est à la comparer à Léonard. Sur le plan de l'intelligence, elle n'a rien à lui envier, pense-t-il.

Il est très fier de présenter cette femme-là à cet homme-là. Plus fier d'entrer dans l'atelier de Léonard avec elle à son bras que lorsqu'on dévoilait jadis ses chefs-d'œuvre. « Je vieillis », se dit-il, content. Sa peine de vivre est soudain plus légère. Présente mais plus légère.

C'est une grande pièce aux murs décrépis, aux pierres couvertes de salpêtre. Un ancien réfectoire que même les moines n'utilisent plus tant il est humide. Éclairé plein nord. Sur de très longs tréteaux, des salades et des fruits. Léonard est toujours un végétarien entêté, alors que Botticelli s'en fiche de plus en plus ; il n'aime pas manger, c'est tout. Une

ribambelle de très jolis jeunes gens — « aussi déco-
ratifs que mes chats », songe Botticelli — se livrent à
une sorte de ballet. Beaux et somptueusement mis en
scène, costumés, parés par le maître de cérémonie.
Léonard s'efface devant son ami.

— Ah toi, enfin. C'est toi que j'attends le cœur
battant, c'est ton jugement qui m'importe.

Il ouvre grands ses bras, sa joie et sa tendresse sont
encore plus démonstratives que dans le souvenir de
Botticelli. Un ami très cher. Oui, très cher.

— Allez, je te montre. Tu n'es pas venu pour autre
chose.

Léonard se trompe, l'art compte de moins en
moins pour Botticelli. Là, ce qui l'excite le plus, c'est
de présenter Sandra à Léonard mais il ne lui en laisse
pas le temps.

Oui, mais là… Alors là !

C'est incroyable. C'est sainte Anne, sa fille Marie,
et l'Enfant-Jésus qui joue avec un agneau. Il est
presque impossible de dire ce qu'on ressent face à ça.
La mère et la fille ont le même âge, les corps em-
mêlés, et le même sourire. L'Enfant-Jésus aussi
sourit… C'est l'invention du sourire en peinture.

Léonard a raison, Botticelli n'est venu jusqu'ici
que pour ça ! À voir l'état d'exaltation où ça le jette.
Et « ça », n'est qu'un carton préparatoire, au crayon
noir ! Et déjà on a une impression de peinture, de
couleur ! Du dessin qui rend le modelé et le relief
comme la peinture à l'huile. C'est plus fort que tout
ce que Botticelli a vu dans sa vie. Sandra lui serre la
main, elle sent qu'on est là face à une révolution.

Pipo qui les rejoint reste lui aussi ahuri par *Sainte
Anne*. Sans voix, sans couleur.

Long silence. Le choc est grand.

Silence béat d'émerveillement.

Enfin vient l'heure où Botticelli peut présenter la femme qu'il aime à l'ami qu'il admire le plus au monde.

Deux paires d'yeux plongent alors l'une dans l'autre. Se cherchent, se parlent. Ils savent sans doute l'un et l'autre l'enjeu de leur rencontre pour Botticelli. Dans cet échange muet mais intense, ils se disent qu'ils l'aiment, l'un et l'autre, et qu'ensemble, ils le protégeront. Sur l'essentiel, ils sont d'accord. La grande fragilité de Botticelli n'a pu échapper à Léonard, son immense besoin d'amour et de protection… il sait avec qui le partager.

— Merci, ami. Merci. Et toi, belle Alessandra Lippi, fille d'un très grand artiste à qui nous devons tant, permets-moi de te remercier. Notre Sandro peut compter sur toi, n'est-ce pas, et toi sur moi.

— Oui. Je sais. Merci.

Le monde des petits amis de Léonard fourmille. S'exclame, s'ébaubit, les jolis garçons font le service, le vin coule à flot. Le rire, les bruits, les agapes joyeuses, dans cet endroit, face à cette merveille, c'en est trop. Comme Botticelli ne peut rester longtemps debout, il en profite pour se retirer au bras de Sandra. Comblé et stupéfait.

— Ainsi il y est arrivé !

— À quoi ?

— À la perfection. Je n'oublierai jamais ce 24 avril 1500.

CHAPITRE 27

La Joconde *est-elle un assassin ?*

Le retour de Léonard est une embellie pour Florence et pour les Florentins, les prémices d'une petite renaissance après ces années de sang, de feu et de cendres. Les artistes revivent, les marchands relèvent la tête et osent à nouveau acquérir de la Beauté. S'en vanter et même l'exhiber. La nouvelle se propage jusqu'aux Pays-Bas. « Notre Sandro », comme le nomme Léonard, a fait école, non de peinture mais de pensée, de philosophie. Une image maîtresse de son œuvre se diffuse dans l'Europe du Nord sous le nom de *Melancholiae*. Gravée par un dénommé Albrecht Dürer. Aucun doute, Botticelli est le chef de file de la grande peinture, de la grande école de Florence. Léonard approuve, mais après sa *Sainte Anne*, personne ne croit plus à la prééminence de Botticelli. À commencer par l'intéressé.

Plus ça va, plus il s'exclut de la compétition. Ça ne l'amuse plus, ces joutes par panneaux interposés, arbitrées par des courtisans plus ou moins achetés. Se livre pourtant un dernier bras de fer entre eux : plus Léonard estompe son dessin, plus Botticelli appuie ses contours et durcit son trait. C'est la lutte du modelé contre la suprématie de la ligne. La ligne n'existe pas dans la nature, donc Léonard la supprime. Il œuvre à la rendre invisible. Pour Botticelli, la peinture doit impérativement s'émanciper de la nature, surtout ne pas la copier. Peindre, pour lui, c'est la rendre autrement, l'inventer, la rêver, et au besoin l'améliorer. Il revendique une certaine dignité des formes. Et même une morale. Il s'adresse à l'intelligence, jusqu'à côtoyer l'abstraction. Visible surtout dans ses dessins non coloriés illustrant le Dante. Là il est d'accord avec Léonard pour reconnaître au mouvement des corps toute la puissance de l'âme humaine. L'agitation du corps est le langage de l'âme, l'image physique de la psyché. D'où son constant éloge de la danse. Depuis ses débuts, ses femmes ont toujours l'air de flotter, de marcher au-dessus du sol, de danser. Léonard est plus figé, même si chez lui, ça remue intérieurement.

Le duel dure tout de même trois courtes années. Ils s'adorent mutuellement d'avoir mis la barre si haut et de la maintenir à ce niveau d'exigence. Léonard fait grand bien à Botticelli. L'émulation y gagne. Tout le charme, le génie de Léonard se donne libre cours. C'est un feu d'artifice, qui donne à Florence l'impression de revivre. Il fait chaque jour de nouveaux disciples. On dirait un jeu entre deux titans. Mais le piège se retourne contre leur belle amitié.

Vespucci commande à Botticelli une crucifixion. Pour la première fois, il y place Florence en toile de fond, dans une nuée d'orage. Une immense croix domine l'ensemble, avec un Christ diaphane, tel une apparition. À ses côtés, un ange armé semble repousser avec dégoût les nuages d'orage. Une Marie-Madeleine éplorée enlace convulsivement le pied de la croix. C'est la pauvre folle brûlée vive, accrochée par ses cheveux au bûcher de Savonarole. Ça y est, Botticelli a restitué l'image qui le hantait. Le pathétique s'est glissé dans les plis des vêtements, des chevelures, des nuages. C'est effrayant, le vent soulève les voiles. La sainte est prête, elle souffre, extatique. Le feu peut venir.

Depuis *La Calomnie*, l'expression de tous ses visages est empreinte d'âpreté passionnée, d'amertume poignante qui donnent au spectateur une douloureuse commotion. Ses enfant-Jésus n'osent plus embrasser leur Madone de mère, ils les scrutent comme s'ils anticipaient les chagrins qu'ils vont leur causer. Ces Madones aussi pressentent la fin, elles ont l'air triste et absent.

Comme Botticelli. A-t-il vraiment vaincu ses fantômes ?

Léonard considère Botticelli comme le plus grand, parce que, dit-il, plus que peintre, il est aussi poète. Ses figures sont devenues incorporelles. Flexibles, diaphanes. Botticelli a inventé cette grâce si en vogue, la *morbidezza*. Ses personnages tournent sur un rythme lent, dans un état d'extase divine, d'autres plus terrestres, jettent des fleurs en dansant avec une exubérance solaire.

Entre Léonard et Sandra, Botticelli vit une accalmie. En atteste la haine que Michel-Ange leur voue, active, frénétique, surtout envers Léonard. Ça les fait rire, c'est trop gros. Il souffre, intercède Botticelli, qui sait l'amitié de Vespucci pour lui.

Michel-Ange dit à propos de lui-même, « seul comme un bourreau ».

N'empêche, ses mœurs sont des mœurs de brute. Alors que loin de copier la nature, Botticelli reste rêveur et spirituel, dans ses œuvres comme dans sa vie.

Depuis la mort de Savonarole, les invertis ont relevé la tête et s'affichent sans vergogne. À nouveau, les *tamburazione* les dénoncent. Tous les ateliers sont touchés, chez Botticelli, chez Michel-Ange, chez Léonard, lequel affirme pourtant en toute sérénité que « la passion de l'esprit chasse la luxure ». Est-ce une pose chez cet amateur de plaisirs ? Il a cinquante ans, et peut-être passé l'âge des amours tumultueuses ? Sandra en doute. Botticelli s'en fiche.

En revanche quand Francesco Giocondo le supplie de faire le portrait de sa femme, Botticelli se défausse. Il va mieux, mais pas au point d'accepter de distraire une mère éplorée qui vient de perdre son enfant et macère dans un chagrin sans fond. Il a assez de mal à tenir son désespoir en laisse. Il ne lui ferait pas de bien, et elle risquerait de le faire replonger. Sandra est soulagée par son refus. Elle souhaite que sa jeune amie reprenne vie et couleurs, mais pas en posant pour Botticelli. Sandra conserve intacte sa superstition d'enfant : « quand on pose, forcément on tombe amoureux ». Elle est obligée de le reconnaître, Botticelli est toujours son grand amour. La sorcière de ses vingt ans avait tout prévu, tout prédit. La suite ? Botticelli ne lui en avait pas laissé le temps. La suite de l'histoire est à inventer. Mais elle ne veut plus ni le partager ni s'en passer. Leurs années de séparation sont englouties dans la joie présente de se revoir à loisir. Botticelli n'a pas voulu laisser Lisa et

Francesco bredouilles. Il a parié sur la fabuleuse énergie de Léonard. Persuadé que seule une peinture qu'elle incarnerait pourrait guérir sa femme, Francesco, en bon mécène, paie bien et laisse l'artiste très libre. Léonard a beaucoup plus besoin d'argent, et lui fait tout de sa main, que Botticelli qui laisse, plus que jamais, l'atelier achever le travail.

Et miracle ! L'alliage prend. Léonard, qui officiellement n'a jamais aimé de femme et s'affiche toujours avec de très beaux garçons, tombe sous le charme de Lisa. À croire que cette beauté triste est tout ce qu'il attendait. Son modèle idéal. Non content d'accepter la commande de ce portrait toutes affaires cessantes, il délaisse ses autres travaux. Pendant trois ans, Lisa se rend chaque après-midi à l'atelier de *L'Annunciazione*. Peintre et modèle succombent à un étrange coup de foudre. Lent, profond, bouleversant, si fort qu'il est hors de question d'achever le tableau, de perdre ce prétexte artistique à la rencontre, de renoncer à ces heures de communion. Les premiers temps, personne n'est autorisé à voir son travail. Botticelli est fou de curiosité. Comme Sandra, Pipo, le Pérugin, revenu de Rome avec un jeune homme suprêmement doué dans ses valises, qu'il exhibe fièrement. Il s'appelle Raphaël d'Urbino. Doué comme le renard est voleur. Ça n'est pas sa faute, c'est sa nature. À nouveau, c'est à Florence que ça éclôt, que coulent la vie, la folie, le génie... La preuve, on y refait des Annonciations. Tout a commencé avec *L'Annonciation*, Giotto, l'Angelico, Masaccio, Lippi... Tout commence par ce verbe qui incarne la poésie, et l'incarne au point de se faire chair. Et d'engendrer la peinture.

L'an dernier, Botticelli se laissait mourir comme d'autres se laissent vivre. Botticelli est sorti de sa torpeur, il a cinquante-cinq ans. Sandra est enchantée. Il est heureux, irrigué comme à vingt ans, par ce monument d'énergie qu'est Léonard. Cet homme est un feu d'artifice. Artiste en tout mais surtout en vie joyeuse, en vie intense. Comment ne serait-il pas au centre de Florence ? Tous, sauf Michel-Ange, sont heureux et fiers d'être son confrère. C'est sur lui que se répand la lumière, sur lui que se posent la gloire et le succès. C'est lui qui réjouit chacun, chacune. Même Lisa reprend des couleurs, réapprend à sourire. À chaque séance de pose, il fait venir des chanteurs, des musiciens, des jongleurs, des fleurs pour la charmer, lui offrir le spectacle de ce que la vie a de meilleur. Il veut qu'elle ait l'air concentré et ailleurs. On n'y tient plus, on veut voir l'œuvre en travail. Alors Léonard organise des visites pendant la pose. Une personne à la fois. Très vite, on fait la queue pour y assister. Le bouche-à-oreille en parle comme d'une des sept merveilles du monde. On ne sait d'ailleurs si l'on s'extasie sur l'œuvre ou sur les efforts de Léonard pour faire briller les yeux de son modèle, lui tirer le sourire qu'il désire.

« S'il est de la nature du sourire de *Sainte Anne*, il a raison d'y mettre le temps et le prix », pense Botticelli.

Léonard est effectivement très préoccupé par son modèle. Amoureux ? Ce qu'il ressent pour elle est inexprimable et charge son œuvre d'un poids de sentiments jamais sollicités. Il pense que c'est trop fort pour être vécu. Il n'arrive même pas à se confier à Botticelli.

Lequel est conscient que Léonard occupe de plus en plus de place à Florence. Toutes les places. Mais c'est son ami, c'est le meilleur d'entre eux tous. « Et si son succès ne tenait qu'à moi, il y a beau temps que je le lui aurais offert sur un plateau. »

À son tour, il a rendez-vous chez Léonard pour voir ce fameux portrait qu'il a refusé de faire, et qui trouble tant la cité. Il repense à lui peignant Sandra, vingt ans plus tôt. Sandra a peut-être raison, poser est parfois très dangereux.

Bizarrement il n'est pas pressé d'aller voir sa Lisa. Il a déjà remis deux précédents rendez-vous. Pipo y est allé hier. Il a paraît-il été foudroyé. Botticelli recule comme s'il redoutait la confrontation. Le tableau n'est pas achevé qu'il défraie la chronique. Célèbre avant d'être fini ! Un frisson de peur le parcourt chaque fois qu'il y songe. Il ne sait ce qu'il redoute, mais il craint de le voir.

Ce jour-là, il est seul à l'atelier. On tambourine à la porte. Habitué à ne rien faire chez lui — tant de gens font tourner sa maison — il ne bouge pas. Ça insiste. Malgré sa peine à marcher, il claudique en pestant contre Luca, les aides, les gens qui grouillent d'habitude dans sa maison.

De la part de Sandra. Un message… très urgent ! Qu'il vienne. Vite ! Tout de suite.

Botticelli ne peut pas se rendre vite, ni tout seul, ni à pied, à l'autre bout de Florence. La peur qui s'est immédiatement emparée de lui le rend gourd et encore plus impuissant à agir. Fichée au creux de son ventre, elle le paralyse sur pied. Il met du temps à réagir, il appelle. À l'étage, Lucciana est en train d'allaiter son dernier-né, elle descend.

— Pardon Lucciana. Mais j'ai besoin d'une charrette, d'une bannette, vite, il faut que j'aille chez Sandra, il est arrivé quelque chose. Je ne sais pas quoi.

— Sandro, ne t'alarme pas, il ne peut s'agir que de leur mère, elle est vieille aujourd'hui.

— Tu as sans doute raison, mais Sandra a besoin de moi et j'ai peur. Et si c'était Giacomo ? C'est Sandra, pas Pipo qui me fait appeler.

Enfin une voiture le dépose chez Lucrezia Lippi. Là où sa vie a commencé. Justement, Lucrezia l'y accueille. En pleurs.

— Sandra ?

— Non. Pipo.

— Quoi, Pipo ?

— Mort, Pipo. Ce matin, Pipo…

Et la mère éplorée choit littéralement dans les bras peu stables de Botticelli.

Il a honte mais il est soulagé : ce n'est pas Giacomo, et surtout, surtout ce n'est pas Sandra. Mais Pipo ! C'est monstrueux. Il laisse trois enfants en très bas âge, quatre ans, deux ans, dix mois. Catherine est effondrée, Sandra, active, efficace, fermée. Lucrezia digne et soudain très vieille. Dans un coin, sombre et taciturne, Giacomo. Botticelli claudique jusqu'à lui. Le prend timidement, presque imperceptiblement, dans son bras disponible. De l'autre, il se tient à sa béquille.

— Ton oncle était mon élève, mon…, mon meilleur élève. Ton grand-père me l'avait confié quand il était plus jeune que toi aujourd'hui. Un élève n'a pas le droit de mourir avant son maître, ça ne se fait pas. C'est inconvenant. La preuve que je n'étais pas un bon maître.

Il pleure sans larmes ni sanglots. Sandra les rejoint. Giacomo n'a rien dit. Mais retient la main libre de Botticelli.

— Maman, répète-lui qu'il a été un bon maître. Il me l'a dit souvent. Et pour Pipo un ami exceptionnel, ajoute-t-il, avant d'être interrompu par une crise de sanglots inextinguibles.

Pour la première fois de sa vie, il cherche à consoler son… eh oui, son père. Énorme effort sur soi, Giacomo s'effondre. Sandra le redresse dans ses bras, et Botticelli les enlace tous les deux.

— Que s'est-il passé ? Comment ça s'est passé ?

— Catherine dit qu'après s'être levé joyeux au réveil, soudain il s'est rassis, il a posé sa main droite sur sa poitrine gauche, il a dit, j'ai un peu mal. Puis il est tombé à terre. Il ne respirait plus. Son cœur a cessé de battre tout seul.

C'est trop violent, les jambes de Botticelli ne le portent plus. Son bras n'assure plus sa béquille, il glisse au sol. Alors son fils — et là, c'est vraiment son fils — le ramasse dans ses bras de jeune athlète et l'étend sur la grande table de l'atelier Lippi où tous ils ont tracé leurs premiers cartons. Sandra cherche un linge mouillé pour lui mettre autour de la tête. Catherine tout encombrée d'enfants, de voiles noirs et de chagrin ne tente pas un geste. Elle n'a plus de place pour personne. La mort lui a tout pris. Botticelli est inanimé et Pipo est mort. C'est dans l'ordre, Sandra frissonne. Les hommes sont si fragiles. Comment protéger son fils ? Aujourd'hui elle doit organiser les funérailles, qui va l'aider ? Sa mère, comme toujours.

On est le 18 avril 1504, la cathédrale est pleine. À droite, tous les artistes. À gauche, les femmes et les enfants. Les Florentins ont pris l'église d'assaut. Il fait très chaud à cause du nombre et des cierges. Tous adoraient Pipo. D'ailleurs à part ce sauvage de Michel-Ange, tout le monde l'aimait, il était universel. Gentil, joli, tendre, serviable, doué et drôle, moins intimidant que Léonard, plus rieur, plus simple que Botticelli, il était la plus pure image d'artiste de Florence. Qui ne s'y trompe pas et lui fait des funérailles unanimes, chaleureuses. Sans fausse note. C'est une immense perte humaine et artistique, il est un des rares héritiers à avoir égalé son père. Adorable est l'épithète qui revient le plus souvent y compris dans le prêche de l'évêque. Il avait quarante-sept ans. L'extrême amabilité de l'homme a un peu éclipsé l'œuvre, mais c'était celle d'un géant.

Sur le passage du cortège, les boutiques ferment en signe de deuil.

Il ne rira plus avec ses enfants, il s'était découvert une passion tardive pour la paternité. Lucrezia dit « exactement comme son père », il adorait transmettre, il en aurait fait des peintres. Elle contemple Botticelli, sur le parvis de Santa Maria dei Fiore, puis Giacomo, puis Sandra.

— Allons, mes enfants, je vous prie. Aidez-moi, j'en ai besoin pour continuer, c'était mon petit, mon tout petit, ça ne va pas être aisé.

Cette mort a saisi Botticelli à la gorge, de plein fouet, comme un mauvais coup dans les jarrets, par-derrière. Il ne sait pas encore s'il va tenir debout ou s'effondrer au pas suivant. Déstabilisé comme s'il marchait continuellement sur un fil. Il tient la main de Sandra, mesurant son impuissance. Giacomo pour la première fois de leur vie l'a enlacé, et tendrement embrassé, avant de repartir pour Pise. Certes Botticelli a mené l'enterrement de Pipo comme le chef de la confrérie de San Luca, la compagnie où sont affiliés les peintres, il est désormais l'ancêtre des artistes locaux, mais… Le goût de vivre ?

Dans les jours qui suivent la mise en terre de Pipo, après avoir trois fois ajourné cette visite, Botticelli se fait conduire à *l'Annunciata*. Voir le travail de Léonard est devenu vital. Ça doit lui rendre énergie et envie de peindre. Ou au contraire, après la mort de Pipo, l'achever.

Ce que Léonard a fait là, ce qu'il est en train d'inventer là, Léonard, c'est impensable, incroyable. Personne, avant lui, jamais…

En voyant comment son ami travaille la couleur, ce que *Sainte Anne* ne pouvait montrer puisque c'était de la mine de plomb, on ne pouvait mesurer l'étendue des progrès, non. Ça n'est pas le bon mot, le résultat de ses années de recherche pure. C'est du jamais vu.

Botticelli ressent un trouble sentiment qui le dérange immédiatement. Il en a honte mais en regardant le portrait de Mona Lisa, ça ne fait qu'empirer. Il ne peut le refouler ni se le dissimuler. Jaloux ? Oh, mais ça ne serait rien. Assassiné plutôt. Devancé. Définitivement. Enfoncé, enterré lui aussi.

« Même en vivant cent ans de plus, je n'aurais pas pu, pas su… Ni jamais osé l'envisager. À quel endroit, à quel moment, ai-je raté la marche qui menait à ça, perdu le nord, oublié la beauté ? Je n'ai jamais imaginé que la peinture pouvait aller par là, s'aventurer jusque-là. »

Ce tableau, on l'appelle très vite *Mona Lisa*, c'est-à-dire Madame Lisa, au grand dam de Francesco son mari, le commanditaire de cette œuvre inouïe, qui aurait souhaité y associer son nom de Giocondo.

Des larmes roulent sur les joues de Botticelli. Léonard n'a pas cessé de peindre depuis qu'il est entré, il ne le voit pas, il ne voit rien. Il n'a même pas pleuré la mort de Pipo.

C'est Lisa qui le voit et aussitôt s'inquiète.

— Qu'est-ce qui ne va pas Sandro, on peut t'aider ?

Ce qui contrarie Léonard. Lisa a brusquement quitté la pose pour se porter au secours de l'équilibre défaillant de Botticelli. Alors Léonard voit enfin l'étendue des dégâts, les ravages de son œuvre sur le visage de son meilleur ami. Des traits contractés comme sous l'effet d'une grande douleur.

Après un temps de commotion où Lisa l'aide à s'asseoir devant l'œuvre puisqu'il ne parvient pas à la quitter des yeux, où Léonard renonce à regret à sa séance de pose, telle la pythie sous l'effet d'un puissant hypnotique, Botticelli se met à parler.

— Ce que j'ai fait à côté de toi, ça n'est rien. Je n'ai rien compris à la peinture, je me suis trompé sur tout. Toi, tu as vu, tu as su, et ça y est, c'est là… Toutes ces années, je me suis trompé. Ça n'était pas la peine. J'ai tout raté. Je suis fini. Quand même heureux d'avoir vu ça, heureux de t'avoir connu, chapeau bas *maestro*. Tu n'as aucune idée de l'ampleur de mon admiration, de ma jalousie et de ma honte, de n'avoir à ce point rien compris. Bravo. Mais fais attention. Je vais t'en vouloir énormément et je ne serai pas le seul. Adieu.

Léonard le laisse repartir sans un mot. Que dire d'ailleurs ? Sa douleur et sa sincérité sont trop profondes. Est-il seulement d'accord avec ses propos ? Il les trouve exagérés mais pas faux. Il est terriblement flatté bien sûr, mais fier aussi d'avoir été vu à l'endroit précisément où il a tant cherché, où il s'est tant interrogé. Au plus profond de ses quêtes, si souvent impuissantes, il peut souscrire aux propos d'un Botticelli dévasté de rage jalouse, et pourtant si tendre. Mais Léonard est beaucoup plus visionnaire que le poète qui souffre. Il ne doute pas que le génie de l'un puisse un temps supplanter celui de l'autre mais il sait qu'ils ne s'annulent ni ne se tuent. Entre la ligne de l'un et le modelé de l'autre, le divorce n'est pas si radical. L'huile, le *sfumato*, toutes les techniques dont Léonard use avec joie et que Botticelli a toujours repoussées jouent un grand rôle dans cette violente impression de démodé qui l'a mordu à l'âme.

Sur le coup, ça lui fait très mal, mais ça lui passera. L'œil s'accoutume et puis ne voit même plus les différences, d'autant que des artistes aussi doués que Michel-Ange ont déjà repris la technique linéaire de Botticelli. Léonard n'aime que le travail. Il a toujours des progrès à faire ! Il se lamentera plus tard. La vérité est dans la mesure, passée au tamis du temps. Entre eux deux, chacun en détient une parcelle.

Dans la charrette qui ramène Botticelli, les cahots ne sont pas la seule cause de ses tremblements. Il hoquette de sanglots.

Luca l'accueille, impatient de connaître son avis sur ce fameux tableau. Il en est pour ses frais. Il l'aide juste à se mettre au lit, le force à prendre une décoction d'herbes amères, son oncle est blanc comme un linge tirant vers le jaune, un teint cireux de malade. Puis il l'abandonne à ses chats. Seuls ils possèdent ces vertus consolatrices. Botticelli est dévasté de chagrin. A-t-il assez de chats pour en venir à bout ?

Deux jours de prostration plus tard, Luca se décide à alerter Sandra.

— Non seulement je suis fini, lui dit-il péniblement, fini comme peintre, fini comme homme, fini… Sans Pipo, la vie est finie pour moi. C'est trop. Il n'y a pas de raison de survivre à ses élèves. Surtout quand ils sont à ce point meilleurs que leur maître. Pas de raison de s'entêter à faire si difficilement ce qu'on fait si mal, une peinture démodée. Mon art est caduc. Je n'ai aucune raison de continuer.

— Tu as raison, il n'y a pas de raison. Pas plus de vivre que de mourir. Parfois, il y a de jolis couchers de soleil, parfois des fleurs plus odorantes percent dans la nature, parfois un sourire bouleverse plus que tout… mais dans l'ensemble, tu as raison, ça ne sert absolument à rien.

Sandra éponge le visage raviné de Sandro et le laisse retomber dans le silence des chats. Elle tient ses mains si longues, si fines, si oisives aujourd'hui entre les siennes. Elle recouvre d'un tapis de soie le grand corps fatigué de l'homme qu'elle aime. Elle se tait. Après de longues minutes où Botticelli n'a plus rien trouvé pour se flageller, elle dit juste, à mi-voix :

— Tu vas vivre parce que j'ai besoin de toi. Tu vas vivre parce que Giacomo n'a plus que toi. Tu vas vivre parce que pour Lucrezia, ce serait trop d'un coup. Tu vas vivre pour moi. On a quelques années à rattraper… Mais tu as raison, on va quitter Florence. C'est fini Florence. C'était une embellie, mais c'est fini. La mort de Pipo l'a achevée. Michel-Ange part pour Rome, le Pérugin et son Raphaël aussi. Ils ne sont pas florentins, ils n'ont pas de raison de vouloir la survie de la cité. Il n'y a plus rien ici, et l'air y est de plus en plus délétère. Nous allons partir pour Carpe Diem et pour toujours, en emmenant tous tes chats, et nous regarderons pousser les fleurs.

Botticelli s'est endormi pendant que les paroles de Sandra caressaient son âme. Endormi soulagé. Pendant quelques secondes, miracle, il ne s'est plus senti seul. Elle lui a donné un sentiment inconditionnel. Pour la première fois de sa vie, un sentiment qui ne mourra qu'avec lui. Inconditionnel. Oui, il peut vivre encore un peu.

Carpe Diem,
ou l'Académie des Oisifs…

Depuis qu'il s'est posé à Carpe Diem avec Sandra et ses chats, Botticelli n'a plus bougé. Ni pour Florence, ni pour Trebbio, ni pour Castello, d'où les derniers des Médicis tentent de reprendre le pouvoir. En revanche, Lorenzo passe parfois sa journée auprès du peintre. En vieillissant, les vertus de l'amitié lui sont aussi devenues plus chères. Et Botticelli est sans doute son meilleur ami.

— Les crépuscules sont souvent exceptionnels à Carpe Diem. Il y en a même d'inoubliables. Certaines aubes aussi me donneraient presque envie de retoucher le fond de la *Primavera*. Je sais aujourd'hui qu'il est trop bleu, enfin, dans mon souvenir, mais il y a longtemps que je ne l'ai plus vue.

— Si tu peignais encore… je ne crois pas que je te laisserais faire, sourit Lorenzo, mais tu es toujours le bienvenu chez nous, partout où sont installées tes œuvres. Cosme avait raison : « Riches et puissants, entourez-vous d'artistes. Grâce à eux, si vous savez les choisir, vous traverserez les siècles, et jamais ils ne vous jalouseront », se rengorge Lorenzo, content de leur longue amitié.

Vespucci est requis ailleurs, si passionné par la carrière aventureuse de son neveu, le découvreur de continent, qu'il n'a plus de temps de reste. Or ici, ce n'est que le temps qui reste qu'on chérit. Le temps immobile, la contemplation.

Quelques relations lointaines se rapprochent, d'autres s'évaporent dans les lointains. Botticelli est serein. Autant la mélancolie, et ce qu'on appelle son génie créateur, tenait hier le monde à distance, on le savait tellement triste, on le croyait occupé. Autant son nouvel état d'oisif heureux lui vaut quelques nouveaux liens assez doux. Une petite douzaine de familiers, assez distants pour s'être autoproclamés l'Académie des Oisifs, aiment à se retrouver près de lui, certains soirs quand la solitude se fait poignante, l'orage menaçant, ou la grande beauté des paysages toscans sous une certaine lumière, urgente à partager.

Luca n'a rien compris. Une vie entière consacrée à faire tourner l'atelier de son oncle, à diriger l'orfèvrerie de l'autre, et pfuit ! plus rien, plus personne, débrouille-toi avec les commandes, les assistants, la vie... Botticelli l'a prié de ne plus accepter de commandes, il y a déjà longtemps, mais Luca ne l'a pas cru. Du coup il a dû faire exécuter les dernières pièces par des assistants qu'il lui fallut ensuite limoger. Depuis, la *bottega* est fermée. Du vivant de l'artiste ! Ça ne s'est jamais vu ! Et juste parce que l'artiste ne veut plus travailler. Car le travail n'a jamais manqué ! Pour Luca, cela confine au sacrilège ; pour Botticelli c'est simplement fini. Sans repentir possible. Il n'y touchera plus. Ne peindra jamais plus, ni ne retournera à Florence. Après quelques allers et retours en bannette pour acheminer tous ses chats à Carpe Diem, regrouper quelques affaires, un tableau de Pipo, un de Léonard, une dernière visite à la *Joconde*... Il n'a pu s'empêcher d'y retourner. Comme l'oiseau va au serpent : fasciné. Un infini troublant qui agit sur lui comme un étrange magnétisme. Il ne se content plus. Son âme déborde. C'est là. C'était là. Vers cette peinture-là qu'il fallait aller.

Adieu Florence donc. Dernières recommandations à Luca.

— Je te laisse la maison. Sois heureux avec Lucciana et vos petits. Tu es bien sûr toujours le bienvenu à Carpe Diem, mais ne compte pas me revoir ici. C'est à n'y rien comprendre. Depuis la *Calomnie*, c'était si bien reparti ! Botticelli et Léonard tenaient le haut du pavé Florentin.

— ... Oui, mais non. Fini, je raccroche les pinceaux.

Comme la prière, la peinture ne sert à rien. À la fin, tout le monde meurt. Botticelli est toujours en deuil de Pipo. De sa mobilité, de sa jeunesse, de la cité des Lys... Tant de pertes composent une vieillesse.

Chaque jour de ciel bleu, il se fait mener dans un coin de nature, apprivoisée par les mains savantes de Sandra. Parce qu'il y a Sandra. Parce que Sandra ne le quitte presque plus. Pourquoi reste-t-elle ? Mystère. Elle est toujours là. C'est elle qui prend soin de lui désormais.

— Que fait-il toute la journée, demande, inquiet, Luca à Sandra quand elle passe à Florence ?

— Il regarde pousser les oliviers. C'est très lent, un olivier. Ça lui laisse un peu de temps devant lui.

Le poète mélancolique renoue avec les farces. Il a un voisin trop bruyant. À qui gentiment, plusieurs fois, il demande de faire moins de bruit. En vain : « C'est chez moi, c'est mon droit ! » Ah ! C'est comme ça ? Alors l'infirme fait installer une énorme pierre, en équilibre sur le mur mitoyen du bruyant mauvais coucheur. Compte tenu des vibrations que pareil boucan déclenche, le voisin mauvais coucheur risque de la recevoir sur le crâne. Il s'en plaint donc légitimement à Botticelli qui, à son tour, lui répond : « Eh bien, quoi ? C'est chez moi, c'est mon droit ! » Le bruit cesse. Par enchantement.

Parfois tombe sur son âme la tristesse du soir, quand un pressentiment du lendemain ou l'angoisse d'une ancienne espérance lui étreint le cœur. Plus d'éclairs de joie farouche sur fond de désespoir, non. Tout est plus calme, sinon apaisé. Une paix sereine parfois trouée de frissons, comme le souvenir de la peine. L'heure des grandes détresses horizontales est passée. Les cauchemars, l'imagination tragique, l'avenir foudroyé, les crises profondes, sont taris comme ses réserves de larmes. À la place, les prairies et le bois, les champs et les vignes, les heures perdues comme du pain, passées au tamis du silence. Ou au contraire la joie d'un bavardage utile à propos de la greffe des abricotiers, de la qualité de l'eau du puits, de l'avancée de la saison, du bonheur des pêches de vigne bien mûres. Le silence qui suit une bonne conversation, et les élans du cœur qui persistent.

Botticelli a oublié Florence. Asservie et déchue, Florence s'est évanouie de ses pensées. Elle a hérité de sa mélancolie qu'elle promène dans les jardins amers où ne pousse plus rien d'utile. L'ombre des roses fait vaciller l'eau des fontaines. Que du décor. La nature vigoureuse a fui la cité du Lys. Botticelli y a abandonné dans ses murs les désarrois de ses longues nuits sans lune.

De la plus haute cime de la passion, de ses chagrins sans fond, il est finalement redescendu.

La langue s'est flétrie, usée d'avoir dû exprimer des sensations trop fortes, en si peu de temps. Comme la vie qu'y menait jadis Botticelli, Florence s'est désenchantée. N'a plus assez d'énergie pour retenir ses artistes. Aux côtés de Sandra, Botticelli préfère aujourd'hui le silence. Il n'en a plus peur. Sandra a établi ses pénates dans ceux de Botticelli, comme si c'était la moindre des choses, comme s'il s'agissait d'une très ancienne promesse enfin tenue.

Tous les soirs, ils s'endorment comme le premier soir, main dans la main. Au lieu de la peindre, il la regarde comme quand il la peignait. Désormais, il la contemple, elle est son plus beau paysage. Elle le rassure quant au sens de l'instant.

Ils s'étreignent juste pour s'étreindre, pour mesurer la force de leur amour. C'est bien d'amour qu'il s'agit. Une puissante certitude, le seul lien inconditionnel que Botticelli ait jamais eu. Elle lui sourit. Elle est belle. Elle n'a plus l'âge de *La Naissance de Vénus*, mais elle est mieux finie aujourd'hui, moins indécise. Ses rides lui rappellent que pendant des années, elle a ri sans lui. Ces rides-là le bouleversent. Y réside toute sa fragilité. Toute sa force aussi. Elle a toujours cet air frondeur qui fit d'elle à vingt ans une femme tellement libre. Elle aussi à Carpe Diem se trouve exaucée. Elle est arrivée. Elle ne sait ni où ni à quoi, mais là où elle devait être. Là, près de lui. L'enlaçant pour l'aider à marcher. N'importe qui aurait fait l'affaire ? Peut-être. Mais elle seule peut le soir s'endormir près de lui. Elle est comblée par le besoin qu'il a d'elle. Et au matin, elle est toujours plus jeune, plus énergique. Il l'admire, il la contemple comme la Béatrice du Dante. Il avait raison, Béatrice est beaucoup plus grande que le poète. Elle est à la fois l'œuvre et l'auteur de l'œuvre. Ils parlent rarement du passé. Botticelli se complaît dans l'instant présent. Pour la première fois de sa vie, il a accès à l'instant présent, il s'en repaît et en jouit. Sous le regard lumineux de Sandra. Elle aimerait comprendre, oh timidement, comment, pourquoi, toutes ces années, ce gâchis quand même, malgré tout. Cette sorte de maladie, cet empêchement à vivre, à aimer, à s'engager. Son chagrin perpétuel... Elle désirerait une explication.

— Il en faut vraiment une ?

Oui, Sandra aimerait comprendre d'où venait cette mélancolie qui a raviné toute sa vie, toute leur vie, et qui, là, subitement, a disparu.

— Je vais encore citer Léonard. Ses grandes douleurs lui viennent de n'être pas à la hauteur de son propre jugement. Quand, par éclair de conscience, disait-il, il mesurait l'écart entre ses ambitions et le résultat obtenu. C'était de l'orgueil, mais ça l'a parfois rendu fou de chagrin. Quand on aime autant la vie, quand on croit si terriblement en soi, les rares moments où ça dérape, où ça n'agrippe plus, où ça échappe, l'ont fait souffrir comme un damné. Se décevoir autant le torturait. Et moi, ça m'impressionnait. Je me suis toujours senti étranger à ces sentiments. J'ai plutôt eu l'impression de souffrir du contraire. De ne pas aimer la vie assez. De ne pas adhérer à la vie suffisamment, de ne pas y croire, de manquer de cette envie que vous avez ton père, ton frère et toi de la dévorer à pleines dents. J'ai toujours eu la sensation d'être au-dehors, de ne pas pouvoir entrer, d'être régulièrement repoussé comme une vague par les rochers. C'est bizarre tu sais, la mélancolie, ça a l'air doux et calme, et pourtant c'est un courant impétueux, impossible d'y résister. Il faut attendre que ça passe, c'est ce que j'ai fait toute ma vie. Maintenant mes heures coulent comme du miel, c'est étrange. Hier, quand les autres parlaient de choses comme « prendre du plaisir, tirer profit », c'était de l'hébreu pour moi. Désormais, je goûte chaque instant que je passe près de toi.

Trois ans que Botticelli n'a plus touché un pinceau et vit dans l'instant présent à Carpe Diem. Trois ans que Pipo est mort, trois ans que Léonard a peint la *Joconde*.

Pipo est mort au réveil du jour où il l'a vue, et depuis, Botticelli a définitivement cessé de peindre ! Étrange coïncidence. Ces deux morts-là sont-elles dues à la *Joconde* ? Elles ont eu lieu le même jour. Déjà trois ans ! Mais trois ans aussi qu'il n'a plus eu de crise. Trois ans qu'il n'a plus mis les pieds à Florence. Les années filent comme de la dentelle, en prenant leur temps, en tissant leurs jours, leurs nuits. Et de si jolis motifs.

Sandra ne veut pas lui infliger l'anniversaire de la mort de son frère au cimetière de Florence. Quand elle en revient le soir, les yeux un peu battus, elle est désolée du chagrin de sa mère. Définitivement inconsolable.

— Ma dernière vision d'elle, agenouillée au cimetière, tous ses petits-enfants n'arrivaient pas à faire diversion. Elle vieillit de chagrin, elle blanchit sous mes yeux. À vous faire prendre les cyprès en grippe.

Carpe Diem est protégé des regards par une théorie de cyprès. Ils courent jusqu'à la treille qui prend le relais. Ensuite, une pergola odorante trace un chemin ombragé jusqu'à la maison aux tuiles rondes. Botticelli aime les cyprès.

— Ceux des cimetières ont une double mission, veiller sur nos morts à notre place et avec plus de constance, et remuer leurs branches en témoignage de compassion quand les mères s'agenouillent sur les tombes de leurs petits. Ces cyprès qui nous protègent si tendrement sont les éventails de la douleur des mères. Ne leur en veux pas.

— Et toi, qui es resté seul toute la journée, qu'as-tu fait ?

— Rien, absolument rien. Et c'était très bien. Ah, si ! une fleur d'hibiscus m'a sauté au visage. Voilà le seul événement de ma journée.

— De quelle couleur était ta fleur ?

— Rose mauve, une couleur de très mauvais goût. Mais sur le vert argenté des oliviers, tout passe.

Sandra sourit. Elle est trop jeune encore pour être membre à part entière de cette Académie des Oisifs, dont Botticelli est devenu le Prince. Et qui réunit ceux qui savent partager de façon informelle cet art de ne rien faire avec délectation. Laisser filer le temps, faire l'éloge du rien, du vide parfait.

Sandra est heureuse près de Botticelli, simplement heureuse. Giacomo les rejoint quand ses études, sa vie et ses amours lui en laissent le loisir. Le père et le fils se parlent toujours peu, mais se comprennent mieux. Sandra se réjouit de l'entente, de la confiance qui règnent à Carpe Diem.

Elle a bien assez bataillé. Elle se sent bien en cette demeure. Elle sent sa mère fragile. À tout instant, elle est prête à la fin. À toutes les fins. Auprès de Botticelli, la fin est d'avance apprivoisée. Il s'est fait une image si paisible de la mort qu'elle ne la craint plus. Pour lui, pour elle, pour sa mère. Mais pas pour son fils, ça non ! Mais il n'y a pas de raison. Elle a quarante-cinq ans, Botticelli soixante, ils s'entendent comme quand elle était toute petite et lui pas bien vieux. Ils n'ont plus l'élasticité des corps, mais partagent toujours celle de leurs esprits entraînés à s'entendre.

Le silence dans les oliviers ressemble à une musique qui s'inscrit sur une ligne mélodieuse. Entouré de lignes, Botticelli est pour l'éternité ce peintre assez fou pour s'envelopper de silence, et finir sa vie dans la dignité d'un fragile bonheur. Les ceps de vignes, les longs cyprès étirés, sertissent son univers de lignes épaisses ou fines, mais toutes tracées par un pinceau trempé dans l'absolu.

Une ligne encore, une dernière ligne.

APPENDICES

Vies de Filippo Lippi,
Alessandro Botticelli et Filippino Lippi

1406. Naissance de Filippo Lippi.
1421. Il prononce ses vœux au Carmel.
Accession de Cosme à la tête de la maison Médicis.
1427. Masolino et Masaccio travaillent à la chapelle Brancacci.
Mort subite de Masaccio.
1433. Naissance de Marsile Ficin.
1437. *Madone de Tarquinia* (Filippo Lippi).
1445. Naissance d'Alessandro Filipepi dit Botticelli.
1449. Naissance de Laurent de Médicis.
1452. *Tamburazione*, prison, estrapade. Lippi se réfugie à Prato.
Naissances de Léonard de Vinci et de Savonarole.
1453. Prise de Constantinople par les Turcs (Mahomet II).
1454. Naissance de Politien.
1455. Mort de Fra Angelico.
1456. Filippo Lippi est chapelain du couvent de Prato.
Il rencontre Lucrezia Buti et l'enlève.
1457. Naissance de Filippino Lippi (Pipo).
1458. Ambassade de Cosme au Vatican pour sauver Lippi.
1460. Naissance d'Alessandra Lippi.
1464. Mort de Cosme de Médicis.
1465. *Madone à l'enfant et un ange* (Botticelli).
Botticelli entre à l'atelier Lippi.
1467. Filippo Lippi exécute les fresques de la cathédrale de Spolète.
1469. Mort de Filippo Lippi, le 8 octobre.
Mort de Pierre de Médicis, le 2 décembre.
Arrivée à Florence de Simonetta Vespucci. Tournoi des vingt ans de Laurent.
1473. *Saint Sébastien* (Botticelli).

1475. Simonetta est élue reine de beauté.
L'Adoration des mages (Botticelli).
1476. Mort de Simonetta, le 26 avril.
1478. Conjuration des Pazzi, le 26 avril.
1479. *Saint Augustin* (Botticelli).
1482. Botticelli est à Rome, il travaille à la chapelle Sixtine.
1483. *Pallas et le Centaure* (Botticelli).
1484. *Primavera, le Printemps* (Botticelli).
1486. Pipo achève la chapelle Brancacci.
La *Naissance de Vénus* (Botticelli). Pipo à Rome.
1489. *L'Annonciation* (Botticelli) aujourd'hui à la Galerie des Offices.
1487. Botticelli est nommé le nouvel Apelle.
Filippino travaille à la chapelle Strozzi.
1492. Mort de Laurent de Médicis.
1493. Filippino décore la *Capella Caraffa*, à Rome.
1494. Triomphe de Savonarole. Le roi de France Charles VIII est à Florence.
Morts de Politien et de Pic de la Mirandole.
1495. *L'Abandonnée* (Botticelli).
1497. Premier Bûcher des Vanités.
1498. Supplice de Savonarole.
L'Adoration des mages (Filippino Lippi).
1501. *La Nativité mystique* (Botticelli).
La Calomnie d'Apelle (Botticelli).
1504. Léonard peint la *Joconde*, Botticelli sa dernière *Crucifixion*, Filippino Lippi sa *Descente de croix de Servi* et meurt le 18 avril en laissant trois enfants.
1505. Botticelli est installé à la campagne, il ne paye plus sa cotisation à l'ordre des peintres. Il a cessé de peindre.
1510. Il meurt le 17 mai. Il est inhumé à Ognissanti. Il n'a pas achevé les dessins du *Paradis* de Dante.

BIBLIOGRAPHIE

Cette bibliographie, non exhaustive, réunit les ouvrages très divers (livres d'histoire, livres d'art, romans, essais) qui ont nourri les recherches de Sophie Chauveau pour l'écriture de ses romans *La Passion Lippi* et *Le Rêve Botticelli*.

A. Alexandre, *Botticelli*, Paris, 1929.

Pierre Antonetti, *Les Médicis*, coll. « Que sais-je ? », PUF, 1997.

Daniel Arasse :
— *Le Détail*, Flammarion, 1996 ;
— *L'Annonciation italienne, une histoire de perspective*, Hazan, 2000 ;
— *Léonard de Vinci : le rythme du monde*, Hazan, 1997.

Giulio Carlo Argam, *Botticelli*, Skira, 1989.

M. Aymar, *Lexique historique d'Italie*, Armand Colin, 1977.

Jacques Attali, *1492*, Fayard, 1991.

German Arciniegas, *Le Monde de la belle Simonetta*, traduit par Georges Lomné, Éditions Espaces 34, 1999.

Michael Baxandall, *L'Œil du Quattrocento, l'usage de la peinture dans l'Italie de la Renaissance*, Gallimard, Paris, 1985.

Christian Bec, *Florence 1300-1600 — Histoire et culture*, Nancy, 1986.

Boccace, *Le Décaméron*, Classiques Garnier poche, 1994.

Serge Bramly, *Léonard de Vinci*, Lattès, 1988.

Bernard Berenson, *Les Peintres italiens de la Renaissance*, Gallimard, 1953.

Robert Burton, *Anatomie de la mélancolie*, traduit par Bernard Hoepffner, José Corti, 2000.

Caneva, *Botticelli*, Catalogue complet des peintures, Paris, 1992.

André Chastel :

— *Les Poèmes de Laurent le Magnifique*, traduits et présentés par André Chastel, Édition du Vieux Colombier, Paris, 1947.
— *Art et humanisme à Florence au temps de Laurent le Magnifique*, PUF, 1959.
— *Marsile Ficin et l'art*, Genève, 1975.
— *Renaissance italienne, 1460-1500*, coll. « Quarto », Gallimard.
— *Fables, formes, figures, Idées et recherches*, Flammarion, 1978.
— A. Chastel et G. Mandel, *Botticelli, tout l'œuvre peint*, Flammarion, 1967.

Yvan Cloulas :

— *Laurent le Magnifique*, Fayard, 1982 ;
— *Savonarole*, Fayard, 1994.

Louise Colet, *Enfances Célèbres*, coll. « Rouge et Or », Hachette, 1870.

Hubert Damisch, *L'Origine de la perspective*, Flammarion, 1993.

Dante, *Œuvres complètes*, coll. « Bibliothèque de La Pléiade », Gallimard, 1965.

Dante, illustré par Botticelli, préfacé par André Chastel, Club des libraires, 1953.

Catherine David, *L'Homme qui savait tout* (roman), Seuil, 2001.

Jean Delumeau, *La Civilisation de la Renaissance*, Arthaud, 1984.

Évelyne Deher, *Les Médicis*, Critérion, 1991.

Jean Diwo, *Au temps où la Joconde parlait*, Flammarion, 1992.

Barbara Deimling, *Botticelli*, Taschen, 2004.

Élie Faure, *Histoire de l'art, l'art renaissant*, Denoël, 1986.

Sigmund Freud, *Un souvenir d'enfance de Léonard de Vinci*, Gallimard, 1927.

Gloria Fossi, *Filippo Lippi*, Édition Scala, 1989.

Pierre Francastel, *La Fête mythologique au Quattrocento*, Œuvres, Paris, 1965.

Carlos Gamba, *Botticelli*, Gallimard, 1937.

Émile Gebhardt :

— *Sandro Botticelli, L'âge d'or*, Paris, 1907 ;
— *Les origines de la Renaissance*, Paris, 1879.

Goldner et Bambach, *Les Dessins de Filippino Lippi et ses proches*, Catalogue exposition, New York, 1997.

J. Goismard, *Florence au temps de Laurent le Magnifique*, Hachette, 1965.

Yves Hersant, *Italies*, « Bouquins », Robert Laffont, 1988.

André de Hévésy, *Pèlerinage avec Léonard de Vinci*, Firmin Didot et Cie, 1901.

Arsène Houssaye, *Histoire de Léonard de Vinci*, Paris, 1898.

Norbert Hugede, *Savonarole et les Florentins*, France Empire, 1984.

Horne, *Alessandro Filipepi, commonly called Sandro Botticelli*, Londres, 1908.

Carolyn S. Lafond, *The painter daugther ; Story of Sandro Botticelli and Alessandra Lippi*, Éditions Savanah Frederic Beil, Boston, 2001.

Jack Lang, *Laurent le Magnifique* (essai), Perrin, 2002.

Ronald Lightbown, *Botticelli, vie et œuvres*, Paris, 1990.

Jean Lucas-Debreton, *La Vie quotidienne à Florence au temps des Médicis*, Hachette, 1958.

Machiavel, *Œuvres complètes*, coll. « Bibliothèque de La Pléiade », Gallimard, 1952.

Verano Magni, *Savonarole ou l'agonie de Florence*, Denoël, 1941.

Jean-Claude Margolin, *L'Humanisme en Europe au temps de la Renaissance*, PUF, 1981.

Dimitri Merejkovski, *Le Roman de Léonard de Vinci*, Presses de la Renaissance, 2004.

Urbain Mengin, *Les Deux Lippi*, Plon, 1932.

Jacques Mesnil :
— *Botticelli*, Albin Michel, 1938 ;
— « Connaissons-nous Botticelli ? », *Gazette des Beaux-Arts*, 1930.

Eugène Muntz :
— *Notes et dessins sur la génération Windsor*, Paris, 1901 ;
— *Léonard de Vinci*, Paris, 1898 ;
— « À propos de Botticelli », *Gazette des Beaux-Arts*, 1898 ;
— « Botticelli était-il hérétique ? », *Journal des Débats*, 1897.

A. P. Oppe, *Botticelli*, Hachette, 1913.

Erwin Panofski, *Essai d'iconologie, thèses humanistes dans l'art de la Renaissance*, Gallimard, 1967.

Ange Politien, *La Formation d'un poète humaniste*, Genève, 1966.

A. Rochon, *La Jeunesse de Léonard de Vinci*, Paris, 1963.

Édouard Rouveyre, *Notes et dessins sur la génération Windsor*, Paris, 1901.

Gabriel Rouchès, *Botticelli*, Braun et Cie, 1950.

Skira, *Botticelli*, Musée du Luxembourg, 2003.

I. B. Supino, *Les Deux Lippi*, Florence, 1904.

Dominique Thiébaut, *Botticelli, Profil de l'art*, Édition du Chêne, 1991.

Gilles de la Tourette, *Léonard de Vinci*, Paris, 1932.

G. Truc, *Florence et les Médicis*, Paris, 1936.

Paul Valéry, *Introduction à la méthode de Léonard de Vinci*, Paris, 1930.

Giorgio Vasari, *Vie des peintres*, Éditions des Belles lettres, 2002.

Adolfo Venturi :

— *Histoire de l'art*, Paris, 1930 ;

— « Une œuvre inconnue de Botticelli », *Gazette des Beaux-Arts*, 1907 ;

— *Botticelli*, Édition G. Cres et Cie, 1926.

Carnets de Léonard de Vinci, Gallimard, 1942.

Damien Wigny, *Au cœur de Florence*, Guide, Éditions Duculot, 1990.

Edgar Wind, *Mystères païens de la Renaissance*, Paris, 1992.

Yuko Yashiro, *Sandro Botticelli*, 3 vol., Londres-Boston, 1925.

Frances A. Yates, *La Philosophie occulte*, Dervy livres, 1987.

Fosca Mariani Zini, *Penser entre les lignes. Philologie et Philosophie au Quattrocento*, Villeneuve-d'Ascq, Presses universitaires du Septentrion (Cahiers de philologie), 2001.

Conteurs italiens de la Renaissance, anthologie, coll. « Bibliothèque de la Pléiade », Gallimard, 1993.

Les masques et les visages à Florence et au Louvre — Portraits célèbres de la Renaissance italienne, Hachette, 1927.

LE SAINT

LES PENDUS

LE PRINTEMPS

L'ABANDONNÉE

MORBIDEZZA

APPENDICES

DU MÊME AUTEUR

Aux Éditions Télémaque

LA PASSION LIPPI, 2004 (Folio n° 4354)
LE RÊVE BOTTICELLI, 2005 (Folio n° 4509)
L'OBSESSION VINCI, à paraître en 2007

Aux Éditions Robert Laffont

MÉMOIRES D'HÉLÈNE, 1988
PATIENCE, ON VA MOURIR, 1990
LES BELLES MENTEUSES, 1992
SOURIRE AUX ÉCLATS, 2001

Chez d'autres éditeurs

DÉBANDADE, *Éditions Alésia*, 1982
CARNET D'ADRESSES, *Éditions HarPo*, 1985

COLLECTION FOLIO

Dernières parutions

4510. Benoît Duteurtre	*La petite fille et la cigarette.*
4511. Hédi Kaddour	*Waltenberg.*
4512. Philippe Le Guillou	*Le déjeuner des bords de Loire.*
4513. Michèle Lesbre	*La Petite Trotteuse.*
4514. Edwy Plenel	*Procès.*
4515. Pascal Quignard	*Sordidissimes. Dernier Royaume, V.*
4516. Pascal Quignard	*Les Paradisiaques. Dernier Royaume, IV.*
4517. Danièle Sallenave	*La Fraga.*
4518. Renée Vivien	*La Dame à la louve.*
4519. Madame Campan	*Mémoires sur la vie privée de Marie-Antoinette.*
4520. Madame de Genlis	*La Femme auteur.*
4521. Elsa Triolet	*Les Amants d'Avignon.*
4522. George Sand	*Pauline.*
4523. François Bégaudeau	*Entre les murs.*
4524. Olivier Barrot	*Mon Angleterre. Précis d'Anglopathie.*
4525. Tahar Ben Jelloun	*Partir.*
4526. Olivier Frébourg	*Un homme à la mer.*
4527. Franz-Olivier Giesbert	*Le sieur Dieu.*
4528. Shirley Hazzard	*Le Grand Incendie.*
4529. Nathalie Kuperman	*J'ai renvoyé Marta.*
4530. François Nourissier	*La maison Mélancolie.*
4531. Orhan Pamuk	*Neige.*
4532. Michael Pye	*L'antiquaire de Zurich.*
4533. Philippe Sollers	*Une vie divine.*
4534. Bruno Tessarech	*Villa blanche.*
4535. François Rabelais	*Gargantua.*
4536. Collectif	*Anthologie des humanistes européens de la renaissance.*
4537. Stéphane Audeguy	*La théorie des nuages.*
4538. J. G. Ballard	*Crash !*
4539. Julian Barnes	*La table citron.*
4540. Arnaud Cathrine	*Sweet home.*
4541. Jonathan Coe	*Le cercle fermé.*
4542. Frank Conroy	*Un cri dans le désert.*
4543. Karen Joy Fowler	*Le club Jane Austen.*
4544. Sylvie Germain	*Magnus.*
4545. Jean-Noël Pancrazi	*Les dollars des sables.*